民国词学史著集成

第十四卷

鄭賓於《詞的歷史》（《中國文學流變史》）

鄭賓於《長短句》

孙克强 和希林 ◎ 主编

南開大學出版社

图书在版编目(CIP)数据

民国词学史著集成. 第十四卷 / 孙克强，和希林主编. —天津:南开大学出版社，2016.12
ISBN 978-7-310-05278-3

Ⅰ. ①民… Ⅱ. ①孙… ②和… Ⅲ. ①词学—诗歌史—中国—民国 Ⅳ. ①I207.23

中国版本图书馆 CIP 数据核字(2016)第 287707 号

南开大学出版社出版发行
出版人:刘立松
地址:天津市南开区卫津路 94 号　　邮政编码:300071
营销部电话:(022)23508339　23500755
营销部传真:(022)23508542　　邮购部电话:(022)23502200
*
天津市蓟县宏图印务有限公司印刷
全国各地新华书店经销
*
2016 年 12 月第 1 版　　2016 年 12 月第 1 次印刷
210×148 毫米　32 开本　21.625 印张　4 插页　617 千字
定价:98.00 元

如遇图书印装质量问题，请与本社营销部联系调换，电话:(022)23507125

總序

清末民初詞學界出現了新的局面。在以晚清四大家王鵬運、朱祖謀、鄭文焯、況周頤為代表的傳統詞學（亦稱體制內詞學、舊派詞學）之外出現了新派詞學（亦稱體制外詞學）。新派詞學以王國維、胡適、胡雲翼為代表，與傳統詞學強調『尊體』和『意格音律』不同，新派在觀念上借鑒了西方的文藝學思想，以情感表現和藝術審美為標準，對詞學的諸多問題展開了全新的闡述。同時引進了西方的著述方式：專題學術論文和章節結構的著作。傳統的詞學批評理論以詞話為主要形式，感悟式、點評式、片段式以及文言為其特點；民國時期的詞學論著則以內容的系統性、結構的章節佈局和語言的白話表述為其主要特徵。當然也有一些論著遺存有傳統詞話的某些語言習慣。民國詞學論著的作者，既有新派大師王國維、胡適的追隨者，也有舊派領袖晚清四大家的弟子、再傳弟子。他們雖然觀點不盡相同，但同樣運用這種新興的著述形式，他們共同推動了民國詞學的發展。民國詞學論著的蓬勃興起是民國詞學興盛的重要原因。

民國的詞學論著主要有三種類型：概論類、史著類和文獻類。這種分類僅是舉其主要內容而言，實際情況則是各類著作亦不免有內容交錯的現象。

概論類詞學著作主要內容是介紹詞學基礎知識，通常冠以『指南』『常識』『概論』『講義』之名。這類著作無論是淺顯的入門知識，還是精深的系統理論，皆表明著者已經從傳統詞學中片段的詩詞之辨、詞曲之辨，提升到系統的詞體特徵認識和研究，是文體學意識的體現。史著類是詞學論著的大宗，既有詞通史，也有斷代詞史，還有性別詞史。唐宋詞成為後世的典範，對唐宋詞史的梳理和認識成為詞學研究者關注的焦點，如詞史的分期、各期的主要特徵、詞派的流變等。值得注意的是詞學史上的南北宋之爭，在民國時期又一次達到了高潮，有尊南者，有尚北者，亦有不分軒輊者，精義紛呈。南北宋之爭的論題又與新派、舊派基本立場的分歧對立相聯繫，一般來說，新派多持尚北貶南的觀點。史著類中清代詞史亦值得關注，詞學研究者開始總結清詞的流變和得失，清詞中興之說已經發佈，進而加以討論，影響深遠直至今日。文獻類著作主要是指一些詞人小傳、評傳之類，著者廣泛搜集歷代詞人的文獻資料，加以剪裁編排，清晰眉目，為進一步的研究打下基礎。

『民國詞學史著集成』有兩點應予說明：其一，收錄了一些中國文學史類著作中的詞學史部分。民國時期的中國文學史著作主要有兩種結構方式：一種是以時代為經，文體為緯，此種寫法的文學史，詞史內容分散於各個時代和時期。另一種則是以文體為綱，注重文體的發展演變，如鄭賓於的《中國文學流變史》的下冊單獨成冊，題名《詞（新體詩）的歷史》，篇幅近五百頁，可以說是一部獨立的詞史；又如鄭振鐸的《中國文學史》（中世卷第三篇上），單獨刊行，從名稱上看是唐五代兩宋斷代文學史，其實是一部獨立的唐宋詞史。

『民國詞學史著集成』視這樣的文學史著作中的詞史部分，為特殊的詞史予以收錄。其二，『民國詞學史著集成』收入五部詞曲合論的史著，著者將詞曲同源作為立論的基礎，合而論之，本套叢書亦整體收錄。至於詩詞合論的史著，援例亦應收入，如劉麟生的《中國詩詞概論》等，因該著已收入南開大學出版社出版的『民國詩歌史著集成』，故『民國詞學史著集成』不再收錄。

『民國詞學史著集成』收錄的詞學史著，大體依照以下方式編排：參照發表時間、內容分類、著者以及著述方式等各種因素，分別編輯成冊。每種著作之前均有簡明的提要，介紹著者、論著內容及版本情況。

在『民國詞學史著集成』中，許多著作在詞學史上影響甚大，如吳梅的《詞學通論》等，多次重印、再版，已經成為詞學研究的經典；也有一些塵封多年，本套叢書加以發掘披露，如孫人和的《詞學通論》等。這些文獻的影印出版，對詞學研究具有重要的參考價值。近些年，民國詞學研究趨熱，期待『民國詞學史著集成』能夠為學界提供使用文獻資料的方便，從而進一步推動民國詞學的研究。

孫克強　和希林

2016年10月

總目

第一卷

第二卷

第三卷

第四卷

第五卷

第六卷

第七卷

第八卷

第九卷

第十卷

第十一卷

第十二卷

第十三卷

第十四卷

第十五卷

第十六卷

本卷目錄

鄭賓於《詞的歷史》(《中國文學流變史》)

鄭賓於(1898–1986),字孝觀,四川酉陽(現重慶)人。畢業於成都高師,又在北京大學研究所國學門就讀。1959 年入四川省文史研究館。曾任中俄大學、福州協和大學教授。成都師大、四川大學、成都大學教師。著有《中國文學流變史》等。

《詞的歷史》乃從鄭賓於《中國文學流變史》中輯出。《中國文學流變史》是作者在北京中俄大學、福建協和大學授課時的講義,北新書局印行,上中下三冊,分別出版於 1930 年、1931 年、1933 年。下冊專論詞,實為一部詞史。下冊總題為《詞的歷史》,共分兩章:詞的創始時期、詞的光大及衰歇。本書據北新書局 1933 年版《中國文學流變史》下冊影印。

序

在「文學的歷史」上，每一個時代，都各有其特殊的創造的產物。

自從「律」「絕」云亡，而後「詞調」勃興；由晚唐以迄初元，五百年間，盡是「詞」家之天下，其勢可謂極盛了！

這中國文學流變史的第三册，我們簡直可以叫它做「詞的歷史」。册內共分兩章：第七章，由晚唐以及五代；第八章，由北宋以迄南渡之亡。寫完之後，覺得有些地方，尚須先行揭示，俾資研討者，略爲寫定如左方：

1. 詞的來源怎樣？它和詩有怎樣的差別？什麼是詞？並且它有怎樣的價值？……
2. 所謂歷史，雖然重在縱的方面的敘述，但也不可過於忽略了橫的方面的空間。

五代的小詞，我所以要把它分開敘述者，正欲藉此確知彼時各個國度的文風之輕重耳。

3. 詞在兩宋，何以會有那樣隆盛的成績？何以會有那樣普遍的現象？
4. 兩宋的詞，究是抄襲五代呢？抑是另闢格調呢？如其是另闢，則五代兩宋，究有什麽的不同？

5. 討論兩宋的詞，究竟應不應該劃分時代——『三宋』『四宋』——去敍述，所謂『三宋』『四宋』的名詞，在『詞史』上，究竟有無存在的價值？

6. 我對於宋詞的敍述，祇是分爲『豪放』與『婉約』的兩個派別去敍述它；更從這『豪放』與『婉約』的兩根平行的直線當中，各各加以『北宋』和『南宋』等名目去約略地劃分它的年代。就是這樣的方法，祇是我一個人獨用的方法；在前乎此者的「一切文學史」的編纂當中，確是不曾有過的。

7. 自來的批評家們，都滿裝了傳統的觀念：他們于詞，惟獨看重『婉約』一派；因爲他們以爲『婉約』一派才是正宗。因此，所以他們鄙視那豪放詞調的作者；衆口一辭，咸目蘇辛爲外道。我因爲要糾正他們的錯誤，彌補他們的過失，所以特別重視蘇辛。敍述『豪放』一派的詞格，大非『婉約』可比矣！

8. 由唐末以迄元初，詞的遞變究是怎樣？兩宋之世：『北派』的漸變若何？『南派』的漸變怎樣？取以相較，孰爲優劣？

9. 詞調之淪亡，宋季作者，誰應負其全責？

10 周淸眞姜白石……等人的專究音律，對於詞調的本身，究竟是功是過？

11. 詞調何以會淪亡？彼其亡也，究是突然消滅？抑是逐漸更替？

12. ……………………

……………………

在這「詞的歷史」當中，所要提出來討論的問題儘多；不過其中重要的，約略如此罷了。

編這一冊書，足足躭擱了七個年頭：民國十五年的夏天，初在福建寫成了第七章中第一節裏的四段；（中惟第二段是現今所補）此後因償它債，屹屹未遑。十八年夏天，流寓滬上，于生活奔競中，始將前面兩冊，足成付印。是秋抵省，公私交忙，無復編纂之時日矣！

十九年春，應李劼人之請，爲之接脛于成都大學；因爲是繼續他所編印的「文學史講義」而講授，也就不由我不努力了。于是，方纔畜筆直書，草就晚唐五代的一節。（卽第七章的第二節）

去歲，從春到夏，前兩冊書都已出版；因而北新主人，便又屢次向我催稿了！逼得我無法，祗好寫下去。

舊稿寄亂，整理經時；事情翻覆，作息無端。直到昨天，此冊工程始完全告竣。

鄭賓於　詞的歷史

第一册書，居然能於半年以內再版，這是誰也夢想不到的事！最近的將來，我想把它大大的改削：即如論國風一段，必須分別的評敍；而于其起始，更當加入『中國文學史應該從什麼時候講起？』的一文。

關於前兩册書的出版，在錯誤極多中，還公然邀了許多讀者的厚愛，這是令我十分慚愧的！容元胎（肇祖）兄自廣州嶺南大學來函云：

兄所著中國文學流變史，未曾得見；初來廣州的一批，聞已不脛而走！當即購閱，以慰相思也。（民國二十年五月九日函）

成都黃穉荃兄，特自四川大學文學院中致函云：

尊作一出，不啻與某某等公（按此係指成都之『斗方名士』以爲言）之大著一致命傷；誠學術界之幸，學子之福，而腐朽之阨也。（民國二十年十月二十二日函）

論到我這部書，本也算不了甚麼；然而言乎銷路，覺能『不脛而走』，六個月內再版；以言價值，則又『誠學術界之幸，學子之福』。至如給於他人以『致命傷』，則又非始意之所能料的了。

一九三二年二月十六日，鄭賓于，記於成都之滯廬。

附啓：如承讀者是正，即希賜函上海北新書局編輯部李小峯先生轉交爲盼。

作者，同日午夜。

附 述

還是修正中國文學流變史前論的「定稿」，本來應該放在第一册之前面的；但是，因爲我想將第一册再行修改，恐怕最近不得出版，故更述置此處，來向讀者求敎。作者謹識。

（引子）凡是一門學問，總該自成系統，不應萬彙雜陳！文學亦復如是：中國人往往把中國的文學視爲「不通的國學」；五花八門，應有盡有。此其錯誤糊塗，不可收拾。

我以爲「中國的文學」也應和「哲學」「史學」「社會學」………等一樣，應該從那所謂「國故」「國學」之中把它鈎剔出來，成爲獨立的一種學科；所以才下決心來著這部中國文學流變史。

自從我在着手寫著這部中國文學流變史之時，我便時刻在思索這「文學的定義」：自從十八年夏天將這書的前兩册交與北新書局主人李小峯先生之後，（全書共計八册，計爲有韻文五册，無韻文三册。）我更時刻思索到這文學的定義。現在，才猛然覺得我舊時在「前論」中所下的定義僅止算得界說，並不卽是「定義」。定義雖則是很容易下，但又確是很難適當：古今中外的人，儘管對於文學的定義下得極多，但我始終覺得都不恰當；不是太偏，就是太泛；或者模稜兩可，全不親切。因此，所以我才把它毅然改正，改正成爲現在這個定義。——現在這個定義，是我十年來思索之所得；此後將必不致更改，可以成爲『蓋棺』了罷。

我於定義改正以外，也還將全文增修潤色；比之初印更爲妥善了。本擬亟付北新，無如地隔七千里，趕遞不及，今時則已出版來蓉矣！別無辦法，祇好贅入第三册的卷首，用以補吾前缺。

一俟全書印成，或卽第一册三版時，勢必再將此文刊諸卷首，務請讀者原諒！

一九三一年四月十七日，賓于記於成都。

我國文學的著述自來就無所謂『史』，有之，亦祇是文學的材料與選集。這種現象，不特是文學如此，其他的一切學術思想也是一樣。

然而近三十年來受了『洋化』之後，作『中國文學史』的人竟不知有多少，所以『中國文學史』也就不知有多少了。然而他們的那種『文學史』，都是包羅萬象，無奇不有！舉凡是前乎此者之用文字寫出來的東西，不管牠是屬於『文字學』的也好，屬於『哲學思想』的也好，屬於『圖錄』『譜諜』的也好，……作他們的『文學史』中，都統統把牠搜羅起來，凌亂雜沓地都說牠是『中國的文學』，都說牠是『前此中國的文學」；據我的眼光看起來，似這般「雜貨鋪式」的東西，簡直沒有一部配得上稱爲「中國文學史」之作品的！

本來，「文學」的界說也是很難確定的。若依章太炎先生國故論衡中文學總略的說法，則凡是一切有韻無韻，有句讀無句讀，以至於「表譜」「圖書」「算式」……，凡是寫在紙上的東西，都儘可說牠是文學。故曰：「文學者，以有文字著於竹帛，故謂之文；論其法式，謂之文學。」謝无量就是受章氏影響的一個人，所以在他所著的中國大文學史中曾經畫了一個文學分類表；在這表中，他把「判批」「告示」「訴狀」「錄供」「履歷」「契約」「目錄」「報張」「姓氏書」……………一類的東西都一例平等的去看待，都將牠請入「文學史」的寶殿裏來坐把「文學的交椅」。

我們只要忠實地來考查「中國文學史」上應有的資料時，便知道他們這種說法是「玩世欺俗」，「荒謬絕倫」！

試問：若要把「錄供」「訴狀」…………一類的東西認爲是「文學」，認爲是「文學史」上應有的資料；那嗎，必須要把中國四五千年以來的時間和四百五十一萬五千六百四十方哩的空間，所有的大小衙門中一律造遍；而且還要這些衙門都必保留着這種東西而無遺失，這是一件可能的事嗎？從文學的價值方面說：他們這種東西，并不是要「敍事」「說理」與「抒情」，乃是用心陷害他人的刻削刀筆，是一種無藝術的記載，沒有文學的價值，所以在本質上便不能認牠爲『文學』。

至於『告示』『批判』……一類的東西，也還與他們同是魯衛兄弟之國，半斤較八兩，分不出什麼高下或長短來。雖然有許多人也曾提出『尚書中有好些篇目都是當時的告示，然而牠也是文學』的話來作爲非難的理由，但卻從不知道時異事變的原則，——後此的告示，卻不能夠與尚書中的典謨訓誥相提幷論而媲美！這原因，就是因爲尚書中的文字能夠表示那個時代人們的生活與思想，幷不像後世或現代的告示一樣，東拉西扯的瞎謅，亂七八糟的押韻。然而這還僅只是牠們本身大相差異的一點。

在章太炎先生之前的阮元，他在書昭明太子文選序後中也曾附和蕭統而毅然地說道：『惟沉思翰藻，乃可名之爲文。』因爲他是主張駢偶的人，所以他把『文』『筆』這兩個東西分得非常之嚴格。他以爲必須要『偶語』和『韻文』的作品才是『文』，反之則都是『筆』。我們只要翻看他兒子阮福的文筆對，便可以知道得清楚了。

阮元下的界說太狹窄了，不能夠該括文學的全體；所以我們也絕不能夠採用這種說法的。

確實的，中國文學之所謂派別，與西洋文學之所謂派別截然不同。而西洋文學中的『浪漫派』『寫實派』『自然派』『象徵派』……等，又確與我們中國的什麼『桐城派』『陽湖派』……等，截然大異。何況往昔的中國文學，也就本來沒有所謂『派別』這個東西呢？雖然也有所謂『韓柳古文派』等的名目，但那究竟是止於文體力趨古奧淵深的改進而已，并不是從文學本身的觀點上與方法上或藝術上而有根本之差異的。平心而論，韓柳的古文，比之『玉臺新詠體』底詩的藝術，恐怕實在是相差得太遠罷？

雖然如此，但若要講『中國文學史』，就不可不說明這文學的範圍；倘若沒有範圍，則這部『文學史』又將從何講起呢？所以這文學的界說又是非常重要的。或許也有人要說：文學的界說（定義）是『研究文學者』們的任務，不是講『文學史』的人們所宜討論的問題，那更是蔽於一曲底偏跛之論了。

文學的界說，在中國既不易得，在歐美可是極多；但都各有所偏，不甚確當。即以我的認識而論，要以下列數家的主張，比較上算是最完密，最良好的文學界說了：

（一）波斯耐脫（Bosnett）說：文學是包括散文或詩的一切著述，不但能表現反省并且能表現想像，其目的不特教導國民，使發生一種實際的效果，而且還要給予他們一種愉快；所以文學是普遍的，而不是特殊的。

（二）韓德（Hunt）說：文學是用文字寫下來的思想之表現，必須要有想像，有感情，有趣味，能使普通的一般人們對於牠容易了解而發生興味，幷不是一種專門學藝底形式。

除了以上二說之外，也還有其它的解答。例如說：達意達得好，表情表得妙，便是文學。再如說：文學是世間男女寫下來的思想和感情，有很好的佈置，可以使讀者愉快；若使一篇文章裏沒有體裁，沒有藝術，而且結構不善時，那却算不得文學。又如說：文學就是美麗的文字組織之技術，牠是人生的表現和批評。

更據美人郎（Long）君之意，則：文學是紀載人類之「精神」「思想」「情緒」「熱望」的，而且它是人類惟一之歷史；故凡是用眞實和美妙的語言文字以表現「人生」的作品者，便是文學。

我今總括各家之長，參以己見，另給文學下一個『完善恰當的定義』如次：

『文學是以超越現實的功利美的情感爲其本質；幷是一切種類的外界眞實給與人的印象，以及人對於這些眞實之思索的紀錄。』——至其條件：則必有體裁，有想像，有趣味；有藝術的組織，有美妙的音調，有個人的風格。有「時代性」「地域性」「民族性」等的表現，有「普遍性」「永久性」「暗示性」等的特長。它是人心中富有情思而最能動人快感的最佳記述，幷不是「眞的知識」或「善的說教」。

以上便是我對於文學所下的定義：在故籍中，凡有合於上項界說的作品的，便是好文學，便是有力的文學，有生命的文學，都應該在這中國文學流變史裏來享祚百年的。

自然，在中國全部文學裏很難得到純粹批評人生或表現人生……等底產物，但那富有「想像」「感情」「趣味」「藝術」等的作品，實在還是不少！所以，如果要用文學本身所具有的原則去看中國的文學，則在前此的文學作品中，亦儘有被徵選的價值。

（一）胸中有了牢騷或感觸，而感情又趨於激烈時，由咨嗟詠嘆之間自然流露出來的一種產物。

（二）有心描寫「人的生活」或暴露社會上的事物和情致，而用藝術的方法與手腕所製出來的一種文字。

現在，我即依據以上兩個原則來規定文學的範圍，即就此範圍內所佔有的文學以分佈於中國四五千年以來底成績來做我的中國文學流變史。

昭明太子在其所選集的文選序裏說得好：

> 若夫姬公之籍，孔父之書；與日月具懸，鬼神爭奧，孝敬之准式，人倫之師友。豈可重以芟夷，加之剪截？老莊之作，管孟之流；蓋以意爲宗，不以能文爲本；今之所選，又以略諸。若賢人之美辭，忠臣之抗直，謀夫之話，辯士之端；冰釋泉湧，金相玉振。所謂坐狙丘，議稷下，仲連之却秦軍，食其之下齊國，留侯之發八難，曲逆之吐六奇；蓋乃事美一時，語流千載；概見墳籍，旁出子史；若斯之流，又亦繁博。雖傳之簡牘，而事異篇章；今之所集，亦所不取。至於記事之史，繫年之書，所以褒貶是非，紀別異同；方之篇翰，亦已不同！

蕭統對於選集文章的態度，完全是以文學的定義爲其範疇，那範疇是：「若其讚論之綜緝辭采，序述之錯比文華；事出於沈思，義歸乎翰藻，故與夫篇什雜而集之！」他主張以「能文爲本」做條件，所以就排斥那「以意爲宗」的撰述了！昭明用這種純文學的眼光去選集文選，所以有一貫的主旨，劃然的界線，並無駁雜含混的弊病：在選家中，古今實無有匹！不過，姬公孔父老莊管孟賢人忠臣謀夫辯士等人的篇章，祇要果然具有文學上的特性時，却也未始不可以登諸文學之壇；何必因其保有一種歷史上底因襲的潛勢力的原故，而遂致於一概抹殺呢？

推蕭統之意，以爲凡講『人倫』『道德』的，不得稱爲文學，故排斥經傳；凡講「哲學思想」的，不得稱爲文學，故排斥諸子；凡講『是非同異』的，不得稱爲文學，故排斥史籍。從組織上說，則凡『賢人』『忠臣』『謀夫』『辯士』之華辭，因其篇幅過長，不合文體的規定，也都應該摒棄的。是則蕭統之所謂文：在形勢上不能令之過長；在內容上，則凡有關於「禮教學術」之陳跡者，皆卽不得稱之爲文學也。以此爲衡，故在中國前此的一切『選文』之中，當然要推蕭統的文選獨冠了。

不過，它的弊病，也就不少！章學誠說：

> 文選者，辭章之圭臬，集部之準繩。而淆亂蕪穢，不可殫詰。則古人流別，作者意指；流覽諸集，孰是深窺而有得者乎？（文史通義詩教下）

又說：

> 每怪蕭梁文選，賦冠詩前；絕無義理！而後人競效法之，爲不可解！（校讎通義漢志詩賦第十五之三）

因爲它沒有注意到文學的流變，又好強分門類，妄標體例；遂致遺下後人許多口實，甚而至於譏彈他的不通！

現在，且讓我再來講講文學上的「體例」問題：甚麼叫做「體例」呢？此在西洋修辭學中，也有種種的分別：如視內容與文體的均衡以爲主旨的，則分爲「簡潔體」與「蔓衍體」；依文體的強弱以立論的，則分爲「剛健體」與「優柔體」；依文章修飾之多寡以立論的，則分爲「乾燥體」「平明體」「淸楚體」「高雅體」「華麗體」……等等。但在中國就不然！他們之所謂體例（亦稱分類）也者，就是「詩」「賦」「論」「策」「書」「表」「啓」「奏」「箴」「銘」「詞」「曲」……各類的名稱。自從任昉文章緣起分別八十三體，文選分別三十七體以來，一直到了明朝吳訥的文章辨體，和徐師曾的文體明辨，竟分別爲五十餘體乃至於百餘體之多，所以毛西河朱竹垞等，直且痛罵徐吳之書，分類煩瑣，析體妄誕；逆情干譽，毫無足取者，此也。淸季姚鼐所選的古文辭類纂，則約之爲十三類；而曾國藩的經史百家雜鈔，更又約之爲十一類；至於吳曾祺的涵芬樓文鈔，則又更事增廣了若干類別，於是乎這「文體」也就莫名其妙了。總之，他們這些分體的方法，不管分多分少，都是毫無價値，不過止於鬧到一場糊塗而。怎奈一般作『文學史』的先生們，也竟然依據他們的樣兒畫起葫蘆來！我在前面曾經說過，他們的書沒有一部可以配得上稱之爲『中國文學史』者，恐怕這也算是一個原故罷？

我今所作的『中國文學史』，便與他們截然不同了：也不管你甚麽『類』和甚麽『體』，都把牠一概棄掉不顧；也不重在用周秦兩漢魏晉……以來的朝代名詞來分期畫代，作那種斷爛零亂和『雜貨鋪式的』或『畸形的』或『萬寶全式』的『中國文學史』。

因爲文學的背景雖然也受着『政治』『社會』『環境』……等的影響，然而大體的趨變和成功，究竟與因政治之改變所獲得的朝代名詞有些兩樣！所以我却要打破朝代的劃分，把這四五千年以來整個的『中國文學』來研究，追尋牠的變遷及其趨勢的原因；要作一部從來沒有人用過這種方法來作過的『中國文學流變史』。

至於『體例』呢，也并非是絕對的不可用，但爲被前此的「蹩脚文人」們用得太『繁』『濫』而且太『壞』了，所以我今便一概摒棄而不採用；何況人們自來對於體例之名更是弄不清楚呢！至於朝代的稱謂，我則以爲終當避免爲是。因爲朝代也者，乃是在歷史上因改權迭變與一姓興亡而起的一種名詞，無關文學；而文學的變遷，却又不能同政治一樣地完全符合；用朝代之名來嵌在「文學史」之上未免有些不倫！

然則我的方法，幷不見有甚麼奇特，說來也頗簡單。卽是——從文學的方法和形式上，去區分牠爲散文（Prose）與韻文（Verse）兩部：

（一）有韻文學之部：從「歌」「謠」「箴」「銘」以至於「詩」「賦」「詞」「曲」「皮黃」「新詩」……等。

（二）無韻文學之部：從散文以至於某派某派的古文，「駢體」「四六」，「雜文」「小說」和「時文」「制藝」……等。

至於音韻訓詁以及經傳諸子……中的文字，有未可以被我採入這部「中國文學史」中者，當然是留給專門研究「音韻」「訓詁」「經傳」「諸子」……的學者們去講述，本書祇好一律拋棄不理了。但若祇要是合於文學原則的東西，不管牠的作品好和壞，都是應該請進我這「文學史」中來的。因爲文學史的性質本是不管牠（文學作品）的好和壞，只要牠眞是文學上已往的陳蹟，就該論列。法蘭西的批評家聖佩韋(Sainte Beuve, 1804—1869)說：「今日的文學史之撰述，應當和博物史一樣，也必依據觀察與採集二者而成。」本書的撰著，就是應用這個方法的，不過因爲要力趨簡略之故，不能一一從事搜羅與編述罷了。然而主旨則是沒有變更的。

用這種『紀事本末體』（編制的系統）和歸納（材料的收集）的方法來作『文學史』，雖然免不了人們的諷刺；但我自信牠是唯一無上的妙法，而且也非用此方法去作，不能使讀者得到『中國文學史』上一個具體的概念。

這樣，則我并不是要著「古典的」，「古文的」，或「貴族的」文學史；也不是要著「語體的」，或「平民的」文學史，我只要著「有眞正文學價值」之『文學底文學史』，却不拘於古文和白話。

總之，文學乃是作者生命力之流露，是應時代底需要而產生的東西：姑無論你『廟堂文學』也好，『山林文學』也好，或『田園文學』也好……，終歸是循着時間之遷異而波狀似的起伏。所以我底『文學史』在一方面，固然是要敍述他們隆替盛衰的因果，而在另一方面，還要注重時代下底社會情形，以及作者所處的環境與生活。

老實說罷，我並不能有像『梁啓超們』那樣的聰明，——『爲學問而學問』。所以，我便並不是『爲文學史而著文學史』。這是因爲要述說已往的文學在歷史上的趨勢和其現象變化之迹；然後，却纔從這些地方一層一層地去偵察各樣文學所分別走去的道路和歸宿。

舉個例來說：譬如「楚辭」與「詩三百」（這是古已有之話）的關係到底怎樣？何以從「詩三百」到「漢詩」之間的一個長時期中沒有詩？究竟有沒有？兩漢何以會「詩賦道分」？而詩呢，沿歷漢魏晉宋的繁衍，而後乃有「齊梁體」的聲律，「五言」的聲律，「五律」的聲律；到唐而後衍爲「七言」「七律」「排律」等的聲律；卒之，因爲聲調格律太嚴之故，往往束縛住文人的作品，而遂至於不合時用；所以唐末五代趙宋的人們，才改造了「詞」出來代替牠，其後，這「詞」也不合於時用，而規律又愈趨嚴格，「彌見拘束」了；於是宋末金元的人們乃始一變而爲曲。曲之流衍，在初期本爲平民的，其後推波助瀾，遞漸變成貴族的，空文的了，由是致遂於促成清代的「亂彈腔」與「皮黃」……，以及今日的所謂戲劇界。（自然，牠的變遷也受有外來的勢力。）而世人之所謂「詩」也者，則自唐以降，愈下愈古，愈後愈死板，早已失其自在發抒的效能，毫無一些兒文學上的創造性了。所以，雖然由五代而宋元明清，而現在的人們也還伏案吟哦，自謂「名士」；但終歸於不成其爲文學。這當兒，又忽然受了西洋文學的影響，於是乎乃始產生出所謂「中西合璧」式的「新詩」！

賦呢，卻曾在兩漢演過一翻「鋪張堆垛」，「句斟字酌」，「洋洋灑灑」，「宏壯富麗」的世界；湊巧，漢人又「重賦」「輕詩」，所以牠在當時竟能巋然稱雄獨霸，『勢傾朝野』！魏晉作家，在這一方面雖然比較遜色，但總不愧爲其餘裔；然也終不過餘裔而已。這實在因爲他們對於賦的本身太少改變創作之故。南北朝可就不同了，他們用賦來寫『風花雪月』，用賦來寫內心的感情；體裁上，辭句上，都能給予他（賦）一個根本的改造；這在賦壇上總覺得很是異樣的了。

再下，唐人除「律賦」外，雖然惟知胎息魏晉或摹擬魏晉，而宋代却有一種極大的改革；這可舉四川的蘇東坡，和江西的歐陽修來作爲一個代表。（如前後赤壁賦和秋聲賦之類）此後，則也無非『依樣畫葫蘆』而已，更有何敍述之可云呢！

以上是說『有韻文學』在歷史上所表現的狀況，至於『無韻文學』呢，則大概可以區爲下列四種去講：

（1）散文的：這種文學，從大體上去看，可以說沒有甚麼較大的變動；其實，歷代的論著已是委實不同。漢魏不同於周秦，明清不同於唐宋，這已經是很顯明的事實了。所以前人往往有所謂『時文』之說；時文者，即謂有以異乎古昔之文也。這一詩，舉凡一切雜文（議論記敍之屬）以及各時代的語體文……之流皆屬之。

（2）駢體之詩：這一種文學，發軔於戰國，（假如要說得更古一點，也可以推源於十翼。）而造極於六朝；自後惟止因襲，亦漸衰替。

（3）四六之文：這一種文學創始於隋唐，而大行於兩宋，元明以來，雖有間作，然皆末技，蓋已不足矜尚了。

（4）第四便是小說：小說這種文學發生最早，遠在邃古之初；雖然稍後於有韻的歌謠，但實胎始於神話。我們可以這樣說，初民的神話卽是小說的開始，故神話便是小說。後來歷世演進，百家載籍，咸多創作：由周秦兩漢魏晉的短記，而演爲六朝唐宋的單篇與詩話，而演爲由元明以迄於清的章回。現在，受了歐化之後，作家輩出，所謂短篇小說，中篇小說，長篇小說者，更是成績斐然，氣燄大熾了。

我這文學流變史，就止根據這種方式來作一個『時代文學』的敍述：例如唐之詩，元之曲，漢魏之賦，六朝之駢體，兩宋之四六……的變化等是。善夫，焦循易餘籥錄之說曰：『一代有一代之所勝，……漢則專取其「賦」，魏晉六朝至隋，則專錄其「五言詩」，唐則專錄其「律詩」，宋專錄其「詞」，元專錄其「曲」。』「文學史」雖然不重在專錄，然而我對於各時代文學的興替和沿革，却是絕對的採取這種精神的；對於各時代文學的創造，却是要特別表彰的。這便是本書之有以異於其他文學史之著述者也！胡適之先生說：

我們在文學方面，也應該把三百篇還給西周東周之間的無名詩人，把「古樂府」

還給漢魏六朝的無名詩人，把唐詩還給唐，把詞還給五代兩宋，把小曲雜劇還給元朝，把明清的小說還給明清。每一個時代還給那個時代的特長文學，然後評判他們的文學的價值。不認明一個時代的特殊文學，則多誣古人而多誤今人！（北京大學國學季刊宣言）

文學之產出是在於「用」的，並不是要徒供士夫們的消遣！但這「用」又可有兩方面：一是屬於音樂的，二是屬於生活的。（生命力與感情……等）凡文學之產出，有不合於這兩個條件，而只圖敷衍者，時代的作家便要給予牠一翻改造的工作，而更嶄新地去創造牠。你不見「賦」「詞」「曲」三者的代替麼？你不見「四六」之於「駢體」麼？你不見漢魏六朝人之於「賦」，「時文」之於「古文」麼？「四六為古文之變，律賦為古賦之變，律詩雜體為古詩之變，詞曲為古樂府之變；」（吳訥文章辨體）這種「一代有一代之所勝」底「時代文學觀」「創造文學觀」，在「五四運動」之時，胡適之先生尤其主之最力。他認為這是一種文學革命，故在他那劄記裡說道：卽以韻文而論：三百篇變而為騷，一大革命也；又變而為五言七言，二大革命也；賦變而為無韻之駢文，古詩變為律詩，三大革命也；詩之變而為詞，四大革命也；詞之變而為曲，為劇本，五大革命也。……文亦遭幾許革命矣！自孔子至於秦漢，中國文體始臻完備，六朝之文，……亦有可觀者，然其時駢儷之體大盛。文學以工巧雕琢見長，文法遂衰。韓退之所以稱「文起八代之衰」者，其功在於恢復散文，講求文法，此一革命也。宋人談哲理者，深悟古文之不適於用，於是語錄體興焉，此一大革命也。至元人之小說，此體始臻極盛。……總之，文學革命至元代而極盛：其間之詞也，曲也，劇本也，小說也，皆第一流之文學……其時吾國眞可謂有一種活文學出現。……（見嘗試集自序引）

懂得了這個，便知道文學之所以有「變」，完全是前人對於牠的努力改造精神之實現，也便懂得了本書所以命名爲中國文學流變史的意義與旨趣了。

像謝無量曾毅……等輩所著的一類的「中國文學史」，其實祇是一部「國學史」；但還有許多人卻都美其名爲「廣義的」；反之，則如我所著的中國文學流變史，便是祇好名之曰「狹義的」了。

然而我終於認定：惟有這「狹義的文學史」，才是眞正的「文學史」，所以便毅然決然地的照此做去。至於那廣義的，我只好稱之曰「雜董史」了。

凡是用這「流變」的眼光和「紀事本末體」的方法去研究中國的文學或文學史者，（其實不特中國，也不必文學。）必能對於中國的文學有相當的覺察和成績。

一九二六年二月，賓于在國立北京中俄大學教授時寫。

詞（新體詩）的歷史

——約當西曆紀元九〇七年至一二七六年，即梁太祖開平元年至宋恭帝德祐二年。——

夫古人有「詩史」之說：

詩之有話，猶史之有傳也；

詩旣有史，詞獨無史乎哉!?

——尤侗——

詩有史，詞亦有史，

庶乎自樹一幟矣！

——周濟——

第七章　詞的創始時期

——由西曆九五九年上溯，即由周世宗顯德六年上溯至於六朝，約當西曆五世紀左右。——

鄭賓於　詞的歷史

鄭賓於　詞的歷史

(5) 黄昇

第一節　詞的胚胎

——由西曆九〇七年上溯，即由梁太祖開平元年上溯至于六朝之世；確切的年號，很不容易指出——

一、什麼是詞？

「詞」是示別于詩的，（狹義的說法）這種文體之在世界上，大約是惟中國所特有。

無論現在或以前的人們都往往要問道：「詞」是什麼？關于這個問題，實在很難作出一個簡單的解答，必須先費一翻討論的功夫：

嘗考六經無『詞』字，通作辭。許愼說文解字說：『辭，訟也』；『詞，意內而言外也，從言司聲。』段玉裁說文解字注云：『……詞者，從司，言。此摹繪物狀及發聲助語之文字也』。『辭，謂篇章也』。是則『詞』與『辭』的狹義之不同，于其文字之解釋上，亦可瞭然了。

故從許氏之說，則『詞』有表現意象之專責，從段氏之說，則『詞』具描寫景物之能事。雖然詞體之發生在最後，其必拈出『詞』字以爲之名者，固亦自有其深沈碻切之意義在。

復次：說文解字解釋『詩』字云：『詩，志也；從言，寺聲。』考古文詩只作『訨』，從言，之聲。衛宏詩序云：『訨者，志之所之也：在心爲志，發言爲詩。』劉彥和文心雕龍明詩篇說：『詩者，持也；持人情性。』

於此，我們更可以知道：『意內言外』，『摹繪物狀』，其所注重者在『意境』；『在心爲志，發言爲詩』，『持人情性』，其所注重則在情志。然而『意』『志』究竟非可顯然分別的！尤其是在『詩』或『詞』之中，更不能夠有所分別！然則『詞』與『詩』豈不就是一個東西嗎？

答曰：『詞』是『詩』之別體，（亦稱變體）所以昔人往往有稱『詞』爲『詩餘』

的說法；不過，它也究竟有其自相差異之處，所以終於不能稱「詞」作「詩」，或者稱「詩」作「詞」！

「詞」是有韻文學的一體，牠的聲調格律……都和「詩」有顯然的不同。至其淵源所自，則以張惠言之說爲最「簡」「當」：

詞者，蓋出於唐之詩人，採樂府之音以制新律，因繫其詞，故曰詞。傳曰，「意內而言外，謂之詞。」

然則所謂詞者：從音樂方面說，它是革更古律的新樂調；從涵義方面說，它是「意內」而「言外」的新詩了。

我常常有這種論調：前人的詞集中往往有「本意」「另題」等等細目。本意，如張志和的漁歌子，劉禹錫的瀟湘神……之類；另題，如周邦彥的蘭陵王詠柳，秦少游的望海潮維陽懷古……之類，不勝條舉。此其故，凡是依據「詞牌名」之意所作出的詞，是爲「本意」；後人循着前世詞牌之定名而便「塡詞」，因而「詠柳」，或「詠美人」者，是爲『另題』。『另題』固與詞牌相離矣！何謂塡詞？明徐師曾文體明辨云：

「詩餘謂之塡詞，則調有定格，字有定數，韻有定聲。」

但同一詞牌，每有數體，而各體的字數句法也多有不同，試一檢尋萬樹（紅友）詞律，即可知道此類例證實在很多，這裏無須從事舉例的。所謂「調有定格，字有定數，韻有定聲」之說，都是確指某詞牌之某體而言，並非僅就詞牌而下說，這是應該注意的。——關於塡詞的興起和塡詞的解釋，淸代的吳穎芳（西林）說得最好：

> 詞之興也，先有文字，從而宛轉其聲，以腔就辭者也。洎乎傳播通久，音律確然，繼起諸詞人，不得不以辭就腔；於是必遵前詞字脚之多寡，字面之平仄，號曰「塡詞」。或變易前詞仄字而平，或變易前詞平字而仄，要於音律無礙。或前詞字少而今多之，則融洽其多字於腔中；或前詞字多而今少之，則引伸其少字於腔外，也仍與音律無礙。蓋當時作者述者皆善歌，故製辭度腔，而字之多寡平仄參焉；今則歌法已失其傳，音律之故不明，變易融洽，引伸之技，何由而施？操觚家按腔運辭，兢兢尺寸，不易之道也。

至於文人最初塡詞的動機，大約也有兩種原因：

第一是由於當時流行的詞句不雅：沈義父樂府指迷云：「秦樓楚館所歌之詞，多是教坊樂工及閭井做賺人所作；只緣音律不差，故多唱之。求其下語用字，全不可讀。甚至詠月卻說雨，詠春卻說涼；如花心動一詞，人目之爲「一年景」。又一詞之中，顛倒重複：如遊春曲云，「賒薄難藏淚」，過云，「哭得渾 氣力」；結又云，「滿袖啼紅」。如此甚多，乃大病也。」

第二，是由於受樂工的請託：葉夢得避暑錄話：「柳永爲舉子時，多遊狹邪，善爲歌辭；敎坊樂工，每得新腔，必求永爲辭，始行於世。余仕丹徒，嘗見一西夏歸朝官云：凡有井水飲處，即能歌柳詞。」後山詩話云：「柳三變遊東都南北二巷，作新樂府，骫骳泛俗，天下詠之。」

在此，我們應當修正文體明辨所下的定義，而重新給詞另下一個恰當的解說：

「凡是依據已成的曲譜作出的歌詞，便叫做塡詞。（塡詞行而詞之名稱始成立），詞調的規律是：調有定格，句有定數，韻有定聲。」

如此，一來，我們便可了然於塡詞的眞實意義了。至於塡詞盛行和其以後的趨勢等的狀況，我且舉胡適之先生的三條解說來做本篇的答案和結束：

（一）樂曲有調而無詞，文人作歌詞塡進去，使其調因此容易流行。

（二）樂曲本已有了歌詞，但作於不通文藝的伶人娼女，其詞不佳，不能滿人意：於是文人給他另作新詞，使美調得美詞而流行更久遠。

（三）詞曲盛行之後，長短句的體裁漸漸得文人的公認，成爲一種新詩體，於是詩人常用這種長短句體作新詞。形式是詞，其實只是一種借用詞調的新體詩。這種詞未必不可歌唱，但作者並不注重歌唱。

我更在這裏增加一句：因爲作者不注重歌唱之故，所以到了後來覺是不可歌唱，乃始由「詞」而變爲「曲」，…………「曲」是可以歌唱的。近人胡雲翼說：「詞就是抒情詩。」不錯，舍情以外無文學，文學不抒情抒什麼呢？但是我要問：古詩十九首和玉臺新詠或阮嗣宗陶淵明…………等人的詩，是否抒情呢？然而牠們之爲抒情詩已是早爲世人所公認的了，但究可不可以稱之爲「詞」呢？所以，我於胡氏這種說法，甚不贊同。

二、「詞」與「詩」的區別

夫「古今詩騷詞曲，體製不同；因造損益，相沿亦異。擬爲指示，益增眩惑」！（毛稚黃聲音韻統論）詞乃詩之變；世代遞降，文字之產生自不能同。固無須乎破費唇舌，用事辨析也！

祇以世人對於「詩」「詞」之名，認識不確，觀念模糊；故特標立斯題，俾資解說云爾：

詞與詩的區別如何？這問題確不能夠簡單作答。如前所說，則知「詞」即是「詩」

，本來沒有區別的；不過，時至今日，旣已各自鑄成了名詞，造就其體製，也就不能說它絕沒有區別了。關於這區別，現在姑且分為「原理」與「格式」之兩方面來說明它：

（甲）關於格式方面的區別

每逢提到「詩」「詞」，許多人便聯想到「詩」的句子整齊，「詞」的句子長短不一；以此為別。其實，這種見解完全是謬誤了的。

兪少卿云：「詞之紇那曲，長相思，五言絕句也。（俱見尊前集中）柳枝，竹枝，清平調引，小秦王，陽關曲，八拍蠻，浪淘沙，七言絕句也。阿娜曲，雞叫子仄韻，七言絕句也。（花間集多收諸體）瑞鷓鴣，七言律詩也。（載草堂集中）款長紅，五言古詩也。（楊用修體）」所謂「詩的句子整齊」之說，自漢魏古詩以降，宜莫如唐人近體之絕句律詩若。然若以此為界：就絕句論，則長相思等調是五言，浪淘沙等調是七言；就律詩論，則瑞鷓鴣是七律。今就兪氏所指，更參己見，（詞調除兪氏所舉外，尙有數調類乎律絕者）分別論列於次：

（子）關於五言絕句者：

1. 劉禹錫的紇那曲。見下論「唐詞的演化及其大成」一段中，今不舉例。

2. 唐妓劉采春的羅嗊曲，共三調，其第一調詞云：『莫作商人婦！金釵當卜錢；朝朝江口望，錯認幾人船？』（按羅嗊曲一名望夫歌。元稹贈劉詩云：『更有惱人腸斷處，選詞能唱望夫歌。』蓋指此也。）

3. 李端的拜月詞：『開簾見新月，便卽下階拜。細語人不聞，北風吹裙帶。』（此詞以用仄韻叶者爲是，以平韻叶或平仄不拘叶者爲非。）

4. 無名氏的一片子：『柳色靑山映，梨花雪鳥藏；綠牕桃李下，閒坐歎春芳。』（此詞係抄襲王維五律春日上方卽事的後半。原詩云：『柳色「春」山映，梨花「夕」鳥藏。「北」窗桃李下，閒坐「但焚香」。』）

5 東坡送蘇伯固詩云：「三度別君來，此別眞遲暮。白盡老髭鬚，明日淮南去。酒罷月隨人，淚濕花如霧。後夜逐君還，夢繞江南路。」自注「效韋蘇州。」今見東坡續集，又見東坡詞中，調寄生查子。但據自注，是詩而不是詞也。（吳衡照蓮子居詞話）

（丑） 屬於七言絕句者：

1. 李白的淸平調引：『雲想衣裳花想容，春風拂檻露華濃；若非羣玉山頭見，會向瑤臺月下逢。』（按或無引字，與淸平樂無涉。楚曲有淸調平調，有淸平相和曲，自唐李白，始作清平調三章，其體卽七言絕句也。）

2. 孫光憲的竹枝：「門前春水白蘋花，岸上無人小艇斜；商女經過江欲暮，散抛殘食飼神鴉！」（唐樂府有蜀竹枝，江南竹枝，漁家竹枝等，但言竹枝者，皆蜀詞耳。孫詞凡二調，此錄其一。）

3. 無名氏的小秦王：「柳條金嫩不勝鴉，青粉牆頭道韞家；燕子不來春寂寂，小牕和雨夢梨花。」（按又名丘家箏，平仄不拘。）

4. 閻選的八拍蠻：「雲鎖嫩黃煙柳細，風吹紅蒂雪梅殘；光景不勝閨閣恨，行行坐坐黛眉攢。」（按孫光憲一體，首句用韻，與此不同。）

5. 劉禹錫的浪淘沙：「洛水橋邊春日斜，碧流輕淺見瓊沙；無端陌上狂風急，驚起鴛鴦出浪花。」（按此調一名賣花聲，一名過龍門。）

6. 皇甫松的採蓮子：「船動風光豔豔秋，貪看年少信船流；無端隔水拋蓮子，遙被人知半日羞！」

7. 毛滂的遺隊：「歌長漸落杏梁塵，舞罷香風捲繡茵；更擬綠雲弄清切，尊前恐是斷腸人！」（遺隊者，散隊也。宋人歌舞欲散時，必奏此一闋，所謂曲終之調也。）

8. 蘇軾的陽關曲：「濟南春好雪初晴，行到龍山馬足輕；使君莫忘雲溪女，時作陽關腸斷聲！」（王維渭城曲最早，因下第五段中已出例，故不舉證。）

9. 元結的欸乃曲：「湘江二月春水平，滿月和風宜夜行；唱橈欲過平陽戍，守吏相呼問姓名。」（此調平仄韻皆不拘。「欸」或作「款」，皆非。「欸乃」讀作「襖靄」。劉蛻湖中歌作「靄迺」，劉言史瀟湘詩作「曖迺」，皆「欸乃」之借字，實棹船戛軋之聲，故棹歌多用之也。）

10. 溫庭筠的柳枝：「兩兩黃鸝色似金，裊枝啼露動芳音；春來幸自長如線，可惜牽腸蕩子心！」（一名折楊柳，一名楊柳枝。）

11. 王建的烏夜啼：「章華宮人夜上樓，君王望月西山頭；夜深宮殿門不鎖，白露滿山山葉墮。」（楊升庵云，此商調曲也。玉臺新詠有徐陵烏夜啼，凡四句，平仄通叶，實爲此體之所從出者。）

12. 王麗真的字字雙：「牀頭錦衾斑復斑，架上朱衣殷復殷。空庭明月閒復閑，夜長路遠山復山。」

13. 楊太真的夏夜阿那曲，一名雞叫子，一名春曉曲，即仄韻七言絕句，蓋贈舞者張容而作也；見下第五段，茲不錄。古今詞譜云：「仄韻絕句，唐人以入樂府，謂之阿娜曲。」從此可以知道詩與詞的分疆了。

（寅）類於五律者

詞調有似五律者，例如生查子。其所同者，就構句上說：則五言律詩有平起仄起之二式，只於第二第四第六第八各句用韻；而生查子則雖皆平起，（此其不同）其第二第四第六第八各句亦用韻。又五言律詩用韻平仄皆可，生查子亦然。就大體言，且皆五言八句也。其所不同者，五言律詩中八句必有兩聯，而生查子不必同然耳：其例云：

1. 劉侍讀的生查子：（侍讀失名）「深秋更漏長，滴盡銀臺燭。獨步出幽閨，月晃波澄綠。菱荷風乍觸，一對鴛鴦宿。雩棹玉釵驚，驚起還相續。」

又有全同五律而實詞體者，回紇曲是也。萬紅友云：回紇曲題名與曲意不合，正是詞體，非五言律詩也。詞云：

2. 皇甫松的怨回紇：「祖席駐征棹，開帆候信潮；隔筵桃葉泣，吹管杏花飄。船去鷗飛閣，人歸塵上橋。別離惆悵淚，江路濕紅蕉。」（尊前集有此詞）

3. 餘如無名氏之醉公子詞，前半疊仄韻，後半疊平韻；顧夐之四換頭詞，二句一韻，凡四換頭，平仄通叶。」雖皆五言八句，然與五律相隔太遠矣！無名氏詞已見後，此不重出；玆錄顧夐四換頭詞於下：

河漢秋雲淡，紅藕香侵檻。枕倚小山屏，金鋪向晚扃。睡起橫波謾，獨坐情何限？衰柳無聲蟬，魂銷似去年。

（卯）屬於七律者

1. 馮延已的瑞鷓鴣：「嚴妝纔罷怨春風，粉牆畫壁宋家東。蕙蘭有恨枝猶綠，桃李無言花自紅。燕燕巢時羅幕卷，鶯鶯啼處鳳臺空。少年薄倖知何處？每夜歸來春夢中。」（按一名鷓鴣詞，一名舞春風。）

然此猶僅就其平韻言之耳，若就仄韻舉之，則更有：

2. 牛嶠之木蘭花：「春入橫塘搖淺浪，花落小園空惆悵。此情誰信爲狂夫；恨翠愁紅流枕上。小玉窗前嗔燕語，紅淚滴穿金線縷。雁歸不見報郎歸，織成錦字封過與。」（宋詞人葉夢得亦有此體）

3. 韋莊之玉樓春：「日照玉樓花似錦，樓上醉和春色寢。綠楊風送小鶯聲，殘夢不成離玉枕。堪愛晚來韶景甚，寶柱秦箏方再品。青娥紅臉笑來迎，又向海棠花下飲。」（按萬紅友云，木蘭花玉樓春至宋時即合爲一體；歷代詩餘云，玉樓春即木蘭花之又一體，唐詞無此名，五代始有之。）

4. 又有蘇庠之清江曲詞，亦是七言八句。所不同者，厥惟前疊用平韻，後疊便換仄韻耳。詞云：「屬玉雙飛水滿塘，菰蒲深處浴鴛鴦。白蘋滿棹歸來晚，秋著蘆花一岸霜。扁舟繫岸依林樾，蕭蕭兩鬢吹華髮。萬事不理醉復醒，長占煙波弄明月。」

詞調除其類乎絕句律詩之作而外，尚有合於谷永孔融之六言古詩者，如馮延己之六言古詩是也：

銅壺漏滴初盡，高閣雞鳴半空。催起五門金鎖，猶垂三殿珠櫳。階前御柳搖綠，仗下宮花散紅。鴛瓦數行曉日，鸞旂百尺春風。侍臣舞蹈重拜，聖壽南山永同。

然，蓉城集云：「鴛瓦二句，殊有元和氣象，堪與李氏齊驅；」是亦所見各別耳。又詞譜載有朱敦儒六言八句之鸂鶒詞一首，每句皆叶，且視此詞減少二句也。詞云：

拂破秋江烟碧，一對雙飛鸂鶒。應是遠來無力，相偎稍下沙磧。小艇誰吹橫笛？驚起不知消息。悔不當時描得，如今何處尋覓？

六言八句詞，劉長卿亦有謫仙怨一首，集中不以為詞，直認其為六言律詩也：

暗川落日初低，惆悵孤舟解攜。烏向平蕪遠近，人隨流水東西。白雲千里萬里，明月前溪後溪。獨恨長沙謫去，江潭春草萋萋。

翫其格式聲調，實與律詩無殊。劉毓盤說：『全唐詩載竇弘餘康駢二家所作，通首四聲、一字不易，蓋是詞也。』

又，詞之有類於六言絕句者，最爲早出。崇文書目曰：『李燕牧護子詞，六言四句。』則此體在太宗時已有之矣！稍後如沈佺期裴談李景伯之回波詞，韋應物之三台令，張說之舞馬詞，（所不同者，韋張二詞，首句不叶。）無名氏之塞姑詞等是。數詞詳後，今不備舉。

更有近乎六朝人之五言古詩者，例如崔液之踏歌詞：

綵女迎金屋，仙姬出畫堂。鴛鴦裁錦袖，翡翠貼花黃。歌響舞分行，豔色動流光，（楊用修之欵長紅亦類五言古詩，玆不具錄。）

至若七言六句詞，則以搆章叶韻與詩太相遠之故，句雖整飭，終覺不類也。

枕障熏爐隔繡帷，二年終日苦相思，杏花明月始應知。天上人間何處去，舊歡新夢覺來時，黃昏微羽畫簾垂。

第二：以上係就詞調方面以爲言。若就「詩」說，則三百篇中長短不齊的篇章正多；漢魏以降，所謂樂府古詩以及唐人的新題樂府之類，其句讀之組成，亦復長短滋甚：然而皆不謂之爲『詞』，而僅曰『樂府』，或卽曰『樂府歌詩』！可知詩詞之分，不在於其句式之整齊與長短了。

昔人求其故而不得，則遂由其風格神韻之間以解之：張芸叟詞云：『「囘首夕陽紅盡處，應是長安！」人嘗誦之，樂天題岳陽樓詩云：「春岸綠時連夢澤，夕波紅處盡長安，」蓋芸叟用此換骨也。』（詞苑叢談）此卽風神之說也。王阮亭曰：「或問詩詞分界？予曰：『無可奈何花落去，似曾相識燕飛來』，定非香奩詩；『良辰美景奈何天，賞心樂事誰家院？』定非草堂詞也。」劉體仁亦曰：「『夜闌更秉燭，相對如夢寐。』叔原則云：『今宵剩把銀釭照，猶恐相逢是夢中，』此詩與詞之分疆也。」（詞繹）

然又自知其說之難于成立也，又更著論以辨之道：『詞有與古詩同義者：「瀟瀟雨歇」，易水之歌也；「同是天涯」，麥甸之詩也；「又是羊車過也」，團扇之辭也；「夜夜岳陽樓中」，日出當心之志也；「已失了春風一半」，鯢車之諷也；「瓊樓玉宇」，天問之遺也。詞有與古詩同妙者：如「問甚時，同賦三十六陂秋色，」卽灞岸之與也；「關河冷落，殘照當樓，」即勅勒之歌也；「危樓雲雨上，其下水扶天，」即明月積雪之句也；「燕子樓空人何在？空鎖樓中燕，」即平生少年之篇也。」（劉體仁詞繹）所謂義者，蓋是指其涵義而以爲言；所謂妙者，蓋乃全就神韻而立說；今旣說它是「同義」「同妙」，則直承認詩詞的「涵義」與「神韻」皆是完全相同了，還會有甚麽區別呢？

第三的區別，便是注意「詞法」：

袁籜菴說：「詞有三法：章法，句法，字法。有此三者，方可稱詞。」是故「詞有定名，即有定格。」（詞苑叢談）這就是我在前段判定詞的規律是「調有定格，句有定數，韻有定聲」之說了。

小令慢詞，各有調名，各有程式，這是調有定格；而每一詞調，句字多寡，至有定數，不可增減，這是句有定數；至其用韻，分別三聲，這是調有定聲。必要三者闕合，然後才可以稱之爲詞。

調有定格，人多懂得；（單果則不能成立）韻有定聲，往後還要詳說。現在，姑就劉體仁的話來說明「句有定數」一語在詞調上的意義：詞繹云：「詞與詩不同，詞之語句，有兩字，四字，至七八字者；若惟疊實字，讀之且不通，況付雪兒乎？合用虛字呼喚：一字，如「正」「但」「任」「況」之類；兩字，如「莫是」「又還」之類；三字，如「更能消」「最無端」之類。却要用之得所。』這就是說，詞之所以不同于詩者，因其造句必用虛字呼喚使然耳。

第四：所謂「虛字」，就是「和聲」，就是「泛聲」，也就是曲中之所謂襯字。詞的始祖本是樂府，樂府重在聲音，故詞亦重在聲音。這種虛字，在樂府中，如「衣衣」「吾吾」「何何」之類，因為辭句難通，容易察見；至于詞，則因虛字實字相倚聯綴構成辭句，意義通達，所以很難分別。譬如「柳枝」「竹枝」兩詞，其句中以「柳枝」「女兒」或「竹枝」「女兒」等字相間為其和聲；采蓮曲詞，其句中則以「舉棹」「年少」等字為其和聲。祇要調中注出，自是容易區別的。（唐人詩集每于柳枝竹枝調下都不注出，則不可解。）但如遇着如唐玄宗好時光一類的詞，其虛字便不容易找着了。

寶髻「偏」宜宮樣；「蓮」臉嫩，體紅香。眉黛不須「張敞」畫，天教入鬢長。莫倚傾城貌，嫁取「箇」有情郎。彼此當年少，莫負好時光！

這詞是先從五言八句詩上加以虛字，後來更將那些虛字改爲實字變化而成的。全唐詩注云：「唐人樂府，元是律絕等詩，雜和聲歌之：凡五音二十八調，各有分屬。自宮調失傳，遂并和聲亦作實字矣！此詞疑亦五言八句詩：如「偏」「邋」「張敞」「箇」等字，本屬和聲，而後人改作實字也。」因此，我們儘管說詞調中是有虛聲的，但若拿出詞調來看，則那虛聲又不容易找得，便弄得莫明其故了。

然則詞與詩的區別，並不在乎句子之長短與整齊，而實在乎虛聲了。虛聲的功用，原是關係音樂的。所以詞品說：『唐人曲調，皆有詞有聲。……詞者，其歌詩也；聲者，若羊吾夸伊那何之類也。』古今詞譜說：『唐人歌詞皆七言而易其調，渭城曲爲陽關三疊，楊柳枝復爲添聲。采蓮竹枝，當日遂有排調；如「竹枝」「女兒」「年少」「舉棹」，同聲附和，用韻接拍，不僅雜以虛聲也』。宋人胡仔苕溪漁隱叢話說：「唐初歌詞，多是五言詩或七言詩，初無長短句；自中葉以後至五代，漸變成長短句；及本朝，則盡爲此體。今所存者，止瑞鷓鴣小秦王二闋，是七言八句詩，并七言絕句詩而已。瑞鷓鴣猶依字可歌；若小秦王，必須雜以虛聲，乃可歌耳」。吳衡照云：

唐七言絕歌法，若竹枝柳枝淸平調雨淋鈴陽關小秦王八拍蠻浪淘沙等闋，但異其名，卽變其腔。至宋而譜之僅存者，獨小秦王耳。故東坡陽關曲，借小秦王之聲歌之。漁隱叢話云：「小秦王，必雜以虛聲乃可歌；」此卽樂府指迷所謂教師唱家之有襯字。其中二十八字爲正格，餘皆格外字，以取便於歌。如古樂府「妃呼豨」云云。凡七言絕皆然，不獨小秦王也。元人歌陽關，衍至一百餘字，想亦借小秦王之聲，非當時製曲之舊已。（蓮子居詞話）

第五：更由這種「虛聲」，逐漸注重平仄：

「自沈吳與分別四聲以來，凡用韻樂府，無不調平仄者；至唐律以後，浸淫而爲詞，尤以諧聲爲主。倘平仄失調，則不可入調。周柳万俟等之製腔造譜，皆按宮調，故協於歌喉，播諸弦管；以迄白石夢窗輩，各有所創，未有不悉音理而可造格律者。今雖音理失傳，而詞格俱在；學者但宜依仿舊作，字字恪遵，庶不失其中矩矱（詞律）。張南湖作詩餘圖譜，力求合於音節，虞山詩選，謂其「刻意塡詞，必求合于某宮某調，某調第幾聲，其聲出入第幾犯。抗墜圓美，必求合作。」（鄒程村詞衷亦說南湖詩餘圖譜平仄差核）而俞少卿斥之，謂爲溢論。他說：大約南湖所載，俱係習見諸體，一按字數多寡，韻脚平仄；而于音律之學，尙隔一塵。試觀柳永樂章集中，有同一體而分大石歇指諸調；按之平仄，亦復無別。此理近人原無見解，亦如公瓛所言徐六擔板耳。」平心而論，詩餘圖譜雖多乖舛，然其注重平仄，俞氏也是承認的。注重平仄，而于音律尙隔一塵；精粗有閒，平仄自然沒有頂高的價值。

「規矩，方圓之至也。」平仄雖然沒有頂高的價值，祇是一種法度；但它確是促成詞調的一種律式。而這律式，却是比之唐人近體更爲嚴格。俞仲茅（彥）說：「詞全以調爲主，調全以字之音爲主。音有平仄，必多不可移者，間有可移者；（郎仁寶瑛）謂塡詞名同，而文有多寡，音有平仄各異者甚多，悉無書可證。……俞少卿云：詞調平仄稍異者亦多；吾向謂間亦有可移者，此類是也。）仄有上去入，多可移者，間有必不可移者。儻必不可移者，任意出入，則歌時有棘喉澁舌之病。故宋時一調，作者多至數十人，如出一吻。今人既不解歌，而詞家染指，不過小令中調；尙多以律詩手爲之：不知孰爲音，孰爲調，無怪乎詞之亡也！」現在，且將詞調中關於平上去入用法的區別，準諸萬紅友氏之說，臚列下方，以便識別：

a. 詞調平仄有定，不能隨便更易；平可謂仄，仄可謂平之處，亦有定限，決無通篇可以隨意通融之理。

b. 上去相配，不能互易：夫「上去之分，判若黑白。」蓋上聲舒徐和軟，其腔低；去聲激厲勁遠，其腔高。相配用之，方能抑揚有致。「大抵兩上兩去，在所當避。」……「夫一調有一調之風度聲響！若上去互易，則調不振起，便成落腔矣。」

c. 去聲在歌詞上有特殊的價值：更有一要訣曰：名詞轉折跌蕩處多用去聲，何也？三聲之中，上入二者可以作平，去則獨異；故余嘗竊謂：論「聲」雖以「一平」對「三仄」，論「歌」則當以「去」對「平上入」也。當用「去」者，非「去」則激不起；用入且不可，斷斷勿用平上也。

d. 上可作平：上之爲音，輕柔而退遜，實近於平，故可作平，中州音韻已著其例。言詞則難信，姑以曲喻之，北曲清江引末一字，可平亦可上：如西廂記之「下場頭那答兒發付我」，「我」字上聲。香美娘「處分破花木瓜」，「瓜」字平聲。天下樂「汎浮槎到日月邊」，「邊」字平聲。「安排憔悴死」，「死」字上聲。如此等甚多，用上皆可代平，卻用不得去聲字。但試於口吻間諷誦，自覺上聲之和協，而去聲之突兀也。

e. 入聲可以派入三聲：「入」之派入三聲，爲曲言之也。（中原音韻務頭采此說）然詞曲一理；今詞中之作「平」者，比比而是；比「上」作「平」者更多，難以條界。作者不可因其用「入」是仄聲，而塡作「上」「去」也。且有以「入」叶「上」者，不可用「去」；以「入」叶「去」者，不可用「上」。亦須知之。

是則詞調格式，平仄固有定律。然「平」止一途，「仄」兼「上」「去」「入」三種，不可遇仄而以三聲概塡。蓋一調之中，可概者十之六七，不可概者十之三四，須斟酌而後下字，方得無疵矣！

第六：單從詞的本身說明它之與詩有異，須屬可能，（說見上第二條）然亦終乏比較的識別。前人爲欲補其闕失計，於是往往參證以「曲」，而詩詞之別，遂更明瞭。

沈東江（謙）說：

「承詩啓曲者，詞也；上不可似詩，下不可似曲。然，詩曲又俱可入詞，貴入自運。」

董文友說：

「嚴給事與僕論詞云：『近日詩餘，好亦似曲。』僕謂詞與詩曲界限甚分：似曲不可，似詩仍復不佳。譬如擬六朝文，落唐音固卑，侵漢調亦覺傖父。」（蓉塘詞話）

在這兩段話中，有兩點應須注重：

1. 詞不可似詩，亦不可似曲：凡是曲子，大都鄙鄙；「詩莊詞媚，其體元別。」（李東琪）故王元美曰：「塡詞小技，尤為謹嚴。」（藝苑卮言）毛先舒曰：「夫詞自可放，而元美乃云謹嚴，知詞故難作；作詞亦未易也。」柴虎臣云：「指取溫柔，詞歸蘊藉。雕而閨幃，勿浸而曲巷；浸而曲巷，勿墮而鄙鄙。」又云：『語境則「咸陽古道」，「汴水長流」；語事則「赤壁周郎」，「江州司馬」；語景則「岸草平沙」，「曉風殘月」；語情則「紅雨飛愁」，「黃花比瘦」。可謂雅暢。』

2. 詩曲俱可入詞：這說法很有時代的眼光，詞在五季猶有唐風，入宋便開元曲。（王阮亭）五季近唐，故有唐風；宋末瀕元，故啓元曲。詞「非自選詩樂府中來不能入妙，」（詞品）故五季兩宋之詞，多從詩中蛻化者。（此例至多，無須舉證。）洪亮吉說：

> 詩詞之界最嚴：北宋之詞，類可入詩，以清新雅正故也；南宋之詩，類可入詞，以流豔巧惻故也。至元，而詩與詞更無別矣！（北江詩話）

然則所謂詩可入詞之說，究要經過怎樣的變化呢？沈伯時說：

> 詞過片須要有敘：明明是詠花詠草，不可不入情意；明明是詠物，不可不歸

自敍。

故：

作詞與作詩不同！縱是用花草之類，亦須略用情意；或要入閨房之意。……

……如只直詠花草，初不著些豔語，又不似詞家體例。

以上便是詩可入詞的解釋。至謂曲可入詞之說，則僅就宋以後詞以爲言。但若我們從「時代的文學」立場上着眼，則宋以後詞，便已失掉了他創造的價值，不足數矣！故置弗論。董文友謂六朝文不宜落唐音，不應侵漢調者，正亦注重時代的說法；與沈謙之論，原不相遠。

然則所謂「詞」者，就是唐與金元之間一段時期中所創造所產生的一種有韻文學之成績而已。

（乙）關於原理方面的區別

「詩」「詞」在原理上的區別，第一便是聲樂的關係：古詩皆可歌；或爲徒歌，或爲樂歌。所謂采詩入樂，乃是要使徒歌變爲樂歌的一種改製。這種情形，漢魏以前，大抵皆然。六朝新聲鬱茂，民間歌曲如子夜懊儂諸曲，亦皆合樂，無須經過采詩入樂的麻煩。李唐承繼光大，其成績蓋實過之。自其譜律不傳，詞調遂起。而宋詞在音樂上普及之度，直與唐詩沒有什麽區別。徐師曾文體明辨說：

「樂府詩餘，同被絃管；特樂府以皦逕揚厲爲工，詩餘以婉麗流暢爲美，此其不同耳。」

故就「屬辭」「格調」上說則有別，「合樂」「應用」上說則無異。詩之與詞，正猶詞之與曲；曲是當時的樂調，詞亦是當時的樂調，惟詩亦然。故他們的區別，言其同則皆同，言其異則皆異；但除其本身而外，亦還有其時代的關係在也。

此段之所謂「合樂」，是指伴奏與歌唱之雙方面而說的。

因爲時代的不同，所以有「詩」「詞」「曲」的不同，所以「詩」「詞」「曲」的唱奏不同，乃至於伴奏的樂器都不同；這就是它們的區別。

再次，便是用韻方面的區別：一般人都說詞韻寬於詩韻，（鄒程村詞衷卽主此說）這話實有許多毛病。沈休文的四聲譜，祇是他們幾個人做詩的準則；（菊莊偶筆云：「沈約之韻，未必自合聲律；而今人守之如金科玉律，此無他：今之詩學李杜，李杜學六朝，往往用沈韻，故相襲不能革也，若作填詞，自可變通。」）他們要想以此繩律天下之士，故特編定本子出來，（毛先舒云：「沈約雖有其書，世實未嘗遵用之。」）唐人作詩，也並不以孫愐唐韻爲準！（毛先舒云：孫愐唐韻，凡一百一十四部，而今考唐詩用韻，止一百七部；是唐人作詩，止取裁於一百七部；愐韻雖多其七，時人亦未嘗肯遵之。至於中晚，用韻漸雜，而詞韻開矣！）李杜大家，後人舉韻目以繩之，也常常有很多地方不合律。即以漢魏古詩推溯三百篇而上，它們也沒有「韻本」。所謂通用合用，無非是在那寬泛的聲韻之中歸納出一條道路出來。如此這般，則詩韻也就不是嚴格的了。

不過，「時有古今，地有南北，韻有因革，字有轉移。」菊莊偶筆云：「古體詩辭以及南北曲：雖以時遞遷，一系相承；然畦畛既分，用韻自別。」時地既然演更，音韻自有差異。唐詩與兩漢與三百篇的用韻皆不同，詞與詩的用韻亦宜乎不同；所謂「寬窄」，並非眞理。（例如古詩韻，五歌通六麻，十一尤可通六魚七虞，塡詞則否；然十二侵之通眞文庚靑蒸，則詩皆同，然究有何寬仄？」）沈天羽云：「宋人詞韻，有通至數韻者，有忽然出一韻者，有數人如一轍者，有一首而僅見者。後人不察，利爲輕便；一韻偶侵，遂延他部；數字相引，竟及全文，此毛氏一八通譜全族通譜之喩爲不易也。毛先舒說：『秦觀秋閨，「幔」「暗」累押；仲淹懷舊，「外」「淚」莫辨；邦彥美人，「心」「雲」並陳；少隱禁烟，「南」

「天」雜押；稼軒諸作，「歌」「麻」通用。李景春恨詞，本「支」「紙」韻，而中闌入「來」字；其他固未易闡數，故知當時便已縱逸。徒以世無通韻之人，故傳譌迄今，莫能彈射。而譜才劣手，苦於按譜；更利其疎漏，借以自文。其爲流禍，可勝道哉！』

又云：『去矜詞韻例，取范希文蘇幕遮詞，「地」「外」二字相叶；又取蔣勝欲探春令詞，「處」「翅」「住」「指」四字相叶，疑於「支」「祇」「魚」「語」「佳」「蟹」三部韻可以互通。……先舒按，如辛棄疾南歌子新開河詞，本佳蟹韻而起韻用「時」字；歐陽修踏莎行離別詞，本支祇韻，而末韻用「外」字，姜夔疏影詠梅詞，本屋沃韻，而用北字；柳耆卿送征衣詞，本江講韻，而末用「遙」字。當是古人誤處，未宜遽用爲例。又如辛棄疾詠晚春詞，十七篠與二十六有合用，此獨毛詩有其法。……

……用在騷賦則宜，施之塡詞，尤屬創異。蓋宋詞多有越韻者！沈天羽云：「四支竟全通十灰，半元寒刪先全通用，雖宋詞蘇柳間然，畢竟稍濫！」至南渡尤甚。此如李杜諸詩，間有雜韻；晚唐律體，首句出韻。古人隳法讓前，類復爾爾，未足遽以爲式也。』

他們用那釘板的韻部去繩墨詞人口頭的活韻，還要斥其譌訛隳法，不足爲式，還要斥其「漸疎而駁」；（毛先舒云：「宋人塡詞，韻漸疎而駁。」）眞是「其爲流禍，可勝道哉」了！

作詞要有韻部的限制，始於北宋末年的朱敦儒；然而樵歌，確是混淆已極，寬容都是說不上的。

朱先生的詞韻早已亡佚，無從稽考了。南宋時，張輯爲它作注釋，馮取洽更將它增補，可見那時却還有些勢力；到了現在，我們祇能從陶宗儀所批評他那應制詞韻十六條和聲韻四部失之混淆的文字之中，（引見詞林正韻）略識梗概。自是之後，詞韻之書，繼踵而起者，在宋（？）則有紹興二年刊印菉斐軒詞林韻釋，（一名詞林要韻，秦敦夫疑爲元明時人所謬託者。）俟後五百餘年，當明末清初之際，則有沈去矜（謙）的詞韻略，而清初的毛先舒，復又爲之括略。於是趙鑰曹亮武仲恆胡文煥吳寧李漁許昂霄戈載……………等之詞韻迭出。於是論詞之士，率皆以法矜尚了。然而此等韻書，考其所詣：其上者，用死詞牌遷活曲韻；其下者，用死韻字限活語言耳。揆之宋詞，太相懸隔。

其時：惟有吳烺等所編之學宋齋詞韻，鄭春波所編之綠漪亭詞韻，注重活語言，蔑視死韻律，竟然大胆地將「眞」「文」「庚」「靑」「侵」等十四韻同用，將「元」

「寒」和「覃」「咸」等之十五韻併歸一部，始能稍與宋詞所用之韻合節。而戈載却說宋人名作沒有如是之寬，因而罵他所學皆宋人誤處，韻學於此大紊，也未免太不通達了。其實，宋詞之韻，原無標準。毛奇齡說：

> 詞韻可任意取押：「支」可通「魚」，「魚」可通「尤」，「眞」「文」「元」「庚」「青」「蒸」「侵」，無不可通；其他「歌」之與「麻」，「寒」之與「鹽」，無不可轉。入聲，則一十七韻展轉雜通，無有定紀。

所謂通韻，大別有二：毛先舒云：一曰唐詞守詩韻通別韻，亦略如宋詞韻者：如溫庭筠定西番之以平聲「東」「冬」通用，則上聲「董」「腫」，去之「送」「宋」，亦必通用。（他韻上去例做此）白樂天長相思之以「支」「微」「齊」及十「灰」前段通用，韋莊小重山，溫庭筠清平樂之以「眞」「文」及十三「元」後段通用，顧夐虞美人之以「寒」「刪」通用，（按十三「元」後段既通入「眞」「文」，則前段亦應與此韻通用。）李白菩薩蠻之以庚青通用，薛昭蘊女冠子之以「覃」「咸」通用，牛嶠玉樓春之以「語」「麌」通用，（然則「魚」「虞」亦通用）牛希濟生查子尹鶚滿宮花之以「篠」「皓」通用。（然則「蕭」「豪」亦通用。）二曰唐宋詞韻互通者：如唐白樂天長相思，以「支」與「微」與十「灰」半通用者，那是宋韻；宋秦太虛千秋歲用「隊」韻，辛稼軒沁園春用「灰」韻，都是渾用唐韻。「由是觀之，唐詞亦可用宋韻，宋詞亦可用唐韻，自不必過判區畛耳。」（摘取毛氏大意）

其實，他本來也就沒有顧及韻部；所根據的，全是當時的「活脉活調」。故其所謂「通轉」「雜通」「略如」「互通」云云，全是根據清人的韻書以爲「解釋的方便計」之說法而已。黎錦熙先生說：「清人所撰的許多詞韻，除學宋齋一派外，只算是清詞韻，不得謂爲宋詞的韻；只算是主觀的標準詞韻草案，不得看作客觀唐宋詞韻考。」他們戴起這種眼鏡去研究詞韻，當然不許它（詞）有如是其寬的，所以戈載便罵毛奇齡「喪心病狂，敗壞詞學，至於此極」了！

然則宋詞用韻何以要如此的隨便呢？疑古玄同先生說：「做文章要押韻，用意只在利用疊韻，使文章好讀而已。要文章好讀，有兩個目的：一是文章容易上口，便容易記得。……一是利用讀音的和諧，來增加文學的美趣。……其用意如此，所以押韻的唯一要義就是所押各字，至少也必須作者自己讀起來是疊韻才行。（這裏所說的疊韻，不是音理的，乃是習慣的。）要是連自己讀起來都不是疊韻，那還有什麼押韻之可言？這樣極淺的道理，總不見得比肚子餓了要吃飯，一加一等於二，還要難懂些吧。可憐那般精神上拖着辮子纏着小脚的人們，竟永遠不會懂得這個道理！」

原來做詩塡詞，祇求合於作者口頭的活韻的諧暢，却不顧到異代異地或同時異地別人口中的聲韻的。故四庫提要說：

塡詞莫盛於宋，而二百餘載，作者蠭興；但有製調之文，絕無撰律之事。核其所作，或竟用詩韻，或各雜方言，亦絕無一定之律；不應一代名流，都亡此事，留待數百年後，始補闕拾遺。蓋當日所講，在於聲律；抑揚抗墜，剖析毫芒。至其詞，則雅俗通歌，惟求諧耳。所謂「有井水吃處都唱柳詞」是也；又安能以禮部韻略頒行諸酒壚茶肆哉？作此不拘，蓋由於此，非其智有所遺也！（評論沈謙仲恆之語）

「即以用韻而論，宋詞就完全脫了韻書的覊絆，大家只把當時普遍廣泛的語音作標準；有時高興，還不妨叶幾個自己的方音，只要節奏合拍，唱得好聽，這些講究到不在乎；所以當時詞家可以把應制和摹古所應遵守的詩韻完全不睬。大凡一個時代的文學，越近於平民的越是活的；越是活的，越沒有這些文字上的規矩。……即如唐宋的活詞，本沒有一定規矩的詞韻；文人塡詞，也不過視爲一種遊戲。」（黎錦熙樵歌跋）『自古以來，凡價值最高的文學，都是用活的語言做成的；凡活語言中讀成疊韻的字，他們就隨意拿來押韻。三百篇，屈宋的辭賦，漢魏六朝的樂府，宋詞，元曲，以及現存的平民歌謠，都是這樣辦的。…………做詩塡詞，非摹古調，即依活語：前者往往愛用舊音，如韓愈杜甫諸人之詩是也；後者往往愛用活音，如柳永秦觀之詞是也。韓杜諸人所用，即陸法言切韻一派之音；切韻之音，乃是魏晉六朝以來經師文人讀書所用的舊音。宋詞不走這條路，用活語行文，依活語押韻。這活語本是方言，做押韻的字也就是在某方言中讀成疊韻的字了。各人用着他自己最熟練的方言塡詞押韻，秦七不必同於黃九；辛稼軒的詞雖然受了它的那位同鄉女名士李易安的許多影響，（適之的話）但它押韻却未必對於伊亦步亦趨。乾脆一句話，「詞韻」這東西，壓根兒就是沒有的。戈老爹這般人像煞有介事的說道，詞韻如此如此，這般這般，其可笑正不亞於「瞎子斷扁」了！」（見疑古玄同給黎錦熙的信）

「總而言之，宋詞以當時普通混合的活語音爲韻，名家如黃庭堅、曾覿、劉過、吳文英等，更敢任意攙雜幾個土音；研究文學史的要知道這正足以證明一個時代活文學的特點，研究語言學的也可以藉此考究當時的普通語音和方音土語的流轉變遷。」（黎劭西）宋詞因爲是由於民間的促成，故其用韻也絕對的自由；其自由的程度，却是爲牠底前身——詩韻的自由所趕不到的。

至若平上去入，本來祇是聲調上的關係，並無別的作用；但因詩詞之文體不同，所以應用便顯然有別。其在詩者，只分平仄；仄統上去入之三聲言，於此更不再加區別，這是人所熟知的。

填詞用韻則不然：大約平聲獨押，上去通押。平聲獨押，如「支」「微」「魚」「虞」「齊」，斷無合理。上去通押：則如「紙」「尾」「語」「御」「薺」，皆是上聲；「寘」「未」「遇」「御」「霽」，皆是去聲；然而兩聲之韻，多可通用。（但不能以平貫去入耳）此在宋詞，其來蓋已久矣！然亦間有合諸平聲通押之調者，如西江月少年心之類是也。至於入聲韻之應用，則絕無與平上去三聲通押之可能云。（以上皆就韻本所排列者立說。黎錦熙云：說者以為詞韻入聲獨押，斷無平上去通詞之理，這都不然！樵歌中就有此例。——樵歌跋。）填詞押韻，有別於詩，其大較也。

要而論之：唐宋五代之詞調，皆極自由，從無格律之規定；凡上所指平仄押韻諸法，自是宋以後人捉弄出來的把戲。直至清世戈載萬澍……等輩，妄事誇大，矜為無上發明，每常斤斤乎言之；低能謬妄，一至於此！善夫！日本兒島獻吉郎之論，為得其平。其言曰：「蓋詞之平仄法與押韻法甚為複雜，無一定之原則；詞每篇每句之矩矱各不同。非彼等之不憚煩，蓋勢所必然也。大致（？）宋人精於音律，其所作詞，固不拘於平仄，而以自由發抒胸臆，適合絃管爲主；故百人百題，其平仄法各殊。而後世始作圖譜，立規條，依圖填詞，由譜諧聲。則可知當初之詞，其方法最爲自由，不拘泥於形式；後世之詞，法度最爲窮窘，句櫛字比，徒增末技。嗣後之詞，毫無進步。明代以來，氣息懨懨，不過於戲曲中遺留一些殘影而已！」（中國文學概論，張銘慈譯。）宋以後詞，無時代之精神，無創造之性質；既非時代底產物，也就不值得本書來敍述了。

（附言）在前什麼是詞的一段中、本來已有詞與詩的區別之意了；但因講得不詳，故更爲條說如此。

三、詞的起源

詞是甚麼時候起來的？沈存中謂托始于王涯，又謂貞元元和之間，爲之者已多。陸務觀云：倚聲製詞，起於唐之季世。汪森說：「自有詩而長短句卽寓焉；南風之操，五子之歌是也。周之頌，三十一篇，長短句居十八；漢郊祀歌，十九篇，長短句居其五；至短簫鐃歌，十八篇，篇皆長短句，謂非詞之源乎？迄於六代，江南採蓮諸曲，去倚聲不遠，其不卽變爲詞者，四聲猶未諧暢也。」（詞綜序）

故若要追尋這個題目原始的答案，當然要說：『詞的起原』是肇始於最初接近民間的『歌』『辭』『謠』『諺』了！然而我們討論『詞的起源』，却並不從這方面去立論！因爲從文學變化的步驟上看，則『歌』『辭』『謠』『諺』只是促進『三百五篇』與乎兩漢魏晉南北朝李唐各時代的人們所產出的『詩』的先聲，而『詞』之發生却乎是在『詩』後，（因爲詞是詩之變）若就從牠們去論『詞之起源』，究竟是間接而不是直接的，所以我今討論『詞的起源』，不取此說。

從前的人們只有詞的創作，而沒有詞的研究，他們僅僅注意在怎樣『作詞』，而不能談到詞之本身的來歷。所以像這個非常重要的問題，前人都未嘗給我們一個明白確切的答案；雖然也有如『詩話』『詞話』一流的東西散漫地論到一點，但也不過是信口開河，支離瑣屑；講錯了也並不負有何等的責任。卒之，毫無條理而不切於事實。所以我們於此須得鄭重地更加討論，近人胡雲翼將已往研究的成績歸納起來，大約爲四種說法，亦頗近是：

（一）以樂府爲『詞的起源』說：顧炎武日知錄曰：『三百篇之不能不降爲楚詞，楚詞之不能不降爲漢魏者，勢也；是則三百篇之不能不降爲樂府：樂府之不能不降而爲「詞」者，亦勢也。』謝無量曰：『詞蓋樂府之變。』徐釚曰：『塡詞原本樂府；』

徐巨源曰：『樂府變爲「吳趨」「越豔」，雜以『捉搦』『企喻』『子夜』『讀曲』之屬，以下逮於詞焉。』他們的意思，都以爲詞的起源是漢魏樂府，因爲樂府主聲而『詞』亦主聲；樂府調有長短，句有長短；詞亦如之。所以便主張『詞』之起源本於樂府。

（二）謂詩餘爲『詞的起源』說：『詩餘名義緣起，始見宋人王灼之碧雞漫志；至明楊愼之丹鉛錄，都穆之南濠詩話，毛先舒之塡詞名解，因而附益之』。（吳衡照蓮子居詞話）主張此說者，乃謂『詞』乃詩之變格，亦猶之乎以『曲』爲『詞餘』也。樂府餘論載宋翔鳳云：謂之『詞餘』者，以詞起於唐人絕句，如太白之淸平調，卽以被之『樂府』。太白憶秦娥菩薩蠻，皆詞之變格，爲『小令』之權輿。旗亭畫壁賭唱，皆七言絕句，後至十國時，遂競爲『長短句』，自一字兩字至七字，以抑揚高下其聲，而樂府之體一變。則『詞』實『詩』之餘，遂名曰『詩餘』。沈雄柳塘詞話云：『溫飛卿詩云：「合歡桃核眞堪恨，裏許原來別有人。」山谷衍爲詞云：「似合歡桃核眞堪恨——恨心裏有兩個人人！」古詩云：「夜闌更秉燭，相對如夢寐。」叔原衍爲詞云：「今宵剩把銀缸照，猶恐相逢是夢中！」此則詞爲詩之餘也。』實則『古詩之於樂府，近體之於詞，分鑣並騁，非有先後；謂詩降爲詞，以詞爲詩之餘，

殆非通論矣！」（汪森詞綜序）

（三）以音樂「詞的起源」說：因爲「三百五篇」和漢魏以來的樂府都可以被之絃管，所以詩之有作皆可合歌。無奈詩之遞趨而格律益嚴，後世作詩者往往拘於規矩準繩之故而詩竟不能入樂，亟思有以易之，乃創爲詞；「詞」原是可以入樂，可以歌唱的。所以俞彥說：「詩亡然後詞作，非詩亡，所以歌詠詩者亡也，」正是這個道理。張叔夏詞源云：「古之樂章樂府樂歌樂曲，皆出於雅正。粵自隋唐以來，聲詩間爲「長短句」，至唐人則有尊前花間，迄於崇寧，立「大晟樂府」，命周美成諸人討論古音，審定古調，淪落之後，少得存者。由此八十四調之聲稍傳。而美成諸人又復增演慢曲引近，或移宮換羽，爲三犯四犯之曲，按月律爲之，其曲遂繁。」紀昀謂：「古樂府在聲不在詞，唐人不得其聲……其時採詩入樂者，僅五七言絕句，或律詩割取其四句。依聲製詞者，初體竹枝柳枝之類，猶爲絕句；繼而望江南菩薩蠻等曲作焉。至宋而傳其歌詞之法，不傳其歌詩之法。」要知道歌詩法之所以不傳，便是因爲詩的本身已不可歌唱了。

（四）以長短句爲「詞的起源」說：萬紅友云：詞上承於詩，下沿爲曲；雖沿流相紹，而界域判然。如菩薩蠻憶秦娥憶江南長相思等，本是唐人之詩；而風氣一開，遂有長短句之別。』（詞綜發凡）故曰，『古樂府不作，而後長短句出焉，（花庵詞選序）蓋長短句本是打破舊有詩體而從事革新的一種創作，原無一定的律式；其後漸次推行，遂趨於調有定格，句有定字，韻有定聲的種種譜式出來，所以說詞是起源於長短句的。故汪森序朱彝尊詞綜云：『自古詩變爲近體，而五七言絕句傳於伶官樂部，長短句無所依，則不得不更爲詞。』但也有人以爲『三百五篇』和漢郊祀歌之中也頗有長短句的體式，因便指之爲『詞的起源』的。卽如日本兒島獻吉郎說：『然試一考其源流，如詩經中之周頌三十一篇，十之九皆爲長短句，郊祀歌十九篇，長短句則十居其五；此爲詞之長短句所胚胎，抑亦積年因襲以超脫五七言之成格，而爲彼等創造性所出也。』其實，格調氣味，與詞全不相侔，那是並不相干的了。楊用修說：『塡詞必泝六朝者，亦探河窮源之意，長短句如梁武帝之江南弄，……梁僧法雲之三洲歌，……梁臣徐勉之迎客曲送客曲……隋煬帝之夜飲朝眠曲……王叡之迎神歌送神歌，……此六朝風華緜麗之語，後世詞家之所本也。』

以上四種說法，從表面上看去，雖覺其立論各有不同；但若仔細考按，則四可合爲二，而二又可合爲一。何以故呢？蓋所謂『樂府起源說』與『音樂起源說』同，因爲牠們所注重的都是音樂。『詩餘起源說』與『長短句的起源說』又同，因爲牠們閰是從「詩」間加了許多泛聲的實字而成功的一種新詩體。此合四爲二之說也。至於要把「音樂起源說」與「長短句起源說」打成一家，則必有待於下方的敘述而後始能明瞭：

王昶淸詞綜序云：『汪氏晉賢敍竹坨太史詞綜，謂詞長短句本於三百篇幷漢之樂府；其見卓矣，而猶未盡也。蓋詞實繼古詩而作，而詩本于樂，樂本乎音；音有淸濁高下輕重抑揚之別，乃爲五音十二律以著之。非句有長短，無以宣其氣而達其音；故孔穎達詩正義謂風雅頌有一二字爲一句，及至八九字爲句者，所以和以人聲而無不協也。三百篇後，楚辭亦以長短爲聲，至漢郊祀歌鐃吹曲房中歌，莫不皆然。蘇李出，畫以五言，而唐時優伶所歌，則七言絕句，其餘皆不入樂。李太白張志和，始爲詞以續樂府之後：不知者謂詩之變；而其實，詩之正也；由唐而宋，多取詞入於樂府：不知者，謂樂之變；而其實，詞正所以合樂也。……詞可入樂，卽與詩之入樂無異也。是詞乃詩之苗裔，且以補詩之窮，余故表而出之。以爲今之詞，卽古之詩，卽孔氏穎達之謂長短句。而自明以來，專以詞爲詩之餘，或以小技目之，其不知詩樂之原流，亦已傎矣！』

朱晦庵的朱子語類說：『古樂府只是詩，中間却添了許多泛聲。後來怕失了那泛聲，遂一添個實字；遂成長短句，今曲子便是。』夢溪筆談云：『詩之外又有和聲，則所謂曲也。古樂府皆有聲有辭，連屬書之，如曰：「賀賀賀」「何何何」之類，皆和聲也。今管絃之中，纏聲亦其遺法也。唐人乃以詞塡入曲中，不復用和聲。』清康熙朝編定全唐詩，其詞部的小注說：『唐人樂府原用「律」「絕」等詩雜和聲歌之，其并和聲作實字，長短其句以就曲拍者，爲塡詞。』吳西林（穎芳）說：『詞之興也，先有文字，從而宛轉其聲，以腔就辭者也。洎乎傳播通久，音律確然；繼起諸詞人，不得不以辭就腔。於是必遵前詞字脚之多寡，字面之平仄，號曰塡詞。或變易前詞仄字而平，或變易前詞平字而仄，要於音律無礙。或前詞字少而今多之，則融洽其多字於腔中；或前詞字多而今少之，則引伸其少字於腔外，亦仍與音律無礙。』方成培香研居詞塵說道：『唐人所歌，多五七言絕句；必雜以散聲，然後可被之絃管。……後來遂譜其散聲，以字句實之，而長短句興焉。故詞者，所以濟近體之窮，而上承樂府之變也。』吳衡照云：『唐七言絕句歌法必有襯字，以取便於歌。五言六言皆然，不獨七言也。後并格外字入正格，凡虛聲處悉塡成詞，不別用襯字，此詞所由興已。』（蓮子居詞話）以上這些例子，都是把音樂和長短句打成一片的斷論，在原理上確可通得！

胡適之先生說：「詞的原始是由於：（一）唐人所歌的詩，雖然是整齊的五言言或七言詩，而音樂的調子却不必整齊，儘可以有「泛聲」「和聲」或「散聲」。（二）後來人要保存那些「泛聲」，所以連原來有字的音和無字的音，一概入文字，遂成了長短句的詞了。」

因爲長短句之變的主因是要合樂，是要能歌唱，所以音樂起源說和長短句起源說可以並爲一家。從其形式方面說，便是『長短句』；從其應用方面說，便是『音樂』。二者偏廢其一皆不可！故張惠言說：『詞者蓋出於唐之詩人。採樂府之音以制新律，因繫其詞，故曰詞。』清聖祖歷代詩餘序述其原委云：

詩餘之作，蓋自昔樂府之遺音，而後人之審聲選調，所由以緣起也；而要皆昉於詩，則其本末源流之故有可言者。古帝舜之命夔典樂曰：『詩言志，歌永言；聲依永，律和聲。』可見唐虞時卽有詩，而詩必諧於聲；是近代倚聲之詞，其理固已寓焉。降而殷周，孔子删而爲三百五篇，樂正而雅頌得所。考其時郊廟明堂，升歌宴饗，以及鄉飲報賽，莫不有詩以叶於笙簫琴瑟之間。自詩變爲騷，騷衍爲賦，雖旨兼出乎六義，而聲弗拘於八音。至漢而郊祀房中鐃歌鼓吹曲琴雜詩，皆領於樂官，於是始有樂府名。迄於六代，操觚之家，按調屬題，徵辭赴節，日趨婉麗，以導宮商。唐興，古詩而外，創爲近體；而五七言雜句，或傳於伶人，顧他詩不盡協於樂部。其間如李白之清平調憶秦娥菩薩蠻，劉禹錫之浪淘沙竹枝詞，洎溫庭筠韋莊之徒，相繼有作；而新聲迭出，時皆被諸絃管。是詩之流而爲詞，已權輿於唐矣！

自兩漢而下的詩體，經過長時期的運用，由是浸假而爲五言，浸假而六言，浸假而爲七言；由古體而轉爲近體；由無規律以至於有規律，由有規律以至於嚴規律，於是「四聲」「八病」「蜂腰」「鶴膝」……之爛說靡煩。一方面增加束縛，一方面力趨新穎，作詩的方法變盡了，詩的運用也用夠了，便不得不改變新文體了。所以始由樂府式的長短句的途徑上產生了「詞」。

現在，我們且綜合前面的意思作個總結：

詞的起源是「長短句」，詞是以協樂爲主，牠是解散詩體而從新創造另制新律的一種新詩。

四、六朝時的長短句

在上既然說明了詞的起源是長短句，則長短句的發生究在何時？牠演進的程序究竟怎樣，我們研究詞的人對於這兩個題目應該切實地去探求答案，便不能夠含含糊糊，置之不理！

胡適之先生說：「長短句的詞起於中唐，至早不得過西曆第八世紀的晚年。舊說相傳，都以爲李白是長短句的創始者，那是不可靠的傳說。尊前集收李白的詞十二首，全唐詩收十四首，其中多有很晚的作品。長短句的憶秦娥菩薩蠻淸平樂，皆是後人混入的作品；據杜陽雜編及唐音癸籤，菩薩蠻曲調作於大中初年，（約八五〇）李白如何能塡此調呢？樂府詩集遍載李白的樂府歌辭，並收中唐的調笑憶江南諸詞，而獨不收憶秦娥諸詞，這是很強的證據。並且以時代考之，中唐以前，確無這種長短句的詞」而王靜安先生對於胡先生之說則略有修正，他與胡先生的信中說：『……王謂長短句不起於盛唐，以詞人方面言之，弟無異議；若就樂工方面論，則教坊實早有此種曲調，（菩薩蠻之屬），崔令欽教坊記可證也。』其第二書又說：「弟意如謂教坊舊有望江南曲調，至李衛公而始依此調作詞；舊有菩薩蠻曲調，至宣宗時始爲其詞。此說非不可通，與尊說亦無牴牾。」

王靜安先生這種論調，頗有莊子所謂『以麵合驢』的態度：他一方面反對胡適之先生的話，一方面却又贊成胡先生的話。所以他折衷地說『曲調』在前，作詞在後：

其實，王胡二先生之說都只能算得片面的理由。

我是極端反對長短句起於中唐之說的：因爲從文學變化的程序上看來，無論任何一種文學，都是漸變的，而不是突變的。所謂詞調的新文學，是沿本着樂府式的樂歌長成的。中唐以前，漢魏六朝的樂府，幾何莫非長短句？若說長短句的發生起於中唐，豈不是成爲突變了嗎？

我們應該知道，自從沈休文創『四聲』『八病』的詩律而後，詩的生命便算壽終正寢，宣告死刑了。又因爲南北朝的干戈頻仍，政治不能走上軌道，那時的君主如梁武帝梁簡文帝陳後主之流，都好造作新詞豔曲以度歌，隋室雖然統一南北，而煬廣之愛好新曲，更不亞於梁陳諸君，而且他的作品也頗不惡。因此，南北朝與隋室的臣庶宮人，類皆能作新式腔調的豔詞麗曲，到了初唐，到反而奄奄不振了。

舊唐書音樂志說：

> 江左宋梁之間，南朝文物，號稱最盛；人謠國俗，亦世有新聲。後魏孝文宣武，用師淮漢，收其所獲南音，謂之清商音。隋平陳，因置清商署，總謂之清樂。遭梁陳亡亂，所存益鮮。隋室以來，日益淪缺。武太后時，猶有六十三曲；今其詞存者，惟四十四曲焉。

這是說六朝的曲調到了唐朝，便亡失不全；所以唐以前的詩人，除李太白等少數作者外，幾乎沒人知曉。王灼碧雞漫志敍說這個原因，頗爲扼要。他說：

隋氏取漢以來，「樂器」「歌章」「古調」，並入「淸樂」，餘波至李唐始絕。唐中葉雖有「古樂府」，而播在聲律則尠矣！

這種論斷是文學趨變的事實，非可以僞詞掩飾的。

人們於文學的變化都不注重南北朝與乎五代，所以張口便說唐說宋。此實由於他們不懂得這個時代的文學之故。所以我不特反對胡先生「長短句起於中唐」之說，並且要反對王靜安先生曲調始於盛唐，作詞始於中唐那種灰色的講話！

現在我們且來賞鑒六朝及隋時君臣所作的新曲調，看它究竟能不能算得「長短句」！

梁武帝的江南弄（本七首，今錄其第二首。）：

美人綿眇在雲堂，雕金鏤竹眠玉牀，婉愛寥亮繞紅梁；繞紅梁，流月台；駐狂風，鬱徘徊！

梁簡文帝的春情曲：

蝶黃花紫燕相追，楊低柳合路塵飛。已見垂鈎掛綠樹，誠如淇水濕羅衣！兩童夾車問不已，五馬南城猶未歸。鶯啼春欲駛，無爲空掩扉！

陳後主的長相思（共二首，錄其第二首。）：

長相思，怨成悲；蝶縈草，樹連絲；庭花飄散飛入帷。帷中看隻影，對鏡斂雙眉：兩地同見月，兩別共春時。

隋煬帝的夜飲朝眠曲（此錄二首之一）：

憶睡時；待來剛不來！卸妝仍索伴，解佩更相催；博山思結夢，沈水未成灰。

沈休文的六憶（共四首，此錄其第四首。）：

憶眠時：人眠猶未眠！解羅不待勸，就枕還須牽！復恐旁人見，嬌羞在燭前。

侯夫人的看梅曲（又名一點春，共二首，今錄其一。）：

砌雪無消日，捲簾時自顰；庭梅對我有憐意，先露枝頭一點春！

像這一類的作品，在六朝實在很多，我們在此處也不多舉了。即就以上各詞看來，可以看到兩種的特色：（一）比之於「詩」，實在是一種解放的，不爲規律所拘東的一種作物。（二）比之於「詞」，則又竟是牠的創始者。因爲這一類的作物，不特是聲調神韻與「詩」有別，與「詞」接近而已；卽就音樂方面說，也是腔能協樂，可以歌唱的東西。——有此種種原因，所以不能不說它是「詞」的先進了。

何以六朝與隋的時代就會有此這種創作呢？這個理由很是容易解答：就是當時的君主很好作那種流蕩淫逸的事業，他們對於自己所負担的國家重任且不顧，那裏能夠爲甚麼詩法詩律所繩墨呢？只要求如何能夠入新樂，如何始能夠成新調，如何始能表達情意，其餘的一切是全不顧及的。所以歐陽炯的花間集序說：「自南朝之宮體，扇北里之倡風；何止言之不文，所謂秀而不實。」他雖然是反對南朝宮辭的淫靡，但「六朝聲偶，變唐之漸；五季詩餘，變宋之漸」，（文體明辨）確是不可掩蓋的一種事實。

五、　唐詞的演化及其長大

以上所說的是「詞的先進」的第一期，現在我們且來討論它的第二期：

在這第二期中，所產生的作品簡直是「詞」，因爲當時的作者並不曾命之爲詞，而只是極力創作新調的原故，所以我便認定它是「詞的成立」的第二期，而不願卽說它們是「詞」。但後人亦往往把這一期的產物認爲是「詞」者，蓋由於此期以後的人們都嘗按其詞調而仿作，依據它們作爲律式之故：

隋煬而後六七十年，（從隋亡至唐中宗立只六十八年。——二一八至二八四。）便有迴波詞的新調發生。其時作者，如裴談，沈佺期，李景伯等皆是。

唐孟棨本事詩云：「中宗朝，御史大夫裴談，（杜文瀾以爲優人）崇奉釋氏，妻悍妬，談畏之如嚴君。嘗謂人，妻可謂者三：少妙之時，視之如生菩薩；及男女滿前，視之如九子魔母；——安有人不畏九子母耶？及五十六十，薄施粧粉或黑，視之如鳩盤茶，安有人不畏鳩盤茶？時韋庶人頗襲武氏之風軌，中宗漸畏之，內宴唱迴波詞，有優人詞曰：「迴波，爾時栲栳，怕婦也是大好：外邊祇有裴談，內裏無過李老！」韋后意色自得，以束帛賜之。」

又，「沈佺期以罪譴，遇恩復官秩，朱紱未復，嘗內宴，羣臣皆歌迴波樂。（可見此詞在當時早已成爲曲調。）撰詞起舞，因是多求遷擢。佺期詞曰：「迴波，爾似佺期，流向嶺外生歸；身名已蒙齒錄，袍笏未復牙緋。」中宗卽以緋魚賜之。」

武則天崩后，中宗復位，（紀元七零五）景龍中，李景伯亦有迴波詞云：「迴波，爾時酒巵，微臣職在箴規；侍宴既過三爵，喧譁竊恐非儀！」

大抵當時宴飲，必須以歌侑食，迴波詞卽是專爲此事而創的新詞，浸假逐漸形有定式之詞體矣！同時如張道濟之舞馬詞，韋應物之三臺令，無名氏之塞姑詞等，皆與迴波完全同體。然，崇文書目謂李燕牧護子詞已是六言四句，則太宗時已有此體，其迴波之所自仿與？

自隋宮以及唐初，小詞甚爲發達。例如柳範之江南折桂令；太宗時之英雄樂、傾杯樂；高宗時之仙翹曲、春鶯囀；中宗時之桃花行、合生歌等，其詞均不傳。如上所舉，則唐代詞調的發生，遠在初唐之世 本來就是極早的了。然而胡適之先生對於這期的說明却道：

唐代的樂府歌詞，先是和樂曲分離的；詩人自作律絕詩，而樂工伶人譜爲樂歌。中唐以後，歌詞與樂曲漸漸接近；詩人取現成的樂曲，依其曲拍，作爲歌詞，遂成長短句。

雖然胡先生是主張長短句起於中唐的健者。但我以爲自六朝以來，歌詞便與樂曲接近。經中宗朝而漸昌，至玄宗朝而漸大，非獨中唐爲然矣！

黃昇花菴詞選說：「李太白菩薩蠻憶秦娥爲百代詞曲之祖。」顧起綸說：「唐人長短句，乃古樂府之濫觴也。李太白首倡憶秦娥，悽婉流麗，頗臻其妙。世傳太白所作尚有桂殿秋清平樂等，亦有以太白時尚無詞體，是後人依託者。或以菩薩蠻爲溫飛卿作，然湘山野錄謂魏泰輔得古風集于曾子宣家，正以菩薩蠻是太白作，則流傳亦已久矣。」吳衡照蓮子居詞話云：「唐詞菩薩蠻憶秦娥二闋，花菴以後，咸以爲出自太白，然太白集本不載。至楊齊賢蕭士贇註，始附益之。胡應麟筆叢疑其僞托，未爲無見。謂詳其詞調，絕類溫方城；殊不然。如『暮色入高樓，有人樓上愁』；『西風殘照，漢家陵闕』等語，神理高絕，却非金荃手筆所能。」

反對李太白之有此種作品的，要以胡適之先生爲最力。（見前）然亦不能謂郭茂倩沒有選，便疑太白不能有此作品。蓋無論你如何推重郭書，總免不了如下的弊病：卽，凡屬選本，總是以他個人的嗜好爲其去取。郭書不載，亦正由他不能賞識之故。何況我們從李太白的創作上或行爲上去觀察，則正是要他才有這種魄力，才有這種創體呢！

更有一個證據：當太白之時，唐明皇好音樂，楊玉環能歌舞；清平調是太白應詔之作，而楊玉環以之度腔合樂而歌舞的作品；並且清平樂卽是後世之詞調。又安見得太白不能爲菩薩蠻與憶秦娥？而必謂其時無此體者，究竟是何居心呢？

李太白的菩薩蠻云：

平林漠漠烟如織，寒山一帶傷心碧；暝色入高樓，有人樓上愁！ 玉階空竚立，宿鳥歸飛急：何處是歸程？長亭更短亭。

又憶秦娥云：

簫聲咽，秦娥夢斷秦樓月。秦樓月，年年柳色，灞陵傷別。樂遊原上清秋節，咸陽古道音塵絕；音塵絕，西風殘照，漢家陵闕。

唐明皇亦嘗作好時光詞云：

寶髻偏宜宮樣，蓮臉嫩，體紅香；眉黛不須張敞畫，天教人鬢長。莫倚傾城貌？嫁取個有情郎。彼此當年少，莫負好時光！

朱子語類云：「唐明皇資稟英邁，只看他做詩出來，是甚麼氣魄？今唐百家詩首載明皇一篇，早渡蒲津關。多少飄逸氣概，便有帝王底氣燄。越州有石刻，唐朝臣送賀知章詩，亦只有明皇一首好。有曰：豈不惜賢達，其如高尚何？」（卷一四○）朱熹此論，惟詩為然；至如此詞，殊不能夠顯出帝王之氣概也。楊貴妃亦有阿那曲云：

羅袖動香香不已，紅蕖嫋嫋秋煙裏。輕雲嶺下乍搖風，嫩柳池塘初拂水。

因為開元天寶，是音樂極發達的時代，所以詞體也就從此正式成立起來。

又張志和有漁歌子一首，後世詞調名漁父者即此體：

西塞山前白鷺飛，桃花流水魚鱖肥；青箬笠，綠簑衣，斜風細雨不須歸！

本來詞不必一定就是長短句，而長短句也不一定是詞。如國風中的『山有榛，隰有苓；云誰之思，西方美人；彼美人兮，西方之人兮！』未嘗不是長短句，然而不可說他是詞。唐時的竹枝楊柳枝小秦王瑞鷓鴣……等，本是七言爲句，三臺是六言爲句，然而不可說它是詩。如溫庭筠的楊柳枝：

宜春苑外最長條，閒裊春風作舞腰；正是玉人腸斷處，一渠春水赤闌橋！

劉禹錫的紇那曲：

楊柳鬱青青，竹枝無限情。同郎一回顧，聽唱紇那聲。

一爲七言，一爲五言，然皆是詞而不是詩。從這種趨勢演變的結果，往往有將整齊的句子變作長短句的：如三臺令，是從六言的三臺變出來的；憶江南一名望江南，是從李德裕五言體的憶江南變出來的。都不過準六言詩之形式裁剪增添而成者，現在試舉其例如下：

韋應物的三臺令：

胡馬胡馬，遠放燕支山下。跑山跑雪獨嘶，東望西望路迷。路迷，路迷，邊草無窮日暮。

同于三台令者，尚有調笑與轉踏。（一名轉應詞）

河漢河漢，曉挂秋城漫漫。愁人起望相思，塞北江南別離。離別，離別，河漢雖同路絕。（韋應物調笑）

團扇團扇，美人並來遮面。玉顏憔悴三年，誰復商量管絃。絃管，絃管，春草昭陽路斷。（王建調笑二首之一）

邊草邊草，邊草盡來兵老。山南山北雪晴，千里萬里月明。明月，明月，□笳一聲愁絕。（戴叔倫轉應詞）

白居易的花非花和酒泉子即是從此損益出來的：

花非花，霧非霧；夜半來，天明去。來如春夢不多時，去似朝雲無覓處。（花非花）

前度小花靜院，不比尋常時見；見了又還休，愁却等閑分散。腸斷，腸斷，記取釵橫鬢亂。（酒泉子）

至如望江南的例子，則有白居易的三詞：

江南好，風景舊曾諳，日出江花紅勝火，春來江水綠如藍；——能不憶江南！（此爲三首之一，次爲憶杭州，三爲憶吳宮。）

同調又有劉禹錫的春詞云：

春去也，多謝洛城人。弱柳從風疑舉袂，叢蘭挹露似沾巾：——獨坐亦含顰！

此詞劉氏集中的標題名：「和樂天春詞，依憶江南曲拍爲句。」好了，我在前面曾說過，後人依前人詞調而做作的，便叫做塡詞；同時，把前人之作亦認爲詞。今得劉氏此說，足可以證實我前邊的說話了。大概依調塡詞，劉禹錫便要算是第一個發起者！

唐代的詞調雖然尙屬草創，但其作品之產出，體多調備，並皆精熟。除開前面所述不計者外，更有無數詞人，倚聲翻調。例如崔液的踏歌詞，（崔湜之弟）接近拋球樂，也是新出詞調之一種：

綵女迎金屋，仙姬出畫堂。鴛鴦裁錦袖，翡翠貼花黃。歌響舞分行，豔色動流光。（踏歌詞二首之一）

最流行於社會上者，則爲無名氏的塞姑、一片子、醉公子、菩薩蠻、賀聖朝、虞美人、儀庭宴、擷芳詞、魚遊春水……等。如：

門外猧兒吠，知是蕭郎至：剗襪下香街，寃家今夜醉。扶得入羅幃，不肯脫羅衣，醉則從他醉，還勝獨睡時。（醉公子）

牡丹含露眞珠顆，美人折向庭前過：含笑問檀郎，花強妾貌強？檀郎故相

惱，須道花枝好，一面發嬌嗔，碎挼花打人！（菩薩蠻）

千里故鄉，十年華屋：亂魂飛過屏山簇！眼重眉褪不勝春，菱花知我銷香玉。雙雙燕子歸來，應解笑人幽獨。斷歌零舞，遺恨清江曲。萬樹綠低迷，一庭紅撲簌。（後庭宴）

三如韓偓的生查子：

侍女動妝奩，故故驚人睡：那知本未眠，背面偷垂淚。嬾卸鳳凰釵，羞入鴛鴦被；時復見殘燈，和煙墜金穗。

四如元微之的櫻桃花：

櫻桃花，一枝兩枝千萬朵。花磚曾立采花人，窣破羅裙紅似火。（見古今詞話）

五如韓翃的章臺柳：

章臺柳，章臺柳，往日依依今在否？縱使長條似舊垂，也應攀折他人手。

同時柳氏亦有答詞云：

楊柳枝，芳菲節，可恨年年贈離別；一葉隨風忽報秋，縱使君來豈堪折！

（楊柳枝）

其餘未經舉錄者尚多，如戴叔倫的調笑令，劉長卿的謫仙怨，竇弘餘和康駢的廣謫仙怨，杜牧之的八六子，崔懷寶的憶江南，鄭符和段成式張希復的閑中好。如司空圖，如張曙，如鍾輻，如……等，其所作都是後來很風行的調子，都足爲五代兩宋的取法，不過都不及溫庭筠的成就之大罷了。

詞人所擅長的是在意境，（這個境字，直到近世王靜安先生才發現。）是在意境的象徵，是在技巧的自然，（普通稱之爲筆調）至宣宗大中間，溫庭筠出，專心致力於調，而詞之國土始擴大。

溫庭筠，字飛卿，幷州人。初名岐，後改曰庭雲，又改曰庭筠。容貌極陋，故當時有溫鍾馗之譏。才思豔麗，在詩壇上和李商隱段成式齊名，創爲『三十六體』詩，一時相率效尤者頗多，聲勢極盛。

不過，庭筠雖是詩人，爲其雅愛堆砌雕刻之故，竟致作了葬送唐詩的大孝子！『唐至大中（宣宗年號，八四七年。）以後，詩衰而倚聲作，庭筠始有專集，名握蘭金荃。』（歷代詩餘詞人姓氏）他盡他所有的聰明才力來專事作詞，故在詞壇有如此偉大的成就。——詞之有集，蓋自庭筠始也！

趙崇祚花間集中所錄詞客凡十八名，而以溫庭筠居首。選錄詞調，多至六十六首，於十八人中爲最多。由是而品定其價值，眞足上蓋四唐，下掩五季矣！

庭筠恆以「士行塵雜，不修邊幅」，（舊唐書）爲世所短。至其爲詞，則「工於造語，極爲綺靡。」（苕溪漁隱叢話）「能逐絃吹之音，爲側豔之詞。」（舊唐書）他這類作品，如南歌子、菩薩蠻、更漏子、憶江南……等皆是。今姑摘其代表作品於次以示例：

小山重疊金明滅，鬢雲欲度香顋雪。嬾起畫蛾眉，弄妝梳洗遲。照花前後鏡，花面交相映。新帖繡羅襦，雙雙鷓鴣金。（菩薩蠻）

玉纖彈處眞珠落，流落暗濕鉛華薄。春露浥朝花，秋波浸晚霞。風流心上物，本爲風流出；看取薄情人，羅衣無此痕。（同上）

倭墮低梳髻，連娟細掃眉；終日兩相思。爲君憔悴盡，百花時。（南歌子）

玉爐香，紅蠟淚，偏照畫堂秋思。眉翠薄，鬢雲殘，夜長衾枕寒。梧桐樹，三更雨，不道離情正苦。一葉葉，一聲聲，空階滴到明。（更漏子）

黃叔暘云：「飛卿詞極流麗，宜爲花間集之冠。」阮亭云：「溫李齊名，然溫實不及李，李不作詞，而溫爲花間鼻祖，豈亦同能不如獨勝之意耶？古人學書不勝，去而學畫，學畫不勝，去而學塑，其善於用長如此。」此雖貶詞，然亦實事。小詞到了溫庭篤，已是完全脫離詩的羈絆而獨立。前此諸人，雖也偶然作詞，但那不過僅是他們偶然的嘗試，并非全部力量集中之作。——行有餘力，則以學詞，故曰「詩餘」。至如庭筠，則剛剛相反！他集中全力來作詞，以「閑玩意的態度」去寫詩，故能遂由附庸而成大國，足開五代兩宋文壇之先河也！

第二節　詞的醞釀與進展

—約當西曆紀元九零七年至九五九年；即梁太祖開平元年至周世宗顯德六年。—

一、晚唐五代之詞觀

（A）詞的評價

這個時期的小詞，在歷史上，自來就是被人輕視：從前的道學先生們腦中裝就了一成不變的道德，根本上就沒有認清「學術」的本身是甚麼。他們以為只有「六藝」才是正當，而六藝也就是一部「國學萬寶全書」：所以，無論甚麼學術，它們都要以六藝為歸，以五經為法。

然而先秦諸子者徒，匪特不以六藝為歸，甚至又且加以攻擊；所以道學先生們也仿孟軻斥楊墨之法，辭而闢之！有些以思想爲前提的學者，情知他們這種見解之不對，或者又反因他們這種詆闢而更加以研究，所以乾嘉以來，先秦諸子之學到反因之而大倡，殊出乎人意料之外。

自此以後，一般學者對於中國學術之思想流變，類能注意先秦，評其得失矣！顧在文學方面，猶然蔑視六朝，鄙棄五代！這個原因，蓋由於他們根本上不了解什麽是文學，文學是什麽。

他們心目中所有的文學觀念是論語上那些名詞，如「夫子之文章」「煥乎其有文章」之類。而其所謂篇什，便是文言大傳。他們認爲六朝的「詩」祇是「風花雪月」，五代的「詞」祇是「容冶淫鄙」；蓋非「聖人之大道」，因便斥之爲輕薄；嗚呼，謬矣！

何謂「淫鄙」？王靜庵先生云：「『昔爲倡家女，今爲蕩子婦；蕩子行不歸，空牀難獨守！』『何不策高足，先據要路津？無爲久貧賤，轗軻長苦辛！』可謂淫鄙之尤；然無爲淫詞鄙詞者，以其眞也。五代北宋之大詞人亦然：非無淫詞，讀之者但覺其親切動人；非無鄙詞，但覺其神力彌滿。可知淫詞與鄙詞之病，非淫與鄙之病也。『豈不爾思，室是遠而；』而子曰『未之思也，夫何遠之有？』惡其遊也！」（人間

詞話）

何謂輕薄？胡適之先生云：輕是不沉，薄是不厚。所謂輕薄云者，就是沒有沉重的感情在內之意。五代的詞雖則冶豔，但頗藏有深厚沉着的感情在內。文學以情感爲主，旣然有深厚沉着的情感，便是絕好的篇章，又安能斥之以輕薄！（六朝的詩價說已見前）

近人吳又陵氏（虞）嘗說：「王靜庵的論詞，力闢衆議，眼光獨到；胡適之的論詞，鐐拷枷鎖，一齊打破。」有了他們這種當頭棒喝，道學先生祇好「口呿而不合，舌舉而不下了」。我們今日讀詞，也應該具有這樣的學力與見解，毅力與精神，然後才可以深切的了解它的價值！

然此猶不過就其內容言之耳，若就文學的趨勢說，則在唐詩失其統治與效能之後，纔有這新體詩的「詞」出來代替它。這是一種自然的變遷，「雖有大力，莫之敢」

然而奇怪！人們之於詞，雖是鄙視五代，但卻看上兩宋。他從不知道兩宋人詞之有如許成績，完全得力於晚唐五代之草創。沒有五代的新曲子詞，兩宋萬不會收極盛與完備之效；此亦猶之乎沒有六朝的宮體新聲，晚唐也萬不會集漢魏以來之大成的。

王静庵先生說：「詞以境界爲上。有境界，自成高格，自有名句。五代北宋之詞，所以獨絕者，在此。」又說：「嚴滄浪詩話謂『盛唐諸公，惟在興趣，羚羊挂角，無跡可求。故其妙處，透澈玲瓏，不可湊拍。如空中之音，相中之色，水中之影，鏡中之象，言有盡而意無窮。』余謂北宋以前之詞，亦復如是。」（人間詞話）以故「凡看唐人詞曲，當看其命意造語工緻處。蓋語簡而意深，所以爲奇作也。」（黃昇）研究文學史便應留心此等處：晚唐五代之開創者，其驚人之績當必較兩宋爲更可注意。若今捨本逐末，重視兩宋而輕視五代，則於文學之源流變遷，雖百世不解也。因爲自來治文學史的人都不注意及此，所以我特爲表而出之。

（B）時勢與環境

晚唐五代是一個藩鎮割據的混亂時代，節度使們各自霸佔一方，不服天子統率。而各節度使間又往往互相鬨鬬，此爭彼奪；所以那時的社會，竟沒有一個安寧的時候。

彷彿春秋戰國一樣，天子卑弱，諸侯強盛；藩鎮強盛的結果，便把天子搶到手來，（朱全忠號爲後梁。）自此而後，五十餘年之間，（九〇七年至九六〇年）竟有五次改易國號的事。政治上的變遷，也就不可謂不大了。

在這五十餘年之中，北方有了玉璽可搶，經過梁唐晉漢周五個不同的翻號，於是歷史上便稱之爲五代。南方的節度使，和北方沒有搶到玉璽的豪傑，眼見着別人稱孤道寡，自是不平，於是他們也就自己正位起來：

西川，則先有王氏的前蜀，繼有孟氏的後蜀；兩湖，則有馬氏的楚，高氏的荆南；淮南江東，則先有楊氏的吳，繼有李氏的南唐；兩浙，則有錢氏的吳越；福建則有王氏的閩；廣東，則有劉氏的南漢；河東，又有劉氏的北漢。歷史上稱它們爲「十國」。

在這樣一個變亂頻仍的時代，雖然談不上什麼學術思想；但在文學上却產出一些很好的新體詩的詞。「穠艷穩秀，後人萬不可及。」（吳梅語）這原因大概是由於割據時代的政治不統一，並且也顧不到以一尊的儒術來強制推行；所以這時的文學才得自由的變化，自由的發展；竟致代詩而興，創爲一種新體詩的「詞」，──走上了韻文的正路。故張惠言說：「五代之際，孟氏李氏，君臣爲謔，競作新調；詞之雜流，由此起矣！」（詞選敍）日本兒島獻吉郎說：「宋詞之起源，當歸之於五代也：當五代之際，爲文學之黑暗時期。五十年間，凡革命五次；名教墮地；學問文章，總歸於消亡。當此之時，蜀主王衍，好聲曲，爲哀怨之詞；南唐之主李煜，尙文雅，作輕豔之曲。其風流韻事，殊覺可觀！」（中國文學概論）然則新詩（詞）所以燦爛之由、固可於其時代環境上得之矣！

五代文學的產出，却與漢魏隋唐有個顯然的區別：從歷史上看來，無論那一個朝代，凡是國都所在的地方，必是文藝的中心地點；而五代國都所在的中原，雖然也有文藝的創作，但就遠不如其他僻處的西蜀與南唐了。這原故：（1）或者因爲「山河分裂」，各自爲政，本無所謂國都。（2）自從南唐昭宗被滅之後，當時中原，竟如鼎沸，人民連送死扶傷之不暇，何能顧到文學？何況原有作者，更復避地他去呢？中原以外的各地，如西蜀，江南，閩越等，總算比較的安靜太平，人民還有力量來作這種文藝事業，所以他們便有很好的詞的創作成績了。

因此，五代的文學中心不是一個而是許多個。所以，如要討論五代的文學，非從區域上着手不可：今茲敍述，首中原，次西蜀，三閩越，四荆南，五淮南，六南漢。（因晚唐五代之詞，在事實上是割不斷的。五代的作家，大抵都是晚唐遺宿，故竟不能指派某人屬晚唐，某人屬五代；所以本篇特地總合晚唐五代以命題：

（C）詞題調名緣起的討論

詞之初起，祇有詞調，沒有題名；所有創作，大多緣題而賦，如「臨江仙」，則言水仙，女冠子，則述道情；河瀆神，則緣祠廟；巫山一段雲，則狀巫峽；醉公子，則詠醉公子也。」（詞品）換一句話說，則那詞牌就是它的名字。例如唐太宗的好時光，則好時光便是他的題目；白居易的長相思，則長相思便是他的題目；更無須乎像後世詞人一樣，在「暗香」「疏影」之下更注出「詠梅」，在「滿江紅」之下更注出「金陵懷古」等題目！胡適之先生說：「這三百年的詞都是無題的：內容都很簡單，不是相思，便是別離，不是綺語，便是醉歌，所以用不着標題；題底也許別有寄託，但題面仍不出男女的豔歌，所以不用特別標出題目。」是故朱彝尊云：「花間體製，調即是題。如女冠子，則詠女道士；河瀆神，則爲送迎神曲；虞美人，則詠虞姬是也。宋人詞集大約無題，自花庵草堂增入「閨情」「閨思」「四時景」等題，深爲可惜！」（詞綜發凡）

據都穆南濠詩話所說，則謂古人詞調，其命名有種種的不同：

（1）有取古詩中語者：如蝶戀花，取梁簡文詩「翻階蛺蝶戀花情」。滿庭芳，取柳柳州詩「滿庭芳草結」。玉樓春，取白樂天詩「玉樓宴罷醉和春」。丁香結，取句詩『丁香結恨新』。霜葉飛，取老杜詩『清霜洞庭葉，故欲別時飛』。清都宴，取沈隱侯詩『朝上閶闔宮，夜宴清都闕』之類是也。

（2）有出於史籍者：如荔枝香，出唐書禮樂志：『明皇幸蜀，貴妃生日，命小部張樂奏新曲，而未有名；會南方進荔枝，遂命其名曰荔枝香。』解語花，出開元天寶遺事：『帝與妃子共賞太液池千葉蓮，指妃子謂左右曰：何如此解語花也。』塞垣春，出漢書鮮卑傳。

（3）有出文選總集者：如風流子，出文選。劉良文選注曰，『風流，言其風美之聲，流於天下；子者，男子之通稱也。』

（4）有出於先秦諸子者：如解連環，出莊子：『南方無窮而有窮，今日適越而昔來，連環可解也。』華胥引，出列子：『黃帝晝寢，夢遊華胥氏之國。』

（5）有出於經典者：如玉燭新出於爾雅之類。——所以，唐末五代宋初之詞，多題『本意』，或者其詞調亦就是『本意』，（詞意）張志和的漁歌子，全是漁翁的生活；溫庭筠的訴衷情，衹是描寫相思的情緒，李後主的搗練子，即詠搗練也。後代按譜塡詞，更於調外另有其它的意思，實算失却創詞的原意了。

調名出自詩賦，其說尚不止此。楊用修云：蝶戀花，取梁元帝『翻階蛺蝶戀花情」；滿庭芳，取吳融「滿庭芳草易黃昏」；點絳脣，取江淹「白雪凝瓊貌明珠」；鷓鴣天，取鄭嵎「春遊雞鹿塞，家在鷓鴣天」；惜餘春，取太白賦語；浣溪沙，取杜陵詩意；青玉案，取四愁詩語；踏莎行，取韓翃詩「踏莎行草過青溪」；西江月，取衞萬詩「只今惟有西江月」；菩薩蠻，西域婦髻也；蘇幕遮，（高昌女子所戴油帽）西域婦帽也；尉遲杯，尉遲敬德飲酒必用大杯也；蘭陵王，蘭陵王每入陣必先歌其勇也；生查子，查古槎字，張騫乘槎事也；瀟湘逢故人，柳渾詩句也。（升菴詞品，即沈天羽所載疏名）。卓珂月云：多麗，張均妓名，善琵琶者也；念奴嬌，唐明皇宮人念奴也。

竊按俞少卿云：調名緣起之說，起於楊用修及都元敬，而沈天羽掩楊論爲己說。胡元瑞筆叢駁用修處最多，其辨詞調，尤極覼縷。如辨詞名之本詩者，點絳脣，青玉案等，楊說或協，餘俱偶合，未必盡自詩中。滿庭芳草易黃昏，唐人本形容淒寂，詞名滿庭芳，豈應出此。生查子，謂查即古槎字，合之博望，意義不通。菩薩蠻，謂蠻國之人，危髻金冠，瓔絡被體，故名，非專指婦髻也。蘭陵王入陣曲，見北齊史；尉遲大杯，正史無考，乃誤認元人雜劇。鷓鴣天謂本鄭嵎詩；則雞鹿塞當入何調？曲中有黃鶯兒、水底魚、鬥鵪鶉、混江龍等，又本何調耶？元瑞此論，可謂詞品蠹狐矣，恐按用修元敬，俱號綜博，而過于求新作好，遂多瑕漏；如「滿庭芳」，而用修謂本吳融，元敬謂本柳州，果何所原起歟？風流子二字一解，尤爲可笑，詞中如贊浦子竹馬子之類極多，亦男子通稱耶？則兒字又屬何解？荔枝香解語花與安公子等類相近，似乎可据。若連環華胥，本之莊列；塞垣玉燭，本之後漢書爾雅。遙遙華胄，探河宿海，毋乃太遠？此俱穿鑿附會之過也。

胡元瑞藝林學山，對於調名緣起之說，頗有微言，其論云：「諸詞所詠，固即詞名；然詞家亦間如此，不盡泥也。菩薩蠻稱唐世諸調之祖，皆人著作最衆，乃無一曲與詞名相合，餘可類推。猶樂府然，題即詞曲之名也，聲調即詞曲音節也。宋人塡詞絕唱，如「流水孤村」「曉風殘月」等篇，皆與調名了不關涉，而王晉卿人月圓，謝無逸漁家傲，殊碌碌無聞；則樂府所重，「在調」「不在題」明矣！」

其實，這種論斷，亦未通達。「大率古人由詞而製調，故命名多屬本意；後人因調而塡詞，故賦寄率離原詞。曰「塡」，曰「寄」，通用可知。宋人如黃鶯兒之詠鶯，迎新春之詠春，月下笛之詠笛，暗香疏影之詠梅，粉蝶兒之詠蝶；如此之類，其傳者不勝屈指。」至如「宋人詞調，不下千餘；新度者卽本詞取句命名，餘俱按譜塡綴」已爾。

綜上所述，大抵調名之起，不外十一類：

（1）一緣題製名者：如李後主搗練子，張志和漁歌子，蘇東坡無愁可解之類。

（2）緣調製名者：如十六字令、一七字令、歐陽炯的三字令，（通調俱用三字成句）江城梅花引（取江城子前半調及梅花引後半調合成）之類。

（3）摘取本詞中之字句製名者：如唐莊宗之一葉落，白樂天之花非花，韋莊之天仙子，秦觀之憶王孫，周美成之解連環（詞云，信妙手能解連環。）之類。

（4）援用古樂府製名者：如長相思、玉樹後庭花、河滿子、浪淘沙、定風波之類。

（5）取諸詩賦語以製名者：如點絳脣，取江淹詩『白雪凝膚貌，明珠點絳脣』；高陽台，取宋玉神女賦語；惜餘春，取太白賦語之類。（此類至夥，說已見前。）

（6）取諸古事物以製名者：如菩薩蠻，一斛珠（唐玄宗以珍珠一斛賜江妃，江妃不受，作詩進上，上令樂府以新聲度之，號一斛珠。）之類。

（7）因古人名以製名者：如虞美人，師師令，多麗之類。其餘如：

（8）出史籍。

（9）出總集。

（10）出諸子。

（11）出經典之類，其題至夥，實難筆罄。在前已約略言之，此處亦不殫舉了。

二、北方的中原（總五代言之）

中原自唐室玄宗李白……以來，屢世相仍，不無傳染：以故晚唐昭宗及後唐莊宗，咸能以君主之尊，雅愛文學，自度新詞。其時臣工作者，如韓偓韋莊和凝皇甫松牛嶠等人，皆因變亂之故，避地他方去了。（韋莊牛嶠，避地於蜀，韓偓避地於閩。）而五代之君，如朱全忠、石敬塘、劉知遠、郭威之流，皆係武夫悍卒，不諳文墨；在文學方面，遠不如李曄李存勗時多多了。

（1）唐昭宗，諱傑，紀元八八九年即位，後改名敏，又名曄，懿宗第七子。生於咸通八年（紀元八六七年），卒於天祐元年（紀元九〇四年），爲朱全忠所弒。所作詞有巫山一段雲和菩薩蠻各二首，花間集未收，今錄一首如下：

登樓遙望秦宮殿，茫茫只見飛雙燕；渭水一條流，千山與萬丘。　遠煙籠碧樹，陌上行人去，安得有英雄，迎歸大內中？（菩薩蠻）

李曄不幸作了唐室最末一個徒擁虛名的皇帝，（全忠弑曄而立曄子祝，後三年即稱帝；祝即位，有年號而無謚法，故可說曄是唐帝最末一個。）全忠擅權，命令不行於輦轂之下，事事都得聽着全忠的擺布，至欲苟全性命而不得！末運的帝王，真不如一個平常的百姓。處境愈窮，創作愈深：「安得有英雄，迎歸大內中，」此等語句，豈是尋常人能夠道得出的呢？

（2）其時有皇甫湜之子松，（一名嵩）字子奇，亦能作詞，花間集列之於溫庭筠之下，韋莊之末，而稱之爲「先輩」。按花間集稱謂之例，錄名必及其官銜：如溫庭筠則稱助教，歐陽炯則稱舍人；今惟松獨稱先輩，當是不曾做過官者。其詞疏朗簡潔，不尙濃豔，如：

蘭燼落，屏上暗紅蕉；閒夢江南梅熟日，夜船吹笛雨蕭蕭，人語驛邊橋。

（夢江南）

（3）與松同時者，有司空圖，也能作詞。性頗高潔，朱溫稱梁後，隱居王官谷，不復出，自號耐辱居士，所傳詞有酒泉子一首。

買得杏花，十載歸來方始坼。假山西畔藥闌東，滿枝紅。旋開旋落旋成空，白髮多情，人更惜黃昏。把酒祝東風，且從容。

（4）和凝，字成績，鄆州須昌人，生於唐昭宗光化元年，（紀元八九八年）卒於周世宗顯德二年。（紀元九五五年）他的遭遇很好，官運亨通，雖然五代變亂相尋，改姓易主，但對於他的富貴却是不曾失掉過，簡直與長樂老同是無獨有偶的角色。其父矩，性嗜酒，不拘小節；然獨好禮文士，每每傾貲與之交。和凝幼卽聰敏，性好文學，以故常得與之遊；神形秀發，修飾車服。爲文以多爲富，有集百卷。嘗自鏤板以行於世，議者頗多非之。——少時喜爲曲子，布於汴洛。契丹入夷門，常號之爲「曲子相公」，舊五代史本傳，說他「長於短歌豔曲」作有河滿子詞曰：「正是破瓜年紀，含情慣得人饒：桃李精神鸚鵡舌，可堪虛度良宵！却愛珠羅裙子，羨他長束纖腰。」亦豔麗矣！可惜他的金奩集至今不傳，不得窺其全豹；然卽今世所存之江城子等詞而論，也就可謂淸新尖豔了：

竹裏風生月上門；理秦箏，對雲屏；輕撥朱絃，恐亂馬嘶聲。含恨含嬌獨自語：今夜約，太遲生！

斗轉星移玉漏頻；已三更，對棲鶯；歷歷花間，似有馬蹄聲。含恨含嬌獨自語：今夜約，太遲生！

（5）後唐莊宗李存勗，小字亞子，生於唐僖宗光啓元年，（紀元八八五年）卒於後唐明宗天成元年。（紀元九二六年）其先本西突厥人，爲李克用之子，因唐懿宗賜姓李氏，故遂姓李。本係一介武夫，又是外國人，只因生性賦有文學天才，以故於詞頗著成績。深情婉約，風格旖旎，與昭宗等又自不同。如：

曾宴桃源深洞，一曲清歌舞鳳；長記別伊時，和淚出門相送。如夢如夢，殘月落花煙重。（如夢令）

五代史說玄宗既好俳優，又知音，能度曲，至今汾晉之俗，往往能歌其聲，謂之御製者，皆是也。由此可知他的詞調流傳之廣了。因其能夠曉暢音律之故，故其即位之後，常與俳優狎暱，以致身爲優伶所弒；並且將他的身體雜入樂器之中一同焚化。

三、西方的西蜀（前蜀後蜀

蜀中詞人最多，就趙崇祚花間集而論，除溫庭筠、皇甫松、張泌、和凝、孫光憲而外，其餘皆爲蜀人。其時蜀地才人之多，未有他方可能比者也。此其故：一則因爲當時蜀中比較安靜，文士皆樂藉此駐足。二則因爲有在上者之提倡獎勵，——前蜀則有王建、王衍；後蜀則有孟昶，並且那些君主雅好詞曲，往往自度；以故蜀中文風，高絕一世。

（1）前蜀主王衍，字化源，許州人，嗣父建僭號於蜀。富於才思，尤好靡麗之詞，凡有篇什，蜀人皆能傳誦。所作醉粧詞，陳言高越，極盡放任享樂之能。而於遊戲三數語中，活畫出他一付情態，尤爲難得。詞云：

者邊走，那邊走，只是尋花柳；那邊走，者邊走，莫厭金杯酒。

詞壇紀事（清嘉興李良年作）云：「蜀主王衍，裹小巾，其尖如錐。宮妓多衣道服，簪蓮花冠，施胭脂夾臉，號醉妝。」衍日夕生活在此中，故特爲之作是詞。

（2）後主孟昶，字保元，初名仁贊，邢州人，嗣父知祥僭號於蜀。秉性好學，常集古今詞會五百卷，亦工樂府詞曲。所作流傳至今者甚少，其玉樓春一闋，蘇東坡僅僅記得二句，卽已爲之嘆賞不置，乃作洞仙歌以擬之。然如漁隱叢話、樂府餘論等，皆謂今傳昶詞是好事者櫽括蘇詞的僞擬，並非原作如是，未可據爲典要也。詞云：

冰肌玉骨清無汗，水殿風來暗香滿；繡簾一點月窺人，欹枕釵橫鬢亂。起來瓊戶啓無聲，時見疏星渡河漢；屈指西風幾時來？只恐流年暗中換。

（3）又有花蕊夫人者，亦能詞。詞家辨證云：「蜀亡，花蕊夫人隨孟昶行至葭萌驛，題壁云：「初離蜀道心將碎。離恨綿綿，春日如年，馬上時時聞杜鵑。」書未竟，爲軍騎促行。只二十二字，點點是鮫人淚也。及見宋主，有「十四萬人齊解甲，更無一個是男兒」之句，足愧鬚眉矣！乃有無名子戲續之云：「三千宮女如花貌，妾最嬋娟？此去朝天，只恐君王恩愛偏！」不惟虛空架橋，亦且狗尾貂續也。」鐵圍山叢談云：「花蕊夫人，蜀王建妾，號小徐妃者也。後主王衍歸唐，半途遇害。及孟氏再有蜀，傳至昶，又有一花蕊夫人費氏，作宮詞者是也。後隨昶歸宋，十日，召花蕊夫人入宮，而昶遂死。昌陵後亦惑之；晉邸數諫昌陵，不聽。一日，從獵苑中，花蕊在側，晉邸方調弓矢，引滿擬獸，復回射花蕊，一箭而死。」（清嘉興李良年詞家辨證引）

按徐氏，青城人，有才色，昶册爲貴妃，升號慧妃，別號花蕊夫人。嘗效王建作

宮詞百首，爲時所稱。（歷代詞人姓氏）

（4）蜀中詞人，第一要數韋莊、

韋莊，字端己，杜陵人，唐宰相見素之孫，乾寧元年（紀元八九四年）進士，嘗作秦婦吟詩一首，流傳頗廣，時人至稱之爲「秦婦吟秀才」。所作詞名浣花詞，已失傳，近世王靜安先生始從花間尊前各記載中集爲一卷。莊詞清新明白，尤長於運用婉轉細膩的文筆以之描寫離愁別緒，集中此類創作至多。如：

昨夜夜半，枕上分明夢見。語多時，依舊桃花面，頻低柳葉眉。半羞還半喜。欲去又依依。覺來知是夢，不勝悲。（女冠子）

四月十七，正是去年今日。別君時，忍淚佯低面，含羞半斂眉。不知魂已斷，空有夢相隨。除却天邊月，沒人知。（同上）

韋莊以北人而仕於西蜀，（王建時官至宰相）不無眷念故國之意，故往往在詞中吐露其鬱抑的情愫以見志。如云：

人人盡說江南好，遊人只合江南老。春水碧於天，畫船聽雨眠。壚邊人似月，皓腕凝霜雪。未老莫還鄉，還鄉空斷腸。（菩薩蠻）

如今憶却江南樂，當時年少春衫薄。騎馬倚斜橋，滿樓紅袖招。翠屏金屈曲，醉入花叢宿。此度見花枝，白頭誓不歸！（同上）

洛陽城裏春光好，洛陽才子他鄉老。柳暗魏王堤，此時心轉迷。桃花春水綠，水上鴛鴦宿。凝恨對斜暉，憶君君不知。（同上）

又，堯山堂外紀云，莊姬爲王建所奪，心每不忘，因作荷葉杯詞以思之。其後韋姬入宮見詞，不食而死。詞云：

記得那年，花下深夜，初識謝娘時，水堂西面畫簾垂，攜手暗相期。惆悵曉鶯殘月，相別從此隔香塵，如今俱是異鄉人，相見更無因。

吳衡照云：「韋相清空善轉，殆與溫尉異曲同工。所賦荷葉杯，眞能攄標擧之愛，發踟蹰之愛。」（蓮子居詞話）

（5）牛嶠，字松卿，一字延峯，隴西人，宰相牛僧儒之後，唐乾符五年（紀元八七八年）進士。王建鎭蜀，辟爲判官；建卽帝位，爲給事中，所作詞以閨情之類爲最善，今存三十二首，皆在花間集中。例如：

綠雲高髻。點翠勻紅時世，月如眉；淺笑含雙靨，低聲唱小詞。眼看惟恐

化，魂蕩欲相隨；玉趾回嬌步，約佳期！（女冠子）

鵁鶄飛起郡城東。江碧空，半灘風；越王宮殿，蘋葉藕花中。簾捲水樓魚浪起，千片雪，雨濛濛。（江城子）

嶠之兄子希濟，尤善作詞，比嶠更要出色，如生查子二首：

春山煙欲收，天澹星稀小。殘月臉邊明，別淚臨清曉。語已多，情未了，回首猶重道：記得綠羅裙，處處憐芳草。

新月曲如眉，未有團圞意。紅豆不堪看，滿眼相思淚。終日劈桃穰，「人」在心兒裏。兩朵隔牆花，早晚成連理。

十國春秋云：『希濟次牛嶠女冠子四闋，時輩嘖嘖稱道。』如此好詞，可惜不傳於今日也！

（6）毛文錫，字平珪，南陽人，唐太僕卿龜範子。歷仕前蜀至於後蜀，與歐陽炯等并於詞章供奉內庭。其詞亦殊平庸，葉夢得曰：『以質直為情致，殊不知流於率露，諸人評庸陋詞者，必曰，此仿毛文錫之贊成功而不及者。』蓋可知其工拙矣！毛詞贊成功云：

海棠未坼，萬點深紅，香包緘結一重重。似含羞態，邀勒春風；蜂來蝶去，任遶芳叢。昨夜微雨，飄灑庭中。忽聞聲滴井邊桐。美人驚起，坐聽晨鐘；快教折取，戴玉瓏璁。

所作惟巫山一段雲「細心微詣，直造蓬萊頂上」；（葉夢得語）其詞云：

兒掩巫山色，才過濯錦波。阿誰提筆上銀河？月裏寫嫦娥。　薄薄施鉛粉，盈盈挂綺羅；菖蒲花役夢魂多，年代屬元和。（二首錄一）

古今詞話云：「毛文錫詞，大致匀淨，不及熙震；其所撰紗窗恨，可歌也。」其實，紗窗恨的表現毫無長處，實是值不得這樣介紹的。

（7）魏承班，父弘夫，為王建養子，賜姓名王宗弼，封齊王，承班為駙馬都尉。其詞「俱為言情之作；大旨明淨，不更苦心刻意以競勝者。」（元好問語）如：

寒夜長，更漏永，愁見透簾月影，王孫何處不歸來？應在倡樓酩酊。　金鴨無香羅幌冷，羞更雙鸞交頸，夢中幾度見兒夫，不忍罵伊薄倖。（滿宮花）

柳塘詞話云：「承班詞，較南唐諸公，更淡而近，更寬而盡，人人喜效為之。如「相見綺筵時，深情暗共知。」（菩薩蠻）「難話此心時，梁燕雙來去。」（生查子）亦為弄姿無限。」此評蓋屬的論矣。

（8）尹鶚，成都人，事王衍為翰林校書，累官參卿。（據歷代詩餘）他不是流寓的客卿，而是本地土產的詞人，故為可貴。其詞纖約細膩，意趣幽閒；「以明淺動人，以簡淨成句。」（張炎語）如杏芳園詞，即是其例：

嚴妝嫩臉花明，教人見了關情；含羞舉步越羅輕，稱娉婷。　終朝咫尺窺香閣，迢遙似隔層城：何時休遣夢相縈，入雲屏。

（9）波斯人李珣，字德潤，家於梓州。其妹李舜華，常為王衍昭儀，入蜀為秀才，常與賓貢，著有瓊瑤集，今世莫傳。

李珣也是一個外國產的中國詞人，其作品頗具瀟洒出塵之概，與張志和漁歌子，鄭板橋道情詞之類不殊；在當時諸作家中，實能別樹一格也。如：

十載逍遙物外居，白雲外居，流水似相於：乘與有時攜短棹，江烏誰知，求道不求魚。　到處等閒邀鶴伴，春岸野花，香氣撲琴書。更飲一杯紅霞酒，迴首半鈎新月貼清虛。（定風波）

（10）前蜀詞人，據歷代詩餘所載，尚有庾傳素、歐陽彬、薛昭蘊等，今但再舉傳素一人爲例：

庾傳素，事王建爲蜀州刺史，累官至左僕射同平章事，能爲工部尚書；衍嗣立加太子少保兼中書侍郎；後降唐，授刺史。所作詞皆亡失，惟木蘭花一首存：

木蘭紅豔多情態，不似凡花人不愛。移來孔雀檻邊栽，折向鳳凰釵上戴。是何芍藥爭風彩，自共牡丹長作對；若教爲女嫁東風，除却黃鶯難匹配！

（11）歐陽炯，（宋史作歐陽迥）益州人，事王衍爲中書舍人；後事知祥及昶，累官翰林學士，與昶甚相得，常言『愁苦之音易好，歡愉之辭難工』，故其詞『婉約輕和，不欲強作愁思。』（歷代詞話卷三）嘗爲趙崇祚之花間集作序，趙至推爲花間正體。炯詞的長處是纖細茗秀，刻畫兩性間的情素異常真摯而親切，以故世人多喜之。例如木蘭花賀明朝云：

兒家夫壻心容易，身又不來書不寄；閑庭獨立鳥關關，爭忍拋奴深院裏！

悶向綠紗窗下睡，睡又不成愁已至；今年却憶去年春，同在木蘭花下醉。（木

蘭花）

憶昔花間初識面，紅袖半遮妝臉，輕輕石榴裙帶，故將玉指纖纖，偷撚雙鳳金線。碧梧桐鎖深深院，誰料得，兩情何日教繾綣。羨春來雙燕，飛到樓，朝暮相見（賀明朝）

（12）顧敻，不知何許人。前蜀時，官至刺史；後事孟知祥，官爲太尉，所作詞如河傳等，皆已膾炙人口：

棹舉，舟去；波光渺渺，不知何處？岸花汀草共依依，雨微鷓鴣相逐飛。天涯離恨；江聲咽，啼猿切，此意向誰說？艤蘭橈，獨無憀，魂銷，小爐香欲焦。

歷代詞話引蓉城集譜云：「顧太尉訴衷情云：『換我心爲你心，始知相憶深。』雖爲透骨情話，已開柳七一派。」其詞如下：

永夜拋人何處去？絕來音；香閣掩眉斂，月將沉；爭忍不相尋。怨孤衾；換我心，爲你心；始知相憶深。

（13）鹿虔扆，字里均無攷，事孟昶爲永泰軍節度使，進檢校太尉，加太保。「初讀書古祠，見畫壁有周公輔成王圖，期以此見志，國亡不仕，詞多感慨之音。」倪瓚評之云：「鹿公高節，偶爾寄情倚聲，而曲折盡變，有無限憾慨淋漓處。」

一自玉郎遊冶去，蓮凋月慘儀形；暮天微雨灑閑庭，手挼裙帶，無語倚雲屏。（臨江仙）

（14）閻選，蜀布衣，（本歷代詩餘說）時人稱爲閻處士。其詞語多率直平淡，無甚過人處。如．

愁鎖黛眉煙易慘，淚飄紅臉粉難勻；憔悴不知緣底事，遇人推道不宜春。（八拍蠻）

（15）又，蜀人毛熙震，官秘書監，亦能作詞，齊東野語（周密）謂其「全鈔詞止二十餘調，然其中多新警而不爲儇薄。」實則「不儇薄」者有之，要云新警則未也。如：

惹恨還添恨，牽腸即斷腸；凝情不語一枝芳。獨映畫簾，閑立繡衣香。暗

想爲雲女，應憐傅粉郎。晚妝輕步出閨房：髻漫釵橫，無力縱猖狂。（南歌子）

南齊天子寵嬋娟，六宮羅綺三千；潘妃嬌豔獨芳妍：椒房蘭洞，雲雨降神仙。縱態迷歡心不足，風流可惜當年：纖腰婉約步金蓮；妖君傾行，猶昔至今傳。（臨江仙）

柳塘詞話，對於熙震，頗示推重；乃至謂其生查子浣溪沙等詞，情致可愛，實不僅以濃豔見長者。而後庭花清平樂南歌子等詞，後人弄筆者，萬不能出一頭地。則是好惡殊方，雖酸臭亦有酷嗜者矣！

四、東南的閩越

五代的閩越詞壇非常墮落，（那時只有幾個詩人），以視中原、西蜀、南唐等地，眞有望塵莫及之慨。大抵閩越文學之盛，晚在王審知征服無諸，佔有其地之後若干年，直到宋室南渡以後，他才開始佔有學術界的位置。所以，這時的詞壇，閩越簡直是說不上什麼。

閩地能詞者二人：一爲韓偓，他是中原的流寓；次爲陳金鳳，他是本地的女作家。

（1）韓偓，字致堯，一字致光，萬年人。（其詳細生世已見前章，茲不具述。）在昭宗時爲兵部侍郎，承旨欲相者三四，皆固辭不就。後因事爲朱全忠所疾，貶爲濮州司馬；天祐二年，朝廷復召爲學士，而偓不敢入朝，攜家逃閩依王審知，自號玉樵山人。

韓偓本係詩人，有香奩集傳世，（說見前章）而其爲詞，亦頗濃豔嬌媚，很有香奩的意致，如：

侍女動妝奩，故故驚人睡：那知本未眠，背面偷垂淚。 嬾卸鳳凰釵，羞入鴛鴦被；時復見殘燈，和煙墜金穗。（生查子）

攏鬢新收玉步搖，背燈初解繡裙腰；枕寒衾冷異香焦。深院不關春寂寂，落花和雨夜迢迢；恨情殘醉却無聊！（浣溪沙二首之一）

（2）陳金鳳，福清人，唐福建觀察使陳巖女。後被王審知選爲「才人」。及延鈞嗣立，復遭寵幸，封爲淑妃。其後僭號，册立之爲皇后。

金鳳善歌舞，復工詞：她不特是當時該地的女作家；而且還是獨一無二的作家——（因爲韓偓是流寓）蓋嘗作樂遊曲二首云：

　　龍舟搖曳東復東，采蓮湖上紅更紅：波淡淡，水溶溶，奴隔荷花路不通】

　　西湖南湖鬥綵舟，青蒲紫蓼滿中洲：波渺渺，水悠悠；長奉君王萬歲遊】

浙地文人如羅隱輩，皆以作詩擅長，於詞爲拙；且不見其有傳世的作品，以故此處不敍。（關於他的詩及其生世，已詳前章。）

五、中部的荆南

荆南處於洞庭夔巫之間，地狹民少，文氣未張，故其詞壇實與閩越不相上下：但惟於幾個詩人，比較稍有成績可觀；至如詞人 僅止孫光憲、徐昌圖二人而已。

（1）孫光憲，字孟文，貴平人，唐時爲陵州判官；天成初，避地江陵。高季興據江南，署爲從事。又受高從誨及高繼冲之知遇。以故高氏三世據有荆南，而光憲歷事三朝，皆在幕府，嘗勸高繼冲歸宋，故太祖授以黃州刺史。行將用爲學士，未及就任而卒。時爲乾德六年（九六八）。

光憲幼即發憤好學：雖值四方遘兵，尚以金帛購書萬卷以自讀；博通經史，藏著俱多。至今惟其北夢瑣言存。

所作詞以浣溪沙爲最有名。孫洙評語，謂其絕無含蓄而自然入妙。例如：

何事相逢不展眉？苦將情分惡猜疑！眼前行止想應知。半恨半嗔囘面處，

和嬌和淚泥人時；萬般饒得爲憐伊。

試問於誰分最多？便隨人意轉橫波；縷金衣上小雙鸞。醉後愛稱嬌姐姐，

夜來留得好哥哥；不知情事久長麽？

又如生查子、更漏子、思帝鄉、謁金門、南歌子、漁歌子等詞，亦頗與浣溪沙有些類似。今且任舉三例於次：

映月論心處，偎花見面時；倚郎和袖撫香肌；遙指畫堂深院許相期。　解佩

君非晚，虛襟我來遲：願如連理合歡枝，不似五陵狂蕩薄情兒。（南歌子）

爲惜美人嬌，長有如花笑；半醉倚紅妝，轉語傳青鳥。　眷方深，憐恰好；

惟恐相逢。似這一般情，肯信春光老。（生查子）

留不得，留得也應無益：白紵春衫如雪色，揚州初去日。　輕別離，甘拋

擲：江上滿帆風疾。却羨彩鴛三十六，孤鸞還一隻。（謁金門）

總之，光憲詞皆以香豔濃綺見長，不能用深厚蘊藉顯妙，此其所短也。

9　復有徐昌圖者，（歷代詞人姓氏作莆陽人，全唐詩作莆田人。若如全唐詩說，則當人閩越籍矣！）亦有詞數調傳於世，但惜無甚長處耳。（陳洪進歸宋，令昌圖奉表入汴，太祖命爲國子博士，累遷殿中丞。）其臨江仙曲，稍是唐中較好者，特錄如次：

飲散離亭西去，浮生常恨飄蓬；回頭煙柳漸重重：淡雲孤雁遠，寒日暮天紅。今夜畫船何處？潮平淮月朦朧。酒醒人靜奈愁濃，殘燈孤枕夢，輕浪五更風。（臨江仙）

六、南方的淮南（吳暨南唐。此爲南方之一。）

五代詞壇的作者，以西蜀最多，以南唐最好。中主後主的詩材，較之王氏孟氏，實又較高一籌。二李詞壇，帝王之中，千古無匹。從社會情形言，當時西蜀雖說安靜，然亦數歷兵禍，幾經喪亂；惟南唐則不然！歷世皆處於平安之中，未嘗遭過兵革；直至宋太祖統一天下，始受波及。且「當小詞盛行的時候，南唐即已割據江南，正是兒女文學的老家，故南唐的詞，眞能纏綿宛轉，極盡兒女文學的長處。」有此數因，故當時的詞的中心區域，又不能不讓給南唐了。

（1）南唐嗣主（卽元宗）李璟，字伯玉，生於貞明二年，（紀元九一六年）卒於宋太祖建隆二年。（紀元九六一年）他於紀元九四三年，嗣其父李昪卽帝位，旋因周世宗強盛，恐遭侵削，乃去帝號而稱國主。

李璟雅嘉文士，且愛製詞，嘗戲問馮延巳道：『「吹皺一池春水」，干卿底事？』（馮謁金門詞語）延巳對曰：『安得如陛下「小樓吹徹玉笙寒」，特高妙也！』荆公問山谷，江南詞何處最好，山谷以『一江春水向東流』爲對；荆公云，『未若「細雨夢回雞塞遠，小樓吹徹玉笙寒」』。（按「一江春水向東流」乃後主虞美人詞，見后。）由于以上的評論，可以想見他的價值了！

當時有王感化者，善謳歌，元宗特作浣溪沙二闋以贈之，玆錄一首如次：

菡萏香銷翠葉殘，西風愁起綠波間。還與韶光共憔悴，不堪看。細雨夢回雞塞遠，小樓吹徹玉笙寒。多少淚珠無限恨，倚闌干。（攤破浣溪沙，一名山花子。）

王靜安謂此詞起首二句『大有衆芳蕪穢，美人遲暮之感。而古今人士獨賞其次聯首二句者，故知解人正不易得。』其言諒哉！

（2）後主李煜，字重光，李璟第六子。「爲人仁孝，善屬文，工書畫，而豐額駢齒，一目重瞳子。」「性驕侈，好聲色，又喜浮圖高談，不恤政事。」（新五代史）生於天福元年（紀元九三六年），於建隆二年（紀元九六一年）嗣位，至開寶八年（九七五）宋將曹彬攻下金陵，煜遂出降，計在位十五年而南唐亡。

蔡絛西淸詩話說，李後主嘗在圍城中作臨江仙詞，未就而城破，其尾不全。詞云：

櫻桃落盡春歸去，蝶翻金粉雙飛；子規啼月小樓西，畫簾珠箔，惆悵卷金泥。　門巷寂寥人去後，望殘煙草低迷；……

耆舊續聞以爲確是全本，首尾無缺。其末三句有兩說：一云：

「爐香閑嫋鳳凰兒，空持羅帶，囘首恨依依！」二云：

「何時重聽玉驄嘶，撲簾飛絮，依約夢囘時！」

其後並有蘇子由題跋云：「淒涼怨慕，眞亡國之音也！」詞統則以爲末三句乃係劉延仲補作者，未知孰是。蔡絛並謂其殘稿，「點染晦昧，心方危急，不在書耳。」王靜安云：「按實錄，開寶七年十月伐江南，明年十一月破昇州。此詞乃詠春，決非城破時作；然王師圍昇州既一年，後主于圍城中春作此詞，亦不可知。方是時，其心豈不危急！」

然堯山堂外紀亦云：「樂曲有念家山，後主親演其聲爲念家山破。識者知其不祥！在圍城中作長短句，未就而城破！」後主既降，宋特封爲違命侯，待他很是刻薄，避暑漫抄載其寫給金陵舊宮人書云：「此中日夕，只以眼淚洗面；」又作「簾外雨潺潺」詞，含思悽惋，未幾下世。於此可以想見他當日所受待遇之情形。

一個繁華燕樂的人君，一旦作了亡國虜囚，這是怎樣悲痛的事！李煜悲俘虜之情緒，憶疇昔之豔麗，不禁發爲歌詞以自道曰：

四十年來家國，三千里地山河。鳳閣龍樓連霄漢，玉樹瓊枝作煙蘿，幾曾識干戈？一旦歸爲臣虜，沈腰潘鬢消磨。最是蒼皇辭廟日，教坊猶奏別離歌，揮淚對宮娥！（破陣子）

蘇東坡云：「後主既爲樊若水所賣，舉國與人，故當慟哭於九廟之外，謝其民而後行；顧乃揮淚宮娥，聽教坊離曲哉！」（東坡志林）「東坡不知：以爲君之道責後主，則當責之於垂淚之日，不當責之於亡國之時；若以填詞之法繩後主，則此淚對宮娥揮爲有情，爲宗廟社稷揮淚爲乏味矣！此與宋蓉塘譏白香山詩，謂憶妓多於憶民，同一腐論！」（歐紹壬兩般秋雨盦隨筆）

李後主入宋後，每懷江國，且念妃嬪散落，鬱鬱不自聊。因賦虞美人詞（辭詳下引）以自遣。又於七夕時在賜第令故妓作樂，聲聞於外。又嘗長吁對徐鉉曰：「當時悔殺了潘佑李平。」宋太祖聞之，大怒。太平興國三年，（紀元九七八）七月八日，因即令人賜之毒藥，遂以被禍，時年四十二。

煜除擅詞之外，文亦妍工；嘗著雜說百篇，時人以爲可繼曹丕典論。妙於音律，兼能自譜樂府，故其詞在花間諸作家中爲最高。

煜詞因爲前後環境不同之故，而顯示出時代的差別：開寶八年（西曆九七五年）以前，是他「貴爲天子」的時代；開寶八年以後，至宋太平興國三年，是他作人臣俘的時代。文學是生活的寫照，是環境的產兒；故李煜的詞，完全被這兩種生活支配在：

第一個時代所享受的是富貴榮華，溫柔甜美；生於深宮之中，長於婦人之手。兼之正當青春年少，「有的是嬉笑歡樂，有的是密約私情，」（用鄭振鐸語）爲君雖其所短，作詞却是其長。如：

晚妝初過，沈檀初注些兒個；向人微露丁香顆，西淸歌，暫引櫻桃破。羅袖浥殘殷色可，杯深旋被香醪涴，繡牀斜凭嬌無那；爛嚼紅茸，笑向檀郎唾！

晚妝初了明肌雪，春殿嬪娥魚貫列；鳳簫聲斷水雲閒，重按霓裳歌偏徹。

臨風誰更飄香屑，醉拍闌干情未切；歸時休放燭花紅，待放馬蹄清夜月。

（一斛珠）

（木蘭花，又名玉樓春。）

詞壇記事謂後主宮中未嘗點燭，每至夜，則懸大寶珠，光照一室，宛如日中，故賦此詞以紀之。王阮亭南唐宮詞云：「花下投籤漏滴壺，秦淮宮殿浸虛無；從茲明月無顏色，御閣新懸照夜珠！」極能道其遺事也。

銅簧韻脆鏘寒竹，新聲慢奏移纖玉：眼色暗相鉤，秋波橫欲流。雨雲深繡戶，來便諧衷素；宴罷又成空，夢迷春睡中。（菩薩蠻）

花明月暗籠輕霧，今宵好向郎邊去：剗襪到香階，手提金縷鞋。　畫堂南畔見，一餉偎人顫。奴為出來難，教人恣意憐。（同上）

古今詞話以二詞係後主『為繼立周后而作也：周后即昭惠后之妹：昭惠感疾，周后嘗留禁中；故有「來便諧衷素，教君恣意憐」之語。聲傳外庭，至再立后成禮而。已韓熙載等皆為詩諷焉。』按詞話他條又云：「昭惠后周氏。傳后通書史，善歌舞，嘗雪夜酣燕，舉杯請後主起舞。後主曰：『汝能創為新聲，則可矣！』后即命牋綴譜，喉無滯音，輦無停思。俄頃，譜成，所謂邀醉舞破也。又有恨來遲破，亦后所製。故盛唐時，霓裳羽衣，最爲大曲；亂離之後，絕不復傳。后得殘譜，以琵琶奏之。於是開元天寶之遺音，復傳於世。』詞壇紀事云：『後主於宮中作紅羅亭，四面栽紅梅，作豔曲歌之；潘佑應命作小詞，有「樓上春寒山四面，桃李不須誇爛漫，已失了春風一半。」時已失去淮南，故云。』由此數事，也可以想知後主那種繁華綺靡，享受宴樂，而置家國於不顧的生活了。

第二個時代所處的境地是『亡國賤俘』，偸安苟活；有的是監禁牢獄，有的離愁別苦。追懷故國，詞調愈工；撫今思昔，能不愴悢！故說：

往事只堪哀，對景難排！秋風庭院蘚侵階。一任珠簾閒不捲，終日誰來？
金鎖已沉埋，壯氣蒿萊；晚涼天淨月華開。想得玉樓瑤殿影，空照秦淮！
（浪淘沙）

簾外雨潺潺，春意闌珊；羅衾不耐五更寒。夢裏不知身是客，一晌貪歡。
獨自莫凭闌，無限江山；別時容易見時難。流水落花春去也，天上人間。
（浪淘沙）

多少恨？昨夜夢魂中：還似舊時遊上苑，車如流水馬如龍，花月正春風。

（憶江南）

春花秋月何時了？往事知多少？小樓昨夜又東風，故國不堪回首月明中！

雕闌玉砌應猶在，只是朱顏改。問君能有幾多愁？恰似一江春水向東流。

（虞美人）

林花謝了春紅，太匆匆！無奈朝來寒雨晚來風！　胭脂淚，相留醉，幾時重？自是人生長恨水長東！（相見歡）

愁苦之詞易工，歡娛之詞難妙。王靜安先生云：「尼采謂一切文學，余愛以血書者；後主之詞，眞所謂以血書者也。」亡國以後，李煜捨去那種濃情膩語之詞，更以「悲歌慷慨」，「瀟灑豪邁」之氣出之，「用悲哀的詞來描寫他那悽涼底身世，深厚的創痛，故遂抬高了他的詞底價值。不但集唐五代的大成，而且還替後代的詞人開一個新的意境。」（用胡適之的話）

「詞至李後主而眼界始大，感慨遂深，變伶工之詞而爲士大夫之詞。至其所善，雖温韋亦不能及。蓋彼純係一主觀之詞人，閱世甚深，性情甚眞；出詞造境，故多能言人之所不能言也。」（王國維人間詞話）吳衡照云：「十國時，風雅才調，無過於南唐後主，次則蜀兩後主，又次則吳越忠懿王。」（蓮子居詞話）由此可見其詞價之高超矣！

（3）馮延己，一名延嗣，字正中。其先彭城人，唐末，徙家新安，又徙廣陵，事璟爲翰林學士，承旨進中書侍郎，左僕射，同平章事，後改爲太子太傅。「金陵盛時，內外無事；朋僚親舊，或當燕集：多運藻思，爲樂府新詞，俾歌者倚絲竹而歌之。」陳世修陽春集序。）當時作者，惟延己所著樂府爲最夥，並有陽春集傳世。（按延己陽春集在宋初卽已散佚，迨嘉佑戊戌——一〇五八——陳世修始爲搜集成書，然以不加審愼，收入他人之作者亦頗不少。）正中之詞，王靜安謂其「深美閎約」；吳梅謂其「思深詞麗，韻逸調新」；此其詞格也矣！其最爲李璟所賞識之謁金門詞云：

　　風乍起，吹皺一池春水。閑引鴛鴦芳徑裏，手挼紅杏蕊。鬥鴨闌干獨倚，碧玉搔頭斜墜；終日望君君不至，舉頭聞鵲喜。

十六國春秋云：馮延己喜爲樂府詞，著百餘闋，最以鶴冲天與歸國謠二詞見稱於世。詞云：

曉月墜，宿雲披，銀燭錦屏圍。建章鐘動玉繩低，宮漏出花遲。（鶴沖天）
江水碧，江上何人吹玉笛？扁舟遠送瀟湘客，蘆花千里山月白；傷行色，明朝便是關山隔。（歸國謠）

外此之代表作品，如：

幾日行雲何處去？忘了歸來，不道春將暮。百草千花寒食路，香車繫在誰家樹？淚眼倚樓頻獨語：「雙燕飛來，陌上相逢否？」撩亂春愁如柳絮，悠悠夢裏無尋處。（蝶戀花）

春日宴，綠酒一杯歌一遍，再拜陳三願：一願郎君千歲，二願妾身長健；三願如同梁上燕，歲歲長相見！（長命女）

殘雪小園春未到，池邊梅自早；高樹鵲銜巢，斜月鳴寒草。山川風景好，自古金陵道。少年看却老；相逢莫厭醉金梧：別離多，歡會少！（醉花間）

（4）張泌，一作佖，字子澄，淮南人。初官句容尉，上書陳治道，後主徵為監察御史……後隨李煜歸宋，仍入史館，遷郎中，告歸後，寓家毗陵。（歷代詩餘詞人姓氏）胡適之本古今詞話之說，疑心詞人張泌另是一人，並且說他覺是蜀人；但在未得確據以前，舊說尚當保留，未便即時推翻也。

泌詞今傳二十八首，（花間集二十七首，全唐詩多出一首。）大都以尖新豔麗取勝。古今詞話謂泌蓋以江城子詞得名于時。其說云：泌少時，嘗與鄰家女子名浣衣者友善，其後經年不見，常夜夢之。其後鄰女別嫁，而泌復念之不置，因寄以詩道：「多情只有春庭月，猶爲離人照落花！」旋復爲浣溪沙以達意云：

枕障燻爐隔繡幃，二年終日兩相思；杏花明月始應知。天上人間何處去？舊歡新夢覺來時，黃昏微雨畫簾垂。

花月香寒曉夜塵，綺筵幽會暗傷神；嬋娟依約畫屏人。　人不見時還暫語，令纔拋後愛微嚬；越羅巴錦不勝春。

獨立寒堦望月華，露濃香泛小庭花，繡屏愁背一燈斜。　雲雨自從分散後，人間無路到仙家；但憑魂夢訪天涯。

其最得名之江城子云：

碧闌干外小中庭，雨初晴，曉鶯聲。飛絮落花，時節近清明。睡起捲簾無一事：勻了面，沒心情。　浣花溪上見卿卿：臉波秋水明；黛眉輕．綠雲高綰，金簇小蜻蜓。好事問他來得麼？和笑道，莫多情！

（5）耿玉真與其餘詞人：此外，南唐之能詞者，尚有徐鉉、盧絳、成幼文、成彥雄、耿玉真等：其詞或傳或不傳，且其詞不見長，又非以詞姑得顯名者；皆可從略。惟耿玉真的菩薩蠻，頗饒情趣，非失詞人本色者：

玉京人去秋蕭索，畫簷鵲起梧桐落；欹枕悄無言，月和殘夢圓。 背燈惟暗泣，甚處砧聲急？獨自倚闌干，衣襟生暮寒。（菩薩蠻。末二句或作「眉黛遠山攢，芭蕉生暮寒。」）

七、南方的楚與南漢（此為南方之二）

楚與南漢，封域雖廣，但以深處湘衡番禺之間，與中原隔絕太甚；風氣鮮通，文教寡備：以言詞壇，甚為落後。本篇為欲聊備一格之故，也就不能因其即無重大貢獻而置諸不理：今並述之如次，於以見乎當日各地文壇情形之表著也：

南漢詞人有連州黃損，（字益之）登梁龍德二年進士，（據歷代詞人姓氏）其詞不傳。

（1）楚有伊用昌，相傳係南岳道士，有妖術。全唐詩載其憶江南詞一首云：

「江南鼓，梭肚兩頭欒：釘著不知侵骨髓，打來只是沒心肝；空腹被人謾。」玩其風格，似與寒山拾得一流矣！

（2）綜給：講述唐末五代人詞，要以趙崇祚之花間集爲準，其後又有尊前集出，但亦不知纂自誰氏？未可據爲典則也。

花間集共錄詞人十八家，曰：温助教庭筠，（詞六十六首）皇甫先輩松，（詞十一首）韋相莊，（詞四十七首）薛侍郎昭蘊，（詞十九首）牛給事嶠，（詞三十一首）張舍人泌，（詞二十七首）毛司徒文錫，（詞三十一首）牛學士希濟，（詞十一首）歐陽舍人炯，（詞十七首）和學士凝，（詞二十首）顧太尉夐，（詞五十五首）孫少監光憲，（詞六十首）魏太尉承班，（詞十五首）鹿太保虔扆（詞六首）閻處士選，（詞八首）尹參卿鶚，（詞六首）毛祕書熙震，（詞二十九首）李秀才珣。（詞三十七首）除了太原温庭筠，睦州皇甫松，（以上二人是先輩）南唐張泌，中原和凝四人而外，其餘十四家，都是蜀人，可見當時川中文學之多了。（說者有謂崇祚蜀人，故詳於蜀而略於其他諸地也。）

花間集中的詞，就技術言：貴能運用象徵的筆調，寫出濃豔的情緒；妙在境致含蓄，盡於三數字句之間。此種新創的「詩格」「詩調」，實爲雕蟲家絞爆腦袋所不能賞識者！

以上僅不過是就其內容方面言之耳；至其應用，則完全爲要解散詩體，代替樂府，——代替唐人的樂府而始產出的，故歐陽炯特爲之敘說道：

……是以唱雲謠則金母詞清，挹霞醴則穆王心醉。名高白雪，聲聲而自合鸞歌；響遏行雲，字字而偏諧鳳律。楊柳大堤之句，樂府相傳；芙蓉曲渚之篇，豪家自製。……則有綺筵公子，繡幌佳人：遞葉葉之花牋，文抽麗錦；舉纖纖之玉指，拍按香檀。不無清絕之辭，用助嬌嬈之態。自南朝之「宮體」，扇北里之倡風：何止言之不文，所謂秀而不實。有唐已降，率土之濱：家家之香逕春風，寧尋越豔；處處之紅樓夜月，自鎖嫦娥。在明皇朝，則有李太白之應制清平樂調四首，近代溫飛卿復有金荃集。邇來作者，無媿前人：今衛尉少卿，字弘基，……因集近來詩客曲子詞五百首：……以炯粗預知音，辱請命題，……昔郢人有歌陽春者，號爲絕唱；乃命之爲花間集。庶使西園英哲，用資羽蓋之歡；南國嬋娟，休唱蓮舟之引。

王士禎曰：「五季文運萎敝，他無可稱；獨其所作小詞，濃豔穠秀，疊金結秀而無痕跡，備見於趙崇祚花間集中。所錄十八家，自溫庭筠皇甫松外，凡十六家，爲五季時人，可謂盛矣！」以故花間集中小詞，實卽唐末五代通行之歌曲；宋代以詞爲樂章，實自唐末五代爲其先導也。

第一節　總論

一　宋詞大成的原因

從文學演變的程序上說，則宋詞的隆盛，並不是得突然的誕生，而是賡續的創作。詞綜序略云：「周東遷，三百篇音節始廢；至後而樂府出。樂府不能代民風，而歌謠出。六朝至唐，樂府又不勝詰屈，而近體出。五代至宋，近體又不勝方板，而詩餘出。唐之詩，宋之詞，甫脫穎而已徧傳歌工之口。……唐以後，詩之腐濫反不如詞之清新，使人怡然適性，是不獨天資之高下，學力之淺深各殊，要亦氣運人心，有日新而不能已者。」這是夫人而知之的常談，用不着詳細的證明，多方的解釋的。

但如欲知道兩宋文壇全部的成績，必須要知道兩宋文化全部的表著；如欲知道兩宋新詞發達繁昌的所以然之故，尤其必須知道兩宋時代的背景。

兩宋文學的促成，尤其大要言之，總不外乎兩個原因：第一是由於當時人們對於它的努力；第二是由於前此歷世文化的積累。

唐末五代時的割據紛亂，其社會的不安現象爲何如？然而「亂多不治，賊多不愁」；被一般爲君若臣者，思求有以郅治而不能，於是遂返而以不了了之爲了之。君若中原，若西蜀，若南唐，……誰不如是？也和六朝梁陳之君一樣，他們同把國家大事置諸腦後，齊向「新體詩」的「小詞」方面努力，齊向這種文學境域裏去求生活；所以，雖其結果各把天下送葬，然而在文學方面，卻也自有其獨到的成功。

宋代君臣之對於文學的提倡與努力，比於晚唐五代，尤有過之。蓋之宇內又安，中原兵息，時君偃武修文，社會亦復安定。於時作者既已全盤承受五代之遺產，更復集中全力於文學的創作，（尤其是詞）故其事若易舉，成就也就更大了。（此其原因之一。關於這個原因，書中還要分別的作一有系統的敘述，此蓋恕不多贅了。）

是故宋史文苑傳說：「自古創業垂統之君，即其一時之好尚；而一代之規摹，可以豫知矣：藝祖革命，首用文吏，而奪武臣之權。宋之尚文，端本乎此。太宗眞宗，其在藩邸，已有好學之名；及其即位，彌文日增。自時厥後，子孫相承。上之爲人君者，無不典學；下之爲人臣者，自宰相以至令錄，無不擢科。海內文士，彬彬輩出焉。」上有好者，下必更有甚焉者矣；在詞壇上，復更由此而張大其勢力，乃更化及於賤隸平民，此宋詞盛大之所以無有能及者也。

然而，五代雖然紛亂不已，但到後周世宗柴榮手裏，已經漸漸走上了致治的軌道。趙匡胤（宋太祖）繼承其後，從事統一，竟爾和平輯睦，大告厥成。

天下既定，則思維持其尊卑之序，君臣之等；所以「馬上」之武力亟須廢棄，而「斯文」之防範不宜稍緩矣！故曰：「宋有天下，先後三百餘年；考其治亂之汚隆，先後之離合，雖不足以擬倫三代，然其時君汲汲於道藝輔治之臣，莫不以經術爲先務；學士搢紳先生，談道德性命之學，不絕於口，豈不彬彬乎進於周之文哉！」（宋史藝文志）

然此三百餘年彬彬可以進於「周文」之促成究何所自？他（脫脫等）說：

宋之不競，或以爲文勝之弊，遂歸咎焉；此以功利爲言，未必知道（文化）者之論也。

歷代之書籍：莫厄於秦，莫富於隋唐。隋嘉則殿書三十七萬卷。而唐之藏書，開元最盛，爲卷八萬有奇。其間唐人所自爲書幾三萬卷。則舊書之傳者，至是蓋亦鮮矣。

遲陵遠於五季，干戈相尋，海寓鼎沸，斯民不復見詩書禮樂之化：周顯德中，始有經籍刻板，學者無筆札之勞，獲覩古人全書。然亂離以來，編帙散佚；幸而存者，百無二三。

宋人承受這些典籍，從事開拓，歷朝學術，遂以恢宏。故並明著其蹟曰：

宋初有書萬餘卷。其後削平諸國，收其圖籍；及下詔遣使購求散亡；三館之書，稍復增益。太宗始於左昇龍門北建崇文院，而徙三館之書以實之。又分三館書萬餘卷，別爲書庫，目曰祕閣。……眞宗時，命三館寫四部書二本，置禁中之龍圖閣，及後苑之太清樓；而玉宸殿四門殿，亦各有書萬餘卷。又以祕閣地隘，分內藏西庫以廣之。……仁宗既新作崇文院，命翰林學士張觀等編「四庫」書，倣開元四部，錄爲崇文總目，書凡三萬六百六十九卷。神宗改官制，遂廢館職，以崇文院爲祕書省。祕閣經籍圖書，以祕書郎主之。編輯校定，正其脫誤，則主於校書郎。徽宗時，更崇文總目之號爲祕書總目，詔購求士民藏書。其有所祕未見之書，足備觀采者，仍命以官。且以三館書多逸遺，命建局以補全校正爲名，設官總理，募工繕寫。一置宣和殿，一置太清樓，一置祕閣。自熙寧以來，搜訪補輯，至是爲盛矣！

嘗歷考之：始太祖太宗真宗三朝，三千三百二十七部，三萬九千一百四十二卷。次仁英兩朝，一千四百七十二部，八千四百四十六卷。次神哲徽欽四朝，一千九百六部，二萬六千二百八十九卷。三朝所錄，則兩朝不復登載，而錄其所未有者四朝，於兩朝亦然。最其當時之目，爲部六千七百有五，爲卷七萬三千八百七十有七焉。

迨夫靖康之難，而宣和館閣之儲，蕩然靡遺。高宗移蹕臨安，乃建秘書省於國史院之右，搜訪遺闕，屢優獻書之賞。於是四方之藏，稍稍復出，而館閣編輯，日以富矣。當時類次書目，得四萬四千四百八十六卷。至寧宗時，續書目又得一萬四千九百四十三卷；視崇文總目，又有加焉。

自是而後，迄於終祚；國步艱難。軍旅之事，日不暇給；而君臣上下，未嘗頃刻不以文學爲務。大而朝廷，微而草野，其所製作講說，紀述賦詠，動成卷帙；纍而數之。有非前代之所及也。

……大凡爲書九千八百十九部，十一萬九千九百七十二卷云：

四類之中，計凡：

屬於經類者，一千三百四部，一萬三千六百八卷。

屬於史類者，二千一百四十七部，四萬三千一百九卷。

屬於子類者，三千九百九十九部，二萬八千二百九卷。

屬於集類者，二千三百六十九部，三萬四千九百六十五卷。

如問宋代的典册何以竟有如此之浩繁？則其最大的原因就是由於時人能夠繼續「伊古以來」之積累而更日事孳殖之故。且夫一代的典册，即是一代文化之所繫：觀於以上的記述及比較，我們可以知道宋人對於文化的努力；——尤其在文學方面，較之其它爲獨厚。所以集部之書，乃爾達至三萬四千九百六十五卷焉。

但是，中國人之所謂「文集」，却是無所不包的東西；隨便翻着無論那家的文集來看，關於政論，關於經義，關於闢佛老，……大都應有盡有，獨惟莫有「詞」的部署。朱彝尊說：「唐宋人詞，每別爲一篇，不入集中，故散失最易。」（詞綜發凡語）推尋其原，蓋即由於編纂之者，恆視「詞」非載道之具之故所致耳。

然則如此繁重的文集之中，都皆無詞，其事至明；而我且謂其為宋詞大成原因之一者；蓋就文學原理以為言，固非徒在形式也。兩宋人秉有這種文學的造詣，更又發之於詞，且較其它為獨優，故能成為一代之創格：

惟是宋詞雖盛，頗多散佚；民間述作，尤復無遺。若要舉之以與唐詩相較，則直不敵其什一；所以如此者，蓋由朝廷士夫蔑視太甚，動見屏斥。觀於四庫全書所收詞類之寥寥，即可審知其故矣！

茲據叢刊所收：若馮煦宋六十一家詞，王鵬運四印齋彙刻詞，朱祖謀彊邨彙刻詞，江標靈鶼閣彙刻詞，吳昌綬雙照樓彙刻景宋本詞與夫「叢書」「選本」「鈔本」「單行本」等，則宋人詞集之流傳今代者，計凡一百七十六家焉，錄舉如次：

一　珠玉詞（晏殊）
二　小山詞（晏幾道）
三　六一詞（歐陽修）
四　樂章集（柳永）
五　東坡詞（蘇軾）
六　山谷詞（黃庭堅）

七　淮海詞（秦觀）
八　書舟詞（程垓）
九　琴趣外篇（晁補之）
一〇　後山詞（陳師道）
一一　姑溪詞（李之儀）
一二　東堂詞（毛滂）
一三　壽域詞（杜安世）
一四　丹陽詞（葛勝仲）
一五　竹坡詞（周紫芝）
一六　溪堂詞（謝逸）
一七　片玉詞（周邦彦）
一八　聖求詞（呂渭老）
一九　初寮詞（王安中）
二〇　友古詞（蔡伸）
二一　坦庵詞（趙師俠）

二二　惜香樂府（趙長卿）
二三　酒邊詞（向子諲）
二四　石林詞（葉夢得）
二五　無住詞（陳與義）
二六　蘆川詞（張元幹）
二七　東浦詞（韓玉）
二八　嬾窟詞（侯寘）
二九　逃禪詞（楊无咎）
三〇　海野詞（曾覿）
三一　稼軒詞（辛棄疾）
三二　知稼翁詞（黃公度）
三三　歸愚詞（葛立方）
三四　于湖詞（張孝祥）
三五　近體樂府（周必大）
三六　審齋詞（王千秋）

三七 介庵詞（趙彥端）

三八 洺水詞（程珌）

三九 後村別調（劉克莊）

四〇 克齋詞（沈端節）

四一 白石詞（姜夔）

四二 西樵語業（楊炎——按楊萬里誠齋詩話及厲鶚宋詩紀事作楊炎正。）

四三 放翁詞（陸游）

四四 龍川詞（陳亮）

四五 龍洲詞（劉過）

四六 樵隱詞（毛幵）

四七 蒲江詞（盧祖皋）

四八 平齋詞（洪咨夔）

四九 烘（書錄解題作「哄」）堂詞（盧炳）

五〇 竹齋詩餘（黃機）

五一　竹屋癡語（高觀國）
五二　梅溪詞（史達祖）
五三　文溪詞（李昴英）
五四　石屏詞（戴復古）
五五　空同詞（洪瑹）
五六　芸窗詞（張榘）
五七　和清眞詞（方千里）
五八　散花庵詞（黄昇）
五九　夢窗詞（吳文英）
六〇　竹山詞（蔣捷）
六一　金谷遺音（石孝友）
六二　逍遙詞（潘閬）
六三　東山樂府（賀鑄）
六四　得全詞（趙鼎）
六五　莊簡詞（李光）

六六　梁溪詞（李綱）
六七　澹庵詞（胡銓）
六八　筠溪詞（李彌遜）
六九　栟櫚詞（鄧肅）
七〇　樵歌（朱敦儒）
七一　梅歌（朱雍）
七二　綺川詞（倪偁）
七三　東溪詞（高登）
七四　燕喜詞（曹冠）
七五　文定公詞（丘崈）
七六　梅山詞（姜特立）
七七　拙庵詞（趙磻老）
七八　宣卿詞（袁去華）
七九　晦庵詞（李處全）
八〇　養拙堂詞（管鑑）

八一　雙溪詩餘（王炎）
八二　龜峯詩餘（陳人傑）
八三　梅屋詩餘（許棐）
八四　秋崖詞（方岳）
八五　山中白雲詞（張炎）
八六　花外詞（王沂孫）
八七　碎錦詞（李好古）
八八　潛齋詞（何夢桂）
八九　覆瓿詞（趙必𤩪）
九〇　撫掌詞（歐良）
九一　章華詞（失名）
九二　漱玉詞（李清照）
九三　斷腸詞（朱淑貞）
九四　宋徽宗詞（宋徽宗趙佶）
九五　范文正公詩餘（范仲淹）

九六 忠宣公詩餘（范純仁）
九七 子野詞（張先）
九八 臨川先生歌曲（王安石）
九九 韋先生詞（韋驤）
一〇〇 寶晉長短句（米芾）
一〇一 竹友詞（謝邁）
一〇二 省齋詩餘（廖行之）
一〇三 龍雲先生樂府（劉弇）
一〇四 北湖詩餘（吳則禮）
一〇五 華陽長短句（張綱）
一〇六 頤堂詞（王灼）
一〇七 陽春集（米友仁）
一〇八 苕溪樂章（劉一止）
一〇九 松隱樂府（曹勛）
一一〇 鄱陽詞（洪皓）

一一一　蓮社詞（張掄）

一一二　屏山詞（劉子翬）

一一三　浮山詩餘（仲并）

一一四　澹齋詞（李流謙）

一一五　雲莊詞（曾協）

一一六　石湖詞（范成大）

一一七　和石湖詞（陳三聘）

一一八　澤綺語債（張輯東）

一一九　南澗詩餘（韓元吉）

一二〇　漢濱詩餘（王之望）

一二一　盤洲樂章（洪适）

一二二　鄮峯眞隱大曲（史浩）

一二三　客亭樂府（楊冠卿）

一二四　芸庵詩餘（李洪）

一二五　應齋詞（趙善括）

一二六 文簡公詞（程大昌）

一二七 雪山詞（王質）

一二八 誠齋樂府（楊萬里）

一二九 松坡詞（京鏜）

一三〇 渭川居士詞（呂勝己）

一三一 方舟詞（李石）

一三二 南湖詩餘（張鎡）

一三三 張樞詞（張樞）

一三四 方壺詩餘（汪莘）

一三五 澗泉詩餘（韓淲）

一三六 康範詩餘（汪晫）

一三七 王周士詞（王以寧）

一三八 鶴林詞（吳泳）

一三九 虛靖真君詞（張繼先）

一四〇 蓬萊鼓吹（夏元鼎）

一四一　笑笑詞（郭應祥）

一四二　臞軒詩餘（王邁）

一四三　徐清正公詞（徐鹿卿）

一四四　方是閒居士詞（劉學箕）

一四五　彝齋詩餘（趙孟堅）

一四六　玉蟾先生詩餘（葛長庚）

一四七　秋堂詩餘（柴望）

一四八　本堂詞（陳著）

一四九　日湖漁唱（陳允平）

一五〇　水雲詞（汪元量）

一五一　蘋洲漁笛譜（周密）

一五二　樂庵詩餘（吳存）

一五三　須溪詞（劉辰翁）

一五四　演山詞（黃裳）

一五五　信齋詞（葛郯）

一七一　大聲集（万俟雅言）

一七二　靑山樂府（徐仲）

一七三　赤城詞（陳克）

一七四　節孝集（徐積）

一七五　了齋詞（陳瓘）

一七六　相山居士詞（王之道）

（註）宋詞最夥，未經彙錄者尚多，殆不止此也。

明清以前，尙有數家選本，最爲居功：兩宋人詞，大皆賴此以存；或有詞存而名佚者，零璣碎玉，至爲可貴，不宜忽也。其選詞有打破南北宋之關鍵而通錄者，凡有五家：

一、黃大輿梅苑十卷。

二、曾慥樂府雅詞三卷，補遺一卷。

三、陳景沂全芳備祖五十卷。

四、無名氏類編草堂詩餘四卷。

五、趙聞禮陽春白雪八卷。

擺絕北宋，專錄南宋人詞者，凡有二家：

一、周密絕妙好詞選七卷。

二、黃昇中興以來絕妙詞選十卷。

這就是兩宋人詞遺留到現在的總成績。據朱彝尊說，兩宋作家要在三百以外；揆之當日情事，亦復不覺此數。朱氏之論，全屬臆測，未可據為典要也。

關於宋詞大成之原，既已具如上述；況乎南渡之後，高宗自亦能詞，嘗製舞楊花詞以侑歌。又作漁歌子詞十五章。廖瑩中江行雜錄評之曰：「光堯漁歌子十五章，備騷雅之體，雖老於江湖者不能企及。」是可知其品格矣！其一云：「水涵微影湛虛明，小笠輕簑未要晴。明鏡裏，縠羅生，白鷺飛來空外聲。」

高宗於詞既稱能手，又復獎挹羣工，不遺餘力：「見張掄詞，即命以知閤事；見康與之詞，即官以郎中；見俞國寶詞，即予以釋褐。」（劉毓盤語）上有好者，下必有甚焉者矣！日本兒島獻吉郎曰：「余以為宋詞之隆盛，蓋因宋代詩人，對於唐詩而翻新格調；乃文學上之一大革命，可斷言也！無論如何，詩經三百篇，為姬周之新樂府，四言詩之至精者也；漢魏之樂府，為二代之新樂府，五言詩之至粹者也；唐之絕句，為李唐之新樂府，五七言詩之至醇者也。而宋之詩人，有創作之心，欲與唐人抗衡，自覺絕句恐難駕乎唐賢之上，於是於詩學上另闢一新天地，遂產生一種長短句之新體詩也。」宋詞之盛，此其一因。

二　宋詞發達的普遍現象

宋詞的發達，由於前代的積累，由於君主的倡導，由於唐末五代的啓示，由於詩體的極敝，種種原因，都已在前面伸說過了。

不過，所謂詩體之敝，在唐末五代，僅不過是減少其力量而已，殊非盡斂。所以，如李白，如劉禹錫，如韋應物，如白居易，如韓偓，如溫庭筠，……他們既作詞，也作詩；不過因爲終竟受了時代的管束，音樂的遷變；詩不得不亡，詞不得不倡。陸放翁嘗爲花間集跋云：「唐季五代，詩愈卑，而倚聲者輒簡古可愛。」所謂愈卑，即是逐漸的衰敝；所謂可愛，即是逐漸的發達。在史實上，到了宋代，詩才盡亡，詞迺繼昌，繼之而爲有宋一代特出的文學。所謂新體詩的創造，兩宋已經畢盡全功了。

「四言敝而有楚辭，楚辭敝而有五言，五言敝而有七言，古詩敝而有律絕，律絕敝而有詞。蓋文體通行既久，染指遂多，自成習套。豪傑之士，亦難於其中自出新意；故遁而作他體，以自解脫。一切文體，所以始盛終衰者，皆由於此。」（王靜安先生人間詞話）詩之亡，由於習成習套；詞之盛，由於自求解脫。唐人於詩，已極盡其規矩法度之能，宋人不知而欲強作，故終宋之世無詩。五代之詞，原係濫觴，宋人正合於此發揚光大，以期克竟其成；故每「有歡愉愁苦之致，動於中而不能抑者，類皆發於詩餘，其所造爲獨工」也。（用陳臥子語）

胡適之先生說：「文學史上有一個逃不了的公式：文學的新方式都是出於民間的；久而久之，文人學士受了民間的影響，採用這種新體裁來做他們的文藝作品。」（詞選序）所以，這時代的詞的第一個特徵「就是大家都接近平民的文學，都採用樂工娼女的聲口」。（同上）詞在這時，所表現的情緒是一般人的情緒，所描寫的生活是一般人的生活。不特是文人學士所愛好的一種文體，也是村夫野老樵夫牧子所愛好的一種文體，也是教坊樂工歌妓娼女所愛好的一種詩歌。他們除用這種文體來寫祝懷弔而外，更可以用它來寫戀情，幷可以之自悅悅人；舉凡詩古文辭之流之所不能寫入的情緒，都可以在詞中儘量的發洩。所以詞有無上的勢力，那樣的普遍，偌大的成績。

第一，我們從敦煌零拾的雜曲和小曲中，可以看見詞在當時流傳民間之普遍。

在雲謠集雜曲子三十首裏，有鳳歸雲偏四首，天仙子二首，竹枝子二首，洞仙歌二首，破陣子四首，浣沙溪二首，柳青娘二首，傾杯樂以下闕十二首。又小曲三種裏，有魚歌子一首，長相思三首，雀踏枝二首。這些曲名，完全和詞調相同。而其詞意，且又完全與唐季五代宋初的詞意相同；所謂「調卽是題」，那詞牌卽是它的名字：

敦煌石室所藏的卷子，就其記有年月的而斷定，則自西曆紀元第五世紀以至第十世紀。（我並沒有到巴黎和倫敦去看到那些卷子，此據鄭振鐸所說。）正當六朝以迄宋初；（西曆紀元四〇〇年，爲晉安帝隆安四年。南朝的宋武帝永初元年，適爲西曆紀元四二〇年。宋眞宗咸平三年爲西曆紀元一〇〇〇年。）依此例推，這些曲子最晚亦必是唐末五代時的產物，那時的詞人，必曾受其實惠罷。今且依次各舉一首於下以示例：

一、屬於雜曲子者：（今藏倫敦博物館）

1. 鳳歸雲偏，蓋係怨女憶夫之詞。計凡四首，各首字數多寡不同，句讀亦別，玆錄其第一首。

征夫數載，萍寄他邦，去便無消息。累換星霜，月下愁聽砧杵。擬塞雁行孤，眠鸞帳裏。往勞魂夢，夜夜飛颺。想君薄行，更不思量。誰為傳書，與妾表衷腸？倚牖無言，垂血淚，暗祝三光。萬般無奈處，一爐香盡又添香。

古今詞話云：「鳳歸雲長調屬林鐘商。」是則唐人固有此詞也。滕潛鳳歸雲詞二首，蓋作七言絕句，與此大別；蓋原初無定律耳。按此詞劉毓盤將第五句之「月下」二字删去，又于第六句「塞雁」下疑脫三字，遂以「疑塞雁□□□行」斷句，「孤」字下屬。又將第十三句「表」「妾」二字顛倒，遂以「誰為傳書與，表妾衷腸」斷句。末句「又」下添更字，遂致判為兩句，讀為「一爐香盡，又更添香」。）

2. 天仙子，詞為抒寫女子愁戀之作。計凡二首，調格字數全同。

燕語鶯啼三月半，煙醮柳條金線亂。五陵原上有仙娥，擕歌扇，香爛漫，留住九華雲一片。犀玉滿頭花滿面，負妾一雙偷淚眼。淚珠若得似真珠，拈不散，知何限，串向紅絲應百萬。

3. 竹枝子，計凡二首，前首描寫蕩子不歸，閨中嘉戀之景；後首描寫「識个人人」，亟欲遣嫁之念。兩首字數句法各別，此為第二首：

高捲珠簾垂玉牖，公子王孫。女傾二八；小娘滿頭珠翠影輝光，百步惟聞蘭麝香。口含紅豆相思語，幾度遙相許。修書傳與蕭郎，倘若有意嫁潘郎，休遺潘郎爭斷腸。

4. 洞仙歌二首，想念良人征戍邊外，久不得歸之意。此詞較第一首僅少一字。

悲雁隨陽，解引秋光；宅宅蟲響，夜夜堪傷。珠淚串的旋流枕上；無計恨征人，爭向金風漂蕩。擣衣寮亮，嬾寄回文先往。戰袍待穩，絮重更薰香。殷勤凭驛使追訪。願四塞來朝明帝令，大堺免教流浪。

5. 破陣子四首，調字全同；敍從軍久別，閨中飲泣，大有「悔教夫堺覓封侯」之情態焉。

年少征夫軍帖，書名年復年。爲覓封侯酬壯志，攜劍彎弓沙磧邊。拋人如斷絃。迢遞可知閨閤，呑聲忍淚孤眠。春去春來庭樹老，早晚王師歸却還，免教心怨天。（第四首）

6. 澳沙溪，按卽浣沙溪，此爲描寫少女情態綿綿之詞。詞凡二首，次首較此更多十四字。

孋景紅顏越衆稀，素胸蓮臉柳眉低。擬笑千花羞不析，嫩芳菲。偏引五陵思，懇切要君知。

7. 柳靑娘二首，皆爲歌詠多情少婦之吐囑。次首較少一字。

靑綵髻綰臉邊芳，淡紅衫子掩□□，出門斜拈同心弄，意恓惶，固使橫波認玉郎。叵耐不知何處去，教人幾度掛羅裳。待得歸來須共語，情轉傷；斷却粧樓伴小娘。

二、屬於小曲者：

1.魚歌子一首，抒述男女離懷別苦之詞。題云「上王次郎」，當必出自婦女之手也。

春雨微香風少，簾外鶯啼聲聲好。伴孤屏，微語笑，寂對前庭悄悄。當初去，向郎道，莫保靑娥花容貌。恨惶交，不歸早，教妾□在煩惱。

2.長相思三首，敍述男子在外，或有求富不歸，或有爲貧不歸，或有因死不歸，足令居人相思無極耳：（其貧不歸一首，較少一字。）

作客在江西，得病臥毫鬣；還往觀消息，看看似別離。村人曳在道傍西，耶孃父母不知。□上劉排書字，此是死不歸。

3.雀踏枝二首，調字一律，蓋借靈鵲與寒雁來興起少婦懷戀征夫之情緒的。

叵耐靈鵲多滿語，送喜何曾有憑據：幾度飛來活捉取，鎖上金籠休共語！比擬好心來送喜，誰知鎖我在金籠裏。欲他征夫早歸來，騰身却放我向靑雲裏。

所謂最初的詞，盡都以詞牌爲其題意，不必在詞牌以外更起題目，所以也就莫有題目。這種論斷，從上面所舉的雜曲和小曲的例子看來，實覺幫助其理由的成立不少。雖然有如漁歌子和竹枝子兩詞，完全失却漁父的生活和竹枝的情致的詞調者；則恐已非初時之創作，而爲後來者的模擬罷？（大抵模擬的詞都只規切原詞的字句情節，而往往失却本意。）

這些曲子詞是由三唐歷五代以迄宋初的民間詩歌，它是那時偌多民間詩歌遺留至今的成績之一，故它正可作爲那時詞調流行民間普遍之證據。

第二，從當時君主歌舞之繁，與乎平民婦女妓妾方外武人皂隸之什，可以覘見宋詞傳播民間之普遍：

詞自宋初而後，其勢風行漸廣。至周邦彥領大晟樂府，比切聲調，篇目頗繁。柳永復增置之，詞遂有專家；一時綺製，可謂極盛。（清聖祖歷代詩餘序）因爲他們要「鼓舞昇平」，競趨享樂。所以宋仁宗的時候，「中原息兵，汴京繁庶；歌臺舞席，競覩新聲」。（能改齋漫錄和樂府餘論都如此說）以故仁宗嘗謂張文定宋景文曰：

「孟子可謂知樂矣；今樂猶古樂。」又曰：「自排偏以前，音聲不相侵亂；樂之正也。自入破之後，始侵亂矣！至此，則鄭衛也。」（隨手雜錄）及到徽宗，尤揑新樂，嘗作聒龍謠臨江仙燕山亭探春令等詞，類皆清麗淒惋，並足爲其享樂生活之寫照。如探春令云：「簾旌微動，峭寒天氣，龍池冰泮。杏花笑吐香猶淺，又還是，春將半。清歌妙舞從頭按，等芳時開宴。記去年對著東風，曾許不負鶯花願。」無論他金兵怎樣的猖獗，而徽宗總是儘量的「清歌妙舞從頭按」，儘量的享樂，極力的提倡。直到宣和初年，雜樂告成，八音告備，因作徵招角招。有曲名黃河清漫者，詞云：「晴景初升風細細，雲收天淡如洗。望外鳳凰城闕，葱葱佳氣。朝罷香煙滿袖，侍臣報天顏有喜。夜來頻得封章，大河徹底清泚，君王壽與天齊。馨香動，上穹頻降祥瑞。大晟奏功，六樂初調宮徵。合殿薰風乍轉，萬花覆，千官盡醉。內家傳詔，重開宴未央宮裏。」歌頌昇平，音調極韶美，以入大晟樂府。天下無問遐邇大小，雖偉男髫女，皆爭唱之。（說本鐵圍山叢談）宣和遺事亦云：

宣和間，上元張燈，許士女縱觀，各賜酒一杯。一女子竊所飲金杯，衛士見之，押至御前，女誦鷓鴣天云：「月滿蓬壺燦爛燈，與郎攜手至端門；貪看鶴陣笙歌舉，不覺鴛鴦失卻羣。天漸曉，感皇恩：傳宣賜酒飲杯巡。歸家恐被翁姑責，竊取金杯作照憑。」徽宗大喜，以金杯賜之，令衛士送歸。

備述宣政之繁盛者，載記中皆莫東京夢華錄若也。詞苑叢談記有宣政間之鷓鴣天上元詞一首云：「宣德樓前雪未融，賀人正見採山紅；九衢照影紛紛月，萬井吹香細細風。複道遠，暗相通，平陽主第五王宮。鳳簫聲裏春寒淺，不到珠簾第二重。」靡麗酬樂，有非想像不能道及者。凡此皆足以見其與國共樂，極端繁縟之情致焉。

南渡之後，高宗每於「內修外攘之際，尤以文德服遠；至於宸章睿藻，日星昭垂者非一」。（江行雜錄）「嘗於慈寧殿賞牡丹，其時椒房受册，三殿極歡。高宗洞達音律，自製曲，賜名舞楊花，停觴命小臣賦詞，令內人歌之，以玉卮侑酒爲壽，左右皆呼萬歲」。（貴耳錄）餘如紹興（高宗年號）之避暑納涼賜綾，隆興（孝宗年號）之進羹臨盞唱詞，乾道（亦孝宗年號）之看花陳戲製曲，淳熙（亦孝宗年號）之游聚上壽稱壽等，我們試一翻閱周密歲時記，濟庵老人玉音問答，及乾淳起居注，西湖餘志諸書，就可以知道當時君臣行樂之極，製詞之數，歌唱之夥了。

士人製作之傳播民間者，則如：

1. 文元賈公，居守北都；歐陽永叔使北還。公豫戒官妓，辦詞以勸酒；妓唯唯。復使都廳召而喻之，妓亦唯唯。公怪歎，以爲山野。旣燕，妓奉觴，歌

以爲詩，永叔把盞側聽，每爲引滿。公復怪之，召問，所歌皆其詞也。（陳無巳后山叢談）

2.「柳三變遊東都南北二巷，作新樂府，骫骳從俗，天下詠之，遂傳禁中。仁宗頗好其詞，每對酒，必使侍妓歌之再三。」（後山詩話）又云：「永以失意無聊，流連坊曲，乃盡取俚語俗言，編入詞中，以便伎人傳習；一時動聽，散播四方。」（樂府餘論）

以故士人詞調之流播民間，而民間之最能承受者，厥惟妓女。在事實上，若輩既已頃受士人之薰沐和時代之促使，自然也就能夠產生新的詩歌了。

1.能改齋漫錄云：西湖有一倅，唱少遊滿庭芳，誤舉一韻云：「畫角聲斷斜陽。」妓操琴在側云：「是譙門，非斜陽也，」倅因戲之曰：「爾可改韻否？」琴即改作陽字韻云：

山抹微雲，天黏衰草，畫角聲斷斜陽（譙門）。暫停征轡，聊共飲離觴（尊），多少蓬萊舊侶，空回首，煙靄茫茫（紛紛）。孤村裏，寒鴉數點，流水繞低牆（孤村）。魂傷（消魂），當此際，輕分羅帶（輕囊暗解），暗繞香囊（羅帶輕分）。漫贏得青樓，薄倖名狂（存）。此去何時見也？襟袖上，空惹餘香（染啼痕）；傷心處，高城望斷，燈火已黃昏（黃昏）。

（註）此詞中字爲少游原韻。又，「蓬萊舊侶」亦作「蓬萊舊事」，「孤村裏」亦作「斜陽外」。

東坡聞而賞之，亦足見其天才矣！

2. 然此猶是改易韻脚，原非獨抒機警的新詞也。能改齋漫錄又云：姑蘇官妓蘇瓊，行第九；蔡元長道過蘇州，太守召飲。元長聞瓊能詞，因命即席爲之，并限以九字爲韻，瓊卽獻詞曰：

韓愈文章蓋世，謝安性情風流；良辰美景在西樓，敢勸一巵芳酒。記得南宮高選，弟兄爭占鼇頭。金鑾玉殿瑞煙浮，高占甲科第九。（末句蓋切蔡元長奏名第九之事言之）

3. 又齊東野語云：天台營妓嚴蘂，字幼芳，善琴弈歌舞絲竹書畫，色藝冠一時。間作詩詞有新語，頗通古今。善逢迎，四方聞其名，有不遠千里而登門者。唐與正守台日，酒邊常命賦紅白桃花，即成如夢令云：

道是梨花不是，道是杏花不是；白白與紅紅，別是東風情味。曾記，曾記，人在武陵微醉。

又七夕，郡齋開宴，坐有謝元卿者，豪士也。夙聞其名，因命之賦詞，以己之姓爲韻。酒方行，而已成鵲橋仙云：

碧梧初墜，桂香纔吐，池上水花微謝。穿針人在合歡樓，正月露玉盤高瀉。蛛忙鵲懶，耕勤織倦，空做古今佳話。人間剛到隔年期，在天上方纔隔夜。

其後朱晦庵以庾節行部至台，欲摭與正之罪，遂指其嘗與蘂爲濫，嘗繫獄月餘。蘂備受箠楚，而一語不及，然猶不免受杖。移籍紹興，且復就越，置獄鞫之，久不得其情。獄吏因好言誘之曰：「汝何不早認？亦不過杖罪。況已經斷，罪不重科，何爲受此辛苦耶？」蘂答云：「身雖賤妓，縱是與太守有濫，科亦不至死罪；然是非眞僞，豈可妄言以汙士大夫？雖死，不可誣也。」其辭既堅，於是再痛杖之，仍繫於獄。兩月之間，一再受杖，委頓幾死。然蘂聲價愈騰，至徹阜陵之聽。未幾，朱公改除，而丘霖商卿爲憲，因賀朔之際，憐其病瘁，命之作詞自陳；蘂略不搆思，即口占卜算子云：

不是愛風塵，似被前緣誤；花落花開自有時，總賴東君主。去也終須去，住也如何住？若得山花插滿頭，莫問奴歸處。

4.洪邁夷堅志云：「江浙間，路伎伶女，有慧黠，知文墨，能於席上指物題詠，應命輒成者；謂之合生；其滑稽含玩諷者，謂之喬合生，蓋京都遺風也。予守會稽、有歌諸宮調女子洪惠英，正唱詞次，忽停鼓白曰：「惠英述懷小曲，願客舉似。」仍歌曰：

梅似雪，剛被雪來相挫折。雪裏梅花，無限精神總屬他。梅花無語，只有東君來作主。傳與東君，來與梅花作主人。（按此爲減字木蘭花詞，詞苑叢談記營妓馬瓊瓊題梅雪扇寄朱延之詞略同，說詳拙著宋代無名氏的詞一文中。）

5.苕溪漁隱叢話云：陸敦禮侍兒（妓妾之流）美奴，倘小詞，每乞韻於座客，頃刻成章，嘗作卜算子詞云：

送我出東門，乍別長安道；兩岸垂楊鎖暮煙，正是秋光老。一曲古陽關莫惜金尊倒。君向瀟湘我向秦，魚雁何時到？

6.宋宣和中，有王通判妾飛紅者，貌美，能寫染，有詞云：

花低鶯踏紅英亂，春心重頓成慵懶；楊花夢斷楚雲平，空惹起，情無限。傷心漸覺成牽絆，奈愁緒，寸心難管。深誠無計寄天涯，幾欲問，梁間燕。

（詞苑叢談）

7. 宣和間，有女子幼卿者，嘗題陝府驛壁賣花聲詞云：

極目楚天空，雲雨無蹤；漫留遺恨鎖眉峯。自是荷花開較晚，辜負東風。

客館嘆飄蓬，聚散匆匆。揚鞭那忍驟花驄？望斷斜陽人不見，滿袖啼紅。

（見能改齋漫錄）

8. 成都官妓趙才卿，性慧黠，能詞。值帥府作食送都鈐帥，令才卿作詞應命，立賦燕歸梁云：

細柳營中，有亞夫華宴簇名姝。雅歌長許佐投壺，無一日，不歡娛。漢王拓境思名將，捧飛檄，欲登途。從前密約悉成虛，空贏得，淚如珠。

9. 名妓聶勝瓊有鷓鴣天云：（聶妓後歸宋之問）

玉慘花愁出鳳城，蓮花樓下柳青青。樽前一唱陽關曲，別個人人第五程。

尋好夢，夢難成。有誰知我此時情？枕前淚共窗前雨，隔個窗兒滴到明。

10. 鄭文妻孫氏，有憶秦娥詞云：

花陰陰，一鈎羅襪行花陰。行花陰，閒將柳帶，試結同心。日邊消息空沈沈，畫眉樓上愁登臨；愁登臨，海棠開後，望到於今。

11. 鄭雲娘有寄張生之西江月詞云：

一片冰輪皎潔，十分桂魄婆娑。不施方便是如何？莫是姮娥妒我。　雖則清光可愛，奈緣好事多磨！仗誰傳與片雲呵，遮取霎時則個。

又有寄張生之鞋兒曲詞云：

朦朧月影，黯淡花陰。獨立等多時，只怕冤家乖約，又恐他側畔人知。千回作念，萬般思想，心下暗猜疑。驀地得來廝見，風前語，顫聲低。　輕移蓮步，暗卸羅衣，攜手過廊西。正是更闌人靜，向粉郎故意矜持：片時雲雨，幾多歡愛，依舊兩分離。報道情郎且住！待奴兜上鞋兒。

12 靖康間，金人犯闕，陽武令蔣興祖殉難，其女為賊虜去，題詞雄州驛中云：

朝雲橫度，轆轆車聲如水去。白草黃沙，月照孤村三兩家。　飛鳴過也，百結愁腸無晝夜。漸近燕山，回首鄉關歸路難。（見冷齋夜話）

13 趙子昂妻管仲姬，亦善為詞：子昂欲娶妾，夫人答以詞云：

爾儂，我儂，忒殺情多。情多處，熱似火。把一塊泥，捻一個爾，塑一個我。將咱兩個一齊打破，用水調和。再捻一個你，再塑一個我，我泥中有爾，爾泥中有我。我與你，生同一個衾，死同一個槨。

至如方外詞之衰然成帙者：北宋則有仲殊之寶月集。評者謂無蔬筍氣。南宋則有張繼先之虚靖眞君詞，葛長庚之玉蟾先生詩餘，夏元鼎之蓬萊鼓吹。率多佳製，又非妓妾所可同日而語也：

「仲殊字師利，俗姓張氏，安州人，舉進士第，後棄家爲僧，主蘇州承天寺，杭州寶月寺。」（厲鶚宋詩紀事）「嘗初出遊，其妻與人私；比其歸，懼爲所覺，潛置酖焉。仲殊悟，遂去其妻。既爲僧，時食蜜以解其毒。蘇軾守杭州，引爲方外友，稱之曰蜜殊。有詞七卷，沈注爲之序。……仲殊之詞多矣！佳者固不少，而小令爲最。小令之中，訴衷情湧金門外一詞又其最。蓋句句奇麗，字字情婉，高處不讓唐人風致也。」（黄昇花庵詞選序）其詞云：

湧金門外小瀛洲，寒食更風流。紅船滿湖，歌吹花外有高樓。 晴日暖，淡烟浮，恣嬉遊；三千粉黛，十二欄干，一片雲頭。（五首之一）

仲殊之詞，亦能自立門戶，評者嘗與叔原並稱。王灼碧雞漫志云：晏叔原僧仲殊，各盡其才力，自成一家。叔原，則秀氣勝韻，得之天然；仲殊次之。殊之贍，叔原反不逮也。由是可知其價値矣！

劉淵爲道士時，亦嘗有齊天樂詞云：

玉釵分向金華後，回頭路迷仙苑。落翠驚風，流紅逐水，誰信人間重見？花深半面。尙歌得新詞，柳家三變。綠葉陰陰，可憐不似那時看。劉度今度更老，雅懷都不到。書帶題扇，花信風高，苕溪月冷，明日雲帆天遠。塵緣較短，怪一夢輕回，酒闌歌散。別鶴驚心，感時花淚濺。

宋代武人之能詞者，至多且善，然都不若韓世忠之特異也。西湖志餘云：「韓蘄王生長兵間，未嘗知書；晚歲，忽若有悟，能作字及小詞。一日，至香林園，蘇仲虎尙書方宴客，王徑造之，賓主歡甚，盡醉而歸。明日，王餉以羊羔，且手書二詞遺之。」其臨江仙云：

冬日青山瀟灑靜，春來山暖花濃；少年衰老與花同。世間名利客，富貴與窮通。榮華不是長生藥，清閒不是死門風。勸君識取主人公：單方只一味，盡在不言中。

其南鄉子云：

人有幾多般，富貴榮華總是閒。因古英雄都是夢，爲官；寶玉妻兒宿業纏。年事已衰殘，鬢髮蒼蒼骨髓乾。不道山林多好處，貪歡；只恐癡迷悞了賢！

皂隸之詞，則如宿州獄椽波子山，卽是其例。古今詞話說：子山嘗暱營妓張溫卿於南京，於其途次作劉銀燈以憶之云：

一夜隋河風動，霜混水天如鏡。古柳長堤，寒煙不起，波上月流無影。那堪頻聽？疎星外，離鴻相應。須信情多是病，酒到愁腸還醒。數疊羅衾，餘香未減，甚時枕鴛重並。教伊須更將蘭約，見時先定。

第三。以上所舉，雖可審其普遍之象，然猶只是留有名姓者的成績；至若宋代無名氏底新詞作家，多至不可勝述。故從那時無名作者之衆多，與乎作品之夥頤上來觀察，其普遍之度，幾至不可想見：

無名氏的詞，是眞實的民間文學，故可珍貴。十五國風之所以有特殊的價値者，正卽由於它是民間的產物，尤其是民間無名氏底產物之故。所謂無名氏的作品，至少有三個特殊的地方：第一，作者沒有沽名吊譽之心，其詞自適。第二，本無心於文藝的創作，而其文藝自然令人愛好。第三，情到筆來，正可從其作品上看出那個時代的思想與生活。這事象不獨只是兩宋爲然，無論任何時代都是一樣。自三百五篇以外的歌辭謠諺，和漢魏以來的「古詩」「樂府」「謠諺詞曲」，儘有許多無名氏的作品藏貯其中；它們都是很好的文學，不可輕視或忽略的。

宋代無名氏詞，諸家選載，至爲繁夥；即以曾慥樂府雅詞所錄論，意乃載至百有闋之多。據其序說：此百餘闋，平日膾炙人口，咸不知其姓名，故特類於卷末，以俟詢訪。今將其中佳什，擇舉數闋於次：

深深庭院清明過，桃杏紅初破；柳絲搭在玉闌干，簾外蕭蕭風雨做輕寒。晚晴臺榭生明媚，欲判花前醉酒闌。無事月侵廊，獨自行來行去，好思量！（虞美人）

流水冷冷，斷橋橫路梅枝亞；雪花初下，全是江南畫。白壁青錢，欲買春無價！歸來也，風吹平野，一點香隨馬。（點絳唇）

碧天明月晃金波，清淺瀉清河，深深院宇人靜，獨自問姮娥：圓夜少，缺時多，事因何？嫦娥莫是也有離別，一似人麼？（訴苦情）

春山和恨長，秋水無言度；脈脈復盈盈，幾點梨花雨。深深一段愁，寂寂無行路；推又復還來，沒個遮攔處。（生查子）

宣和五年，金人來歸燕京及涿易檀順景薊六州之地，都中盛唱小詞云：

喜則喜得入手，愁則愁不長久，怯則怯我兩個斷守，怕則怕人來破門。（見詞苑叢談。並云，未幾，金人犯汴京，果有擄二帝之事。）

據能改齋漫錄，記言紹興（宋高宗年號）戊辰，信州鉛山驛壁有題玉樓春詞者，不著姓氏，今載於此：

東風楊柳門前路，畢竟雕鞍留不住。柔情勝似嶺頭雲，別淚多於花上雨。青樓畫幕無重數，聽得樓邊車馬去；若將眉黛染情深，直到丹青難畫處。

又云：近有士人，常於錢塘江漲橋爲狹邪之遊，作樂府，名玉瓏璁云：

城南路，橋南路，玉鉤簾捲香橫霧。新相識，舊相識，淺顰低拍，嫩紅輕碧；惜惜惜。劉郎去，阮郎住，爲雲爲雨朝還暮。心相憶，空相憶，露荷心性，柳花蹤跡；得得得。

又云：黃魯直於荊州亭柱間亦見有詞云：

簾卷曲闌獨倚，山展暮天無際；淚眼不曾晴，家在吳頭楚尾。數點雪花亂委，撲漉沙鷗驚起；詩句欲成時，沒入蒼煙叢裏。

古今詞話亦載有宋代無名氏之眉峯詞云：

嚬損眉峯碧，纖手還重執：鎮日相看未足時，忍便使鴛鴦隻。薄暮投村驛，風雨愁通夕。牕外芭蕉窗裏人，分明葉上心頭滴！

又載有無名氏之御街行詞云：

霜風漸緊寒侵袂；聽孤雁，聲嘹淚；一聲聲送，一聲悲；雲淡碧天如水。披衣告語，雁兒略住，聽我些兒心事：塔兒南畔城兒裏，第三個橋兒外；瀕河西岸小紅樓，門外梧桐雕砌。請教且與低聲飛過，那裏有人人無寐。

吳虎臣（曾）能改齋漫錄云：政和間，（宋徽宗年號）一貴人未達時，嘗遊妓崔廿四之館，因其行第作踏青遊，京下盛傳。其詞云：

識個人人，恰止二年歡會。似賭賽六隻渾四，向巫山重重。去如魚水。兩情美，同倚畫樓十二，倚了又還重倚。兩日不來，時時在人心裏：擬問卜常占歸計。伴三人清齋，望永同鴛被。到夢裏，驀然被人驚覺；夢也有頭無尾。

樂府雅詞又載有九張機詞九首，蓋亦無名氏作也，茲錄三首於次：

一張機，採桑陌上試春衣：風晴日暖慵無力；桃花枝上，啼鶯言語，不肯放人歸。

五張機，橫紋織就沈郎詩：中心一句無人會；不言愁恨，不言憔悴，只恁相思。

九張機，雙花雙葉又雙枝：薄情自古多離別；從頭到底，將心縈繫，穿過一條絲。

政和中，（徽宗年號）一中貴人使越州回，得詞於古碑陰，無名無譜，不知何人作也。錄以進御；命大晟府塡腔。因詞中語，賜名魚遊春水。詞云：

秦樓東風裏，燕子還來尋舊壘；餘寒猶峭紅日薄，侵羅綺。嫩草方抽碧玉茵，垂楊輕拂黃金縷；鶯囀上林，魚遊春水。幾曲闌干徧倚，又是一番新桃李。佳人應怪歸遲，梅妝淚洗；鳳簫聲絕沈孤雁，淸波望斷無雙鯉。雲山萬里，寸心千里！（見彭孫遹詞統源流。汲古閣本草堂詩餘則以此詞爲北宋之阮逸女作。）

又傳平江妓有送別太守之詞云：

春色原無主，荷東君着意看承，等閒分付；多少無情風雨，又那更蝶欺蜂妒？笑燕雀，眼前無數。縱使簾櫳能愛護，到於今已成遲暮！芳草碧，遮歸路。看看做得難言處，怕仙郎輕颺旌旗，易歌襦袴。月滿西樓絃索靜，雲蔽昆山閬府。便恁地一帆輕舉，獨倚闌干拍碎。慘玉容，淚痕如煙雨。去與仕，兩難訴！

故書記錄無名妓女能詞之事，要以蜀中爲最。齊東野語云：「蜀妓類能文詞，蓋薛濤之遺風也。有客自蜀挾一妓歸，蓄之別室，率數日一往；偶以病少疏，妓頗疑之。客作詞自解，妓卽原韻答之云」：

說盟說誓，說情說意，動便春愁滿紙。多應念得脫空經，是那個先生教底？

不茶不飯，不言不語，一味供他憔悴。相思已是不曾閒，又那得工夫咒你！（鵲橋仙。此詞亦見洪邁夷堅志，謂爲陸放翁妾作。）

又傳一蜀妓有送行詞云：

欲寄渾無所有，折盡市橋官柳；看君着上征衫，又相將放船楚江口。後會不知何日？又是男兒，休要鎮長相守！苟富貴，無相忘；若相忘，有如此酒！（市橋柳）

依照以上所說的各種情形看起來，則可以知道宋詞流行民間之廣被了。然而，究竟這種原因何在？這是不可不加以說明的。

我們如果知道唐詩之所以亡，是由於士大夫們提倡着「文以載道」的關係；則我們卽可以知道宋詞之所以倡，實由於當時作家能夠打破這種牢籠了。此其一。貴族要用古律和五七言詩的架子來載道，於是乎遂與民間脫離關係，讓牠自己去高拱；詞在兩宋，是文人學士們的所有物，是優伶娼女們的所有物，是王侯貴冑們的所有物，亦是民衆社會的所有物；牠是沒有階級性的，無論誰人都得愛好。此其二。

爲其如此，所以那時的詞調是民間的，是應用的。每凡一種文學，當能應用，必致繁昌。宋代的詞：產於民間者，優伶舞女自會拿他去歌唱；產於士人者，民間自會拿他去歌唱，教坊自會拿他去歌唱。所謂「凡有井水處皆能歌柳詞」，「流連坊曲以便伎人傳習」，卽是其證。抑或士人既作新詞，又造新腔，如「小紅低唱我吹簫」者，蓋比比矣！此其三。

三、兩宋詞與唐末五代詞之區別

謹按「唐五代詞調名，有年代名義可考者，凡一百九十七；無年代名義可考者凡二百七十九，可謂多矣！教坊記所錄調名，三百二十四，皆不言其義」。（胡震亨唐音癸籤）夫以若此其多之曲調，概係小詞，都無長調。且如前章所述，則知晚唐五代詞之成功，祗是「小令」，並無「慢詞」，觀於花間尊前等總集所錄詞調盡屬小令可爲明證。

所謂「小令」「慢詞」者，樂府餘論說：『詞由「小令」而有「引詞」，又曰

「近詞」，謂引而近之也。又次而有「慢詞」；慢者，曼也，謂曼聲而歌者也」。自來論詞之書。恆有區詞爲「令」「引」「近」「犯」「慢」之五類者，餘論言不及「犯」，似嫌疏忽。大抵數句成調，或乃割取曲中數語成調，有類乎詩之絕句者，即爲「小令」；「犯」「引」「近」似之，惟無節拍；「慢」與「小令」，皆有節拍，但惟體製不同耳。「詞中小令如絕句，長調似律詩」。（人間詞話語）所謂長調，即慢詞也。慢詞之興，蓋有四說：

第一，謂慢詞始自中唐者：王灼碧雞漫志謂中唐之世，已有漫曲，如仙呂甘州有八聲慢之類是也。劉毓盤云：唐詞字數之多，莫如杜牧九十字體之八六子；而教坊亦無此曲，且恐有誤處，故無言之者。遠不若鍾輻（全唐詩注云，輻江南人，懿宗咸通末，以廣文生爲蘇州院巡。）八十九字體之卜算子漫詞可證也。詞云：

桃花院落，烟重露寒，寂寞禁烟晴晝，風拂珠簾，還記去年時候。惜春心不喜閒窗繡；倚屏山和衣睡覺，醺醺暗消殘酒。　獨倚危欄久，把玉筍偷彈黛蛾輕鬥。一點相思，萬般自家甘受。抽金釵，欲買丹青手；寫別來容顏寄與，使知人消瘦。

俟後則有薛道蘊八十七字體之離別難，尹鶚九十六字體之金浮圖，李珣八十四字體之中興樂等，亦皆漫詞之類也。

第二，謂慢詞始自五代者；湯顯祖云：「詞至五代，情至文生，諸體悉備：不獨爲蘇黃秦柳之開山，即宣和紹興之盛，皆兆於此矣。」所云五代漫詞爲宋世之先聲者，詞苑叢談輒以爲前集所載後唐莊宗一百三十六字體之歌頭當之，且即以之爲長調之祖，斯說蓋爲大誤。原來曼聲長歌之詞，晚唐五代，雖間有作，究未風行；降及宋初，晏氏父子，亦祇承襲花間之舊，故未出其範圍。湯氏此言，蓋亦椎輪大輅之意云爾。

第三，謂漫詞始於北宋之聶冠卿者：劉毓盤云：「蓋北宋慢詞，始於聶冠卿之多麗詞，至宣和而特盛，何籀有宴清都詞，廖世美有燭影搖紅詞，査荎有透碧霄詞，（均見雅詞拾遺）沈公述有望海潮詞，魯逸仲有南浦詞，李玉（陽春白雪作潘元質）有金縷曲詞，（均見花庵詞選）潘元質有花心動詞，田不伐有江神子慢詞，沈會宗有傾杯詞。（均見陽春白雪）其生平不詳，其詞則膾炙人口。」竊案黃昇絕妙詞選云：冠卿之詞不多見，多麗一篇，亦可謂才情富麗矣！其「露洗華桐」四句，又所謂玉中之拱璧，珠中之夜光。每一觀之，撫玩無斁。爰錄如次：

想人生，美景良辰堪惜；向其間賞心樂事，古來難是並得。況東城鳳臺，沁苑泛晴波，淺照金碧。露洗華桐，烟霏絲柳，綠陰搖曳。蕩春一色畫堂迴；玉簪瓊佩，高會盡詞客。（一本於此分）清歡久，重然絳蠟，別就瑤席。有翩若驚鴻體態，暮爲行雨標格；逞朱唇緩歌妖麗，似聽流鶯亂花隔。慢舞縈回，嬌鬟低嚲，腰肢纖細困無力。忍分散，彩雲歸後，何處更尋覓？休辭醉，明月好花，莫漫輕擲！

第四，謂慢詞倡自北宋柳永者，樂府餘論說：「慢詞當起於宋仁宗朝，中原息兵，汴京繁庶；歌臺舞席，競賭新聲。永以失意無聊，流連坊曲；乃盡取俚語俗言，編入詞中，以便伎人傳習。一時動聽，散播四方。其後蘇軾秦觀，相繼有作，慢詞遂盛。」

由是言之，所謂慢詞者，濫觴於中唐，導引於五代；迄乎北宋，紹繼於晁元禮，盛倡於柳三變。耆卿而後，作者實繁；篇什遂夥，漫詞大倡。題云：「兩宋詞與唐末五代詞之區別」云者，簡捷明之，蓋直「小令」與「慢詞」之演進增加而已。（按草堂詩餘載有陳後主一百四字體之秋霽詞一首，是以慢詞始自六朝也。萬樹詞律深詆之，以爲後主前於數百年，何以先知有此體？其爲謬託無疑矣！）

在詞史上，由「小令」而遞嬗爲「慢詞」，實是最古最當的說法；詞當大盛時期，亦無此「中調」「長調」的區別與稱謂。是故朱彝尊說：「宋人編集，歌詞長者曰「慢」，短者曰「令」，初無「中調」「長調」之目；自顧從敬編草堂詞，始以臆見分之；後遂相沿，殊屬牽率。」（詞綜發凡（惟宋翔鳳樂府餘論特爲顧氏辨解道：

詞之分「小令」「中調」「長調」者：以當筵伶伎，以字之多少，分調之長短，以應時刻之久暫。如今京師演劇，分大齣中齣小齣也。草堂一集，蓋以徵歌而設，故別題春景夏景等名；使隨時卽景，歌以娛客。題吉席慶壽，更是此意。其中詞語，間與集本不同。其不同者，恆平俗，亦以便歌。以文人觀之，適當一笑；而當時歌伎，必需此也。原其始，固先有小令；唐人樂府皆小令也。其後以小令微引而長之，於是有陽關引千秋引江城梅花引之類。又謂之「近」，如訴衷情近祝英臺近之類；以音調相近，從而引之也。引而愈長者則爲慢；慢與曼通。曼之訓，引也，長也。如木蘭花慢長亭怨慢拜新月慢之類。其始皆令也。亦有以小令曲度無存，遂去慢字。亦有別製名目者：則，令在樂家所謂小令也；曰近曰引者，樂家所謂中調也；曰漫者，樂家所謂長調也。不曰令曰引曰近曰慢，而曰小令中調長調者，取流俗易解，又能包括衆題也。

宋氏這種解釋，本是很通。無如中調長調之分，尙非出諸草堂。劉毓盤云：「四印齋重刻明嘉靖戊戌陳鍾秀校刻草堂原本無「中調」「長調」之分，與毛閔諸刻體例迥殊；惟題號淩雜，注解蕪陋，是其一病。」是則草堂詞「中調」「長調」之分，或即始於毛閔，非自顧氏始矣！厥後錢塘毛稚黃（名先舒，一名騤，字馳黃。）著塡詞名解，乃始規定「小令」「中調」「長調」之字數焉，其說如下：

凡塡詞，五十八字以內爲小令；自五十九字始，至九十字止，爲中調；九十一字以外者，俱長調也。此古人定例也。（塡詞名解卷一之末）

毛氏之說，免強附會，紕謬孔多。萬紅友特駁之曰：

愚謂此亦就草堂所分而拘執之；所謂定例，有何所據？若以少一字爲短，多一字爲長，必無是理！如七娘子，有五十八字者，有六十字者；將名之曰「小令」乎？抑「中調」乎？如雪獅兒，有八十九字者，有九十二字者；將名之曰「中調」乎？抑「長調」乎？（詞律發凡）

劉毓盤又更爲之解釋道：

……塡詞名解以爲此古人定例也，不免傅會矣！蓋字數之多寡，以歌時而定。讀李景伯回波樂詞，知侍宴有三爵之儀，未敢久於佚樂也。故間有慢詞，而用之者少。至宋仁宗時，海內承平，宮中無事，日進平話一章，卽後世章回小說之初起。每大宴，必有樂語：一，教坊致語。二，口號。三，勾合曲。四，勾小兒隊。五，隊名。六，問小兒。七，小兒致語。八，勾雜劇。九，放小兒隊。此春宴也。若秋宴，則加以：十，勾女弟子隊。十一，隊名。十二，問女弟子。十三，女弟子致語。十四，勾雜劇。十五，放女弟子隊。觀宋祁王珪所作，文必儷言，詩必宮體，亦一時雅尚也。若朝臣相宴，則用致語口號而已。民間化之，對酒當歌，以永朝夕；柳氏慢詞，卽應時而作。其詞靡，其志荒矣！迄乎英神哲三朝，此風尤盛。曾慥樂府雅詞有所謂轉踏者，皆以數小詞連合而成，若無名氏之集句調笑：一，巫山。二，桃源。三，洛浦。四，明妃。五，班女。六，文君。七，吳娘。八，琵琶。凡八首，有致語，有口號，有放隊，此其例也。

徐電發（釚）詞苑叢談，則謂「小令」「中調」「長調」之興，實緣字數之差，其故有五。他說：

詞有定名，卽有定格。其字數多寡，平仄韻脚較然。中有參差不同者：一曰襯字。文義偶不連貫，用一二字襯之，密按其音節虛實間，正文自在，如南北劇「這」字「那」字「正」字「個」字「却」字之類。從來詞本即無分別，不可不知。

一曰宮調，所謂「黃鐘宮」「仙呂宮」「無射宮」「中呂宮」「正宮」「仙呂調」「歇指調」「高平調」「大石調」「小石調」「正平調」「越調」「商調」也。詞有同名，而所入之宮調異，字數多寡亦因之異者：如北劇黃鐘水仙子，與雙調水仙子異；南劇越調過曲小桃紅，與正宮過曲小桃紅異之類。

一曰體製：唐人長短句皆小令耳。後演爲中調，爲長調。一名而有小令，復有中調，有長調；或系之以「犯」，以「近」，以「慢」別之，如南北劇，名「犯」，名「賺」，名「破」之類。

又有字數多寡同，而所入之宮調異，名亦因之異者：如玉樓春與木蘭花同，而以木蘭花歌之，即入大石調之類。

又有名異而字數多寡則同，如蝶戀花一名鳳棲梧鵲橋仙，如念奴嬌一名百字令酹江月大江東去之類，不能殫述矣！

劉氏謂慢詞緣於歌唱，徐氏謂慢詞興於體製。審如是說，則知「中調」「長調」之論，至爲不可通也矣。大凡小令之長者，實當以「慢詞」該之爲得。由中唐五代以迄宋初，雖亦間有長調，然而詞壇述作，盡是小令的世界。是故小令之在當時，雖然已是成功，究之局面狹小，內容形式都不能使有充分的表現；經此長時期的「發展」「光大」，與乎若干作者創造之後，乃始產出比較更爲完備的慢詞。這便是兩宋詞壇有以異於前此的地方。

雖然，以上所辨，僅就詞體以爲言，固不通乎音樂。若就唱奏方面說，則小令中調長調之說又自可通，惟不當限以字數耳。毛稚黃既牽彊，萬紅友亦疎陋，天籟我生駁之道：

> 毛氏作詞韻括略，純出臆斷；而牽強引附，乖訛已多，已足見其妄。萬氏但尋字句，不諳音樂；謬謂知音，乃創推翻小令等說，多見其淺且陋耳。夫小令即引子也。中調即過曲也。長調即慢詞也。在曲譜中固有區別，非可混用。
>
> 蓋引子皆散板，惟用於出場。過曲則起板，贈板，用於唱工正場；猶皮黃之原板，故亦有用於過場過曲，不加引子者。長調則係慢板，正猶皮黃之有正板也。謂無區別，得乎。

故以臨江仙爲中調者，正爲毛氏所誤，蓋臨江仙實係引子，其爲小令固甚明也。而紅友以爲小令中調，竟不必分，則尤非是。倘如彼言，試問製曲者，固可於一曲中引子過曲相間而用否耶？要不待問老伶工而後知矣！

詞的大成時代是在兩宋，然而因爲兩宋的時勢不同，環境迥殊；人民的生活各異，作家的風格有別之故，所以詞的表現也就各有其殊異之迹了。周濟蓋嘗別之矣。其言曰：

1. 兩宋詞各有盛衰：北宋盛於文士，而衰於樂工；南宋盛於樂工，而衰於文士。（介存齋論詞雜著）
2. 北宋有無謂之詞以應歌，南宋有無謂之詞以應社。（同上）
3. 北宋主樂章，故情景但取當前，無窮高極深之趣。南宋則文人弄筆，彼此爭名；故變化益多，取材益富。然南宋有門逕；有門逕，故似深而轉淺。北宋無門逕；無門逕，故似易而實難。（宋四家詞選目錄敘論）
4. 北宋詞下者在南宋下；以其不能空，且不知寄託也。高者在南宋上，以其能實，且能無寄託也。南宋，則下不犯北宋拙率之病，高不到北宋渾涵之詣。

（介誠齋論詞雜著）

5. 北宋大家，每從空際盤旋，故無推蟿之迹；竹坡以下，漸於字句求工，而昔賢疎宕之致微矣！此亦南北宋之關鍵也。（宋六十一家詞選例言）

「言詞者必曰：詞至北宋而大，至南宋而深，固也。常州派言詞，則耑主北宋，以爲北宋之詞與詩合，南宋之詞與詩分；北宋猶爭氣骨，南宋則專精聲律。是南宋詞雖益工，以風尚而論，則有黍離降而詩亡之嘆矣！不知南宋詞即出於北宋，特時代之有先後耳：北宋國勢較強，政府諸公；以及在野之士，方以雍容揄揚，潤色鴻業爲樂事；其上者，見朝政之弊，則借詞以格君心之非。若夫先之厄於遼，後之厄於金，我能爲獻納一字之爭，已可告無罪於天下，初無人作深慮之論也。南宋局守一隅，議和議戰，叫囂不已。自命愛國者，方挾君父之仇不與共戴天之說，以博輿論之歸；又知兵力之不足以勝人也，則口誅之，筆伐之，不遺餘力，雖權奸亦末如之何。文網愈嚴，則詞愈晦；蠶室之僇，不能加諸其身，蓋解人固不易索焉。故曰，北宋之詞大，南宋之詞深；時爲之，亦勢爲之爾。」（劉毓盤詞史語）此則兩宋詞壇殊異之辨也。

四、宋詞時代區分的討論

昔人對於文學思想，多好用君主更替的朝代名詞去限制它；所謂「建安體」的詩賦，「正始」「永明」的文學，就是從這種眼孔之下攢出來的。因而，論及唐詩，則有「三唐」「四唐」之說；宋詞亦然，所謂無獨有偶者矣！長洲尤侗云：

> 詞之系宋，亦猶詩之系唐也。唐詩有初盛中晚，宋詞亦有之。唐之詩，由六朝樂府而變；宋之詞，由五代長短句而變。約而次之，小山安陸，其詞之初乎？淮海清眞，其詞之盛乎？石帚夢窗，似得其中；碧山玉田，風斯晚矣！唐詩以李杜爲宗。而宋詞蘇陸辛劉，有太白之風；秦黃周柳，得少陵之體。此又畫疆而理，聯騎而馳者也。（詞苑叢談序）

尤侗之所謂初盛中晚，單就「宋詞」爲言，且純以「宋詞」比對「唐詩」而立說；以文學的變遷屬諸「帝運」的升降，其說殊爲不當。故詞繹駁辨之云：

> 詞亦有初盛中晚，不以代也！牛嶠和凝張泌歐陽炯韓偓鹿虔扆輩，不離唐絕句，如唐之初；不脫隋調也，然皆小令耳。至宋則極盛，周張康柳，蔚然大家。至姜白石史邦卿，則如唐之中。而明初比唐晚。

近人吳梅，復又折衷其說而伸引之道：

> 宋人之詞，至多而亦至工。世人言詞必稱北宋，不知詞至南宋始極其工，至

宋季而始極其變；南宋以後，曲行而詞幾廢矣。合宋元作家，以詞譬之：則慢詞如七言，小令如五言。慢詞在北宋爲初唐；秦柳蘇黃，如沈宋；體格雖具，風骨未遒。片玉則如靑蓮，駸駸乎有盛唐之風矣！南渡爲盛唐，宋末爲中唐，金元則晚唐矣！（中國近古文學史）

他們對於「宋詞」初盛中晚之說法，驟然玩之，似頗近理，其實全不能夠成立。所謂詞自有初盛中晚，那是詞的本身的趨勢，持理至確，可謂獨見。然以牛嶠等人比初唐：明初比晚唐，則竟不倫不類，打胡亂說者矣！蓋緣五代於詞，恰當六朝之詩；晚唐之詩，正類宋末之詞。前者同屬創造翻新蘊釀之時，後者同爲凝固拘執壽終之候。如此，則初唐正是詩的盛時，元明乃是詞的墳墓；說之妄謬，更何待言！兪彥斥之曰：

唐詩三變愈下，宋詞殊不然！歐蘇秦黃，足當高岑王李；南渡以後，矯矯陡健，即不得稱中宋晚宋也。（兪仲茅愛園詞話）

故詞之本身的隆盛衰熄，不能隨着君主之遞代劃然爲斷，其理至明。匪特「四宋」「三宋」之說難於通達，即南宋北宋之區分，亦不盡當。故劉毓盤駁之曰：

花庵詞選爲詞家之善本，四庫提要謂其前十卷終於北宋之王昂，而其中頗有已入南宋者。蓋宣和靖康（欽宗年號）之舊人，過江猶在者也。後十卷既曰中興已來詞，而康與之陳與義葉夢得，則皆北宋舊人，不知其以何者為斷？故從其始；則以和凝入後唐，而不以入周；孫光憲入南平，而不以入宋。此其例也。從其終：則以李冶入元，而不以入金；吳偉業入清，而不以入明。此又其例也。而況一姓絕續之間，中斷者不過旬日。張邦昌之楚帝，以視王莽之於漢，劉淵之於晉，修短之數不同。必曰使北人歸北，南人歸南；則朕亦北人，將安所歸？若程垓一人，各家均書作南宋人，四庫提要則書作北宋人。垓既與蘇軾為中表，又學詞於蘇氏，係之南宋，則予生也晚矣！是提要所說可從焉。其餘諸家，亦多從舊說，而加以臆見云爾。

然而現今的鄭振鐸君，在其所著中國文學史的中世卷裏，不僅遵從舊說，區別之為北宋南宋而已；且亦更於北宋南宋之下，又各分之為三期。他的分法是：

A　北宋：

第一個時期，是柳永以前，是晏殊范仲淹歐陽修的時代。這個時期之內，尚多依聲傍腔，利用舊調，自創之作很少。

第二個時期，是創造的時候，這一個時期是柳永的，是蘇軾的，是秦觀的，是黃庭堅的。但柳永的影響在當時竟籠罩了一切，連蘇門的「秦七黃九」也都脫不了他的圈套。

第三個時期，是深造的時期，也可以說是周美成的時代。在這一個時期裏，音律更爲注重，「曲子內縛不住」的作品已經是絕無僅有的了。新的歌調仍在創造，而第二期的豪邁不羈的精神則漸漸的不見了。

B 南宋：

第一個時期，是詞的奔放的時期。這時期恰當於南渡之後；偏安的局面已成，許多慷慨悲歌之士，目睹半個中國陷於胡人；古代的文化中心，千年以來的東西兩都，俱淪爲異域，無恢復的可能，頗有些憤激難平「髀肉復生」之感。在這樣的一個局勢之下，詩人當然也很要感受到同樣的刺激的。

第二個時期，是詞的改進的時期。在這個時期裏，外患已不大成爲問題了，因爲金人有了他們的內亂與強敵，更無暇南下牧馬。南宋的人士，爲了昇平已久，也便對於小朝廷安之若素；於是便來了一個晏安享樂的時代。

第三個時期，是詞的凝固時期。這一個時期，看見了元人的渡江與南宋的滅亡，應該是多痛哭流淚，感嘆悲愁之作；應該是多憤語，多哀歌的…………。然而遠出於我們意料之外，像這一類的作品，在詞中卻是很少。…………這個原因，第一點，自然是爲了蒙古人的鐵蹄所至，言論不能自由；第二點，却也因爲詞的一體，到了張炎周密之時，已經是凝固了，已經是登峯造極，再也不能前進，不能有變化的了。

他這完全依照幾個詞人所處的時代，而輕視了詞的自身演變的力量以爲區分的方法，雖也不無理由，但覺嫌其頭頭是道，綱目太多，詞史餖飣，受鋤太夥了。

徐釚云：「詞體大約有二：一體婉約，一體豪放。婉約者，欲其詞調蘊藉；豪放者，欲其氣象恢宏。」（詞苑叢談）吳瞿庵云：「前者沿花間之遺，後者爲蘇黃脫去音律之束縛。前者爲南派，後者爲北派。惟婉約者易失之靡，豪放者易失之粗，其間須在氣韻辨之也。」（中國近古文學史）日人鹽谷溫云：「宋詞有南北兩派：南派是柳耆卿周邦彥等，以婉約爲主；北派是蘇東坡辛稼軒等，以豪放爲主。」（中國文學概論）竊師此意，我於宋詞的敘述，不特要攻破「三宋」「四宋」「六宋」的謬說，還要打倒「南宋」「北宋」的成見。故祇從詞體自身的表現上去區分牠爲「南派的婉約」與「北派的豪放」二節，而更以「北宋」「南宋」的名稱緯副之。取其既可詳知「詞」的源流變遷之迹，復以合於敘論條目之方。如斯分部，庶幾可免於蕪穢雜廁之弊乎？

復次，於此更當申述者，則茲編之所謂豪放與婉約的分派，不過僅就其大別以爲言，我已固知宋代的詞家根本就沒有那一個的作品可以純粹隸屬於任何一派之下而無例外的事實：譬如我們說蘇辛的詞是豪放的，（沈去矜和詞筌都主此說，詳下。）然亦儘有婉約的；耆卿易安的詞是婉約的，（袁綯和王士禎主此說，詳下。）然亦儘有豪放的。但凡討論一種事物，不應注重特殊的偶合，而應注重其集中點之所在。論詞亦然，不應糾彈到作者偶爾的例外，而應趨重到作者集中全部精力的吐囑。因此，所以例外儘管由牠例外，而我於宋詞的編敘，已是絕對采取這個方法的了。

第二節 宋北派詞之豪放及其流衍

引論 北派豪放詞的價值

將宋詞分爲「南派」「北派」，分爲「婉約」「豪放」，雖在宋代已是顯然有了這種趨勢；（例如袁綯對於蘇柳的評騭）然而「始作俑者」，肇於明之張南湖與王士禎，而同時的徐師曾，也曾在其文體明辨裏分辯過，他說：

……論其詞，則有婉約者，有豪放者；婉約者欲其詞情蘊藉，豪放者欲其氣象恢弘。蓋雖各因其質；而詞貴感人，要當以婉約爲正。否則雖極精工，終非本色，非有識之所取也。

徐釚詞苑叢談亦云：

如秦少遊之作，多是婉約；蘇子瞻之作，多是豪放。大約詞體以婉約爲正：故東坡稱少遊爲今之詞手；後山評東坡如教坊雷大使舞，雖極天下之工，終非本色。

「雖極天下之工，終非本色」，「雖極精工，終非本色」。這是極其武斷絕無道理的話。所謂「詞貴感人，要當以婉約爲正」者，難道豪放之詞即不能感人了嗎？妄謬之見，那還了得！然猶不若王炎所說之無理也？他說：

今之爲長短句者，字字言閨閫事，故語懦而意卑；或者欲爲豪壯語以矯之。夫古律詩且不以豪壯語爲貴；長短句命名曰曲，取其曲盡人情，惟婉轉嫵媚爲善。豪壯語何貴焉！（雙溪詩餘自序）

古律詩且不以豪壯語爲貴；詞在曲盡人情，故更不宜以豪壯語爲貴。（雖然詞與曲自亦有別）他這「豪壯語何貴焉」的主張，到了王士禎手裏，更事推闡其說；破口謾罵，毫無道理了！他說：

詞雖婉轉綿麗，淺至儇俏；挾春月烟花於閨襜內奏之：一語之艷，令人魂絕；一字之工，令人色飛，乃爲貴耳。至於慷慨磊落，縱橫豪爽；抑亦其次，不可作耳。作則寧爲大雅罪人，勿儒冠而胡服也。（藝苑卮言）

原來他們這種見解是從唐五代以來詞壇所表現的內容與體例上所得的教訓，這種傳統的和因襲的教訓勢力，自來的士大夫們很是難於打破的，而王士禎對於文學的認識也就沒有擺脫過，所以竟斥豪放之詞爲「不可作」，罵作豪放之詞的人爲「大雅罪人」，「儒冠而胡服」也！

蘇辛是擺脫這種束縛，打破這種牢籠的；所以他們要在詞壇上別開境界，另尋題材：自來的詞都清麗儇薄，而他們却要豪爽慷慨；宋代的人都要肖宗花間，而他們卻要自創別調，絕不去仰承花間的鼻息！四庫提要究竟要有卓見一點，他看準了這個關節，故乃折中其說道：

詞自晚唐五代以來，以清切婉麗爲宗：至柳永而一變，如詩家之有白居易；至蘇軾而又一變，如詩家之有韓愈，遂開南宋辛棄疾一派。尋溯源流，不能不謂之別格；然謂之不工則不可！故至今日尚與花間一派並行而不能偏廢。

（東坡詞）

近人對於宋詞的評論，沒有那個能夠逃出這種範圍的，日人鹽谷溫，在其所著中國文學概論講話裏也這樣的說道：

詞原來是歌曲，所以原於人情；崇尚詞底婉麗，調的流暢，宜以婉約的南派為宗派；豪放的北派，寧可說是別格。

這般見解狹隘的批評家，以為「別格」「變調」，直等左道旁門，原非詞的正宗，所以頗存蔑視之意；其實，所謂「別格」，乃是不受因襲傳統而獨抒心聲的創格；它的價值，遠在徒從花間去討生活的作品之上。謂豪放之詞不流暢，不原於人情者，實在大錯！

這種文學派別的問題，古人雖然講得多而且嚴，注重宗派；但絕沒有注意到文學的「主張」與「作風」，注意作者所處的時代環境及其生活的。「古人講派，只分正統與別派。所謂正統，就是繼承先代的文壇系統，樹立幾個最有名的古文學家，作為摸擬的模型；後來的作家，只允許在模型內活動。這便是正統派，這便是復古的。反之，若不遵照古作家的風格法則，和古作品的體裁描寫，而自由任意去創造的；這種沒有先代文藝的根據的文體，都是別派。詞的分正統與別派，就是這樣分的。主奮的是正紛；創新的皆別派。這種爭文學地位的派，不是科學的研究，自然不能適用。」（胡雲翼宋詞研究）故我們今日對於詞的派別的研究，應該屏棄古人這種不通的陋見，而從詞體的趨向和其作風上去着眼；故乃區別牠爲豪放與婉約之二派。婉約派是依樣畫葫蘆的，是因襲的，摸擬的；豪放派是異軍突起的，是自己的，創造的。而創立之者，實自東坡。至其估價，則因千年以來，識之者少，率無定評；湯衡之論，固莫能出其右者——其言曰：

昔東坡見少游上巳遊金明池詩有「簾幙千家錦繡垂」之句，曰：「學士又入小石調矣」——世人不察，便謂其詩似詞；不知坡之此言，蓋有深意。夫鏤玉雕瓊，裁花剪葉；唐末詞人，非不美也。然粉澤之工，反累正氣。東坡慮其不幸而溺乎彼；故援而止之，惟恐不及。其後元祐諸公，嬉弄樂府；寓以詩人句法，無一毫浮靡之氣，實自東坡發之也。（于湖詞序）

湯氏此評，確是從詞的本身上體認出來的。他認定前的號爲纖細婉約者，皆是「粉澤之工，終累正氣」。這種獨出特殊的見解，只有沈雄和他同調；他說：「詞貴柔情曼聲，弟宜于小令；若長調而亦喁喁細語，失之約矣！惟沈雄悲壯，情致豐[illegible]，方爲合作。」（柳塘詞話）這種評隲，視夫「一犬吠形，百犬吠聲」之徒，貶之爲「別格」，斥之「非正宗」，詆其「無貴」「不取」者，有天淵之異矣！

然則宋詞之所以異乎唐末五代詞者，除慢詞外，就祇是「豪放」：而這豪放，也就是宋代詞人嶄新的表現，環境生活的促成；用歷史的眼光看，則它正是時代之下的產物。故宋詞之所以有特殊的價値者，厥在於此！

因此，所以我先講北派詞的豪放，次講南派詞的婉約，庶可見我特別推重之意云。

一、北宋時期

（A）緒說

所謂豪放派詞的確立，雖然肇始於蘇東坡，但在東坡之前，已是約略搆成這種趨勢了：這種趨勢，不是晏氏父子，不是五代遺宿如李煜歐陽炯徐昌圖之倫；而是那時一般「爲國勤勞」的朝臣。

嘗夫北宋初年，天下未定，無日不在兵戈擾攘之中。一般扞國棟家的朝臣，如寇準，如宋祁，如張昇，如范仲淹，目擊變亂，丁茲時艱。或者計籌方策；或者東蕩西討，南征北伐；人不離甲，馬不離鞍的剷平夷虜，奠安國家。他們因了這種「環境」「生活」，而又遠襲李太白菩薩蠻憶秦娥之雄厚渾樸以發抒爲詞；所以能有那樣慷慨磊落的胸懷，豪情奔放的吐屬。所謂北派蘇辛之詞，也便於此開始了。

當時的民間，感着這種生活的壓逼，也許會有同類的懷抱而發爲激昂蹈厲之詞的；但因記載無徵，莫所原本，祇好姑作懸揣之論而已。

（1）寇準，字平仲，下邽人，生於宋太祖建隆二年。（西曆九六一年）太宗太平興國時進士。眞宗時，累官至同平章事。其時契丹入寇，準決策請帝親征，遂樹澶淵之功，後爲王欽若等所讒，遂罷相。乾興初，爲丁謂所搆，貶雷州司戶參軍卒。（宋仁宗天聖元年，西曆一〇二三年）仁宗特贈中書令，封萊國公。其詞雖多悽惋，然亦豪放時露。（有宜秋館本巴東集）苕溪漁隱叢話說：「忠愍（謚號）詞思悽惋，蓄富於情者。如江南春云：「波渺渺，柳依依；孤村芳草遠，斜日杏花飛。江南春盡離腸斷，蘋滿汀洲人未歸。」又云：「杳杳煙波隔千里，白蘋香散東風起。惆悵汀洲日暮時，柔情不斷如春水。」（詞苑叢談謂爲夜度娘曲，升庵以似大復，認爲唐音。）觀此語意，疑若優柔無斷者；至其端委廟堂，決澶淵之策，其氣銳然，奮仁者之勇，全與此詞不相類。」（萬紅友云：二詞萊公自度曲，他無作者。）至其吐屬磊落，豪放時露者，厥惟踏莎行與陽關引之流耳：

春色將闌，鶯聲漸老；紅英落盡靑梅小。畫堂人靜雨濛濛，屏香半掩餘香裊。

密約沈沈，離情杳杳；菱花塵滿慵將照。倚樓無語欲銷魂，長空黯淡連芳草！（踏莎行）

寒草烟光闊，渭水波聲咽；春朝雨霽輕塵斂，征鞍發。指青青楊柳，又是輕攀折。動黯然，知有後會甚時節？更盡一杯酒，歌一闋。歎人生裏，難歡聚，易離別：且莫辭沈醉，聽取陽關徹。念故人千里，自此共明月。（陽關引）

（2）宋祁。寇準雖有奠國之度，然而文人究是文人，雖云豪放時露，但那蹈襲的氣象終覺擺脫不了，固猶不若宋祁之爲特出也。宋祁的詞，雖寫香奩，亦作豪語，這確是其特色。嘗作鷓鴣天詞云：

畫轂雕鞍狹路逢，一聲腸斷繡簾中；身無彩鳳雙飛翼，心有靈犀一點通。金作屋，玉爲籠，車如流水馬如龍。劉郎已恨蓬山遠，更隔蓬山一萬重。

花庵詞選注云：「子京過繁臺街，逢內家車子，中有搴簾者曰：「小宋也。」子京歸，遂作此詞。都下傳唱；達於禁中。仁宗知之，問內人第幾車子何人呼小宋？有內人自陳，「頃侍御宴，見官翰林學士，左右內臣曰：小宋也；時在車子中偶見之，呼一聲爾。」上召子京，從容語及；子京惶懼無地。上笑曰：「蓬山不遠，」因以內人賜之。」又玉樓春詞云：「東城漸覺風光好，縠皺紋波迎客棹。綠楊煙外曉寒輕，紅杏枝頭春意鬧。浮生長恨歡娛少，肯愛千金輕一笑。爲君持酒勸斜陽，且向花間留晚照。」蓋卽張子野所謂「紅杏枝頭春意鬧尙書」者也。

宋祁，字子京；因其詞有「色映棚雲爛，聲迎羽月遲」之句，時人呼爲宋采侯。安州安陸人，後徙開封之雍邱。生於宋眞宗咸平元年，（西曆九九八年）仁宗天聖中進士。累官翰林學士承旨，卒，贈尙書，（宋仁宗嘉祐六年，西曆一〇六一年）諡曰景文。李端叔云：「宋景文以餘力遊戲爲詞，而風流閑雅，超出塵表。」博學能文，天資蘊藉；好遊宴，以矜持自喜。晚年知成都府，帶唐書於本任刊修。每宴罷，盥漱畢，開寢門，垂簾，燃二椽燭，媵婢夾侍，和墨伸紙；（古今詞話云：「每夕臨文，必使麗姝燃雙椽燭」。）遠近觀者，知尙書修唐書矣！望之如神仙焉」。（東軒筆錄）

（3）張昇，字杲卿，韓城人，第進士，累官參知政事，嘗鎭河陽，以太子太師致仕，卒贈司徒兼侍中，諡曰康節。其居江南時，嘗作離亭燕詞，氣象豪邁，矯健飄逸，視寇準宋祁，傑出多矣。其詞如下：

帶江山如畫，風物向秋瀟灑；水浸碧天何處斷？霽色冷光相射。蓼嶼荻花洲，掩映竹籬茅舍。雲際客帆高挂，煙外酒帘低亞；多少六朝興廢事，盡入漁樵閑話。悵望倚層樓，寒日無言西下。

像這種詞，無論從內容或形式那方面說，都與唐五代不類，而實逼近蘇辛矣。謂其不是北派之濫觴，寧可得乎？

然而，這還祇是文士的吐囑；雖欲任意舒懷，實亦深受歷史的支配，所以終不免於扭揑也。再下，請試賞看那時武將浩氣壯懷的調子罷。

（4）范仲淹，字希文，吳縣人，生於宋太宗端拱二年，（西曆九八九年）眞宗大中祥符八年進士，仕至樞密副使，參知政事。卒贈兵部尚書楚國公，（宋仁宗皇祐四年，西曆一〇五二年。）謚曰文正。慶曆時，仁宗以仲淹人望所屬，起爲陝西招討副使。嘗與韓琦率兵同拒西夏，爲朝廷所倚重。其鎭延安也，夏人相戒莫敢犯。咸相謂曰：「小范老子胸中有數萬甲兵！」時人爲之諺曰：「軍中有一韓，西賊聞之心膽寒；軍中有一范，西賊聞之心膽顫。」其以韜略服人如此，故我認他作武人。

「漢包六合網英豪，一個冥鴻惜羽毛；世祖功臣三十六，雲臺爭似釣臺高。」

（希文吳俗送神歌）史載希文爲秀才時，常以天下爲己任，「先天下之憂而憂，後天下之樂而樂，」這種「志廓天地」，「功施社稷」的舉措，便是他平生的大抱負。匪獨發之於言辭，著之於詩歌已也；其於詞調，固亦同然。嘗與歐陽文忠席上分題作剔銀燈云：

昨夜因看蜀志，笑曹操孫權劉備；用盡機關，徒勞心力，只得三分天地。屈指細尋思，爭如共劉伶一醉。人世都無百歲，少癡騃，老成尫悴。只有中間些子少年，忍把浮名牽繫。一品與千金，問白髮如何迴避？（見中吳紀聞）

其守邊日，嘗作漁家傲樂歌數闋，皆以「塞下秋來」為句首，詞旨蒼涼，頗述鎮邊之勞苦。（本東軒筆錄與詞苑叢談）此沈東江所謂「小令中有排蕩之勢者」矣！詞云：

塞下秋來風景異，衡陽雁去無留意；四面邊聲連角起。千嶂裏，長煙落日孤城閉。濁酒一杯家萬里，燕然未勒歸無計！羌管悠悠霜滿地；人不寐，將軍白髮征夫淚！

這是何等的雄放傑出「悲憤鬱勃」（沈際非）之詞？奈何獨非詞格正統，致為花間派人所不曉，所以便被歐陽修斥以「窮塞主之詞」的鄙名，蓋亦冤矣！詞苑叢談辨之云：「廬陵譏范希文漁家傲為窮塞主，自矜其「戰勝歸來飛捷奏，傾賀酒，玉階遙獻南山壽」，為眞元帥之事。按宋以小詞為樂府，被之絃管，往往傳於宮掖。范詞如「長煙落日孤城閉」，及「綠樹碧楊相掩映」，「無人知道外邊寒」等句，使聽者知邊庭之苦，此深得采薇出車楊柳雨雪之意；若歐詞，止於快耳，何所感耶？」吳衡照亦辟之云：「范公漁家傲，自得東山詩意。小序君子之於人，序其勤而閔其勞，所以悅也。必以六月采芑細之，無乃非姬公之志與。」瞿佑歸田詩話襲窮塞主之說，言公以總帥而出此語，宜乎士氣不振，而無成功；書生之見，直是噴飯。」（蓮子居詞話）有此二辨，固足爲希文張幟，不致沒其詞價矣！

希文於詞，自謂不善音律；然亦能琴，但只履霜操一調耳。其所作詞雖不多，然而各篇皆自有其特色。蘇幕遮，御街行諸詞，都不稍減此種風度也。

碧雲天，黃葉地；秋色連波，波上寒煙翠。山映斜陽天接水；芳草無情，更在斜陽外。黯鄉魂，追旅思，夜夜除非好夢留人睡。明月樓高人獨倚；酒入愁腸，化作相思淚。（蘇幕遮）

紛紛墜葉飄香砌，夜寂靜，寒聲碎。眞珠簾捲玉樓空，天淡銀河垂地。年年今夜，月華如練，長是人千里。　愁腸已斷無由醉，酒未到，先成淚。殘燈明滅枕頭欹，諳盡孤眠滋味。都來此事，眉間心上，無計相迴避。（御街行）

這兩首詞所用的題材是離情別緒，（譚復堂評蘇幕遮爲「大筆振迅」，王壬秋謂御街行「是壯語，不嫌不入律」。）前兩首詞所用的題材是戍邊史實。離情別緒是與花間派詞人相同的；但因爲他能關聯到外界的景象，能將他的情緒注入節候氣象之中，所以寫來更覺瀟灑雄壯。戍邊與史實的題材是爲花間派詞人不曾用過的；他借這種人所不曾用過的題材來抒寫他胸中素所鬱積的傀儡，所以詞彩勃茂，勝氣奪人。他雖不以詞著稱，然其價值確要遠在許多詞人之上呢？

是故希文之詞，既豪放，亦婉約；於前則睥睨花間，於後則掀啓蘇辛；蓋大有造於詞壇，非獨詠懷遣情而已也。

然則周介存所謂「韓范諸鉅公，偶一染翰，意盛足舉；其文雖足樹幟，故非專家」之評者，固自不得爲病矣！

（B）北派詞之始大

a. 蘇東坡之開山

東坡樂府，

上追靑蓮。

——吳瞿安——

所謂北派豪放之詞，雖在北宋早年已開其端，然實到了東坡裁始確立。這有兩層原因：第一，因為那時文人如寇準宋祁張昇之流，雖然時顯大方氣概，但亦終被花間力量縛住，不能公然擺脫。第二，不受羈絆的武人如范仲淹之流，雖然凌越花間，詞體排宕；但以終係武人，少於寫作，故在詞壇上畢竟沒有偌大力量。假使他不充當時柱石，而以全力作詞；那嗎，恐怕領導北派詞人者，也不見得定屬東坡了罷？

蘇軾，字子瞻，一字和仲，自號東坡居士，四川眉州眉山人，生於宋仁宗景祐三年（西曆一〇三六年）十二月十九日。與其父洵，弟轍，並有聲譽於時。此即世流所謂「四川出三蘇，天下草木枯」者也。仁宗嘉祐初，試禮部第一，歷官翰林學士。哲宗紹聖初，安置惠州，又徙昌化。元符初，奉使北還。徽宗靖國元年，（西曆一一〇一年）七月二十八日，卒於常州。高宗即位，贈資政殿學士，後贈太師，謚曰文忠。

東坡的詞，論者不一：大抵有頭巾氣者，對他多鄙薄；識時務者，對之多推崇。綜其所議，鄙薄之者，大抵不外三派：一是說他不協音律，二是說他以詩為詞，三是說他並非正宗。茲且分說於下：

謂東坡之詞為不協音律者，以黃魯直引或人之語為首，其言曰：「東坡居士曲，世所見者數百首，或謂於音律小不諧；居士橫放傑出，自是曲子縛不住者！」（晁无咎之說出於魯直）其次則爲李易安，其言曰：「蘇子瞻學際天人，作爲小歌詞，直如酌蠡水於大海，然皆句讀不協之詩耳；又往往不協音律者，何耶？」（詞論）陸務觀駁之云：「世言東坡不能歌，故所作樂府詞多不協。晁以道謂紹聖初，與東坡別於汴上；東坡酒酣，自歌古陽關，則公非不能歌，但豪放不喜裁翦以就聲律耳。」竊按此說極韙，姑爲證明於次。東坡嘗云：琴曲有瑤池燕，其詞不協，而聲亦怨咽，因變其詞作閨怨，故寄陳季常之函云：「此曲奇妙，勿妄與人！」詞曰：「飛花成陣春心困；寸寸別腸，多少愁悶無人問。偸啼自搵殘妝粉，抱瑤琴尋出新韻。玉纖趁南風未解幽慍；低雲鬟，眉峯斂暈嬌和恨。」（侯鯖錄）東坡又云：「余舊好誦陶潛歸去來，嘗患其不入音律，近輒微加增損，作般涉調哨遍。雖微改其詞，而不改其意。請以文選及本傳考之，方知字字皆非創入也。」（苕溪漁隱叢話）「東坡嘗因章質夫家善琵琶者乞歌詞，取退之聽穎師琴詩稍加隱括，使就聲律，爲水調歌頭以遺之。」（同上）曾敏行云：東坡守徐州日，作燕子樓樂章；其稿初具，邏卒已聞張建封廟中有鬼歌之。其事雖荒誕不足信，然足見軾之詞曲，輿隸亦相傳誦，故造作是說也。（見獨醒雜志）凡此皆是蘇詞協律之證：他能改瑤池燕之不協而爲閨怨詞之協，他能改歸去來之不入音律者使就律，不可謂其不知音律；樂章初具而已傳遍人口，不能謂之不協音。知音且諧，而評者竟乃類事詆諆，不亦妄哉！皇甫牧玉匣記云：『子瞻常自言生平有三不如人，謂「著棋」「吃酒」「唱曲」也。然三者亦何用如人？子瞻之詞雖工，而多不入腔者；蓋以不能唱曲故耳。』（亦見墨客揮犀）然則世詆蘇詞為不協音律者，蓋就唱曲方面言之耳。

謂東坡以詩為詞者，始自陳師道。坡仙集外紀云：「東坡問陳无已，我詞何如少游？无已曰：學士小詞似詩，少游詩似小詞。」又云：「退之以文為詩，子瞻以詩為詞，如教坊雷大使舞，雖極天下之工，要非本色。」（後山詩話）這種「以詩為詞」的評語，胡適之先生很是贊成的，他說：「這本是不滿意於蘇詞的話。但在今日看來，這話很可以表出蘇詞的特色。詞起於樂歌，正和詩起於歌謠一樣。詩可以脫離音樂而獨立，詞也可以脫離音樂而獨立。」（詞選）實則不然！如前所論，蘇詞並未脫離音樂而獨立；如果牠是不合樂的詞，將必早已和詩靈到荒塚裏去了，更何能夠倡為派別？胡氏此論，不得其情，竟與後山齊錯了。胡仔辨之曰：『後山之言過矣！子瞻作詞最多，其間傑出者，如「大江東去，浪淘盡千古風流人物」；（赤壁詞）「明月幾時有，把酒問青天」；（中秋詞）「落日繡簾捲，庭下水連空」；（快哉亭詞）

「乳燕飛華屋，悄無人，桐陰轉午」；（初夏詞）「明月如霜，好風如水，清景無限」；（夜登燕子樓詞）「楚山修竹如雲，異材秀出千林表」；（詠笛詞）「玉骨那愁瘴霧，冰肌自有仙風」；（詠梅詞）「東武南城新堤固，漣漪初溢」；（宴流杯亭詞）「冰肌玉骨，自清涼無汗」；（夏夜詞）「有情風萬里捲潮來，無情送潮歸」；（別參寥詞）「缺月挂疏桐，漏斷人初靜」；（秋夜詞）「霜降水痕收，淺碧鱗鱗露遠洲」。（重九涵輝樓詞）凡此十餘詞，皆絕去筆墨畦徑間，直造古人不到處，使人一唱而三歎。若謂以詩爲詞，是大不然！子瞻自言平生不善唱曲，故間有不入腔處，（賓于按，此句胡仔誤解，說已見前。）非盡如此。後山乃比之教坊雷大使舞，是何每况愈下？蓋其謬耳。」（苕溪漁隱叢話）王若虛（從之）亦斥之曰：「陳後山謂坡公以詩爲詞，大是妄論！蓋詞與詩只一理。自世之末作，習爲纖豔柔脆以投流俗之好；高人勝士，或亦以是相矜，日趨於委靡，遂謂其體當然，而不知其弊至於此也。顧或謂先生處其不幸而溺焉，故援而止之，特寓以詩之法，斯又不然！公以文章餘事作詩，又溢而作詞，其揮霍遊戲所及，何矜心作意於其間哉？要其天資高，落筆自超凡耳。」（滹南詩話）吳衡照謂王氏此條論東坡詞極透徹，髯翁樂府之妙，得若虛而論定，固亦不爲無見矣！

謂東坡之詞係別格而非正宗者，自來評論最夥，既已辨如前述，（見本節引論）而蔡伯世又譏其不如秦少游，（其說云：「子瞻辭勝乎情，……辭情相稱者，惟少游而已。」）袁綯則譏其不若柳耆卿。這些頑固不通的詞派正統觀念，既已不適合於今日評論文學的標準，當然不攻自破，沒有立足的餘地了。人「若瑣瑣與秦柳較錙銖，無乃爲髯公所笑」乎？（用王阮亭語）

東坡的詞既然不是「不入律」，既然不是脫離音樂而獨立的「句讀不協之詩」，既然非可鄙薄的「別格」，則將對之有怎樣的估價呢？這便就是他有新的意境提高了詞的風格！他這種風格，便是張叔夏之所謂「淸麗舒徐，高出人表，周秦諸人所不能到」。總之，「東坡樂府，上追靑蓮」。吳梅之言，儘可算得的評了。胡致堂（寅）說：

> 詞曲者，古樂府之末造也；古樂府者，詩之傍行也。詩出於離騷楚辭；而離騷者，變風變雅之怨而迫，哀而傷者也。其發乎情則同，而止乎禮義則異。名之曰曲，以其曲盡人情耳！方之曲藝，猶不逮焉；其去曲禮，則益遠矣，然文章豪放之士，鮮不寄意於此者；隨亦掃其跡曰，「謔浪遊戲」而已也。

唐人爲之最工者！柳耆卿後出，掩衆製而盡其妙；好之者，以爲不可復加；及眉山蘇氏，一洗綺羅薌澤之態，擺脫綢繆宛轉之度；使人登高望遠，舉首高歌，逸懷浩氣，超乎塵垢之外。於是花間爲皂隸，而耆卿爲輿臺矣！（酒邊詞序）

詞在柳耆卿以前，是花間的權威時代；是革新舊調面目，極端自由的時代。到了蘇東坡，是「曲子縛不住」的「橫放傑出」的新時代。吹劍續錄說：

東坡在玉堂日，有幕士善歌，（或謂幕士爲袁綯）因問「我詞何如柳七」？對曰：『柳郎中詞，只合十七八女郎，執紅牙板，歌「楊柳岸曉風殘月」；學士詞，須關西大漢，銅琵琶，鐵綽板，唱「大江東去」。』東坡爲之絕倒。

袁綯所謂「關西大漢銅琵琶鐵綽板」所歌之蘇詞，正是雄壯豪逸赤壁懷古的念奴嬌！詞云：

大江東去，浪淘盡千古風流人物。故壘西邊，人道是三國周郎赤壁。亂石崩雲，驚濤裂岸，捲起千堆雪。江山如畫，一時多少豪傑。遙想公瑾當年小喬初嫁了，雄姿英發。羽扇綸巾，談笑間，強虜灰飛煙滅。故國神遊，多情應笑我早生華髮。人生如夢，一尊還酹江月。

他有高曠豁達的胸次，豪狀懅落的熱情；他運用他那極大的天才與創造力，采集新的題材，開闢新的意境！故其成就遠在花間集派諸作家之上。即如「大江東去」一詞，這種雄壯飄逸的意境，歷史戰績的題材，便是蘇詞的新意境。這種新意境與新題材，便是使他「成立一個宗派」的重大原因。陸遊所謂「試取東坡諸詞歌之，曲終，覺天風海雨逼人」者，以此。張炎詞源云：「詞以意爲主，不要蹈襲前人語意。如東坡水調歌頭洞仙歌，皆清空中有意趣，無筆力者未易到。」詞云：

明月幾時有？把酒問青天。不知天上宮闕，今夕是何年。我欲乘風歸去，又恐瓊樓玉宇，高處不勝寒。起舞弄清影，何似在人間。　轉朱閣，低倚戶，照無眠。不應有恨，何事長向別時圓？人有悲歡離合，月有陰晴圓缺，此事古難全。但願人長久，千里共嬋娟。（水調歌頭）

東坡於丙辰（西曆一〇七六年）中秋夜宿金山，歡宴大醉，遂作此篇，兼懷子由。一時都下傳唱，內侍錄以進呈；神宗讀至「瓊樓玉宇」二句，乃有「蘇軾終是愛君」之歎，（見坡仙集外紀及復雅歌詞）周輝云：「居士詞豈無去國懷鄉之感，殊覺哀而不傷，」殆蓋指此言之也。

此詞古今評者至夥，獎譽有加。苕溪漁隱云：「中秋詞，自東坡水調歌頭一出，餘詞盡廢；」「貴家大斧皴，書家劈窠體也。」（詞統）「人有」三句，是大開大合之筆，他人所不能爲矣！」（王壬秋）蓋由東坡胸襟灑落，才氣傑出。世人但知以詞爲詞；而東坡則隨筆揮灑，不求工而自工；此其所以爲人之所不可及者！劉熙載說：「東坡詞頗似老杜詩，以其無意不可入，無事不可言也！」則其題材之博大，意境之曠遠，氣魄之雄厚，迥非前此詞人可敵矣！

東坡對於詞的寫著，並不兢兢業業，規模何人；常是自由的，常是解放的。他說：「作文如行雲流水，初無定質；但常行於所當行，止於所不可不止」耳。他這主張，當是從他自己的「人生態度」和其「平昔的懷抱」之中流奔出來的。彼其於人生觀也，亦曾有詞自白道：

蝸角虛名，蠅頭微利，算來著甚乾忙？事皆前定，誰弱又誰強？且趁閒身未老，儘放我些子疎狂。百年裏，渾教是醉三萬六千場！思量能幾許？憂愁風雨，一半相妨。又何須抵死說短論長？幸對清風皓月，苔茵展，雲幙高張。江南好，千鍾美酒，一曲滿庭芳。（滿庭芳，或注警悟。）

光景百年，看便一世，生來不識愁味。問愁何處來，更開解個甚底？萬事從來風過耳，何用「不著心裏」？你喚作「展却眉頭，便是達者」，也則恐未？此理本不通言；何曾道「歡遊勝如名利」？道即渾是錯，不道如何即是？這裏元無我與你，甚喚做「物情之外」！若須待醉了方開解時，問無酒怎生醉？（無愁可解）

要了解東坡這種「及時行樂」「目空一世」「牢關開豁」「卓爾不羣」的「達生」態度，然後才能知道他的詞之所以如「行雲流水」「天馬騰空」「逸懷浩氣」「橫放傑出」的「手眼」之所由以產出也。

東坡的處世態度常是諷刺的，超越的。他說：「世事一場大夢，人生幾度凄涼。」（西江月）他說：「世路無窮，勞生有限。似此區區長鮮歡；微吟罷，凭征鞍無話，往事千端。」「有筆頭千字，胸中萬卷；致君堯舜，此事何難？用舍由時，行藏在我，袖手何妨閒處看！身長健；但優遊卒歲，且鬥尊前。」（沁春園）他有極大的本領，很想對於當世有所供獻，然而實不可以有爲，於是只好聽之。這種態度，是由帶罪黃州之時產生的。故說：「長恨此身非我有，何時忘却營營？……小舟從此逝，江海寄餘生！」（臨江仙）

東坡不特用慢詞抒寫感懷弔古的題材如此，即用慢詞抒寫纏綿悱惻的柔情別緒，亦復飄逸雄邁，不落花間窠臼。誰謂東坡不能作情語耶？

邃院重簾，何處惹得多情，愁對風光—睡起酒闌花謝，蝶亂蜂忙。今夜何人？吹笙北嶺，待月西廂。空悵望處，一株紅杏，斜倚低牆。羞顏易變，傍人先覺，到處被著猜防。誰信道些兒恩愛，無限淒涼。好事若無間阻，幽歡却是尋常。一般滋味，就中香美，除是偸嘗。（雨中花慢）

嫩臉羞蛾，因甚化作行雲，却返巫陽。但有寒燈孤枕，皓月空牀。長記當初，乍諧雲雨，便學鸞皇。又豈料，正好三春桃李，一夜風霜。丹青畫，無言無笑，看了謾結愁腸。襟袖上，猶存殘黛，漸減餘香。一自醉中忘了，奈何酒後思量？算應負你，枕前珠淚，萬點千行。（同上）

蘇子瞻守錢塘，有官妓秀蘭，天性慧黠，善於應對。一日，湖中有宴會；羣伎畢集，惟秀蘭不至，督之良久方來。問其故，對以沐浴倦睡，忽聞叩戶甚急，起而問之，乃樂營將催督也，謹以實告。子瞻已恕之；坐中一倅怒其晚至，詰之不已。時榴花盛開，秀蘭折一枝藉手告倅，倅愈怒；子瞻因作賀新涼，令謳以送酒，倅怒頓止。（楊湜古今詩話）詞云：

乳燕飛華屋，悄無人，桐陰轉午，晚涼新浴。手弄生綃白團扇，扇手一時似玉；漸困倚孤眠淸熟。簾外誰來推繡戶，枉教人夢斷瑤臺曲；又却是，風敲竹。石榴半吐紅巾蹙，待浮花浪蕊都盡，伴君幽獨。穠艷一枝細看取，芳心千里似束，又恐被風驚綠。若待得君來，向此花前，對酒不忍觸；共粉淚，兩蔌蔌。

天涯流落思無窮，既相逢，却匆匆。攜手佳人，和淚折殘紅。爲問東風餘幾許？春縱在，與誰同？隋堤三月水溶溶，背歸鴻，去吳中，回望彭城，淸泗與淮通。寄我相思千點淚；流不到，楚江東。（江城子）

他的妻子王氏，死後十年，（英宗治平二年至神宗熙寧八年。即一〇六五至一〇七五年。）特爲江城子詞以輓之云：

十年生死兩茫茫；不思量，自難忘。千里孤墳，無處話淒涼。縱使相逢應不識，塵滿面，鬢如霜。夜來幽夢忽還鄉；小軒窗，正梳妝。相顧無言，惟有淚千行！料得年年腸斷處，明月夜，短松岡。

章質夫（楶）嘗作水龍吟詠楊花；其用事命意，情麗可喜。東坡與之帖云：「柳花詞妙絕，使來者何以措詞？」東坡和之，若豪放不入律呂；徐而觀之，聲韻諧婉，便覺質夫詞有織繡工夫。晁叔用云：「東坡如毛嬙西施，淨洗却面，與天下婦人鬥巧；質夫未免膏澤矣，豈可比耶？」（見詞苑叢談及曲洧紀聞）詞云：

似花還似非花，也無人惜從教墜。拋家路傍，思量却似，無情有思，縈損柔腸；困酣嬌眼，欲開還閉。夢隨風萬里，尋郎去處，又還被鶯呼起。不恨此花飛盡，恨西園落紅難綴；曉來雨過，遺踪何在？一池萍碎，春色三分；二分塵土，一分流水。細看來，不是楊花，是離人淚！

王靜安先生說：「詠物之詞，自以東坡水龍吟爲最工」。「東坡水龍吟詠楊花詞，和均而似元唱；章質夫詞，元唱而似和均。才之不可強也如是。」（人間詞話）「後段愈出愈奇，壓倒今古」矣！（張炎）

又水龍吟贈趙晦之吹笛侍兒詞，貴耳錄評之，給它八個大字的「諡法」。其說云：

「楚山修竹如雲，異材秀出千林表。」此笛之「質」也；

「龍鬚半翦，鳳膺微漲，玉肌雲繞。」此笛之「狀」也；

「木落淮南，雨晴雲夢，月明風溺。」此笛之「時」也；

「自中郎不見，將軍去後，知孤負秋多少。」此笛之「事」也；

「聞道嶺南太守，後堂深，綠珠嬌小。」此笛之「人」也；

「倚窗學弄，梁州初試，霓裳未了。」此箇之「曲」也；
「嚼徵含宮，泛商流羽，一聲雲杪。」此箇之「音」也；
「爲使君洗盡，蠻煙瘴雨，作霜天曉。」此箇之「功」也。

「寫狀時事入曲音功」八件，全於詞裏敍得明明白白；這種手段，在文藝中，誠不多見。然而，就五音論，則「嚼徵含宮，泛商流羽」，已具其四；末語「作霜天曉」一句，歇後一字，正是用以補足「角」音耳。抒寫自然，終不露迹；東坡之外，實無能者！

至其寫情小詞，如「舊交新貴音書絕，惟有佳人猶作殷勤別」（醉落魄）之類，彌覺豪爽苗條可愛，不獨慢詞特甚也。周介存說：「人賞東坡粗豪，吾賞東坡韶秀；」韶秀之傑出者，將必於小詞中賞之也：

持杯遙勸天邊月，願月圓無缺；持杯更復勸花枝，且願花枝長在莫離披！
持杯月下花前醉，休問榮枯事；此歡能有幾人知？對酒逢花，不飲待何時！

（虞美人）

冰肌自是生來瘦，那更分飛後。日長簾幕望黃昏，及至黃昏時候轉銷魂。
君還知道相思苦，怎忍拋奴去？不辭迢遞過關山，只恐別郎容易見郎難。

（同上）

玉觴無味，中有佳人千點淚。學道忘憂，一念還成不自由。如今未見，歸去東園花似霰。一語相開，匹似當初本不來！（減字木蘭花）

鳳凰山下雨初晴；水風清，晚霞明。一朵芙蕖開過尚盈盈。何處飛來雙白鷺，如有意，慕娉婷。忽聞江上弄哀箏；苦含情，遣誰聽？煙斂雲收，依約是湘靈。欲待曲終人問取：人不見，數峯青。（江城子，湖上與張先同賦。）

「如此風調，令十六七女郎歌之，豈在曉風殘月之下」！（詞筌）

東坡嘗作蝶戀花詞，介朝雲歌之。雲唱至「柳綿」句，輒為掩抑惆悵，如不自勝。坡問之，曰：妾所不能竟者，「天涯何處無芳草」句也。（詞苑叢談）及後東坡渡海，惟朝雲王氏隨行。日誦其蝶戀花詞「枝上柳綿」二句，為之流淚，病極猶不釋口；東坡作西江月悼之。（冷齋詩話）王士禎云：「枝上柳綿」，恐屯田緣情綺靡，未必能過，孰謂坡但作大江東去耶？詞云：

花褪殘紅青杏小，燕子飛時，綠水人家繞。枝上柳綿吹又少，天涯何處無芳草？牆裏鞦韆牆外道，牆外行人，牆裏佳人笑。笑漸不聞聲漸杳，多情却

被無情惱。（蝶戀花）

東坡謫守黃州，寓居定慧院時，嘗作蝶戀花詞送潘邠老赴省試云：「別酒送君君一醉，清潤潘郎，更是何郎壻。記取釵頭新利市，莫將分付東鄰子。回首長安佳麗地，三十年前，我是風流帥。爲向東樓尋舊事，花枝缺處餘名字。」今集不載此詞。又曾作卜算子詞，「語意高妙，似非喫煙火食人語」者！（黃庭堅）詞云：

缺月挂疎桐，漏斷人初靜。時見幽人獨往來，縹渺孤鴻影。驚起却回頭，有恨無人省。揀盡寒枝不肯棲，寂寞沙洲冷。

其托意蓋自有在，讀者不能解，或以溫超事蹟以實之。女紅餘志云：「惠州溫氏女超。超年及笄，不肯字人；聞東坡至，喜曰：『我壻也。』日徘徊窗外，聽公吟詠；覺則亟去。東坡知之，乃曰：『吾將呼王郎與子爲姻』。及東坡渡海歸，超已卒，葬於沙際。公因作卜算子，有揀盡寒枝不肯棲之句。」古今詞話闢之云：「按詞爲詠雁，當別有寄托，何得以俗情傅會也」？張右史文潛，繼貶黃州，訪潘邠老，嘗得其詳，題詩以誌之云：「空江月明魚龍眠，月中孤鴻影翩翩；有人清吟立江邊，葛巾藜杖眼窺天。夜冷月墮幽蟲泣，鴻影翹沙衣露濕。仙人采詩作步虛，玉皇飲之碧琳腴。」（能改齋漫錄）又有送別一首，亦極高趣：

水是眼波橫，山是眉峯聚；欲問行人在那邊，眉眼盈盈處。纔是送春歸，
又送君歸去；若到江南趕上春，千萬和春住！

凡是此類小詞，蓋酒評家所謂「淸空靈雋」者矣！樓敬思說：「東坡老人，故自靈氣仙才；所作小詞，衝口而出，無窮淸新。不獨寓以詩人句法，能一洗綺羅香澤之態也。」

「東坡天趣獨到，殆成絕詣」（周濟）如「呢呢兒女語，燈火夜微明；恩寃爾汝來去，彈指淚和聲。忽變軒昂勇士，一鼓塡然作氣，千里不留行。回首暮雲遠，飛絮攪靑冥。衆禽裏，眞彩鳳，獨不鳴。躋攀寸步千險，一落百尋輕。煩子指間風雨，置我腸中冰炭，起坐不能平。推手從歸去，無淚與君傾。」（水調歌頭，聽琵琶作，遺章質夫家歌者。）「雅量高致」，直「挾海上風濤之氣」矣；豈特書法爲然哉！（用王靜安和黃山谷語）

舊都野人曰：「此詞句外取意，無一字染著，（苕溪漁隱叢話謂其不曾讀退之詩而妄爲此言。）後學卒未到其閑域。反復味之，見居士之文採竊處：

1.「呢呢兒女語，」取白樂天「小絃竊竊如私語」意。

2.「忽變軒昂壯士，一鼓塡然作氣，千里不留行；」便是「銀瓶乍破水漿迸，鐵

騎突出刀槍鳴。」

3.「攜手從歸去，無淚與君傾；」則又翻「江州司馬青衫濕」公案也。（苕溪漁隱叢話稱其謂居士之文採竊處取白樂天琵琶行意尤可絕倒。）

子瞻凡爲文，非徒虛語，「寸步千險，一落百尋輕」之句，皆自喻耳。後人吟詠，患思不得；既得之，爲題意纏縛，不解點化者多矣！」

東坡詞格調高曠，氣象恢宏。癖嗜花間的人，每好斥其粗率，謂非正統；次者乃云苦不經意，甚少完璧。（周濟）因爲非攻他的人多，懂得他的人少；而稱揚之者，或乃隔衣搔背，未見著實。所以千年以來，迄無定讞，而且竟至將他在詞壇上的地位沒落了。

胡適之先生說：「東坡的天才最高，文與詩詞都好，是文學史上一個怪傑。」拿他的成績來說：在政治方面，他造就了一個「黨」；在哲學（世稱理學）方面，他成功了一個「派」；（宋元學案特別爲他闢了一個蜀學派）在書法方面，他創造了一個「家」；在詞壇方面，他更開闢出了一個「豪放的北派詞」的新的世界。他是經師，也是政客；他是名士，也是詩人。……假使曹子建的才有八斗，東坡至少也該十石。這樣的一個多才之士，「爲天下雄」者，名曰怪傑，盍足以盡之？

雖然，若舉東坡所有的成績來仔細較量，如「政論」「理學」「律絕」「書法」……之類，終不若其「詞」的成就之大了。（這點早是被人忽略在）他的書法雖然也是很好，但尤終不若其詞之有特殊地位者的價值之崇且高也。（詩是已經過去的文學，自然更不用說了。）東坡天資高，才氣大：「遇事俱不十分用力，古文書畫皆爾，詞亦爾。」（周濟）故單止就詞來說，小令往往較諸長調遜色；此蓋因其飽嘗磨折屢歷艱險之故所致。他的官職雖然不小，足跡雖甚普遍，惜其都是受着貶謫，並無甚麼得意之處：予從前游覽東坡讀書臺時，（一九二二年夏日）嘗見其有手書石刻紀之云：「身似已灰之木，心如不繫之舟；問我平生事業，黃州儋州定州，」讀之亦可見其意趣云。夫人文學作品表現之強弱厚薄，端當視其生活環境以爲斷。東坡故鄉：峨眉秀甲天下，劍閣雄視寰球，巫峽險駕六合，灩澦奇賽八荒。生丁巴蜀，山水蘊養其性情；長游廣越，湖海啓發其鬱勃。生活豐腴，情緒濃摯，方面夥頤，故小詞恆苦不得盡其雅量；比之長調，似下一等。至若長調，可以波濤澎湃，奔騰放逸，行於其所當行，止於所不可不止；任意寫來，筆無牽染；故能描出很奇特的意象，很幽深的情致；高曠之思，超出人表。宜乎成爲北派詞之開山，南宋人之所祖禰矣！

但如要問東坡何以會成爲「北派詞的開宗」？他的詞何以會有那樣卓越的價值呢關於這兩個答案，除在前面已經解說不更再述外，現在更引胡適之先生的話來作個總結：

1.東坡何以會成爲北派詞的開宗呢？因爲詞至蘇軾而範圍始大：「蘇軾以前，詞的範圍很小，詞的限制很多；到蘇氏出來，不受詞的嚴格限制，只當詞是詩的一體；不必兒女離別，不必鴛衾雁字，凡是情感，凡是思想，都可以做詩，就都可以做詞。從此以後，詞可以詠史，可以弔古，可以說理，可以談禪，可以用象徵寄幽妙之思，可以借音節述悲壯或怨抑之懷。這是詞的一大解放。」（胡氏謂詞脫離音樂而獨立之說雖未當，而此段之論却甚精。）

2.東坡的詞何以會有那樣卓越的價值呢？因爲他有豪曠的意境與悲壯飄逸的風格：「東坡以前的詞，只是寫兒女之情的；下等的寫色慾，上等的寫相思，寫離別；以風格論，輕薄的固不足談，最高的不過凄婉哀怨，其次不過細膩有風趣能了。蘇軾的詞往往有新意境，所以能創立一種新風格。這種風格，既非細膩，又非凄怨，乃是悲壯與飄逸。………這種風格，乃是學問與人格結成的，故不是那「十七八女孩兒按執紅牙拍」所能領會的。」

然則詞至東坡，匪特花間不敢獨美；且亦「拔趙幟，易漢幟」，蔚然大宗矣！

b. 調啓東坡之王安石

王安石是一個政治家，是一個社會學者；就其成就論，他在「事功」方面，如「社會」「政治」之改革等，的是不可磨滅的。所以他絕不是一個詞人。不過，他雖然不是詞人，但在詞的方面貢獻很大；尤其是對於北派的詞貢獻更大。

安石的詞，很近東坡。就壽數論，他和東坡適同，他先於東坡十五年生，早於東坡十五年死，共活六十五歲。在此早晚十五年的差別上，我不能意度東坡詞是曾受過他之影響的；因爲安石不是詞人，早年未必卽有如許成就。至於安石詞自身所受的影響，在前自然是范仲淹他們；同時的詞人，當必也受着蘇軾的感染過罷。因此，所以我把王安石編到此處，而不寘在東坡以前。

王安石，字介甫，世亦稱爲荆公，臨川人，生於宋眞宗天禧五年，（西曆一〇二一年）舉進士；神宗熙寧初，同中書門下平章事，封舒國公，加司空。安石爲相，志在圖強，遂使厲行新法，以資富庶。然以反對有人，應者絕寡；而奉行的人，又大都不知新法之眞諦，遂使他的一切政策，歸諸失敗。旋於哲宗元祐元年卒，（西曆一〇八六年）諡之以文。徽宗崇寧中，追封安石爲舒王。

安石爲詞，全不胎息花間，而實同於范蘇。他有超脫的風格，有桀傲的氣韻。這種表暴，不特於詞爲然。即如他的「思想」與「人格」，幾無一處不是在打破那傳統和因襲的。安石運用他在政治上的主張和社會上的改革的態度來作詞，自然是必排盡舊日的束縛，而一任其「大膽無忌」「自由自在」的抒寫了。他的詞在情調方面，有同於范仲淹的剔銀燈者，如：

伊呂兩衰翁，歷徧窮通；一爲釣叟一耕傭。若使當年身不遇，老了英雄。湯武偶相逢，風虎雲龍；與王祇在笑談中。直至如今千載後，誰與爭功！（浪淘沙令）

在風格方面，類似蘇東坡的更多，如：

登臨縱目；正故國晚秋，天氣初肅。瀟灑澄江似練。翠峯如簇。征帆去棹殘陽裏，背西風酒旗斜矗。綵舟雲淡，星河鷺起，畫圖難足。　念往昔豪華競逐；嘆門外樓頭，悲恨相續。千古憑高，對此漫嗟榮辱。六朝舊事隨流水，但寒烟衰草凝綠。至今商女，時時猶唱後庭遺曲。（桂枝香，金陵懷古。）

像這種意趣筆力，豈不宛然與東坡相類麼？趙師岏聖求詞序云：「荊公桂枝香詞，子瞻稱之，此老眞野狐精也。」是可以見詞之於性，有同嗜焉。梁任公云：「李易安謂介甫文章似西漢，然以作歌詞，則人必絕倒；但此作却頡頏清眞，稼軒未可漫詆也。」他如千秋歲引，南鄉子諸詞，都不失此風調的：

別館寒砧，孤城畫角，一派秋聲入寥廓。東歸燕從海上去，南來雁向沙頭落。楚臺風，庾樓月，宛如昨。無奈被些名利縛，無奈被他情擔閣。可惜風流總閒卻。當初漫留華表語，而今誤我秦樓約。夢闌時，酒醒後，思量著。（千秋歲引）

自古帝王州，鬱鬱葱葱佳氣浮。四百年來如一夢，堪愁！晉代衣冠成古丘。繞水恣行遊，上盡層城更上樓。往事悠悠君莫問，回頭！檻外長江空自流。（南鄉子）

「俞澹，字清老，滑稽，善諧謔；洞曉音律，能歌。荊公喜之，晚年，作漁家傲等樂府數闋，每山行，即使澹歌之。」（石林詩話）今舉漁家傲詞如下：

平岸小橋千嶂抱，揉藍一水縈花草，茅屋數間窗窈窕。塵不到，時時自有春風掃。午枕覺來聞語鳥，欹眠似聽朝雞早，忽憶故人今總老。貪夢好，茫茫忘了邯鄲道。

蘇東坡的詞是屏絕花間的氣息，打破傳統的律例的。安石亦然，故他在詞中注入了新的內容，抒寫了新的情調。故蘇詞之所以能夠自成派別者，安石之功爲不可沒也。安石在政治的變更和社會的改制方面曾經有過三句的口號：「天變不足畏，人言不足信，祖宗不足法！」這三句口號，曾經轟壞了當時的守舊黨！他在詞壇方面也還這樣地「勇於創作」「大膽革變」者，實卽采取這三句口號以爲其精神的結果故也！

c. 蘇門詞人之接式

北派豪放之詞，蘇氏而後，忽焉微弱；受其點染者，雖有所謂「蘇門四學士」，（秦少遊，黃山谷，張耒，晁補之。）「蘇門六君子」，（四學士及陳師道，李廌。）「蘇黨」，（朱服，王詵，趙令時，晁冲之。）及其中表程垓之倫；然亦非是盡能傳其衣鉢者；卽如秦七近於柳永，黃九不止豪放。或者志在功名，或者詞尙纖細之類，便是顯然的事實。今且就其作品差近，且足紹繼蘇氏作風者，分別述之如下焉：（其有未經敍述者，或在南派詞中另見。）

（1）黃庭堅，字魯直，洪州分寧人。他生於宋仁宗慶曆五年，（西曆一〇四五年）治平四年（一〇六七）舉進士，哲宗元祐初，爲校書郎，遷集賢院校理，擢起居舍人，編修神宗實錄。紹聖元年，（一〇九五）章惇蔡卞等，追究神宗實錄記載「新法」失實，謫貶涪州別駕，安置黔州。徽宗崇寧二年，所作承天塔院記被人舉發有「幸災謗國」之罪，遂致除名，編隸宜州。四年（一一〇五）重九，山谷登宜州城樓，聽邊人相語，「今歲當鏖戰取封侯耳。」因作南鄉子詞云：「諸將說封侯，短笛長吹獨倚樓。萬事盡隨風雨去，休休；戲馬臺前金絡頭。催酒莫遲留，酒味今秋似去秋。花向老人頭上笑，羞羞；白髮簪花不解愁。」倚闌高歌，若不能堪者。是月三十日，果不起。（詞苑叢談）卒後追謚文節，生時嘗號「山谷老人」焉。

黃山谷是一個「入於蘇而又出於蘇」的人；不特詞的成就如此，書法亦然。本來，山谷亦儘有其天才，（他為江西詩派之祖）他不甘於謹守一先生之教以自束縛，而好任性創作，自是他的好處。不過，北派詞的作風到他手裏，竟不能如前時之氣勢蓬勃，流被當世耳。

黃庭堅的詞，有三個不同的方面：第一方面是豪放的，第二方面是濃艶的，第三方面是俚俗的，民間的。

關於第一方面的豪放之詞，是他「所學於師」「得之東坡」的成就。自來的詞壇常以「蘇黃」並稱者，就是單指他這派作品而說的。不過北派詞雖已成爲一個派別，然而到了這時，猶是被人輕視在。不說別人，同爲四學士的晁補之，他對於山谷這類的詞就首先下了攻擊。他說：「魯直小詞固高妙，然不是當行家語，乃著腔子唱好詩也。」這實無異于說「小詞雖妙，惜不是詞」；竟與批評蘇軾「以文爲詞」，「以詩爲詞」之說同符，這是魯直出自東坡之佐證。

又，本事記云：「東坡櫽括歸去來詞，山谷櫽括醉翁亭記，兩人固是詞家好手。」然則以文爲詞，又是山谷東坡同一風格之佐證。此下便來論述山谷豪放詞的作品：

山谷云：『八月十七日，與諸生步至永安城，入張寬夫園待月，偶有名酒，以金荷葉酌客，客有孫叔敏（彥立，）善長笛，連作數曲。諸生曰：「今日之會樂矣！不可以無述。」因作此曲記之。文不加點；或以爲可繼東坡赤壁之歌云』：（文句由漁隱叢話與六十名家詞參對）

斷虹霽雨，淨秋空，山染修眉新綠。桂影扶疏，誰便道，今夕清輝不及？萬里青天，姮娥何處，駕此一輪玉。寒光零亂，爲人偏照醽綠。年少隨我追涼，晚城幽靜，繞張園森木，醉倒金荷家萬里，難得樽前相屬。老子平生，江南江北，最愛臨風曲。孫郎微笑，坐來身噴霜竹。

這確是從「大江東去」得來，頗有豪放的氣慨者矣！「紹聖二年四月甲申，山谷以史事謫黔南道，閒作竹枝詞二篇，題歌羅驛曰」：（程史）

撑崖拄谷蝮蛇愁，入箐攀天猿掉頭；鬼門關外莫言遠，五十三驛是皇州。

浮雲一百八盤縈，落日四十九度明；鬼門關外莫言遠，四海一家皆弟兄。

【註】山谷自書於此詞後云：古樂府有「巴東三峽巫峽長，猿鳴三聲淚沾裳」；但以抑怨之音，和爲數疊，惜其聲今不傳。余自荊州上峽入黔中，備嘗山川險阻，因作二疊，傳與巴娘，令以竹枝歌之。前一疊可和云「鬼門關外莫言遠，五十三驛是皇州；」後一疊可和云「鬼門關外莫言遠，四海一家皆弟兄」。或各用四句入陽關小秦王，亦可歌也。

又有千秋歲詞，雖爲和秦之作，亦殊灑落飄逸也。其序云：「少遊得謫，嘗夢中作詞云：「醉臥古藤陰下，了不知南北」；竟以元符庚申死於藤州光華亭上。崇寧甲申，庭堅竄宜州，道過衡陽，覽其遺墨，始追和其千秋歲詞」：

苑邊花外，記得同朝退；飛騎軋，鳴珂碎，齊歌雲繞扇，趙舞風回帶。嚴鼓斷，杯盤狼藉猶相對。灑淚誰能會，醉臥藤陰蓋；人已去，詞空在。兔園高宴，悄虎觀英遊，改重感慨；波濤萬頃沈海珠。

胡適之先生云：山谷詞如望江東及水調歌頭，意境已近東坡，不是柳永一派了！

江水西頭隔樹煙，望不見，江東路。思量只有夢來去，更不怕江闌住。燈前寫了書無數，算沒個人傳與。直饒尋得雁分付，又還是秋將暮。（望江東）

瑤草一何碧！春入武陵溪，溪上桃花無數，枝上有黃鸝。我欲穿花尋路，直入白雲深處，浩氣展虹霓。祇恐花深裏，紅霧濕人衣。　坐玉石，倚玉枕，拂金徽。謫仙何？無人伴我白螺杯。我為靈芝仙草，不為朱唇丹臉，長嘯亦何為？醉舞下山去，明月逐人歸。（水調歌頭）

其重陽鷓鴣天詞，尤覺清迥獨出，骨力不凡；（黃蓼園）曾不稍遜東坡者矣！

黃菊枝頭破曉寒，人生莫放酒杯乾！風前橫笛斜吹雨，醉裏簪花倒著冠。身健在，且加餐。舞裙歌板盡情歡。黃花白髮相牽挽，付與時人冷眼看。

山谷此類作品，集中正自不少，蘇詞之所以能長自樹立，就時而論，他也不無微功。

再如

陶陶兀兀，人生無累何由得？杯中三萬六千日，悶損旁觀，我但醉落托。

扶頭不起還頹玉，日高春睡平生足。誰門可款新篘熟，安樂春泉，玉醴荔枝綠。（醉落魄）

海角芳菲留不住，筆下風生，吹入青雲去。仙籍有名天賜與，致君事業安排取。要識世間平坦路，但使人人各有安身處；黑髮便逢堯舜主，笑人白首耕南畝。（蝶戀花）

自斷此生休問天，白頭波上泛膠船。老去文章無氣味，憔悴；不堪驅使菊花前。聞道使君攜將吏，高會；參軍吹帽晚風顛。千騎插花秋色莫，歸去；翠娥扶入醉時肩。（定風波）

春歸何處，寂寞無行路；若有人知春去處，喚取歸來同住。　春無蹤跡誰知？除非問取黃鸝；百囀無人能解，因風吹過薔薇。（清平樂）

之類的小調，也算不脫東坡風度了。

王荆公新築草堂於半山，引入功德水作小港，其上壘石作橋，自爲集句云：「數間茅屋閒臨水，窄衫短帽垂楊裏；花是去年紅，吹開一夜風。　稍稍新月偃，午醉醒來晚；何物最關情？黃鸝三兩聲。」山谷因做其體作菩薩蠻詞云：

半煙半雨溪橋畔，漁翁醉著無人喚。疏懶意何長，春風花草香。　江山如有待，此意陶潛解；問我去何之？君行到自知。

是則山谷詞在第一方面的創作，不特受着東坡的影響，也還受有安石的遺惠哩。

關於第二方面的濃艷之詞，當然是受着花間和秦柳的影響所致的。這一類的作品，自來即被推重在。蘇籀云：「黃太史詞，纖穠精穩，體趣天出；簡切流美，能中之能；投棄鑄斧，有佩玉之雍容。」陳師道云：「今代詞手，惟秦七黃九耳，餘人不逮也。詞家以秦蘇並稱，秦能爲曼聲，以合律形容處，亦少刻肌入骨語。黃時出俚淺，可稱傖父；然黃如「春未透，花枝瘦，正是愁時候」。（蓦山溪，贈衡陽妓陳湘。）峭健，亦非秦所能作」。可見山谷詞價，在一般人眼中看來，不是他的豪放，而是他細軟，是很顯著的了。

山谷的側豔之詞，宜受秦觀的影響爲最多，彼於其河傳詞下有序云：有士大夫家歌秦少遊「瘦殺人，天不管」之曲，以好字易瘦字，戲爲之作：

心情老懶，對歌對舞，猶是當時眼。巧笑靚粧，近我衰容華鬢，似扶着賣卜算。思量好個當年見，催酒催更，只怕歸期短。飲散燈稀，背鎖落花深院。好殺人，天不管！（河傳）

這種遊戲的摸擬，便是他染受最深的表現：不過這種創造，也不完全關於染着，生性的秉賦，尤實爲其大原；山谷既然是天才，也不見得凡所爲詞皆有授受之跡的。故其全集載彼十六歲時之畫堂春，也就頗有旖旎深幽之致了：

東風吹柳日初長，雨餘芳草斜陽。杏花零落燕泥香，睡損紅妝。 寶篆煙銷龍鳳，畫屏雲鎖瀟湘。夜寒微透薄羅裳，無限思量。

然這猶非世俗所謂淫豔側媚之作也。淫豔側媚之作，乃是山谷的好詞。濃情渾樸，情綴生動，却要算是他的長處。「山谷詞的特點，是在描寫男女間的戀愛。」描寫男女間之深刻的戀愛。如：

暮雨濛堦砌，漏漸移，轉添寂寞，點點心如碎。怨你又戀你，恨你惜你，畢竟教人怎生是！前歡算未已，奈向如今愁無計。爲伊聰俊，消得人憔悴。這裏誚睡裏；誚睡裏夢裏心裏，一向無言但垂淚。（歸田樂引）

對景還銷瘦，被個人把人調戲，我也心兒有。憶我又喚我，見我嗔我，天甚教人怎生受？ 看承幸廝勾，又是樽前眉峯皺。是人驚怪，冤我特摑就。拚了又捨了，一定是這回休了；及至相逢又依舊。（同上）

對景惹起愁悶，染相思，病成方寸。是阿誰先有意，阿誰薄倖？斗頓恁少喜

多噴！合下休傳音問；你有我，我無你分。似合歡桃核眞堪恨，心兒裏有兩個人人！（少年心）

把我身心，爲伊煩惱，算天便知。恨一回相見，百方做計；未能偎倚，早覓東西。鏡裏拈花，水中捉月，覷着無由得近伊。添憔悴，鎭花銷翠減，玉瘦香肌。奴兒又有行期，你去郎無妨，我共誰？向眼前常見，心猶未足；怎生禁得，眞個分離！地角天涯，我隨君去，掘井爲盟無改移。君須是，做些兒相度，莫待臨時！（沁園春）

山谷用這種大膽地毫無忌憚地的態度來描寫兩性間的愛情，將他略無遮飾地赤裸裸地儘量表暴的詞；除上所舉以外，如「占好事，如今有。人醉曲屏深，借寶瑟，輕招手。一陣白蘋風，故滅燭，教相就。」（憶帝京）「有分看伊，無分共伊宿。一貫一文蹺十貫，千不足，萬不足。」（江城子）「不見片時霎，魂夢鎭相隨着。因甚新近無據，誤竊香深約。」（好事近）之類，都是後代舉世目之爲「淫艷」「輕薄」「猥褻」的香奩之什的。所以爲此者，就是因爲當時的「名教說」「假道統」的「行爲論」「道德觀」並沒有成立的緣故。胡適之先生說：「我們若拿『假道學』的眼光來責備道學以前的自然道德觀，就像我們現在責備古人爲什麼不用棹椅，卻要席地而坐了。」山谷寫詞時，他並不覺得那「滿口仁義道德，一肚皮男盜女娼」的道學式的人言之可畏，他祇是寫人們心裏所常想而口又不敢道的眞摯之情。他祇感覺到男女間火熱般的愛情是需要有像他這樣的手筆描寫的；他祇是寫來務求眞實深厚，却沒想到「淫豔」「輕薄」的名詞上來。他在這方面的來源，得諸花間者少，得力於秦七者大。（秦七詳本章第三節E條）法秀道人深以魯直詞爲病，嘗謂之曰：「詩多作無害，艷歌小詞可罷之。」魯直笑曰：「空中語耳！非殺非偷，終不至坐此墮惡道！」師曰：「若以邪言蕩人淫心，使彼逾禮越禁，爲罪惡之由，吾恐非止墮惡道而已。」魯直曰：然則晏幾道小詞尤爲纖淫，終應墮何等地獄耶？（毛晉云：山谷晚年亦間作小詞，往往借題捧喝，拈示後人，如效寶寧勇禪師漁家傲幾闋之類。）然則按之當時，魯直詩詞一出，人爭傳之，因此名重天下矣！淫艷云乎哉！

至於第三方面的俚俗之詞，當時雖然也有同調，（秦七間亦有用方言俚語入詞）但都沒有山谷那樣大膽的解脫，儘量的採用。山谷儘量的采用方言俗語以入詞，其結果遂竟造成了純粹的民間文學，如「奴奴睡，奴奴睡也奴奴睡」（千秋歲）之類，任何種人都能識意上口；不像柳永那樣，雖然凡有井水處皆能歌，但惜終竟是文人的所有品；沒有智識的人還是懂不了的。

因此，山谷的詞，也嘗被人指為垢病，並不一律嘉許了。李易安說：「黃詞尚故實而多疵病；譬如良玉有瑕，價自減半矣！」這是全不了解「方言文學」「通俗文學」的價值的話，且是完全沒有認清山谷對於詞壇的創造的精神的話。

山谷用方言俗語來寫的詞至為繁夥，如：望遠行，少年心添字等，都是難於斷句難於了解的。其有可解讀者，如：

濟楚好得些，憔悴損，都是因它那回得句閒言語。傍人盡道，你管又還鬼那人吵。得過口兒嘛，直勾得，風了自家。是即好意也毒害，你還甜殺人了，怎生申報孩兒。（醜奴兒）

酒闌命友閒為戲，打揭兒非常愜意。各自輸贏只賭是，賞罰采分明須記。小五出來無事，却跋翻和九底。若要十一花下死，那管十三不如十二。（鼓笛令）

寶犀未解心先透，惱殺人，遠山微皺。意淡言輸情最厚，枉教作著行官柳。小雨勒花時候，抱琵琶為誰清瘦。翡翠金籠思珍偶，忽拚與山雞僝僽。（同上）

見來兩兩寧寧地，眼廝打過如拳踢；恰得嘗嘗香甜底，若殺人遭誰調戲。臘月望州坡上地，凍著你影蹤村鬼。你但那噹一處睡，燒炒糖，管好滋味。（同上）

見來便覺情於我，廝守着，新來好過。人道是他家有婆婆，與一口管教屬磨。副靖傳語木大，鼓兒裏且打一和。更有噹兒得處囉，燒炒糖，香藥添和。（同上）

引調得甚，近日心情不戀家。寧寧地，思量他。思量他，兩情各自肯甚忙。咱意思裏莫是賺人吵嗽，奴眞個嗙，共人嗙。（歸田樂令）

宋代的方言俗語，因爲年代久了，語言變了，書籍既莫有記載，所以我們今日也就不能完全懂得了。不過，就那意義可以懂得的說，牠有三個特異的價值。（一）它所描寫的是眞的民間情態，（二）它的內容是以眞的民間事務爲題材，（三）它的造辭遣句是接近當日民衆的語言，隱隱然在作「言文合一」推動的工作。這三點價值，便是俚俗之詞所獨擅的。

大抵這種現象之促成：或許是他染着當時最壞的民歌的習氣；或許是他要求其歌詞的極端普遍，完全民衆化的關係之故。所以才儘量的運用方言俚語以入詞，儘量的模擬着當代的民歌的作風能？這就是他大膽解放的結果，大膽創造的價值！

所以，山谷詞的受累並不關於方言俗語，乃是在他愛以文字爲遊戲，好用拆字匠的思想，和猜字謎的方式。關於此點，又有三種毛病：

第一，是影射的毛病。如少年心云：「似合歡桃核，眞堪人恨！心兒裏有兩個人人！」這是因爲「人」「仁」二字同音，所以便用牠來諧協，同時也取牠雙關的意義。他這格調是從唐五代時無名氏的竹枝詞學來的。詞云：「楊柳靑靑江水平，聞郎江上唱歌聲；東邊日出西邊雨，道是無晴卻有晴。」這與「晴」「情」的雙關，便產生了山谷「人」「仁」雙關的模倣了。這種影射的辭句在意義還通得過，算不得什麼大毛病。

第二，是拆字猜謎的毛病。如兩同心云：「你共人女邊著子，爭知我門裏挑心！」他先用拆字匠的思想，把好字拆爲女子二字，把悶字拆爲門心二字；然後更用猜字謎的文學組織法纂爲「女邊著子」「門裏挑心」的兩句；更然後運用他的文學技術在「女邊著子」上加以「你共人」三字，在「門裏挑心」上加以「爭知我」並字；於是遂成功了「你共人女邊著子，爭知我門裏挑心」的拆字猜謎的文學詞句，故詞苑叢談詆其「鄙俚不堪入誦」也。

第三，是剪截前人詩詞句子的毛病。山谷在這方面，有得有失。如截取張志和漁歌子和顧況漁父詞合爲浣溪沙詞，是最妙處。詞云：「新婦磯邊眉黛愁，女兒浦口眼波秋，驚魚錯認月沈鈎。青蒻笠前無限事，綠簑衣底一時休，斜風細雨轉船頭。」東坡謂「魯直此詞，清新婉麗；問其最得意處，以山光水色，替却玉肌花貌，眞得漁父家風也。然纔出新婦磯，便入女兒浦，此漁父無乃太瀾浪乎？」東坡雖然如此推重，平心說來，也祇是技巧方面的組織巧妙，絕不能認之爲創作。至如西江月詞：「斷送一生惟有，破除萬事無過。」删割韓詩，至爲笨劣；（蓋韓詩云：「斷送一生惟有酒，破除萬事無過酒」。）而陳後山乃謂「纔去一字，遂爲切對，而語益峻」者，（後山詩話）毋乃不知此弊乎？

總之，庭堅的詞，「佳者妙脫蹊徑，迥出慧心」（四庫全書提要語）固自有其獨到的價值；夫以若彼其雄，竟於北派的詞無法開展，則是「太任性情」「獨善其才」之失耳。若山谷者，豈不於己爲功，於蘇有過哉！

（2）晁補之，字无咎，鉅野人，生於宋仁宗皇祐五年。（西曆一〇五三年）神宗元祐初，應進士，舉試開封府及禮部別試，皆第一。嘗爲校書郎，後又通判揚州，尋召還，爲著作郎。坐黨籍徙，放還，後葺歸來園，自號歸來子，又稱濟北詞人。徽宗大觀末，起知泗州，卒。（大觀四年，西曆一一一〇年。）著有雞肋詞一卷，其琴趣外篇六卷，則詞人姓氏指爲俗人贋托者，不知何據。古虞毛晉云：「昔年見吳門鈔本，混入趙文寶諸詞，亦名琴趣外篇；蓋書賈射利，眩人耳目，最爲可恨。余已釐正，介卷詞辨之詳矣。」是則汲古閣本可據也。

補之「才氣飄逸，嗜學不倦。文章溫潤曲縟，凌麗奇卓，出乎天成。」（宋史文苑傳）富於文學作家的性格，頗有牢籠宇宙的胸襟。所謂「胸中正可吞雲夢，琖底何妨對聖賢；有意清秋入衡霍，爲君無盡寫江天」（題自畫山水留春堂大屏）者，正是夫子人生態度之自道。有了這種人格，其作物當然就與東坡有相切合之處了。

他的缺點，就是常好應酬詠物，（如詠花詠草之類）而不吊古傷時。吊古傷時，本是北派詞壇的特色；補之他竟捨去不作，在題材方面也就減了實量；雖然盡力務爲大方，終難免於「小家子氣」的性分也。下舉數詞，是他作品中最爲接近東坡的代表：

玉京不許塵客到，蛛傭只合蛛傭老。鷗鳥共煙波，田夫與醉歌。　忘懷無物我，莫似陳驚坐；勳業付長間，西山爽氣間。（菩薩蠻）

離別尋常今白首，更須竹雨瀟瀟；不應都占世間豪。淸風居士手，楊柳洛城腰。文字功名眞自誤，從今好月良宵；只消憐取蕙嬌嬈。修門君自到，不用我詞招。（臨江仙）

曾唱牡丹留客飲，明年何處相逢！忽驚鵲起落梧桐。綠荷多少恨，回首背西風。　莫歎今宵身是客，一樽未曉猶同。此身應是去來鴻；江湖春水闊，歸夢故園中。（同上，用韻和韓求仁南都留別。）

江上秋風高怒號，江聲不斷雁嗷嗷，別魂迢遞爲君銷。　一夜不眠孤客耳，耳邊愁聽雨蕭蕭，碧紗窗外有芭蕉。（浣溪沙）

毛晉說：「无咎雖遊戲小詞，不作艷語，」這就是認定他獨善豪放接近東坡的意思。其實，无咎何嘗沒有言情之作呢？不過他不能纖細旖旎，祇能豪放超脫能了。

鳳凰山下，東畔靑苔院。記得當初個，與玉人幽歡，小宴黃昏風雨。人散不歸家，簾旌捲，燈火顫，鷩擁嬌羞面。　別來憔悴，偏我愁無限。歐酒情都減。也不獨朱顏改變。如今桃李湖上泛舟時；靑天晚，靑山遠，願見無由見。（蓦山溪）

夜飲別佳人，梅小猶飄雪；忍淚一春愁，過却花時節。　相見話相思，直與

臨風月；休似那回時，無事還輕別！（生查子）

當年攜手，是處成雙，無人不羨。自間阻五年也，一夢擁嬌嬌粉面。　柳眉輕掃，杏腮微拂，依前雙髻。盡睡裏起來尋覓，却眼前不見！（少年遊）

他又有一首用俗語來抒寫的情詞，也是很高妙的：

自來相識比爾情都可，咫尺千里，算惟孤枕單衾知我。終朝盡日，無緒亦無言，我心裏忡忡也，一點全無那。　香箋小字，寫了千千個。我恨無羽翼，空寂寞，青苔院鎖。昨朝冤我，却道不如休；天天天，不會麼，因甚須冤我？（驀山溪）

六卷琴趣外篇之中，情詞很是多着，因爲那戀愛實爲其生活的一部之故。在他的生查子和青玉案二詞所描寫的背景，便是寫他和一個貴族女子戀愛的故實；後來給他夫人知道了，於是起了妒意，因便逼他回去。及至十年之後，再來重溫舊夢時，則已「紅牆天阻碧濠，烟鎖細雨迷芳草」了！則已「一水是紅牆，有恨無由語」了！詞道：

宮裏妒娥眉，十載辭君去；翠袖怯天寒，修竹無人處。　今日近君家，擬卷香車駐；一水是紅牆，有恨無由語！（生查子感舊）

十年不向東門道，信四馬，羞重到，玉府騈鸞猶年少。宮花頭上御爐烟，底宮[illegible]，朝囘早。謾觴詠手尋仙笑，恨塵上人間春易老。白髮愁占彤庭杳；紅鶯大，阻碧濠；烟鎖細雨迷芳草。（春玉案）

補之對於纖艷之詞，他最服膺柳永秦觀，他說「耆卿不減唐人高處」，而「近世以來作家皆不及秦少遊」。只是他自己天性生就，終是學之不到。陳質齋謂「近代詞家，自秦七黃九外，无咎未必多遜」。他祇可擬黃九耳，謂其不遜秦觀，眞是活天寃枉！

補之在宦途上頗受摧折，故對功名事業常多灰心：所謂「暗想平生，自悔儒冠誤！」（迷神引）「休說將軍解彎弓，掠地崑崙河源。綵筆題詩，綠水映紅蓮。算總是風流餘事。會須行樂，只有一部隨軒，脆管繁絃。」（金盞倒垂蓮）「歎此浮生飄蕩，」「盡付與狂歌醉。」（滿江紅）實都無異他底人生觀之寫照。到了晚年，他因黨籍的事情遭了流放；功名於事無補；要想建立功業，在事實上也就很難。故又慷慨地說：「儒冠曾把身誤，弓刀千騎成何事？荒了邵平瓜圃。君試覷，滿靑鏡星星鬢影今如許？功名浪語，便似得班超封侯萬里，歸計恐遲暮。」（摸魚兒）然而，一個泗州倅外任，到也竟制不了他的懷抱；始悟「一笑千秋事，浮世危機」。（八聲甘州）到不如花下罇前之爲達生也！故說：「莫歎春光易老！算今年春老，還有明年，歎人生難得，常好是朱顏。有隨軒金釵十二，爲醉嬌一曲踏珠筵。功名事，算如何此，花下罇

前！」（八聲甘州）

這是就他的生活遭遇而說的。至於其詞，局境自高；樸質而不雕斲，落拓而又超邁。「伉爽磊落」，（吳梅的話）當然北派詞手了。

（3）張耒，字文潛，淮陰人。舉進士第，歷官起居舍人，直龍圖閣，知潤州，坐黨籍謫監黃州酒稅。徽宗改元，召爲太常少卿，又貶房州別駕，安置黃州，晚監南嶽廟，主管崇福宮卒。他生於宋仁宗皇祐四年，死於宋徽宗政和元年，（西曆一〇五二至一一一二年）計活六十二歲。高宗建炎初，贈集英殿修撰。

「耒有雄才，於騷詞尤長。從蘇軾遊，與黃庭堅晁補之秦觀稱蘇門四學士，陳師道李廌後來，時又稱蘇門六君子。蘇黃相繼沒，耒獨享老壽，就學者日衆。」（宋史本傳）嘗於十七歲時，作函關賦，頗有聲譽。於詩尤爲擅長。自言以黨人之故，坐是廢放，每作詩以寓意焉。由宋以來，評者盛稱其詩，咸謂耒詞無足述者矣！然將一寒堯山堂外紀曰：元祐中，文潛在祕閣，上巳日，集西池，有句云：「翠浪有聲黃繖動，春風無力綵旂垂。」少游云：「簾幕千家錦繡垂。」同人笑曰：「又將入小石調也。」（因文潛有大石調風流子，故以此譏之。）是則時人對於張耒之詞，未嘗不無推重之意焉。

亭皋木葉下，重陽近，又是搗衣秋。奈愁入庾腸，老侵潘鬢；謾簪黃菊，花也應羞。楚天晚：白蘋烟盡處，紅蓼水邊頭。芳草有情，夕陽無語，雁橫南浦，人倚西樓。玉容知安否？香箋共錦字，兩處悠悠。空恨碧雲離合，青鳥沉浮。向風前懊惱，芳心一點，寸眉兩葉，禁甚閒愁。情到不堪言處，分付東流。（風流子二首之一）

文潛官許州，喜營妓劉氏，爲作少年遊云：

含羞倚醉不成歌，纖手掩香羅。偎花映竹，偷傳深意，酒思入橫波。　看朱成碧心迷亂，翻脈脈，斂雙蛾。相見時稀，隔別多；又春盡，愁奈何？

其後去任，又爲秋蕊香寓意云：

簾幕疎疎風透，一線香飄金獸。朱闌倚徧黃昏後，廊下月華如晝。　別離滋味濃如酒，令人瘦。此情不及牆東柳，春色年年依舊。

元祐諸公皆有樂府，惟文潛僅見風流子及少年游數詞；味其句意，不在諸公之下矣！胡仔之視張耒，較將更有過之。楊萬里謂肥仙所作，一於自然，四庫提要評其晚歲務爲平淡。耒亦嘗謂「必幽索如屈宋，悲壯如蘇李，始可與言詞也已」！（賀鑄東山樂府序）故張耒之詞，亦有北派之氣度焉。如鷓鴣天之類，即其例也：

傾蓋相逢汝水濱，須知見面過聞名。馬頭雖去無千里，酒盞終傾且百分。

嗜得失，一微塵，莫教冰炭損精神。北扉西禁須公等，金榜當年第一人！

張耒著述甚富，人但祇知其有苑丘集七十六卷。非全書也。周紫芝太倉梯米集謂本有柯山集十卷，又有張龍閣集三十卷，又有張右史集七十卷，又有譙郡先生集百卷，然皆湮落無聞，故胡應麟亦以未見全書爲恨事。（少室山房筆叢）至其詞集，尤少傳本。一千九百十二年春，劉毓盤先生從西湖文瀾閣中錄出耒詞十一首，計：少年遊，秋蕊香，鷓鴣天，滿庭芳，鷄叫子，各一首；風流子二首，減字木蘭花四首，名爲苑丘集。然後乃知鄭振鐸先生謂耒詞僅風流子少年遊秋蕊香三詞傳世之說妄矣！

（4）李廌，字方叔，亦號平甫，華山人。宋史有傳。舊以文名，詩詞非所措意。嘗攜所作文謁蘇軾於杭州，蘇軾甚奇其文，曰，子之才，萬人敵也；抗以高節，莫之能禦矣！歸數年，再見軾，軾嘆曰，張耒秦觀之流也。周紫芝嘗許其文，謂非豪邁英傑之氣過人十倍，其發爲文辭，何以痛快若此？

廌文之高，既有英傑之氣，萬人之敵；形之於詞，宜有同概。所謂「梅落嗚咽，黯淡城頭月；吹滿江天驚夢蝶，喚起譙樓傷別。」（淸平樂）所謂「城陰猶有松間雪，松間黯淡城頭月；月下幾枝梅，爲誰今夜開？」（菩薩蠻）正自適背東坡力量也。吳曾能改齋漫錄云：王平甫愛誦東坡「無情汴水自東流，祇載一船離恨向西州」小詞；廌虞美人詞惟有「霎時春夢到南州」一句，其有心相襲耶？抑無心暗合耶？詞曰：

玉闌干外淸江浦，渺渺天涯雨。好風如扇雨如簾，時見岸花汀草漲痕添！青林枕上關山路，臥想乘鸞處，碧蕪千里思悠悠，惟有霎時春夢到南洲！

蘇門六君子中，黃秦晁陳皆能詞，文潛深於詞而不多作，廌則無述焉。今時流存只六首，蓋劉毓盤自文瀾閣中鈔輯者也。

（5）朱服，字行中，烏程人；熙寧中，登進士甲科，累官國子司業起居舍人。以直龍圖閣知潤州，又徙泉婺寧廬壽等五州。紹聖初，召爲中書舍人，歷禮部侍郎。坐與蘇軾遊，貶海州團練副使，蘇州安置。史以朱服王詵趙令時晁冲之等爲蘇黨。若朱服者，不特是在政見方面黨於蘇軾而已；至其作詞，也是染有他的格調的：嘗至東陽郡齋，作漁家傲以寄意云：

小雨纖纖風細細，萬家楊柳青煙裏；戀樹濕花飛不起。愁無際，和春付與東流水。九十光陰能有幾？金龜解盡留無計；寄與東陽沽酒市：拚一醉，而今樂事他年淚！

烏程舊志評之云：「讀行中詞，想見其人，眞不愧爲蘇軾黨也？」

（6）程垓，字正伯，四川眉州人；與蘇軾爲中表，和黃魯直賀方回同時，有書舟詞一卷。古今詞話云：「沉水熨香年似日，薄雲垂帳夏如秋；」（望江南）此書舟佳句也！詞云：

蓬上雨，蓬底有人愁：身在漢江東畔去，不知家在錦江頭，煙水兩悠悠。吾老矣！心事幾時休！沉水熨香年似日，薄雲垂帳夏如秋，安得小書舟？

這是正伯自狀其生活的小序。楊愼詞品云：「正伯之詞，其酷相思，四代好，折紅英數闋俱佳，故盛以詞名，獨尤尚書以爲正伯之文過於詞。」這是根本鄙薄詞曲的「蠻論」，並非單不滿意於正伯也。（折紅英未盡善，從略。）

翠幕東風早，蘭窗夢，又被鶯聲驚覺。起來空對平階，弱柳滿庭，芳草厭，未欣懷抱。記柳外人家曾到，凭畫欄，那更春好，花好，酒好，人好。春好尙恐闌珊，花好又恐飄零，難保；直饒酒好。酒未抵意中人好，相逢盡拚醉倒。況人與才情未老？又豈闕春去春來，花愁花惱！（四代好）

月掛霜林寒欲墜，正門外催人起。奈別來如今眞個是：欲住也留無計，欲去也留無計。馬上離情衣上淚，各自供憔悴。問江路梅花開也未？春到也頻

須寄，人到也頻須寄。（酷相思惜別）

我甚愛其醉落魄詞的敍別，似有一種特異的風度：

風催雨促，今番不似前歡足，早來最苦離情毒。唱我新詞，掩著面兒哭。臨人只怕人行遠，殷勤更寫多情曲；相逢已是腰如束。從此知他，還減幾分玉。（題云，別少城舟宿黃龍。）

「掩著面兒哭，」語淡情深，雖大詞手亦不易辦。餘如一剪梅南鄉子……諸詞之描寫其對於晚年的人生態度與其觀察，格調亦復瀟灑出群，迥異凡響也。

老去懶尋花，獨自生涯。幾枝疏影浸窗紗。昨夜月來人不睡，看盡橫斜。門外欲啼鴉，香意凌霞，從渠千樹繞人家。世上一枝花也足，不要隨他！（南鄉子）

斗轉參橫一夜霜，玉律聲中，又報新陽。起來無緒賦行藏：只喜人間，一線添長。 簾幕捲垂月半廊，節物心情，都付椒觴。年華漸晚鬢毛蒼；身外功名休，苦思量！（一剪梅）

正伯的「詞態」，實近東坡。四庫提要說：「蓋垓與蘇軾爲中表，（且又同鄉，居址甚近。）耳濡目染，有自來也。」胡雲翼闢之：以爲正伯才氣與蘇不同，其所受蘇軾的影響，還不若受柳永的影響之爲大的話，觀于以上之諸論，可謂適得其反也。

（C）　時人之誘倡

宋詞輪到蘇黃手裏，既已脫離花間體式而獨立，不復再去向那「香豔濃膩」之中討生活，而與花間成爲一個對壘的流派了。當時的詞人，又復體認到詞之爲用，絕不僅止以之述說「纏綿款洽的兒女私情」了事；也當用它來發抒胸中傀儡，指陳古今闕失的。因此，所以馳附之者，更有出於蘇氏同黨和門人以外的許多作家；姑且撮錄數家於次，以見一般：

（1）黃知命，字元明，庭堅之乃弟，他作和賀方回「送山谷弟貶宜州」之青玉案詞，頗有蘇黃格調的。

千峯百嶂宜州路，天黯淡，知人去。曉別吾家黃叔度：弟兄華髮，舊山修水，異日同歸處。　樽罍飲散長亭暮，別語丁寧不成句。已斷離腸知幾許？水村山館，酒醒無寐，滴盡空階雨。

（2）張舜民，字芸叟，邠州人，登進士第。元祐初，爲監察御史。徽宗時，爲吏部侍郎，知同州；坐元祐黨謫楚州，復爲集賢殿修撰。自號浮休居士，又號矴齋。

「爲文豪重，有理致。最刻意於詩，晚好樂府，作百餘篇。其自序云：年踰耳順，方敢言詩；百世之後，必有知音者。」（郡齋讀書志）彼爲此言，蓋以其詞之格調高邁，辭句疏爽，有類蘇黃，時人多見蔑視耳！其題岳陽樓之賣花聲詞，評者（麥孺博）至謂聲可裂石，姑試賞之：

木葉下君山，空水漫漫；十分斟酒斂芳顏。不是渭城西去客，休唱陽關！

醉袖撫危欄，天淡雲閑；何人此路得生還？回首夕陽紅盡處，應是長安！

神宗元豐六年，（題云癸亥，當是西曆一〇八三年。）他與陳叔和會於賞心亭，作江神子以記之。其詞亦慷慨欷歔，非深入蘇黃者不能作：

七朝文物舊江山；水如天，莫憑欄！千古斜陽，無處問長安！更隔秦淮聞舊曲；秋已半，夜將闌！　爭教潘鬢不生斑；斂芳顏，抹幺絃。須記琵琶，仔細說因緣。待得鸞膠腸已斷；重別日，是何年？

（3）張景修，字景叔，或作敏叔，常州人，英宗治平間，舉進士。神宗元豐末，爲饒州浮梁令，又遷郎中。所作詞亦慷古慨今，高潔灑落，不失蘇黃氣格焉。茲舉其最著名之蘇武慢詠柳以示例：

嫩水挼藍，遙堤影翠，半雨半烟橋畔。鳴禽弄舌，蔓草縈心，偏稱謝家池館。紅粉鬱頭步搖，金縷纖柔：舞腰低軟。被和風搭在闌干，終日畫簾高卷。　春易老，細葉舒眉，輕花吐絮，漸覺綠陰成幔。章台繫馬，灞水維舟，誰念鳳城人遠？惆悵故國，陽關盃酒，飄零惹人腸斷。恨靑靑客舍，江頭風笛，亂雲空晚。（即選冠子）

（D）北派詞之中興

北派詞自蘇軾開闢而後，度到山谷，已見式微。及至晁張李朱程垓之徒，因為步調不一，取捨各異之故；其間雖有當時作家的襄贊與倡誘，也就無能爲力，更見削弱了。本來，一種學術的進化是曲線的，是起伏的；有了蘇東坡之盛，定有後繼者之衰。物極必反，盛衰相因，已是鑄成文化進步之公理了！所以，蘇詞衰微到了這時而應昌盛，也是必然的事實，誰也不能遏止的！

（1）宋徽宗，姓趙名佶，亦頗能詞：

宋代宗室能詞者衆，如嗣濮王趙仲御，安定郡王趙令時之類，皆負盛譽。至於帝王，若徽宗高宗之倫，靡不有作，而尤以徽宗爲最。蓋自唐五代以來，帝王能詞，已屬常事，並不見得稀罕了。

趙佶是一個少於書籍而賦有天才的一個詞人。他的生活與環境，比之前代，恰有當於李煜；趙佶是帝王，李煜也是帝王；李煜是身作俘虜的亡國之君，趙佶亦是身作俘虜的失國之主。他們的生活既然有前後兩個時代之不同，其詞的吐屬勢必因之而立異。因爲那「皇宮內院」「階下囚虜」的遭遇，便是他所識讀的活書；故其寫詞也就是他自家生活的表白，並非無病呻吟之輩可比也。因此，所以趙佶在詞中所表現者，却有兩個時期。

第一個時期，是他「貴爲天子，富有四海」的時期。他在這期所寫的詞，又有四個不同的方面：（1）寫宮殿之華麗者，如「紫闕岧嶤，紺宇邃深」（聒龍謠）之類；（2）寫起居之煊盛者，如「絳燭朱籠相隨」（金蓮遶鳳樓）之類；（3）寫倚翠偎紅之享樂者，如「羅綺生香嬌上春」（小重山）之類。然皆無甚佳作，較之後主太遠了。故徽宗第一個時代的作品不在宮庭之內，而在遊幸之際。（4）如宣和乙巳年冬，（一一二五年，次年被擄。）在亳州途次所作之臨江仙，（玉照新志）實爲此期作品之代表了。

> 過水穿花前去也，吟詩約句千餘：淮波寒重雨疏疏；煙籠灘上鷺，人買就船魚。古寺幽房權且住，夜僧宿在僧居。夢魂驚起轉嗟吁；愁牽心上慮，和淚寫囘書！

第二個時期的詞，是他身充囚虜的詞，所謂豪放慷慨之作，就是此時才產生的。當他北轅之時，便爾呼喊道：「天遙地遠，萬水千山，知他故宮何處！」（燕山亭）「哀情哽咽，髣髴南唐李主，令人不忍多聽。」（詞苑叢談）又曰：「南唐主浪淘沙曰：『夢裏不知身是客，一向貪歡。』至宣和帝燕山亭，則曰：『怎不思量，除夢裏有時曾去！無據，和夢也有時不做。』其情更慘矣！嗚呼！此猶麥秀之後有黍離耶？」已可見其生世的遭遇，胸臆的情味了。及其到了北地所作之眼兒媚詞，又與李後主浪淘沙所謂「無限江山，別時容易見時難」之情景後先輝映了。詞曰：

玉京曾憶舊繁華，萬里帝王家！瓊樓玉殿，朝喧絃管，暮列笙琶。　花城人去今蕭索，春夢遶胡沙。家山何處，忍聽羌管，吹徹梅花！

悲從中來，不禁感慨繫之矣！

（2）趙長卿，南豐人，宋宗室子，自號仙源居士。其人「恬於仕進，觴詠自娛；隨意成吟，多得淡遠蕭疏之致」。（四庫提要語，毛晉亦有同樣之論。）是亦類於東坡者：

春思濃如酒，離心亂似綿；一川芳草綠生煙。客裏因循，重過豔陽天。　屈指歸期近，愁眉淚灑然，無端還被此情牽。爲問桃源，還有再逢緣？（南歌子，荊溪寄南徐故人。）

斜點銀釭，高擎蓮炬，夜深不耐微風。重重簾幕捲堂中。香漸遠，長煙裊穟光不定，寒影搖紅。偏奇處，當庭月暗，吐燄如虹。 紅裳呈艷，麗娥一見，無奈狂蹤。試煩他纖手，捲上紗籠。開正好銀花照夜，堆不盡金粟凝空。丁甯語，頻將好事，來報主人公。（瀟湘夜語，燈花。）

長卿作詞至夥，劉澤集爲惜香樂府十卷，毛晉云：「雖未敢與南唐二主相伯仲，方之徽宗，則適出雲霄矣！」實則南唐二主比於長卿，則氣味不同，方之徽宗恰相類。惟是長卿詞績視徽宗爲夥頤而已。

（3）葉夢得，字少蘊，吳縣人，生於宋神宗熙寧十年。（西曆一〇七七年）哲宗紹聖四年進士，除戶部尚書，宋高宗建炎十四年，（西曆一一四四年）以崇信軍節度使致仕；自號石林居士，著有石林詞一卷。「與蘇柳並傳，綽有林下風，不作柔語殢人，眞詞家逸品也。」（毛晉語）關子東（名注）云：「葉公妙齡，詞甚婉麗。晚歲，落其華而實之，能於簡淡時出雄傑，合處不減東坡。」固亦北派健將云。

詞苑說：九月望日，與客習射西園，病不能射，因作水調歌頭以寄意云：

霜降碧天淨，秋事促西風。寒聲隱地，初聽中夜入梧桐。起瞰高城四顧，寥落關河千里，一醉與君同。疊鼓鬧清曉，飛騎引彫弓。歲將晚，客爭笑問，衰翁平生豪氣安在？走馬爲誰雄？何似當筵虎士，揮手絃聲響處，雙雁落遙空。老矣眞堪惜，回首望雲中。

又如下列諸詞，都是最能傑出的：

故都迷岸草，望長淮，依然繞孤城。想烏衣年少，芝蘭秀發，戈戟雲横。坐看驕兵南渡，沸浪駭奔鯨。轉盼東流水，一顧功成。千載八公山下，尚斷崖草木，遙擁崢嶸。漫雲濤吞吐，無處問豪英。信勞生空成今古笑，我來何事愴遺情！東山老，可堪歲晚，獨聽桓箏！（八聲甘州，壽楊樓八公山作。）

渺渺楚天闊，秋水去無窮，兩岸不辨牛馬，輕浪舞回風。獨倚高樓一笑，圉圉遊魚來往，還戲此波中。危檻對千里，落日照晴空。　子非我，安知我意；眞同鵬飛鷃化，何有滄海漫沖融。堪笑磻溪遺老，白首直釣溪畔；歲晚忽衰翁。功業竟安在？徒自兆飛熊！（水調歌頭，濠州觀魚臺作。）

縹渺危亭，笑談獨在千峯上；與誰同賞？萬里横煙浪。　老去情懷，猶作天涯想，空惆悵。少年豪放，莫學衰翁樣！（點絳唇，紹興乙卯，登絕頂水亭。）

所謂以詩文爲詞，所謂豪放磊落；但凡東坡所有之長，石林實皆具而有之。價値遠在山谷之上矣，遑論餘子哉！爲詞至夥，大都秉此氣槪；所謂「翰墨之餘，作爲歌詞，亦妙天下者也」！（關注序語）

（4）陳與義，字去非，生於宋哲宗元祐五年。（西曆一〇九〇年）其先蜀人，後徙居河南葉縣，常稱洛陽陳某，又别號簡齋。少年時，以賦墨梅詩受知於徽宗，遂入中祕。高宗紹興間，拜翰林學士，知制誥，參知政事卒；（高宗紹興八年，西曆一一三八年。）頗以詩名。毛晉云：『劉後村軒輊元祐後詩人，不出蘇黃二體；惟陳簡齋以老杜爲師。建炎以後，避地湖嶠，行路萬里，詩益奇壯。或問劉須溪，「宋詩簡齋至矣，畢竟比坡公何如。」須溪曰：「詩論如花：論高品，則色不如香；論逼眞，則香不如色。蘇黃俱在。」予於其詞亦云。』然去非之詞，其實豪放，雖不盡如東坡石林，實可與「六君子」之徒相頡頏矣！

高詠楚詞酬午日，天涯節序忽忽；榴花不似舞裙紅。無人知此意，歌罷滿簾風。萬事一身傷老矣，戎葵凝笑牆東，酒杯深淺去年同。試澆橋下水，今夕到湘中。（臨江仙，五日移舟明山下作。）

憶昔午橋橋上飲，坐中多是豪英；長溝流月去無聲。杏花疎影裏，吹笛到天明。二十餘年如一夢，此身雖在堪驚；閒登小閣看新晴。古今多少事，漁唱起三更。（同上，夜登小閣，憶洛中舊遊。）

張叔夏云：去非臨江仙一闋，眞是自然而然；其漁唱起三更詞，清婉奇麗，集中推此最優。黃昇亦云：「去非詞雖不多，語意超絕，可摩坡仙之壘。」並世詞人對他的稱譽，也可算得很高的了。（去非曾祖陳希亮，爲東坡所傳。）

（5）朱敦儒，字希眞，洛陽人。其生死不可詳，據胡適之先生所考證，他大概生於宋神宗元豐初年，（約當西曆一〇八〇年）死於宋孝宗淳熙初年，（約當西曆一一七五年）大約活到九十五歲。

敦儒少時即以布衣負盛名，欽宗高宗兩次宣召，他都不肯就官，後來數次被徵，推辭不過了，乃應召；賜進士出身，爲兩浙東路提點刑獄，旋以被劾罷官。秦檜當國，獎用詩人，於是除敦儒爲鴻臚少卿；後因檜死廢黜。

朱敦儒的詞，祇是重意境而輕規矩的。因爲如此，所以昔人都不十分看他得起：毛晉六十名家詞沒有他的分兒，不用說了；自來的文學史家，從也不曾管過它，好像已經抹煞了他在文學史上的位置似的。近年以來，因爲胡適之錢玄同黎錦熙章衣萍諸人之倡，（章有標點朱氏樵歌三卷，北新出版。）於是知道朱敦儒的人漸多，而他在文學史上的價值乃始逐漸的估據過來；這要算是文學史上的一件改革。

朱詞的價格，前人批評他的很多。有謂其清麗者，宋史云：「敦儒素工詩及樂府，婉麗清暢。」汪叔耕云：「敦儒詞多塵外之想；雖雜以微塵，而其清氣自不可沒。」有謂其豪曠者，王鵬運說：「希眞詞於名理禪機均有悟入，而憂時念亂，忠憤之致，觸感而生。擬之於詩，前似白樂天，後似陸務觀。」黃昇亦說：「朱希眞東都名士，天資曠逸，有神仙風致。西江月二首，可以警世之役役於非望之福者！」大抵敦儒的詞，少年時期多清麗恬靜，南渡之後多激厲憤發，閑居後多閑趣，此即胡適之所謂「我們看他的詞，可分三個時期」之說也。茲篇所述者，重其憤發閑趣之詞，而遺其清麗之作焉。

故國當年得意，射麋上苑，走馬長楸，對蔥蔥佳氣，赤縣神州。好景何曾虛過？勝友是處相留。向伊川雪夜，洛浦花朝，占斷狂遊。胡塵卷地；南走荒炎，曳裾強學應劉。空謾說螭蟠龍臥，誰取封侯？塞雁年年北去，蠻江日日西流。此生老矣！除非春夢，重到東周。（雨中花，嶺南舊作。）

遠尋花，正風亭霽雨，煙浦移山。綬提金勒，路擁桃葉香車。憑高暢飲，照羽觴晚日橫斜。六朝浪語繁華；山圍故國，綺散餘霞。　無奈尊前萬里客，歎人今何在？身老天涯！壯心零落，怕聽疊鼓摻撾。江淨醉眼，望浩渺空想靈槎。曲終淚溼琵琶；誰扶上馬，不省還家。（芰荷香，金陵。）

這種慷慨豪放的詞氣，大抵皆是他南渡以後之作；比於東坡，豪邁不及；所謂塵外之想，則又過之。還家以後，則清麗洋溢矣！

七十衰翁，告老歸來，放懷縱心。念聚星高宴，圍紅盛集，如何著得，華髮陳人？勉意追隨，強顏陪奉，費力勞神恐未真！君休怪，近頻辭雅會，不是無情。　嚴扃舊菊猶存，更松假梅疏新種成。愛靜窗明几，焚香燕坐，閒調綠綺，默誦黃庭。遶社輕輿，雪溪小櫂，有興何妨尋弟兄？如今且趁花迷酒困，心迹雙清。（沁園春，辭會。）

敦儒不特慢詞豪放，即小調的氣慨，亦殊不弱！如：

登臨何處自消憂？直北看揚州：朱雀橋邊晚市，石頭城下新秋。　昔人何在？悲涼故國，寂寞潮頭。個是一場春夢，長江不住東流。（朝中措）

古人誤我：獨舞西風雙淚墮。往去無蹤，木落西陵返照紅。　人間難住！觸下酒杯何處去？樓鎖殘鐘，山北山南兩點鴻。（減字木蘭花）

有何不可？依舊一枚閒底我。飯飽茶香，瞌睡之時便上牀。百般經過，且喜青鞋踏不破。小院低窗。桃李花開春晝長。（同上）

張正夫云：「希眞賦月詞，「插天翠柳，被何人推上，一輪明月。」賦梅詞，「橫枝消瘦一如無，但空裏疎花數點。」詞意奇絕，似不食煙火人語。」這些地方，簡直是和東坡爭能了。

胡適之先生說，「詞中之有樵歌，很像詩中之有擊壤集。」然而，擊壤集的詩是死的，樵歌的詞是活的；雖從「氣味」上說有些相同，但從時代上看彼此各別。故他繼續申之曰：「但以文學價值而論，朱敦儒遠勝邵雍了，將他比陶潛，或更確切罷？」

宋代詞人，大家都喜歡用方言俗語以入詞，希眞也是其中的一個。如念奴嬌云：「懶共賢爭，從他教笑，如此只如此。雜劇打了，戲衫脫與獃底。」像這樣的字句，集中多有；大約因要求其通俗共賞，所以大詞家們便每常從事於此了。

（6）李淸照，號易安居士，濟南人。她生於宋神宗元豐四年，（西曆一〇八一年。李文裿易安居士年譜，說她生於元豐七年。）其卒年不可詳考，然於紹興十一年，（西曆一一四一年，）猶在行都代人撰端午帖子詞，是時已經六十歲了。諸書載紀雖不詳，以此推之，總必活到六十餘歲始卒。

「易安是一個最有天才的女子，」（胡適之的話）兼好金石，對於古文四六，書畫詩詞之學，無所不工。才婦錄云：「易安居士能書能畫，而又能詞，尤長於文藻，迄今學士，每讀金石錄序，頓令心神開爽；而於詞的成就，尤為極大。朱文公云：「本朝婦人能文章者，曾相布妻魏氏，及易安二人而已。」（朱子語類一百四十卷）沈去矜乃竟擬之於後主和太白，且以詞家三李稱之。其言曰：「男中李後主，女中李易安，極是當行本色，前此太白，故稱詞家三李。」近人據此，至謂前此詞人，祇是「名家」；惟李清照，堪稱「大家」。是亦可以識其詞之價值矣！

易安詞之所以有如此成就者，除其資質之秉賦以外，悉皆由於其生活環境之所促成也。她的父親格非，為禮部員外郎，是一位很有名的文士；母就是王拱辰狀元的孫女，是一個頗工文章的女人；她的丈夫趙明誠，是一個太學生，也是一位文士，她作處女的時候，飽紹父母的薰陶；出嫁之後，又享夫婦之極樂。於是她那詞的成就，遂便如日中天，氣勢蓬勃了。

易安對於她婚後生活很美滿，（見金石錄序及後序）很愉快，大抵這時是她人生意義底最高境界；故其所作好詞，大皆以這時所產為多。不過明誠才稍不逮，引為恨耳。（清波雜志云：「明誠在建康日，易安每值天雪，即頂笠披簑，循城遠覽以尋詩；得句，必邀其夫賡和，明誠苦之。」又如下舉易安嘗以重陽醉花陰函致趙明誠故事等，皆是其證。）嫏環記云；「易安結縭未久，其夫趙明誠即負笈遠遊，易安不忍别，覓錦帕書一剪梅詞以送之，」詞云：

紅藕香殘玉簟秋；輕解羅裳，獨上蘭舟。雲中誰寄錦書來？雁字回時，月滿西樓。花自飄零水自流，一種相思，兩處閑愁。此情無計可消除，才下眉頭，却上心頭。

嫏環記又云：「易安嘗以重陽醉花陰函致其夫趙明誠；明誠嘆賞，自愧弗如；苦思求勝之，一切謝客，忘寢食者三日夜，得五十餘闋，雜易安作以示友人陸德夫；德夫玩之再三，曰：只有三句乃絕佳！明誠詰之，答曰：『莫道不消魂，簾捲西風，人比黃花瘦！』正易安作也。」（清波雜志，詞苑叢談同此）詞云：

薄霧濃雲愁永晝，瑞腦噴金獸；佳節又重陽，寶枕沙幮，昨夜涼初透。

東籬把酒黃昏後，有暗香盈袖；莫道不消魂？簾捲西風，人比黃花瘦。

梁虎臣云：「語情則紅雨飛愁，黃花比瘦，可謂雅暢。」（古今詞論）又有鳳凰臺上憶吹簫，題云「别情」，蓋亦思戀明誠之作也：

香冷金猊，被翻紅浪。起來慵自梳頭，任寶匳塵滿，日上簾鉤；生怕離懷別苦，多少事，欲說還休！新來瘦，非干病酒，不是悲秋。 休休！這回去也，千萬徧陽關，也則難留。念武陵人遠，酒鎖秦樓。惟有樓前流水，應念我終日凝眸。凝眸處，從今又添一段新愁。

「被翻紅浪，」辭簡意濃，是何等境界語！等閒絕不易到也。張祖望曰：「惟有樓前流水，應念我終日凝眸，」癡語也。如巧匠運斤，毫無痕迹。（古今詞論）易安作詞，雖閨情語，然亦超邁，誠非婉約纖麗之輩可比。「李有詩，大略云：『兩漢本繼紹，新室如贅疣；』所以嵇中散，至死薄殷周。』中散明湯武得國，引之以比王莽。如此等語，豈女子所能？」（朱子語類卷一四〇。）故如所謂「生當作人傑，死亦爲鬼雄。自今思項羽，不肯過江東。」（夏日絕句）所謂「水通南國三千里，氣壓江城四十州。」（題八詠樓）正是她的胸襟與氣魄。以這樣的胸襟氣魄來作詞，當然要氣壓前人，雄稱一世了；可惜她終竟是一個女人，終竟顯露着女人之身分的。如：

昨夜雨疏風驟，濃睡不消殘酒。試問捲簾人？卻道海棠依舊。知否，知否？應是綠肥紅瘦？（如夢令）

胡仔云：近時婦人能文詞，如李易安，頗多佳句，「綠肥紅瘦，」此語甚新。九日詞云：「簾捲西風，人比黃花瘦，」此語亦婦人所難到也。又如念奴嬌。（春日閨情）

云：

蕭條庭院，又斜風細雨，重門深閉。寵柳嬌花寒食近，種種惱人天氣。險韻詩成，扶頭酒醒，別是閒滋味。征鴻過盡，萬千心事難寄。　樓上幾日春寒，簾垂四面，玉闌干慵倚：被冷香消新夢覺，不許愁人不起！清露晨流，新桐初引，多少遊春意。日高烟斂，更看今日晴未？

花庵詞選云：「前輩嘗稱易安『綠肥紅瘦』為佳句，余謂此篇『寵柳嬌花』之語亦甚奇俊，前此未有能道之者矣！」毛先舒曰：李易安「清露晨流，新桐初引」，用世說全句渾妙。嘗論詞貴開宕，不欲沾滯；忽悲忽喜，乍遠乍近，所為妙耳。如遊樂詞，徵須著愁思，方不癡肥。李春情詞本閨怨，結云：「多少遊春意，更看今日晴未？」忽爾開拓，不但不為題束，并不為本意所苦。直如行雲，舒卷自如人意耳。（詞苑叢談）其元宵永遇樂詞亦好：

落日鎔金，暮雲合璧，人在何處？染柳煙濃，吹梅笛怨，春意知幾許？元宵佳節，融和天氣，次第豈無風雨？來相召：香車寶馬，謝他酒朋詩侶。　中州盛日，閨門多暇，記得偏重三五。鋪翠冠兒，撚金雪柳，簇帶爭濟楚。如今憔悴，風鬟霜鬢，怕見夜間出去。不如向簾兒底下，聽人笑語。

此詞蓋因南渡之後，感懷京洛舊事而作也。其時她和明誠都在江寧，即到明誠罷官，即將移家贛水；而高宗又詔明誠改知湖州。明誠隻身赴官，感暑疾發；易安在池陽，得訊後，即乘江東下，至建康而明誠病勢危；當此蕭殺之秋，遂與易安訣別了！

至其造語，亦極工緻得體。張端義云：「落日鎔金，暮雲合璧，」已自工緻；至於「染柳煙輕，吹梅笛怨，春意知幾許；」氣象更好。後疊云：「於今憔悴，風鬟霜鬢，怕向花間重去。」皆以尋常語度入音律。鍊句精巧則易，平淡入調者難。（貴耳集）至若她的聲聲慢（秋閨）詞，「首句連下十四個疊字，眞是大珠小珠落玉盤也！」（詞苑叢談）周介存亦云：「如李易安之『淒淒慘慘戚戚』，三疊韻，六雙聲；是鍛鍊出來，非偶然拈得也！」（宋四家詞選目錄敍論）其詞如下：

尋尋覓覓，冷冷清清，悽悽慘慘戚戚；乍暖還寒，時候最難將息。三杯兩盞淡酒，怎敵他晚來風急。雁過也，正傷心，却是舊時相識。　滿地黃花堆積，憔悴損如今，有誰堪摘？守着窗兒獨自，怎生得黑？梧桐更兼細雨，到黃昏，點點滴滴。這次第，怎一個愁字了得！

張端義云：『秋詞聲聲慢，此乃公孫大娘舞劍手。本朝非無能詞之士，未曾有一氣下十四疊字者；用文選諸賦格。後疊又云：「到黃昏點點滴滴，」又使疊字，俱無斧鑿痕。更有一奇字云：「守着窗兒獨自，怎生得黑，」「黑」字不許第二人押。婦人中有此奇筆，殆間氣也。」（貴耳集）羅大經鶴林玉露亦云：「起頭連疊七字，以一婦人能創意出奇如此！」備見昔人推重之盛矣！然草窗詞評云：葛立方卜算子詞，用十八疊字，妙手無痕，堪與李清照聲聲慢並絕千古。本色學道人，胸中乃有此奇特。其詞云：

裊裊水芝紅，脈脈蒹葭浦；淅淅西風澹澹烟，幾點疏疏雨。 草草展杯觴，對此盈盈女；葉葉紅衣當酒船，細細流霞舉。

易安以詞擅長，揮灑俊逸，亦能琢鍊，最愛其「草綠階前，暮天雁斷；」（怨王孫）極似唐人。其聲聲慢一闋，張正夫稱為公孫大娘舞劍器手，以其連下十四疊字也。此却不是難處；因調名聲聲慢，而刻意播弄之耳；其佳處在後又下「點點滴滴」四字，與前照應有法，不是草草落句。玩其筆力，本自矯拔；詞家少有，庶幾蘇辛之亞。（歷朝名媛詩詞）

這類離情閨怨之詞，在此以前的作家，儘管多有。然自易安視之，直如糞壤土苴，莫當一顧的價值。餘人且不用說：即江南李氏，她便斥之以「亡國之音哀以思」；柳屯田永，她便斥之以詞語塵下；張子野宋子京兄弟，沈唐元絳晁次膺，她便斥之以破碎不足名家。甚而至於晏丞相，歐陽永叔，蘇子瞻，她雖然推之以「學際天人」，然又斥其「作爲小歌詞，直如酌蠡水於大海，然皆句讀不葺之詩耳！又往往不協音律。……」王安石，曾子固，文雖似西漢，而歌詞不可讀。晏叔原無鋪敘，賀方回少典重，秦少遊士情致而少故實，黃魯直尙故實而多疵病。張子韶對策「有桂子飄香」之語，而清照嘲之曰：「露花倒影柳三變，桂子飄香張九成。」（老學菴筆記）彼其持論，目空一切，睥睨當世了！她對於詞的主張是「聲詩並著」。她說：「詩分平側；而歌詞分五音，又分五聲，又分清濁輕重。」這些方面的注意，都是前此詞人所不曾注意到，或者雖曾注意而作品又缺此原則的；兼而備者，惟易安爲能！

易安雖然鄙棄東坡，而其作品實有東坡爽壯的氣味在。如前所舉，則她所作離情別怨的歌詞，沒有旖旎纖細之膩態，而有瀟灑之風度，已可顯然識別了；至其放懷吐屬之處，更爲近于東坡！如：

天接雲濤連曉霧，星河欲轉千帆舞。彷彿夢魂歸帝所；聞天語，殷勤問我歸何處？　我報路長嗟日暮，學詩謾有驚人句。九萬里風鵬正舉：風休住，蓬舟吹取三山去。（漁家傲）

天與秋光，轉轉情傷；探金英，知近重陽。薄衣初試，綠蟻新嘗；漸一番風，

一番雨，一番涼。黃昏院落，悽悽惶惶；酒醒時，往事愁腸。那堪永夜，明月空牀。聞砧聲搗，蛩聲細，漏聲長。（行香子）

征鞍不見邯鄲路，莫使匆匆歸去！秋正蕭蕭何以渡？明牕小酌，暗燈清話，最好留連處。相逢各自傷遲暮，獨把新詞誦奇句：鹽絮家風人所許：如今憔悴，但餘雙淚，一似黃花雨。（青玉案）

易安於詞有了這付氣魄，故能前紹蘇東坡而後啓辛棄疾也。然而或者譏其詞「於婦人中最無顧藉」；（王灼碧雞漫志）或者攻擊之「爲不祥之物」；（水東日記）或者慊其上綦密禮啓「猥以桑榆之暮景，配此狙獪之下材」等媿憤之詞，遂更誣以晚年改嫁張汝舟，貶損人格。（苕溪漁隱叢話，雲麓漫鈔，繫年要錄皆主此說，兪正燮癸已類稿已駁之。）胡適之云：「李淸照是中國最著名的女子，才氣縱橫，頗遭一般士人之忌；而她自己的詞，在當日是很受人崇敬的。」雨村詞話云：「易安在宋諸媛中自卓然一家，不在秦七黃九之下。詞無一首不工：其鍊處可奪夢窗之席，其麗處直參片玉之班；蓋不徒俯視巾幗，直欲壓倒鬚眉矣！」

二、南宋時期

時間總是宰割不斷的，因爲它沒有停留；作家順應時代而創造，隨着時代而生存，所以也是割不斷的。在此割不斷的情勢之下，而要強以君主建都所在的地別來分劃文學的時期，本是極不可通的事！況其所謂「南宋」（高宗至帝㬎都臨安，僅有南方之地，史家稱之曰南宋。）「北宋」（太宗至欽宗都汴，地當北方，史家稱之曰北宋。）者，實乃專制「帝王家譜之史學家」所造就出來的名詞，彼其意義，就歷史的立場言，也就不能通達了；若夫援用於學術，豈不更見妄謬哉！

然而此處竟至采用這不通的名詞來分剖時代者，蓋欲於此不通的名詞之下相當的了解其現象而已：雖非精當，大體無殊，此即仍用習慣舊名之由矣！（「北宋時期」「南宋時期」的區劃之在本書上確非重要，如竟除去，亦不礙於編述；作者誠欲易於提領一般人的概念故，故竟存之而不廢也。）

（A）南渡後，北派詞之繼興。

北宋屢遭金人南侵之結果，終至擄去徽宗欽宗而莫可如何，於是祇好遷地以避之。這時的詞壇，較之北宋，顯然有一個極大的區別；就是豪放者多，婉約者少。換言之，則南宋之詞壇，完全爲東坡所支配；所謂晏柳周秦之流裔，亦僅不過備員而已。

推其所以如此者：蓋當金人強霸，逼得天子不能據都治國，民人不能樂業安居；

眞是「自天子以至於庶人」，莫不「深顰蹙額」「捶胸頓足」而痛恨金人也。及至臨安定都，偏安之局勢已成；當時臣工，目睹半壁江山，陷於胡虜；富膽之地，淪入異族；反顧國勢積弱，又無恢復之可能！於時作者，受其驅榨：或者積憤莫平，或者蹈地蹐天，乃有「楚囚對泣」之悲，或至「髀肉復生」之念。……所謂慷慨悲歌之士，蓋宋人而同之。（至于懦夫，又當例外。）文學是生活的表現，是苦悶的象徵；當此國家變亂，戰爭日極的時候，詩人受着環境所給予的刺戟而號呼。然後乃知北派詞乃茲會而昌隆，其故蓋實緣乎此也。

南渡之初，作家出入於葉（夢得）李（易安）諸人之間，而繼續其中興之勢者，第一個要算岳武穆。

（1）岳飛，字鵬舉，湯陰人；以徽宗崇寧二年生；（西曆一一〇三年）高宗南渡時，他才二十四歲，正是壯盛的時候。他是一個忠勇爲國的武將，屢敗金兵，官至少保樞密副使。其時因爲秦檜主和，遂於高宗紹興十一年（西曆一一四一年）構罪枉殺；後來追謚武穆，封爲鄂王，世俗至以配諸三國時之關羽，並稱武聖焉。（他的事蹟人多知道，故不詳敘。）

岳飛的詞，格調豪邁，處處都可以表現他那「激憤悲壯」「痛飲黃龍」的心境，來。嘗有送張紫陽北伐詩云：「號令風霆迅，天聲動北陬；歸來報明主，恢復舊神州。」（堯山堂外紀）矢志報君，恢復中原，是他平生的抱負。這種心境，不特其詩若此，詞亦如之：

昨夜寒蛩不住鳴，驚回千里夢，已三更。起來獨自遶階行；人悄悄，簾外月朧明。白首為功名；故山松菊老，阻歸程。欲將心事付瑤箏；知音少，絃絕有誰聽？（小重山）

古今詞話云：「岳侯，忠孝人也。其小重山詞，夢想舊山，悲涼悱惻之至。」

怒髮衝冠憑闌處，瀟瀟雨歇。抬眼望；仰天長嘯，壯懷激烈。三十功名塵與土，八千里路雲和月；莫等閒，白了少年頭；空悲切！靖康恥，猶未雪；臣子恨，何時滅？駕長車，踏破賀蘭山缺！壯志飢餐胡虜肉，笑談渴飲匈奴血：待從頭，收拾舊山河，朝天闕！（滿江紅）

以上二詞，實是岳飛磊落胸襟之吐屬。武穆賀講和赦表有云：「莫守金石之約，難充谿壑之求；」小重山謂「欲將心事付瑤箏，知音少，絃斷有誰聽」，原即此意；蓋指和議之非也。滿江紅詞，忠憤可見；其不欲「等閒白了少年頭」，足以明其心事矣！（說本陳郁藏一話腴）

（2）張元幹，字仲宗，三山人，（亦云長樂人）太學上舍；自號蘆川居士，有歸來集蘆川詞一卷。爲人忠義自矢，不屑與奸佞同朝。紹興十一年，（西曆一一四一年）胡銓上書乞斬秦檜被謫；元幹以送胡銓及寄李綱詞坐罪除名。其詞長於悲憤，極發揚蹈厲之致。其送胡邦衡待制謫赴新州詞，元幹以此享名，集中以此壓卷，詞云：

夢遶神州路；悵秋風，連營畫角，故宮離黍。底事崑崙傾砥柱。九地黃流亂注！聚萬落千村狐兔；天意從來高難問？況人情易老悲難訴？更南浦，送君去。涼生岸柳催殘暑；耿斜河，疏星淡月，斷雲微度。萬里江山知何處？回首對床夜雨，雁不到，書成誰與？目盡青天懷今古，肯兒曹恩怨相爾汝！舉大白，聽金縷。（賀新郎）

其寄李伯紀丞相詞，亦有同樣的氣度：

曳杖危樓去；斗垂天，滄波萬頃，月流煙渚。掃盡浮雲風不定，未放扁舟夜渡。宿雁落寒蘆深處，悵望關河空弔影！正人間鼻息鳴鼉鼓，誰伴我，醉中舞？十年一夢揚州路；倚高寒，愁生故國，氣吞驕虜。要斬樓蘭三尺劍、遺恨琵琶舊語。謾暗澀銅華塵土！喚取謫仙平章看，過苕溪尚許垂綸否？風浩蕩，欲飛舉！（同上）

元幹慢詞概類悲壯，至其小令，亦極瀟洒也。例如踏莎行別意云：

芳草平沙，斜陽遠樹；無情桃葉江頭渡。醉來扶上木蘭舟，將愁不去將人去？薄劣東風，夭斜絮飛，（自注，「夭」音歪。毛晉云，時刻改作傾斜，誤矣！）明朝重覓吹笙路。碧雲香雨小樓空，春光已到銷魂處。（見草堂別選）

（3）曾覿，字純甫，號海野，汴人。紹興中，與龍大淵同爲建王內知客。孝宗受禪，以二人皆係潛邸舊人之故，觴詠唱酬，字而不名。怙寵恃勢，純甫尤甚。虞允文陳俊卿輩，皆共交章逐之。淳熙初，進武泰軍節度使，開府儀同三司，加少保，領醴泉觀使，著有海野詞一卷。

純甫文藻頗有可觀；彼蓋東都故老，及見中興之盛者：所以詞多感慨，與其人品殊不類。如過京師望叢臺諸作，悽涼悲壯，令人有麥秀黍離之悲矣！

記神京繁華地，舊遊蹤；正御溝春水溶溶。平康巷陌，繡鞍金勒躍青驄。解衣沽酒醉絃管，柳綠花紅。到如今，餘霜鬢；嗟前事，夢魂中。但寒煙滿目飛蓬；雕欄玉砌，空餘三十六離宮。塞笳驚起暮天雁，寂寞東風。（金人捧露盤，庚寅歲春，奉使過京師，感懷作。）

風蕭瑟，邯鄲古道傷行客。傷行客，繁華一瞬，不堪思憶！叢臺歌舞無消息，金樽玉管空陳跡。空陳跡，連天草樹，暮雲凝碧。（憶秦娥，邯鄲道上望叢臺有感。）

集中類此之作，大皆以悼國爲懷，以克敵爲壯者；如沁園春喜遷鶯之類，固足以見其志氣矣！所以，他的行事雖然阿諛人主，襟懷固猶磊落焉，謂如不信，試以水調歌頭證之：

溪山多勝事，詩酒辨清遊。主人爲我增葺臺榭足凝眸。髣髴玉壺天地，隱見瀛洲風月，千首傲王侯。誰與共登眺，公子氣橫秋。記當年，曾共醉庾公樓。一盃此際，重話前事逐東流。多謝兼金清唱；更凝重陽佳節，援菊任扶頭。但願身長健，浮世拚悠悠。（水調歌頭，書懷。）

（4）呂本中，字居仁，號紫微。其先河南人，父好問，從高宗南渡，卜居金華，遂爲金華人。少以恩授承務郎；哲宗元符間，辟大名府帥司幹官；徽宗宣和六年，除樞密院編修；欽宗靖康改元，遷職方司員外郎，再直祕閣；高宗紹興六年，召試賜進士出身，擢起居舍人；七年，以直龍圖閣知台州，入爲太常少卿；八年，兼侍讀，權直學士院。會草趙鼎制云：「合晉楚之成，不若尊王而賤霸；散牛李之黨，不如明是以去非。」因此觸忤秦檜，檜諷御史劾罷其職，卒諡文清。所著紫微詞，現存二十五首，見於樂府雅詞者凡十九首。

本中論詩雖精，然亦頗存門戶見解之陋習；所著江西詩派圖及紫微詩話，皆爲獨抒胸臆之作也，朱考亭謂本中言詩欲其字字響；然其暮年作詩，則字字多啞，何也？此蓋眼高手低之表暴耳。詩既如此，詞亦不高；參稽互校，實猶囿於花間體勢之中而不能出者。本傳云：「南渡初，言事者多主用兵；本中則曰，『邦本未強，而輕於起釁，非策也。』」因爲他還具有這種氣概，所以時有軼出花間範圍以外的悽涼慷慨之什；較之元幹純甫，遜謝多矣。

驛路侵斜月，溪橋度曉霜；短籬殘菊一枝黃，正是亂山深處過重陽。　旅枕原無夢，寒更每自長；只言江左好風光，不道中原歸思轉悽涼！（南歌子）

東里先生家何在？山陰溪曲，對一川平野，數間茅屋。昨夜江頭細雨過，門前流水清於玉。抱小橋，回合柳參天，搖新綠。　疏籬下，叢叢菊；虛擔下，蕭蕭竹。歎古今得失，是非榮辱。須信人生歸去好，世間萬事何時足？問此春，春釀酒何如？今朝熟！（滿江紅）

（5）張孝祥，字安國，號于湖，一號紫微。原係四川簡州人，其後徙居歷陽之烏江，遂爲烏江人。生當宋高宗紹興二年，（西曆一一三二年）其二十二歲時，（紹興二十四年）廷試對策，高宗親擢第一，除著作郎；累遷至中書舍人，直學士院，領建康留守。此宋史所謂「早負才畯，莅政揚聲」者也。因忤秦檜，屢遭遷黜。檜死之後，始得重用，進顯謨閣直學士致仕。毛晉云：安國以甲戌狀元及第，出自思陵親擢；故秦相孫塤居其下，檜忌惡之，以事召致於獄。檜亡，上眷益隆；不數載，入直中書。卒時乾道三年，（西曆一一六七年）共活三十六歲。長才不得永年，故孝宗嘗有「用才不盡」之歎也。所著于湖詞三卷，舊時亦稱紫微詞。

孝祥之詞，最爲世重，時人推論之者至矣！陳季陸且許之爲全才，比之以孔聖，其說云：

> 蘇明允不工於詩，歐陽永叔不工於賦，曾子固短於韻語，黃魯直短於散語，蘇子瞻詞如詩，秦少游詩如詞；才之難全也，豈前輩猶不免耶？紫微張公孝祥，姓字風雷於一世，辭彩日星於郡國。其出入皇王，縱橫禮樂，固已見於萬言之陛對；其判花視草，演絲爲綸，固已形於尺一之詔書。至於託物寄情，弄翰戲墨；融取樂府之遺意，鑄爲毫端之妙辭；前無古人，後無來者；散落人間，今不知其幾也？比游荆湖間，得公于湖集，所作長短句，凡數百

篇；讀之，冷然灑然，眞非煙火食人辭語。予雖不及識荆，其瀟散出塵之姿，自在如神之筆，邁往凌雲之氣，猶可以想見也。……一日鳳鳥去。千年果木摧；予深爲工惜也！（于湖先生雅詞序）

湯衡以爲于湖之詞，實與東坡同一關鍵：夷考其原，蓋由三湖七澤之地，「自屈賈品題以來，唐人所作，不過柳枝竹枝而已；豈以物色分留我公，要與大江東去之詞相爲雄長，故建牙之地，不於此而於彼也歟？……衡嘗獲從公遊，見公平昔爲詞，未嘗著稿；筆酣興健，頃刻卽成。初若不經意，反復究觀，未有一字無來處；如歌頭凱歌，登無盡藏岳陽樓諸曲，所謂駿發踔厲，寓以詩人句法者也。」（于湖詞序）

長淮望斷，關塞莽然平。征塵暗，霜風勁；悄邊聲，暗銷凝。追想當年事，殆天數，非人力，洙泗上，絃歌地，亦羶腥！隔水氈鄉，落日牛羊下，區脫縱橫。看名王宵獵，騎火一川明，笳鼓悲鳴，遣人驚！　念腰間箭，匣中劍；空埃蠹，竟何成？時易失，心徒壯，歲將零。渺神京干羽，方懷遠，靜烽燧，且休兵！冠蓋使，紛馳騖，若爲情。聞道中原遺老，常南望翠葆霓旌。使行人到此，忠憤氣塡膺；有淚如傾！（六州歌頭。此調或有分作三疊者：亦羶腥止，第一疊；且休兵止，第二疊；以下第三疊。）

當時臣民，矢志以恢復山河爲念；激昂慷慨，人有同情。孝祥抓住這點同情以爲其詞的生命，無怪乎在建康留守席上賦此歌闋時，韓魏公竟爲能席而人也。（事見朝野遺記）又寄湖南安撫劉舍人凱歌云：

猩鬼嘯篁竹，玉帳夜分弓。少年荊楚劍客，突騎錦襜紅。千里風飛雷厲，四校星流慧埽，蕭斧挫春蔥。談笑靑油幕，日奏捷書同！ 詩書帥，黃閣老，黑頭公。家傳鴻寶，祕略小試不言功：聞道喜書頻下，看即沙堤歸去，帷幄且從容！君王自神武，一舉朔庭空！（水調歌頭）

汪德邵作無盡藏樓於棲霞之間，取玉局老仙遺意，孝祥旣登其樓，並爲賦之云：

淮楚襟帶地，雲夢澤南州。滄江翠壁佳處，突兀起紅樓。憑仗史君胸次，爲問仙翁何在？長嘯俯清秋。試遣吹簫看，騎鶴恐來遊。 欲乘風，凌萬頃，從扁舟。山高月小，霜露既降，凜凜不能留！一弔周郞羽扇，尙想曹公橫槊，興廢兩悠悠。此意「無盡藏」，分付水東流！（水調歌頭）

又過岳陽樓作云：

湖海倦遊客，江漢有歸舟。西風千里送我，今夜岳陽樓。日落君山雲氣，春到沅湘草木，遠思渺難收。徙倚欄杆久，缺月掛簾鉤。 雄三楚，吞七澤，

臨九州。人間好處，何處更似此樓頭。欲吊沉累無所，但有漁兒樵子，哀此爲離憂。回首叫虞舜，杜若滿芳洲。（同上）

以上是湯衡指爲「駿發踔厲，寓以詩人句法」之詞者。然魏了翁云：「于湖有英姿奇聲，著之湖湘間，未爲不遇。洞庭所賦，在集中最爲傑出。」（念奴嬌跋語）詞云：

洞庭青草；近中秋，更無一點風色。玉界瓊田三萬頃，著我扁舟一葉。素月分輝，明河共影，表裏俱澄澈。悠然心會，妙處難與君說。　應念嶺表經年，孤光自照，肝膽皆冰雪。短鬢蕭疎襟袖冷，穩泛滄溟空闊。盡吸西江，細斟北斗，萬象爲賓客。叩舷獨嘯，不知今夕何夕！

醉韶醇秀，全無少許粗獷之味，實爲難能。王壬秋以此詞飄飄然有凌雲之氣，覺東坡水調猶有塵心者；雖屬過譽，正亦識其詞者之言也。

孝祥詞之豪放，質量均不減東坡。若送張魏公那樣的慷慨：「擁貔貅萬騎聚，千里鐵衣寒。正玉帳連雲，油幢映日，飛箭天山！錦城起方面，重對蒓壺，盡日雅歌閑。休遣沙場虜騎，尙餘匹馬空還。」（木蘭花）在長調中，沒處不有其表現。小令中如荊州約馬舉先登城樓觀塞之作，算是很能代表此意的了：

霜日明霄水蘸空，鳴鞘聲裏繡旗紅；澹烟衰草有無中。　萬里中原烽火北，

一尊濁酒戍樓東；酒闌揮淚向悲風。（浣溪沙）

如此風格，眞湯衡所謂「自仇池（東坡仇池筆記）仙去，能繼其軌者，非公其誰哉」？

（6）康與之，字伯可，號順庵，爲渡江初期詞人之一。始以樂府受知於秦申王，因王之薦，旋即頗受高宗的賞識，因而應制之作甚多。黃叔暘說他「以文詞待詔金馬門，凡中興粉飾治具及慈寧歸養兩宮歡集，必假伯可之歌詠，故應制之詞爲多」。平心而論，伯可應制之詞，當代頗受聲譽，時人無有能出其右：以故彼時「書市刊本，咸皆假托其名」；而中興以來絕妙詞選，稱其「篇篇精妙」；汝陰王性之，一代名士，亦有「伯可樂章，非近代所及；今有晏叔原，亦不得獨擅」之論也。不過待詔應制，只於鋪張聖德，終不能充實內容，流暢情緒；正如陳質齋所謂「鄙褻之甚」者耳！

所以，伯可的好詞，不是應制一類的諂諛樂府，而是「直舉胸情」「傷時吊古」，受着時勢喪亂的影響而寫出來的慷慨高歌！如金陵懷古云：

龍蟠虎踞金陵郡，古來六代豪華盛；縹鳳不來遊，臺空江自流！ 下臨全楚地，包舉中原勢；可惜草連天，晴郊狐兎眠！（菩薩蠻令）

又長安懷古云：

阿房廢址漢荒坵，狐兔又群遊；豪華盡成春夢，留下古今愁！　君莫上，古原頭；淚難收！夕陽西下，塞雁南飛，渭水東流！（訴衷情令）

秦時宮殿咸陽裏，千門萬戶連雲起；複道更西東，不禁三月風！　漢唐秦王氣，萬歲千秋計；畢竟是荒丘，荊榛滿地愁！（菩薩蠻令）

不假吊古，而觸物興感，直舉胸情者；如春思云：

春寂寞，長安古道東風惡；東風惡，胭脂滿地，杏花零落！　臂銷不奈黃金約，天氣尙怯春衫薄；春衫薄，不禁揾淚，爲君彈却！（憶秦娥）

又登鬱孤臺，與施德初同讀東坡詩作云：

鬱孤臺上立多時，煙晚暮雲低；山川城郭良是，回首昔人非！　今古事，祇堪悲！此心知。一樽芳酒，慷慨悲歌，月墮人歸！（訴衷情令）

如此情調，豈非全同北派之作風了麼？沈伯時以爲伯可與耆卿齊名，同是「音律甚協，但未免時有俗語」之論者，却也太不倫類了！（賀黃公裳詞筌曰：「詞雖宜於艷冶，亦不可流於穢褻；吾極喜康與之滿庭芳寒夜一闋，眞所謂樂而不淫。且雖塡詞小技，亦兼「詞令」「議論」「敘事」三者之妙。首云：「霜幕風簾，閒齋小戶，素蟾初上雕籠；」寫其節序景物也。繼云：「玉杯醽醁，還可與人同。古鼎沉，煙篆細，玉箭破，橙橘香濃。梳粧懶，脂輕粉薄，約略淡眉峯；」則陳設之濟楚，殽核之精良；與夫手爪顏色，一一如見矣！換頭云：「清新歌幾許，低隨慢唱。語笑相供。道文書針線，今夜休攻！莫厭蘭膏更繼。明朝又紛冗；匆匆！」則不惟以色爲見長，宛然慧心女子小窗中喁喁口角。末云：「冠兒未卸，先把被兒烘」一段，溫存嫵媚之致，咄咄逼人。觀此形容節次，必非狹斜曲里中人，又非望宋窺韓者之事；眞所謂「眞個憐惜」也。」世人目與之爲南派詞手者，大抵所賞之詞皆此類。）

當秦檜當國時，伯可附檜求進，黨同獻詞。如喜遷鶯「帝眷皇安宗社，人仰雍容廊廟；盡總道是：文章孔孟，勳庸周召」（丞相生日）比檜於孔子孟子，周公召公；諂諛之詞，亦云甚矣！此黄昇所以嘆惜其皆爲「媚竈」之語而不取也。

秦檜在時，伯可官至郎中；及檜死，伯可被貶五年，所作詞有順庵樂府行世。

（7）向子諲，字伯恭，臨江人，敏中之後，生於神宗元豐八年，（西曆一〇八五年）以欽聖憲肅皇后從姪恩補假承奉郎，高宗建炎初，遷直龍圖閣，江淮發運副使；爲黄潛善所斥，尋起知潭州，累遷戶部侍郎，以徽猷閣直學士知平江府。性極孝友，嘗置義莊，以贍宗族之貧者。其立朝也，忠直氣節，以故胡安國張九成甚極嘉與之；晚年，忤觸秦檜，因遂致仕能歸。卜築清江楊遵道故第：竹木池館，占一都之勝；又繞屋手植巖桂，顏其堂曰薌林，自號薌林居士。蓋嘗作詞以寄其慨焉；滿庭芳之序云：「巖桂風韻高古，平生心醉其間。昔轉漕淮南，嘗手植堂下，薌林此花爲多，戲作是詞，當邀徐師川諸公同賦。」其後疊云：「酒闌聽我語：平生半是江北江南，經行處，無窮綠水青山，常被此花相惱！思共老，結屋中間，不因著薌林底事，遊戲到人寰。」又次調末疊云：「中央孕正色，更留明月，偏照何妨？便高如蘭菊，也讓芬芳；輸與薌林居士，微吟罷，閒據胡床。須知道天教尤物，相伴老家鄉！」又清平樂序云：「薌林之居，岩桂爲最。」詞曰：「幽花無外，心與薌林會；綠髮相看今老矣！不作淺俗氣味！露葉鬖鬖生光，風梢泛泛飄香；稱意中秋開了，餘情猶及重陽。」（酒邊詞詠薌林之作甚多，難以遍舉。）彼其暮年生活，完全陶醉於此薌林之中了。

子諲所著酒邊詞分爲二卷：前卷曰江南新詞，後卷曰江北舊詞。（詞人姓氏記爲四卷）拿時間來說，江北舊詞應在前列；然而因爲江北之時，汴京繁庶，子諲生活其中，不過無聊地著些消遣歲月，髣髴名士風流的艷詞而已！至如江南新詞，是他當着二帝被擄，汴京陷落，國破家亡，倉皇南渡，嘗受實際亂離痛苦生活以後的呻喊！他曾在被金兵圍困着的城裏指揮士卒死守孤城，撐持很久的時日；他曾在亂軍之中，尋生覓活，幾至被殺。他的生活之在這時，不特繁複，而且受的激刺很深！再不能有像前期那樣無聊與消閑了；於是憤激之詞，奔騰而出。子諲知道詞之所貴者不在彼而在此，故特先南而後北。胡致堂曰：「觀其退江北所作於後，而進江南所作於前：以枯木之心，幻出葩華；酌元酒之尊，棄置醇味。非染而不色，安能及此！」（酒邊詞序）變綺艷而爲豪放，才眞是他的成功呢？（江北舊詞非能代表子諲者，此處姑不涉及也。）高宗建炎五年，彼於番陽道中作阮郎歸云：

江南江北雪漫漫，遙思易水寒；同雲深處是三關，斷腸山又山！　天可老，海能翻，消除此恨難！頻聞遣使報平安，幾時鸞輅還？

其傷時憂國，可謂慨乎其言之矣！又如淸平樂詠木犀贈韓叔夏云：

吳頭楚尾，踏破芒鞋底，散入千岩秋色裏，不耐惱人風味。　如今老我薌林，世間百不關心；獨喜愛香韓壽，能來同醉花陰！

說者以爲子諲之詞，長調豪放，其實乃大不然！洞仙歌如「碧天如水，一洗秋容淨。何處飛來大明鏡？誰道斫却桂，更應光輝，無遺照，寫出山河倒影！人猶苦餘熱，肺腑生塵，移我超然到三境。」（前疊）之類，雖是豪放，但究不如阮郎歸等詞之磊落也。鷓鴣天詠上元末尾說：「而今白髮三千丈，愁對寒燈數點紅。」亦自壯儒可嘉：

豪放之詞：他優於長調，子諲長於小令，此其特點，從可知已！

胡致堂曰：「薌林居士，步趨蘇堂，而嚌其胾者也！」審味此言，可以知其風格之所自。

高宗紹興壬申年春，（西曆一一五二年）薌林瑞香盛開，子諲爲減字木蘭花以賦之云：「斜紅疊翠，何許花神來獻瑞？粲粲衣裳，割得天孫錦一機！　眞香妙質，不耐世間風與日；著意遮圍，莫放春光造次歸！」其年三月十有六日辛亥，子諲長逝，此詞蓋乃絕筆也。豈亦「米顛所謂衆香國中來，衆香國中去」（毛晉語意）者耶？

（B）　南渡後北派詞壇之極盛

南渡以後的詞，儘管有人傅粉塗脂，雕文刻鏤，以造絕妙好辭爲能者，然而他們皆是模擬的詞人，却不是時代的作家：時代的作家，受着兵翻馬亂的騷擾，嘗着生活的襲擊，那有「主憂臣辱，主辱臣死」的腦筋的士夫，自應咆哮如雷，昂首高呼了！所以，他不習於「尋章摘句」去寫那靡靡側艷之詞，而好爲「奔騰放肆」「雄豪邁傑」之什以歌抒其憤懣與志欲，於是蘇派的詞，隱然投合了他們的口胃，柳永降爲附庸，而被人目爲別派者，竟爾岿然獨霸，蔚成大國矣！

北派詞自蘇軾開創而後，自蘇軾開創了評古議今一類的「政論詞」而後，前此雖然爲詩宗尚，造成詞壇之特新局面；但以繼起諸人，才具較遜，以故不能克紹前業，恢宏而光大之也。其間如黃魯直，張舜民，葉夢得……之徒，雖也努力步趨，頗有創作；然而稽其成績，固猶不逮東坡及身時代之盛且大焉。一直到了南宋，承此歷世的累積，加之時勢環境的促成；最初是有岳飛張孝祥……等人的倡導，但都沒有什麼「不得了」！及至辛陸劉蔣，舉臂高呼，而響應四起。北派詞業之在是時，眞酒「前無古人，後無來者」之運會了！今述其詞，是曰北派詞壇之極盛時期。

a. 振古鑠今之辛棄疾

樂府以來，東坡爲第一；
以後便到辛稼軒！
——元遺山自題樂府引

北派詞之極盛，完全由於時代的促成：（一）蘇氏而後，歷時幾將二百年，經此長期的流衍，衰久必盛，自然會有翻身之一日。（二）金人勢熾，時加迫害，逼得大宋皇帝不能安居，只得遷地爲良，由汴京移到臨安；偌大的國家捐了無窮的犧牲，整個的社會遭了巨重的創傷，修明的政治受了無端的顚覆。因此兩重原因的湊合，故爾北派的詞會達到他的成功。

我們知道，這樣的播遷，在國土上，在政治上，在安寧上……沒有一件可以說是成就了的。所謂「疾風知勁草，版蕩識忠臣」！它的成就：祇是緣此時會，造出了許多英雄；由此環境，映出了許多詩歌。英雄則趁此時勢而爲名臣，詞人則取厥題材以爲作家：若辛棄疾者，既是英雄，又是作家；集其所能成功之業於一身，展其天縱之才，宜乎其有「前無古人，後無來者」之勳績矣！

辛棄疾，字幼安，號稼軒，濟南歷城人；他生於宋高宗紹興十年，（西曆一一四○年）五月十一日，其時正値宋室南渡後之十五年：他的生地，早已淪於金人掌握之中；所謂金宋各據一方的和議，已是快要成功的了。

幼安十歲的時候，與黨懷英同受學於金朝的大文學家蔡松年（字伯堅，晚好蕭閑老人，頗工詩詞，官至右丞相。）之門，皆負文名，人稱「辛黨」。

廬陵陳子宏云：「蔡光工於詞，靖康中陷金，幼安常以詩詞謁之，蔡曰：『子之詩則未也，他日當以詞名家。』故稼軒歸宋，晚年詞筆尤高。」（詞苑叢談。亦見本傳。）當他二十一歲的時候，與其同舍學友黨懷英，由卜筮者的決定，黨獨留金，而幼安則棄金歸南：後來黨在金朝擢第，官至翰林學士承旨，爲金室第一名臣；幼安因卜筮之偶中下懷，遂更增長其南歸之宿志矣。

西曆一一六〇年，宋高宗紹興三十年，金主亮舉兵南寇，大敗而回，身亦遭戮。其時山東豪傑並起，耿京自稱天平節度使，轄制山東河北諸軍，幼安為掌書記，嘗以迅速的手腕追斬竊印潛逃之招安降將僧端義；這事不特他自免於耿京的誅戮，而且反以取得很大的信任。他因乘機勸使耿京歸宋，遂蒙贊許，因和賈端奉表南歸，高宗嘉賞，授耿京知東平府，仍為節度使如故；而幼安即被任用為承務郎。

當幼安和賈端奉表南下之候，耿京偶然遭其部下張安國的弒殺，率衆北投，要功金人去了。幼安聞訊，立即馳返海州，以最敏捷的手段，聚集統制王世隆及忠義人馬全福等，夜襲金營，活捉張安國，細送「行在」，戮之於市；這事頗受高宗的驚賞，遂得榮膺江陰簽判之職，其時年只二十三歲。

孝宗乾道間，幼安以金有必亡之勢，願詔大臣預修邊備，以為倉卒應變之計；固足以覘其憂國之遠猷矣！（詞苑叢談引謝疊山說）

西曆一一七九年，宋孝宗淳熙六年，湖湘盜起，聲勢浩大，孝宗命他去討撫，他便依次剿滅了賴文政等大盜，而湖湘以寧。他便條上長治久安之策，逕上孝宗；意謂軍政久敝，自欲別創新軍，建築湖南飛虎營，藉可屏障東南半壁，孝宗許之。幼安以五代時馬殷故壘蓋砦柵；招步軍二千，馬軍五百；戰馬鐵甲之屬畢備。其時政府中人頃加反對，或者吏事破壞；積毀銷骨，孝宗也就不能自主，特降御前金字牌，令其即日停止工作了。

幼安旣奉金牌，祕而不發，逞其智勇，以期及時造成。時値秋雨連綿，惟造瓦甓辦不及，則令「自官舍神祠外，一應居民，每家取瓦二片」。這樣一來，不到一月的工夫，居然成功了他的「飛虎營」。軍成之後，雄鎭一方，爲江上諸軍之冠；繪圖呈進，孝宗釋然。時人莫不驚服其英豪者？

「淳熙己亥，幼安自湖北漕移湖南，同官王正之，置酒小山亭，辛賦摸魚兒一闋云：

更能消幾番風雨，匆匆春又歸去。惜春長怕花開早，何況落紅無數。春且住：見說道，天涯芳草無歸路。怨春不語：算只有殷勤畫簷蛛網，盡日惹飛絮。長門事，準擬佳期又誤。蛾眉曾有人妒，千金縱買相如賦，脈脈此情誰訴？君莫舞：君不見，玉環飛燕皆塵土！閑愁最苦；休去倚危欄，斜陽正在煙柳斷腸處。（晚春）

詞意殊頗悲怨。「斜陽煙柳」之句，其與「未須愁日暮，天際怎輕陰」者異矣！使在漢唐時，甯不賈種豆種桃之禍哉？孝宗見其詞，心雖不悅，然亦終不加罪，可謂盛德

而有人君之度者矣！」（羅大經鶴林玉露）

幼安帥江西時，適值災荒，他的賑濟方法，除拿公款運糴糧米限期畢到而外，還有八個大字的佈告道：「閉糶者配，刼米者斬。」米價因減，民賴以濟，朱熹贊之云：「雖只麤法，便有方略。」他在這時，有書江西造口詞云：

鬱孤臺下清江水，中間多少行人淚！西北是長安，可憐無數山！青山遮不住，畢竟江流去；江晚正愁予，山深聞鷓鴣。（菩薩蠻）

「蓋因南渡之初，虜人追隆祐太后御舟至造口，不及而還。幼安自此起興。『聞鷓鴣』之句，謂恢復之事，行不得也！」（鶴林玉露）

幼安嘗爲福建安撫使，又爲浙江安撫使，光宗紹熙四年，進寶謨閣待制，提舉神佑觀，奉朝請，旋復出知鎮江與江陵二府。寧宗開禧元年，韓侂冑平章軍國事，建議伐金，一時志士，率多贊成；辛幼安尤爲極進，當韓生日，彼特作詞祝賀，以申伐金之利。其西江月云：

堂上謀臣尊俎，邊頭將士干戈！天時地利與人和，燕可伐歟？曰可！」今日樓臺鼎鼐，明年帶礪山河；大家齊唱大風歌，不日四方來賀！（或作劉過詞）

其清平樂云：

新來塞北，傳道眞消息，赤地居人無一粒！更五單于爭立。　維師尚父鷹揚，熊羆百萬堂堂。看取黃金假鉞，歸來異姓眞王！（徐釚詞苑叢談因侂胄兵敗，遂謂此二詞非辛所作，爲之辯誣。）

西曆一二〇六年，開禧二年，金人入寇，韓侂胄北伐之軍大敗，淮西皆失。次年九月七日，幼安卽死。主和的朝士，遂共合謀請誅韓侂胄，越年而送侂胄首級赴金求和，幼安雖死，其時言官還要追論他附韓之罪，盡奪其身後應得之俸給。等到這批瘟官死去之後，才得追贈少師，諡曰忠敏，賸有稼軒詞集四卷。

「幼安沒後百餘年，邯鄲張埜過其墓，有詞曰：『嶺頭一片青山，可能埋得凌雲氣？』又曰：『讓人間留得陽春白雪，千載下，無人繼？』稼軒之概可知矣！朱晦菴沒，黨禁方嚴，稼軒獨爲文哭之，卒之日，家無餘財，僅餘著述數帙而已。謝疊山經其墓，夜聞大聲疾呼，似鳴其不平者；疊山爲文祭之，而聲始息，嗚呼，異哉！」（岳珂桯史）

顧就幼安的事蹟來說，他是忠君愛國的英雄，捍國棟家的柱石，智勇兼備的名將。彼於文學，固未若何致力；其所以能總領當代，垂示永古者，蓋乃天賦，非人力矣！

「南渡以後之詞家，大抵就東坡少游美成諸家而光大之：辛棄疾，學東坡者也；悲壯激烈，又復溫柔敦厚。學之者有劉過蔣捷，已不免劍拔弩張矣；張安國劉克莊，則又其繼者也。」（吳癯庵近古文學史）蓋詞自花間以來，莫能逃其軌范；及東坡挺出，勢壓花間；而詞壇趨價，爲之一轉；棄疾承緒，光大蓋之：此即遺山所謂「一自樂府以來，東坡爲第一；此後便到稼軒」（自題樂府引）之說也。故棄疾之詞，慷慨縱橫；異軍突起，不可一世。能於剪紅刻翠之外，屹然別立一宗焉，（用紀昀語意）然而稼軒這種作品，雖則由於東坡開創之影響，實亦全屬環境生活之促成。稼軒是當時忠勇而有謀略的名臣，其晚歲消閒寫寄黨懷英之鷓鴣天詞，即是描寫此際情事的。彼自序云：「有客慨然談功名，因追念少年時事戲作；」可以想見：

壯歲旌旗擁萬夫，錦襜突騎渡江初；燕兵夜娖銀胡䩮，漢箭朝飛金僕姑。追往事，歎今吾，春風不染白髭鬚：却將萬字平戎策，換得東家種樹書！

像這一類的生活與抱負，亦可於其寄陳同甫詞中見之：

古今詞話云：「陳亮過稼軒，縱談天下事。亮夜思幼安素嚴重，恐爲所忘，竊乘其厩馬以去。幼安賦破陣子詞寄之。」詞云：

醉裏挑燈看劍，夢回吹角連營：八百里分麾下炙，五十弦翻塞外聲；沙場秋點兵！　馬作的盧飛快，弓如霹靂弦驚！了却君王天下事，贏得生前身後名；可憐白髮生！（稼軒的自敘詞，當以其晚所作之賀新郎「甚矣吾衰矣」一詞爲絕妙！）

「辛稼軒當宋末造，負管樂之才，不能盡展其用；一腔忠憤，無處發洩。觀其與陳同甫抵掌談論，是何等人物？故其悲歌慷慨，抑鬱無聊之氣，一寄於詞。今乃欲與搔頭傅粉者比，是豈知稼軒者？」（梨莊語）「稼軒與朱晦菴陳同甫劉改之友善。晦菴嘗曰：『若朝廷賞罰明，此等人皆可用。』同甫答辛啓曰：『經綸事業，股肱王室之心；遊戲文章，膾炙士林之口。』改之寄辛詞曰：『古豈無人，可以似我稼軒者誰？』觀諸賢之推服如此，則稼軒可知矣！」（古今詞話）「當此際會，君上皆闇，讒佞盈廷；入無法家拂士，出有敵國外患。稼軒遇之，不平之鳴，隨處輒發。」「斂雄心，抗高調，變溫婉，成悲涼。」「有英雄語，無學問語；故往往鋒穎太露。然其才情富豔，思力果銳；南北兩朝，實無其匹。無怪流傳之廣且久也，」其寄邱宗山（宗卿）之京口北固亭懷古，集中雖不載，尤極雋壯可嘉也！（羅大經語）詞云：

千古江山，英雄無覓，孫仲謀處；舞榭歌臺，風流總被雨打風吹去。斜陽草樹，尋常巷陌，人道寄奴曾住！想當年金戈鐵馬，氣吞萬里如虎。元嘉草草，封狼居胥意，贏得倉皇北顧。四十三年，望中猶記烽火揚州路。可堪回首，佛狸祠下，一片神鴉社鼓！憑誰問，廉頗老矣，尙能飯否？（永遇樂）

岳珂桯史云：「稼軒以詞名，每命侍妓歌其所作；特好歌賀新涼一詞，自誦其警句曰：『我見靑山多嫵媚，料靑山見我應如是。』又曰：『不恨古人吾不見，恨古人不見吾狂耳。』每至此，輒拊髀自笑，顧問坐客何如？皆歎譽如出一口。既而又作一永遇樂，序北府事。首章曰：『千古江山，英雄無覓，孫仲謀處。』又曰：『尋常巷陌，人道寄奴曾住。』其寓感慨者，則曰：『不堪回首，佛狸祠下，一片神鴉社鼓！憑誰問，廉頗老矣！尙能飯否？』特置酒召數客，使妓迭歌；益自擊節。徧問客，必使摘其疵；遜謝，不可。客或措一二辭，不契其意，又不答；然揮羽四視不止。余時年少，勇於言；偶坐於席側。稼軒因誦啓語，顧問再四；余率然對曰：『待制詞句脫去今古軫轍，每見集中有「解道此句眞宰，上訴天，應嗔耳」之序，嘗以爲其言不誣。童子何知，而敢有議？然必欲如范文正以千金求嚴陵祠記一字之易，則晚進尙竊有疑也！稼軒喜，促膝亟使畢其說。余曰：『前篇豪視一世，獨首尾二腔警語，差相似新作，微覺用事多耳。」於是大喜，酌酒而謂座中曰：『夫君實中余痼！』乃詠改其語：日數十易，累月猶未竟；其刻意如此！」其登京口北固亭懷古所作之南鄉子詞，實不減此氣概也：

何處望神州？滿眼風光北固樓，千古興亡多少事？悠悠；不盡長江滾滾流。

年少萬兜鍪，坐斷東南戰未休！天下英雄誰敵手？曹劉；生子當如孫仲謀。

齊東野語，王佐宣子帥長沙日，茶賊陳豐，嘯聚數千人，出沒旁郡，朝廷命宣子討之。時馮太尉湛，謫居在焉，宣子乃權宜用之。諜知賊巢所在，乘日晡放飯少休時，遣亡命三十，持短兵以前，湛自率五百人繼其後，徑入山寨。豐方抱孫獨坐，其徒皆無在者；卒視官軍，錯愕不知所爲。亟鳴金嘯集，已無及矣！於是成禽，餘黨亦多就捕。宣子乃以湛功聞於朝。於是湛以勞復原官，宣子增秩。辛稼軒以滿江紅詞賀之：

笳鼓歸來，舉鞭問，何如諸葛？人道是，匆匆五月，渡瀘深入！白羽風生貔虎嘯，青溪路斷猩鼯泣。早紅塵，一騎落平岡，捷書急。　三萬卷，龍頭客；渾未得，文章力。把詩書馬上，笑驅鋒鏑。金印明年如斗大，貂蟬原自兜鍪出。待刻公勳業等雲霄，語溪石。

陳後山蓋嘗有詞送蘇尙書知常州云：「枉讀平生三萬卷，貂蟬當作兜鍪。」王宣子不曉稼軒用此典故，疑爲諷己，意頗銜之，事亦寃矣！

「放翁稼軒，一掃纖艶，不事斧鑿。高則高矣！但時時掉書袋，要是一癖。」（劉克莊）稼軒的好掉書袋，古今評者，雖然或以此見少；然而「胸有萬卷，筆無點塵；激昂排宕，不可一世。」（彭羡門語）吳衡照云：「辛稼軒別開天地，横絕古今。論孟詩小序左氏春秋南華離騷史漢世說選學李杜詩，拉雜運用，彌見其筆力之峭。」（蓮子居詞話）其詞筆力峭勁，氣象磅礴，「驅使莊騷經史，無一點斧鑿痕跡。」（樓敬思語）固自不足爲病也。胡適之說：稼軒「長調確有許多用典之處；但他那濃厚的情感和奔放的才氣，往往使人不覺得他在那裏掉書袋。試看吳文英周密諸人，一掉書袋，便被書袋壓死在底下，這是何等明顯的教訓！眞有內容的文學，眞有人格的詩人，我們不妨給他們幾分寬假」。（詞選）

辛稼軒的詞，「沉着痛快，」（周濟語）見解超脫，才氣縱横，感情濃摯。凡有所作，皆屬人格之湧現。如許杜工部爲「社會詩人」，則辛稼軒便是「社會詞人」了。他有滿腹悲恨的牢騷，未償的志願。舉凡這些，全由當日的「情勢」「環境」，與乎他自己的「經驗」所「逼榨」所「養育」出來的；比之杜工部，未嘗身充戰卒而暴露戰爭底下的社會狀況者，當必更爲深刻罷？其別茂嘉十二弟之賀新郎詞，悲憤感慨，非飽嘗履歷者不能：

綠樹聽鵜鴂；更那堪，杜鵑聲住，鷓鴣聲切。啼到春歸無啼處，苦恨芳菲都歇。算未抵人間離別。馬上琵琶關塞黑。更長門翠輦辭金闕。看燕燕，送歸妾。　將軍百戰身名裂！向河梁，回首萬里，故人長絕。易水蕭蕭西風冷，滿座衣冠似雪。正壯士悲歌未徹。啼鳥還知如許恨，料不啼清淚長啼血，誰伴我，醉明月。（汲古閣本稼軒詞題下注云：「鵜鴂杜鵑，實兩種，見離騷補注。」）

陳子宏（廬陵人）遂謂「此詞盡集許多怨事，全與李太白擬恨賦相似」。（劉體仁亦說：「誰伴我醉明月，恨賦也。」）把細玩之，是足證其言之不謬也。至其登賞心亭之酹江月詞，則惟具其梗概，無此雄心者矣！

我來吊古上危樓，贏得閑愁千斛。虎踞龍盤何處似？只有興亡滿目。柳外斜陽，水邊歸鳥，隴上吹喬木。片帆西去，一聲誰噴霜竹。　却憶安石風流，東山歲晚，淚落哀箏曲。兒輩功名都付與，長日惟消棋局。寶鏡難尋，碧雲將暮，誰勸盃中綠。江頭風怒，朝來波浪翻屋。

石勒云：「大丈夫磊磊落落，終不學曹孟德司馬仲達狐媚！」讀稼軒詞，應作如是觀矣！（王阮亭語）梨莊云：「予謂有稼軒之心胸，始可爲稼軒之詞。今粗淺之輩，一切鄉語猥談，信筆塗抹；自負吾稼軒也，豈不令人齒冷！」又有靈山賦築偃湖之沁園春云：

疊嶂西馳，萬馬迴旋，衆山欲東。正驚湍直下，跳珠倒濺；小橋橫截，缺月初弓。老合投閑，天教多事，檢校長身十萬松。吾廬小，在龍蛇影外，風雨聲中。　爭先見面重重，看爽氣朝來三數峯。似謝家子弟，衣冠磊落；相如庭戶，車騎雍容。我覺其間，雄深雅健，如對文章太史公，新堤路，問偃湖何日？烟水濛濛！

「說松而及「謝家」「相如」「太史公」，自非脫落故常者，未易闖其堂奧！」（陳子宏）然猶不及沁園春之止酒詞，完全近乎評論也：

盃，汝前來！老子今朝，點檢形骸：甚長年抱渴，咽如焦釜；於今喜眩，氣似奔雷？汝說，劉伶今古達者，醉後何妨死便埋？渾如許，歎汝於知己，眞少恩哉！　更憑歌舞爲媒，算合作人間鴆毒猜！況怨無大小，生於所愛；物無美惡，過則爲災。與汝成言：勿留亟退！吾力猶能肆汝盃！盃再拜，道：「麾之卽去，有召須來」！（將止酒。戒酒盃，使勿進！）劉體仁說：「稼軒之『盃！汝前來』，毛穎傳也」。陳子宏說：「此文全如賓戲解嘲等作，乃是把做古文手段寓之於詞矣！」是故毛晉跋其集云：「詞家爭鬥穠纖，而稼軒率多撫時感事之作；磊砢英多，絕不作妮子態。宋人以東坡爲詞詩，稼軒爲詞論，善評也！」

因爲稼軒好拿玩諷的態度在詞調中來發揮他的議論，故遂遺下後來兩種疵病：第一，是評者每多謂其不諧音律；這種鑿空之論，完全和批評蘇詞的錯誤一樣。稼軒雖說好發議論處尤有過於蘇軾，然亦惟求詞氣之自然諧暢，而不拘拘乎音律之準則耳；奚必凡屬辛作皆不諧於音律哉！第二，是學者每多祖其粗獷滑稽。王靜安云：「以粗獷滑稽可學也。其佳處在有性情，有境界；卽以氣象論，亦有傍素波干靑雲之概；寧後世齷齪小生所可擬耶？」（人間詞話）蓋緣此種格調，必須稼軒豪邁不羈之才氣始足運用而驅使之；至若秉賦稍遜者，非惟不濟，實所用以自蹶耳。

如此佳什，爲數至夥；單就成績與力量來說，蓋實遠在東坡之上焉：前人先我評之矣！周介存曰：「蘇辛並稱：東坡天趣獨到，殆成絕詣；而苦不經意，完璧甚少。稼軒則沈着痛快，有轍可尋；南宋諸公，無不傳其衣盋，固未可同年而語也！」（宋四家詞選叙論）又曰：「世以蘇辛並稱：蘇之自在處，辛偶能到之；辛之當行處，蘇必不能到。二公之詞，不可同日而語也！」（介存齋論詞雜著）學術進化，愈演愈精；後來居上，譜爲原則；宜乎辛之見優於蘇也！

稼軒詞於「豪爽剛健」，「悲壯激烈」之外；又能「剪翠偎紅」，「纏綿悱惻」。劉後村云：「公所作，大聲鏜鞳，小聲鏗鍧；橫絕六合，掃空萬古。其穠艷綿密者，亦不在小晏秦郎之下。」（劉後村）沈東江曰：「稼軒詞以激揚奮厲爲工；至「寶釵分，桃葉渡」一曲，昵狎溫柔，魂銷意盡。才人伎倆，眞不可及！」俗語所謂「英雄氣短，兒女情長」者，殆爲此也。其詞云：

寶釵分，桃葉渡，楊柳暗南浦。怕上層樓，十日九風雨。斷腸片片飛紅，都無人管，更誰遣啼鶯聲住？鬢邊覷：應把花卜歸期，才簪又重數。羅帳燈昏，哽咽夢中語：「是他春帶愁來；春歸何處？卻不解帶將愁去！」（祝英臺近，晚春。）

凡是偉大的作品，如非作者自身的經歷，亦必曾經參與過；因爲必如此，然後才能表現眞實，情調動人，即如稼軒遺詞，自其出世以來，無論南北詞家，都無閒言，推重備至者，亦正由其爲抒寫片斷之遭遇耳。張端義貴耳集記其本事云：「呂安，呂正巳之妻。正巳爲京畿漕，有女事辛幼安；因以微事觸其怒，竟逐之。今稼軒桃葉渡詞，因此而作。詞源評之曰：

簸弄風月，陶寫性情，詞婉於詩；蓋聲出鶯吭燕舌間，稍近乎情可也；若鄰於鄭衞，與纏令何異也？如陸雪溪瑞鶴仙，……辛稼軒祝英臺近，……皆景中帶情，而存騷雅：故其燕酣之樂，別離之愁，迴文題葉之思，峴山西州之淚，一寓於詞。若能屏去浮艷，樂而不淫，是亦漢魏樂府之遺意。

周介存云：「後人以麤豪學稼軒；非徒無其才，並無其情。稼軒固是大才，然情至處後人萬不能及！」（論詞雜著）自從胡適之先生說稼軒于詞，受了他那女同鄉李清照的影響而後，疑古玄同先生和之，黎錦熙和之，胡雲翼和之；然除能舉出他那詞集中有傚易安體（醜奴兒近在博山道中。）的作品以資說明外，實也沒有取出別的證據來。我的意思，以爲稼軒運此手筆，抒寫一往情深之詞，便是從易安居士錦心繡口裏體驗出來的。

詞苑云：稼軒有姬，名錢錢，辛午老遣去；賦臨江仙與之云：

一自酒情詩興懶，舞情歌扇闌珊。好天良夜月團圞：杜陵眞好事，留得一文看。歲晚人欺程不識，怎教阿堵流連？楊花榆莢任漫天；從今花影下，只看綠苔圓。

凡此纏綿蘊藉之什，謂其不曾染受易安之洗禮，容可得乎？

總之，辛稼軒詞：就題材說，㈠全是時會的陶冶，自己的生活；就表現上說，完全是天才的奔肆，性格的豪曠。本此兩者之融洽，無畏地創造，故遂有此驚人之成績，有此「前無古人，後無來者」之成績。而評者護示輕詆，斥爲「變調」，如宋徵璧云：「辛稼軒之豪爽，而或傷之霸。」四庫提要云：「辛棄疾詞，慷慨縱橫，有不可一世之概；於倚聲家爲變調。而異軍特起，能于剪翠刻紅之外，屹然別立一宗，迄今不廢。」雖顯推崇，終見排抑，是何識之不達也？彭羡門曰：「稼軒詞，胸有萬卷，筆無點塵；激昂排宕，不可一世。今人未有稼軒一字，輒紛紛爲異同之論；宋玉罪人，可勝三歎！」劉後村云；「惟辛稼軒自度梁肉，不勝前哲；特出奇險，爲珍錯供。與劉後村輩，俱曹洞旁出。學者正可欽佩；不必反唇，并捧心也！」

王國維先生云：「蘇辛詞中之狂。」故「讀東坡稼軒詞，須觀其雅量高致，有伯夷柳下惠之風。」又云；東坡之詞曠，稼軒之詞豪；無二人之胸襟而學其詞，猶東施之效捧西施也。」予謂「有伊尹之志則可，無伊尹之志則篡。」必也，以物觀物，以我觀我，以東坡觀東坡，以稼軒觀稼軒，斯則可矣！此義不獨批評東坡稼軒之詞爲然；但凡鑒賞作品者，皆應具此手眼也！

東坡的詞，隣於理想，趨向享樂；稼軒的詞，得自經驗，重在寫實。拿詩人來比：東坡方太白苦不及，稼軒較少陵實過之。我爲要重新來估量他們的價值之故，不惜費了若干時日的權度，然後才捧出這樣的一個考語，……這樣的一個「新考語」；希望讀者從他們各個人的「作風」，「遭遇」，「經歷」，「秉賦」，「性格」「才氣」，「環境」，「生活」，……等上面去作一個分別而綜合的觀察；則其所得結果，勢必與我所下的考語泯合也。

自來推服稼軒者，要以劉過爲最。他說：「古豈無人，可以似吾稼軒者！誰擁七州都督？雖然陶侃機明神鑒，未必能詩？常袞何如？公羊聊爾。千騎東方侯，會稽中原事；總匈奴未滅，畢竟男兒！」（沁園春前疊，寄辛稼軒。）今當評述既竟，故特引之以作余文之總結。

【附】陳亮

陳亮，字同甫，永康人；幼童時，卽爲參政周葵上客。孝宗隆興初，婺州以解頭薦，上中興五論，不報，居太學上舍。「淳熙中，更名同復，再詣闕上三書，俱不得報。紹熙四年，光宗策進士，親擢爲第一，授簽書建康府判官廳公事，未至官而卒。宋理宗立，端平初，賜謚文毅；所作詞名龍川集。

同甫固是幼安好友，且常抵掌談論天下事；節慨既同，歌詞也自相似了。如七月送丘宗卿使虜云：

小屈穹廬，但二滿三年，共勞均佚。人中龍虎，本爲明時而出。只合是，端坐王朝，看指揮整辦，掃蕩飄忽。也持漢節，聊過舊家宮室。　西方又還帶暑，把征衫著上，有時披拂。休將看花淚眼，問絃骨？對遺民，有如皎日。行萬里，依然故物。入奏幾策：天下裏，定于一。（三部樂）

又送章德茂大卿使虜云：

不見南師久，謾說北羣空？當場隻手，畢竟還我萬夫雄。自笑堂堂漢使，得似洋洋河水，依舊只流東。且復穹廬拜，會向藁街逢。　堯之都，舜之壤，禹之封。于中：應有一個半個恥臣戎？萬里腥羶如許，千古英雄安在？磅礴幾時通！胡運何須問，赫日自當中。（水調歌頭）

凡此皆以當前國勢，發抒胸中傀儡者。毛晉嘗云：「余正喜同甫，不作妖語媚語。」按其所作，多具磊落骨幹；（惟中興詞選所錄七闋是綺豔的）則同甫于詞，自是蘇辛之黨耳。……人但知同甫是一箇擅長政治論式的古文家，而從不識其為北派詞境之一健將也，故特為表而出之。

b. 雄慨超爽之陸游

楊用修詞品說：『務觀纖麗處似淮海，雄慨處似東坡。』毛晉放翁詞跋伸足之道：『予謂超爽處更似稼軒耳。』其實，務觀之詞，並不以纖麗見長；纖麗之詞甚少，不過偶亦為之耳。其最足自拔而使名家者，厥為黨同蘇辛一派；用修評他是東坡之處當，毛晉許他似稼軒之處尤當；所可惜者，但惟『有氣而乏韻』（人間詞語）耳。故吾述曰「雄慨超爽之陸游。」

陸游，字務觀，越州山陰人，以居蜀久，不能忘故土，故號劍南。生於宋徽宗宣和七年。（西曆一一二五年）其十二歲時，即能吟詩作文，以蔭補登仕郎，歷樞密院編修官；孝宗隆興初年，賜進士出身，五為州別駕，嘗有恢復中原之志焉。當王炎宣撫川陝時，為之幹辦公事，歷陳進取之策，頗受知遇。即詩人范致能（大成）帥蜀時，務觀遂為參議官。文字交遊，不拘禮法；人或譏其頹放也，（鶴林玉露則云恃酒頹放）彼因自號放翁。且嘗作詞以寄其慨，他說：

「橋如虹，水如空，一葉飄然煙雨中；天教稱放翁。」（長相思）又在幕府時，賓主每每作詞酬唱，人爭傳誦之。（如務觀在忠州席上作玉蝴蝶。范致能席上作水龍吟之類。）後又遷官江西，知嚴州。紹熙元年內調，嘉泰二年，同修國史，免奉朝請；翌年書成，升寶章閣待制，卽以是年致仕卒，（西曆一二〇三年）共活七十九歲。

陸游的詞與辛幼安齊名，故世嘗有辛陸之稱。他是被人譏爲與幼安同犯掉書袋的毛病的。劉克莊說：

放翁稼軒，一掃纖艷，不事穿鑿；高則高矣！但時時掉書袋，要是一癖。

前面曾經說過，稼軒雖掉書袋；然其才氣大，自然融化入妙，故成高格。務觀沒有稼軒那樣大的才氣，對於書袋當然也就不敢亂掉；換言之，縱使偶然有掉的，也就從不顯些兒痕跡。例如多景樓題詞，

江左占形勝，最數古徐州。連山如畫，佳處縹渺著危樓。鼓角臨風悲壯，烽火連空明滅，往事憶孫劉。千里曜戈甲，萬竈統貔貅。露霑草。風落木，歲方秋。使君宏放，談笑洗盡古今愁。不見襄陽登覽，磨滅遊人無數，遺恨黯難收。叔子獨千載，名與漢江流。（水調歌頭）

雖然用了許多典故，祇覺雄爽自在，終不見得免強！

放翁有志于功名，刻刻以恢復中原爲念；故所以作詞，凡悲壯激烈處，純係真情

之抒寫也。這種境界，可於下例見之：

羽箭雕弓憶呼鷹：古壘截虎，平川吹笳；莫歸野帳，雪壓青氈。淋漓醉墨，看龍蛇，飛落蠻牋。人誤許：詩情將略，一時才氣超然！何事又作南來！看重陽藥市，元夕燈山。花時萬人樂處，欹帽垂鞭。聞歌感舊，尚時時流涕尊前！君記取：封侯事，在功名，不信由天！（漢宮春。初自南鄭來成都作。）

危堞朱欄登覽處，一江秋色。人正是：征鴻社燕，幾番輕別。繾綣難忘當日語，淒涼又作他鄉客。問鬢邊都有幾多絲，真堪織！　楊柳院，鞦韆陌；無限事，成虛擲。如今何處，也夢魂難覓！金鴨微溫香縹渺，錦茵初展情蕭瑟。料也應；紅淚伴秋霖，燈前滴！（滿江紅）

詞統云：放翁呈范至能待制雙頭蓮末句云，「空悵望，鱠美菰香，秋風又起」。又夜聞杜鵑鵲橋仙末句云：「故山猶自不堪聽，況半世飄然羈旅」。去國懷鄉之感，觸緒紛來，讀之令人於邑。此種氣概，蓋卽楊用修指為雄快處似東坡者耳。詞苑叢談說。陸放翁恃酒頹放，一夕，夢故人語曰，「我為蓮花博士，鏡湖新置官也」；陸遂賦鵲橋仙感舊詞云：

華蓋縱博，雕鞍馳射，誰記當年豪舉！酒徒一半取封侯，獨去作江邊漁父。輕舟八尺，低蓬三扇，占斷蘋洲煙雨。鏡湖元自屬閒人，又何必官家賜與？

詞品誌之：謂其『英氣可掬，流落亦可惜矣！』如此言之，則可知放翁也是一個大好男兒了！他的生世志向都與辛幼安同調，他的人生態度是「功名」與「復仇」；復仇功名俱是他的目的，他達到這項目的，不得不效法班超，投筆從戎了，然而，『七十衰，不減當年豪氣。』（謝池春）這樁事業，終於到老沒有『克奏膚功』。他曾有詞總敍其兩度的經歷與志願道：

壯歲從戎，曾是氣吞殘虜；陣雲高，狼煙舉。朱顏青鬢，擁雕戈西戍。笑儒冠，自來多誤。　功名夢斷，却泛扁舟吳楚。愛悲歌傷懷弔古。煙波無際；望秦關何處，歎流年，又成虛度！（謝池春）

可見時勢與光陰的力量太大，終究把他那壯志屈服了。故他也祇得追歎道：『識破浮生虛妄，從人譏謗。此身恰似弄潮兒，曾過了千重浪』：（洛陽春）老年追歎，殊屬無益，惟有少安勿燥地處下而已。故他又說：『老來駒隙驟駸度，算只合狂歌醉舞。金杯到手君休訴，看着春光又莫』。（杏花天）因此，所以他下半世的生活，簡直就是感慨閒適了。這在沁園春詞，可謂刻畫盡致了的。

孤鶴歸來，再過遼天，換盡舊人。念纍纍枯塚，茫茫夢境；王侯螻蟻，畢竟成塵。載酒園林，尋花巷陌，當日何曾輕負春？流年改，歎圍腰帶賸，點鬢霜新。交親散落如雲，又豈料，而今餘此身？幸眼明身健，茶甘飯軟；非惟我老，更有人貧。躲盡危機，消殘壯志，短艇湖中閒採蓴。吾何恨？有漁翁共醉，谿友爲鄰。

因爲放翁的生活有少壯衰老之不同，所以他的詞也就有「激昂慷慨」和「閒散瀟逸」之兩種境界；而詞品乃以淮海東坡爲譬，固自不倫；提要遂說放翁「蓋欲驛騎於兩家之間，故奄有其勝而皆不能造其極」，謬矣！

劉克莊後村詩話續集說：放翁之詞，其「激昂慷慨者，稼軒不能過；飄逸高妙者，陳簡齋朱希真相頡頏；流麗綿密者，欲出晏叔原賀方回之上，而世歌之者絕少。」這種批評，似較精確。太上未能忘情，兒女英雄，正是他的性格；他詞有流麗綿密類乎賀晏之作者，原來亦非例外也。夸娥齋主人，耆舊續聞，鶴林玉露云：放翁初娶唐氏女，於其母爲姑姪，伉儷相得，而弗獲於其姑；放翁雖出其妻，未忍遽絕，遂使爲之別館，時時往焉。其姑知而掩之；雖于事前挈去，終莫能隱，後竟斷絕，亦人倫之大變也。唐後改適同郡趙士程。一一五五年，高宗紹興乙亥之春，適值放翁唐氏均出遊，相值於禹跡寺南之沈氏園；唐語其夫，爲致酒肴，放翁悵然久之，爲賦釵頭鳳詞，題于園壁以寄其恨：

紅酥手，黃藤酒，滿城春色宮牆柳。東風惡，歡情薄；一懷愁緒，幾年離索；錯，錯，錯！春如舊，人空瘦，淚痕紅浥鮫綃透。桃花落，閒池閣；山盟雖在，錦書難託；莫，莫，莫！

唐氏亦作答詞云：

世情薄，人情惡，雨送黃昏花易落。曉風乾，淚痕殘，欲箋心事，獨語斜闌。難，難，難！人成名，今非昨，病魂常似秋千索。角聲寒，夜闌珊，怕人尋問，咽淚妝歡。瞞，瞞，瞞！（放翁妻又嘗逐其妾，妾賦生查子，詞亦工。）

翁晚歲入城，必登寺眺望；不能勝情，則賦詩以遺。及寧宗慶元間，唐氏既死，放翁則更賦詩以悲之，因知翁亦多情人也。吳子律云：許蒿廬嘗疑放翁室唐氏改適趙某事爲出於傅會，而拜經樓詩話亦以齊東野語所敘歲月先後參錯不足信；則當時仲卿新婦之厄，翁子故妻之情，殆好事者從而爲之辭與？然就翁之詞調論，則知釵頭鳳亦固有換平韻者，紅友詞律不收，蓋又疏矣！

大抵放翁詞之有似賀晏者，此類是也。（餘若南昌送別詞及風入松之類，作並不多）。一往深情，笑啼不敢。提要說：「詩人之言，終爲近雅，與詞人冶蕩有殊；其短其長，故具在是也。」厚重而不儇薄，纖麗而不冶蕩，這是放翁詞的特色。

放翁詞似東坡，似稼軒，似陳簡齋，似朱希眞；雖未得兼備諸家之全，然能摘采其長而薈萃融鑄者，辛幼安外，只一人耳。（放翁生卒俱較幼安爲早）嗚呼，放翁蓋亦北派詞壇之雄桀也哉！

【附】

（1）趙師使，一名師俠；字介之，一號坦菴，河南汴人。燕王德昭七世孫，嘗舉進士；所作有坦庵詞，其門人尹先之（名覺）爲之序：說他生於金閨，天性曠吐：連捷兩科，文如湧泉。其所作詞，描寫風景，體狀物態，俱極精巧；斯蓋情性之自然也。但以富貴氣象太重，致足爲其文藝之累耳。不然，則如：「波面輕鷗容與，沙際野航橫渡，不信畫圖工。」「更上危亭高處，從前欄干虛敞，象緯逼璇穹。要盡無邊景，煙雨看空濛！」（水調歌頭）「人生如寄耳，世態逐時移，浮名薄利能幾？方寸膠交馳！麤足生涯隨分，到眼風光可樂，終不羨輕肥。有志但長嘆，無路且單飛。」

（水調歌頭前疊）「世態萬紛變，人事一何忙？胸中素韜奇蘊，匣劍豈能藏？不向燕然紀績，便與漁樵爭席；擺脫是非鄉！要地時難得，閒處日偏長。志橫秋，謀奪衆，讓軒昂？蠅頭蝸角，微利爭較一毫芒。幸有喬林修竹，隨分粗衣糲食，何必計冠裳？我已樂蕭散，誰與共平章！」（水調歌頭）像這一類的風格，豈不與蘇辛之詞等量哉？

煙浪連天寒尚峭，空濛細雨。春去也，紅銷芳逕，綠肥紅樹。山色雲籠迷遠近，灘聲水滿忘難阻。挂片飄掠岸晚風輕，停煙渚。 浮世事，皆如計；名利役，驚時序。歎清明寒食，小舟爲旅。露宿風浪安所賦，石泉榴火知何處。動歸心，猶賴翠煙中；無杜宇。（滿江紅）

江亭送行客，腸斷木蘭舟。水高風快，滿目煙樹織成愁。咿軋數聲，柔櫓拍塞，一懷離恨，指顧隔汀洲。獨立滄茫外，欲去強遲留。 海山長，雲水闊，思難收。小亭深院，歡笑不忍記同遊。唯有當時明月，千里有情還共，後會尚悠悠，此恨無重數，和淚付東流！（水調歌頭）

可知師使的詞，雖不能與蘇辛比價，然亦自是豪放一派矣。湖南毛晉云：「或病其能作淺淡語，不能作綺艷語：余正謂諸家頌酒賡色，已極濫觴；存一淡粧，以愧濃抹。

固亦放翁一流也。」斯言諒哉！

（2）王千秋，字錫老，東平人。著有審齋詞，慷慨磊落，絕少綺艷之態。衡山梁文恭（名次張）詩云：「審齋樂府似花間」，在說未免妄誕矣！其賀新郎石城吊古詞，直可與放翁抗席矣，遑論花間哉！

吊古城頭去，正高秋，霜晴木落，路通洲渚。欲問紫髯分鼎事，只有荒祠煙樹。巫覡去久無簫鼓。霸業荒涼遺堞墜，但蒼崖日閱征帆渡。興與廢，幾今古。 夕陽細草空凝佇；試追思，當時子敬，用心良誤。要約劉郎銅雀醉，底事，爭荊楚。遂但見，吳蜀烽舉；致使五官伸脚，睡喚諸兒畫取長陵土。遺此恨，欲誰語。

「審齋先生世稱有，曾是金陵一耆舊；萬卷書中星斗文，百篇筆下龍蛇走。」（梁文榮讀審齋樂府詩）千秋這等吐囑，雖則緣於時會，但實由其生世之遭際中來。彼嘗自作啓聯云：「少日羈孤，百口星分于異縣；長年憂患，一身蓬轉于四方。」梁文榮贈之詩云：「倚馬當擢塵戰場，脫腕難供掃愁帚。」則其顛危困厄，可想見已！

C 踵武稼軒之劉過

劉過，字改之，其生卒不詳。至其籍貫，詞人姓氏以爲襄陽人，一云太和人；兩說幷存，無所適從？然又或謂其爲新昌人，胡適之則直書爲江西廬陵人，予謂胡說是也。毛晉云：『改之家于西昌』，自號龍洲道人，有龍洲詞一卷。

改之嘗客辛稼軒幕府，初與稼軒不相識。後最相得，其經過如次：當『辛稼軒帥浙東時，朱晦菴張南軒爲倉憲使，劉改之欲見辛，辛不納。二公爲之地云，『某日公宴，君可來；門者不納，但喧爭之，必可入。』改之如所教，門下果喧譁。辛問故，門者以告，辛怒甚。二公因言，「改之豪傑也，善賦詩，可試納之」。改之至，長揖，辛問『能詩乎？』曰，『能。』時方進羊腰腎羹，遂命賦之。改之曰，『甚寒，願乞卮酒。』酒罷，乞韻。時，飲酒手顫，餘瀝流於懷，因以流字爲韻。即吟：『拔毫已付管城子，爛胃曾封關內侯；死後不知身外物，也隨尊俎伴風流。』辛大喜，命共嘗此羹，終席而去；厚餽焉。席散，南軒邀至公廨，置酒語之曰：『先公一生公忠爲國，而厄於命，來挽者，竟無一章得此意，願君爲發幽潛。』改之即賦一絕云：『背水未成韓信陣，明星已隕武侯軍；平生一點不平氣，化作祝融峯上雲』，南軒爲之墮淚。……又稼軒守京口時，大雪，率僚佐登多景樓；改之敝衣曳履而前。辛令賦雪，以難字爲韻。即賦云；『功名有分平吳易，貧賤無交訪戴難。』遂上武昌，作唐多令云：『蘆葉滿汀洲，寒沙帶淺流。二十年重過南樓。柳下繫船猶未穩，能幾日，又中秋。黃鶴舊磯頭，故人曾到不？舊江山都是新愁。欲買桂花同載酒，終不似，少年遊。」辛喜甚。又誦其賀新郎，沁園春詞，遂自此莫逆云。」（輟耕錄及蔣子正山房隨筆）毛晉以為稼軒與改之的小詞多相瀾者，（如西江月之類）正因他們太相交好的關係。

改之於詞，確是稼軒的一個肖徒。「酒酣耳熱，出語豪縱。」（詞苑）「鳴於江西，尼於韋布；放浪荊楚，客食諸侯間。」（桯史）嘉泰癸亥，（西曆一二〇三年）辛稼軒帥越，遣使招之，適以事不及行，因做辛體作沁園春一詞緘往，下筆便逼真。其詞曰：

斗酒彘肩，風雨渡江，豈不快哉？被香山居士，約林和靖，與坡仙老，駕勒吾回。坡謂西湖正如西子，濃抹妝淡臨照臺。二公者，皆掉頭不顧，只管傳杯。白云：「天竺去來。圖畫裏，崢嶸樓閣開。愛縱橫二澗，東西水遶；兩峯南北，高下雲堆。」逋曰：「不然！暗香浮動，不若孤山先訪梅。須晴去訪稼軒未晚，且此徘徊。（風雪中欲詣稼軒；久寓湖上，未能一往，因賦此詞以自解。）

辛得詞大喜，竟邀之去館。歡燕彌月，酬贈千緡。曰：以是為求田資」改之歸，竟蕩於酒，不問也。彼于此詞，意頗自得。岳珂詆之曰：「詞句固佳，但恨無刀圭藥療君白日見鬼症耳。」舉座大噱。（此據詞苑，桯史則云：「然恨無刀圭藥療君白日見鬼症耳，坐中哄堂一笑。」與此略有不同。）然亦未嘗不稱之：所謂詞語峻拔，如尾腔對偶錯綜，蓋出唐王勃體而又變之。」則改之於詞，不特僅是效做辛稼軒，而且還是一個能夠自拔的作者了。

劉改之是一個愛國的志士；曾經致書宰相，陳述恢復宋室之方略；雖不見用，却「不失爲天下奇男子」（宋子虛稱他的）矣！并且一生窮困，至死猶然；對他能關懷者，祇有稼軒一人耳。（韓侂胄很想提拔他，特地派他使金，但亦沒有做到大官。）江湖紀聞說他性疏豪好施，辛稼軒客之。稼軒帥淮時，改之以母病告歸，囊橐蕭然。是夕，改之與稼軒微服登倡樓，適一都吏命樂飲酒，不知爲稼軒也，命左右逐之，二公大笑而歸。即以爲有機密文書喚某都吏，其夜不至。稼軒欲籍其產而流之；言者數十，皆不能解。遂以五千緡爲改之母壽，請言於稼軒；稼軒曰，「未也，令倍之！」都吏如數增作萬緡。稼軒爲買舟於岸，舉萬緡於舟中曰：「可即行，無如常日輕用也！」改之作念奴嬌爲別云：

知音者少！算乾坤許大，著身何處？直待功成方肯退，何日可尋歸路？多景樓前，垂虹亭下，一枕眠秋雨。虛名相誤，十年枉費辛苦。不是奏賦明光，上書北闕，無驚人之語，我自匆忙，天不肯贏得衣裾塵土。白壁堆前，黃金酬笑，付與君爲主。蓴鱸江上，浩然明月歸去。

「劉改之造詞贍逸而有思致」，（輟耕錄語）「平生以氣義撼當世，其詞激烈，讀者感焉。」改之云：「古豈無人，可以似吾稼軒者！」（沁園春）其服膺稼軒，可謂至矣！黃叔暘云；改之，稼軒之客，詞多壯語，蓋學稼軒者也。」吾意改之於詞，初不拘拘於格局，但惟賦其雄傑，具其神似；個性活躍，氣宇軒昂。殊非婢膝奴顏襲之效顰文人可得而比擬也，茲爲再紀其例：

游宦紀聞說：壽皇銳意親征，大閱禁旅，軍容肅甚。郭杲爲殿巖從駕還內，都人初見一時之盛。改之以詞與郭云：

玉帶猩袍，遙望翠華，馬去猶龍。擁千官鱗集，貂蟬爭出；貔貅不斷，萬騎雲從。細柳營開，團花袍容，人指汾陽郭令公。山西將，算韜略有種，五世元戎。旌旗蔽滿寒空；魚陣整，從容虎帳中。想刀鳴似雪，縱橫脫鞘，箭飛如雨，霹靂鳴弓。威撼邊城，氣吞胡虜，慘淡沙塵吹北風。中興事，看君王神武，駕馭英雄！（沁園春）

諸如此類的吐囑，原來即是他自己的懷抱。嘗自述云：

弓劍出榆塞，鉛槧上蓬山。得之渾不費力，失亦匹如閑。未必古人皆是，未必今人皆錯，世事沐猴冠！老子不分別，內外與中間。酒須飲，詩可作，指休彈！人生行樂，何自催得鬢毛斑？達則牙旗金甲，窮則蹇驢破帽，莫作兩般看。世事只如此，自有識鴞鸞！（水調歌頭自述）

改之把當日的情勢看穿了，國家的用人不當其才，自家的本事不得盡展，所以宋室不特不能振興，而且還一天一天的委頓下去哩！

自南宋以來，成天累日的「攘北狄，驅羣盜，命天膺，救蒼生。」（六州歌頭）直到改之的時候，社會仍然沒有寧靜過。那時「正三齊盜起，兩河民散，勢傾上國，泛泛如盃。猛士雲飛，狂胡灰滅；幾會之來，人所共知。」（沁園春）改之一面受着「時勢」「環境」的驅使，一面又受了「先輩」「師友」的提挈；抱負相同，居官有責。他那慷慨磊落的詞調，完全由此幾會之下產生了。黨同辛陸，這事實也並非偶然的哩！

胡適之先生以為改之的詞，屬於辛棄疾一派，「直寫感情，直抒意旨；雖不雕琢，而很用氣力」；這是十分確當的話。在龍洲詞裏，幾乎全是這類作品。其有或在例外者，也是最少的成數。如咏美人之指甲與足的沁園春二首，陶宗儀便推重他「纖刻奇麗可愛」。如別妾的天仙子，詠畫眉的小桃紅諸闋，毛晉便說？「稼軒集中能有此纖秀語耶？」或者據此，便謂如以「斗酒彘肩。風雨渡江，豈不快哉」的作者覗改之，不免有未窺其全相之誚。（如鄭振鐸輩）殊不知這種作品，乃是一般文人的普通現象。凡觀一作家，當要知其基本創作力之所在，而後持論乃不至于落空！若改之之詞，原係傾注全力於稼軒的；是則此評未免過于外行一點了！即如天仙子別妾，語雖纖秀，而其體勢亦係本諸稼軒的。

> 別酒醺醺易醉，回過頭來三十里，馬兒不住去如飛：行一憩，牽一憩，斷送殺人山共水。是則功名眞可喜，不道恩情拋得未？梅村雪店酒旗斜，去也是，住也是。

故詞筌云：『詞有如張融危膝，不可無一，不可有二者。如劉改之「梅村雪店酒旗斜」，固非雅流不能作』矣！

關於改之的這類作品，我很喜歡他的醉太平，爲其含有深厚的感情在內之故。詞云：

> 情高意眞，眉長鬢靑；小樓明月調箏，寫春風數聲。思君憶君，魂牽夢

縈；翠綃香煖雲屏，更那堪酒醒。（閨情。評者以其末二句爲警句。）

改之的詞，當時十分流行。其登武昌所作之唐多令詞，楚中歌者，莫不競唱。（見輟耕錄）至其賀新郎詞，尤爲普及。嘗自跋云：「去年秋，余試牒四明，賦贈老娼，至今天下與禁中皆歌之。江西人來，以爲鄧南秀詞，非也。」唐多令詞已見前錄，其賀新郎詞如下：

老去相如倦；向文君說：似而今，怎生消遣？衣袂京塵曾染處，空有香紅尚軟。料彼此，魂銷腸斷；一枕新涼眠客舍，聽梧桐疏雨秋風顫：燈暈冷，記初見。 樓底不放珠簾捲；晚妝殘，翠蛾狼籍，淚痕流臉。人道愁來須殢酒，無奈愁深酒淺，但託意焦琴紈扇：莫鼓琵琶江上曲，怕荻花楓葉俱淒怨。雲萬疊，寸心遠。

詞至辛稼軒，便好作議論，陸游劉過頗似之。當韓侂胄建議伐金之時，辛陸劉過都是贊成最力，倡論最盛的人；血性銳意，情見乎詞。其壽韓的西江月，覺爾辛劉莫辨，分別不出彼此來了。至其詞價；當放翁時，世稱辛陸；當改之時，又稱辛劉。改之蓋將偶辛陸而上之矣！吳梅云：「改之詞學幼安，而橫放傑出，尤較幼安過之。叫囂之風，於此開矣！」王侍郎曰：

觀渠論到前賢處，
擬我君於近世無！
——王簡卿贈改之詩——

【附】蔣捷

以蔣捷的詞屬于辛派，始自周介存的宋四家詞選。吳梅說：「辛棄疾，學東坡者也。……學之者有劉過蔣捷，已不免劍拔弩張矣！」其實，蔣捷的詞，也學辛幼安，也學姜白石。他的長處，就是在於依傍他人而沒有獨到的本領：學辛既不成，學姜亦不就。

四庫提要云：「捷詞鍊字精深，音調諧暢，爲倚聲家之渠矱。」白石的詞，最工音律；提要以蔣爲倚聲家之渠矱，足見他之服膺白石的表現。舉其詞例，則有：

春晴也好，春陰也好，著些兒春雨越好。如絲繡出花枝裊，怎禁孟婆合皂？梅花風小，杏花風小，海棠風驀地寒峭。些些春光，被二十四風吹老。楝花風，爾且慢到？（解佩令詠春）

這詞裏所說的孟婆，蓋指風言也。詞品云：按北齊李騊駼聘陳。問陸士秀，「江南有孟婆，是何神也？」士秀曰：山海經云，帝之二女，游於江中，出入必以風雨自隨；

以帝女，故曰孟婆。猶郊祀志以地神爲泰媼。」此言雖鄙俚，亦有自來矣！

一片春愁帶酒澆。江上舟搖，樓上帘招；秋娘度與泰娘嬌。風又飄飄，雨又蕭蕭。何日雲帆卸浦橋？（一作「何日歸家洗客袍」）銀字笙調，心字香燒，流水容易把人拋。紅了櫻桃，綠了芭蕉！（一剪梅，舟過吳江。）

如此等婉秀綺麗的詞，不特黨附白石，而且直是南派。毛晉評之說：昔人評詞，盛稱李氏晏氏父子，及耆卿子野子游子瞻美成堯章止矣！蔣勝欲泯焉無聞，今讀竹山詞一卷，語語纖巧，眞世說靡也；字字妍倩，眞六朝隃也。豈其稍劣於諸公耶？或讀招落梅魂一詞，謂其磊落橫放，與辛幼安同調；其殆以一斑而失全豹矣！」

「以一斑而失全豹」，這話頗有左袒南派詞的嫌疑。在蔣捷叢製中，所謂磊落橫放，飄灑悲壯者，其數量正自不減綺靡妍倩之作也！茲特再舉數首以示例。兵後寓吳，嘗作賀新郎詞云：

深閣簾垂繡；記家人，軟語燈邊，笑唱紅透。萬疊城頭哀怨角，吹落梅花滿袖。影廝伴，東奔西走。望斷鄉關知何處？羨寒鴉，到著黃昏後。一點點，歸楊柳。相看只有山如舊：歎浮雲，本是無心，也成蒼狗。明日枯荷包冷飯，又過前頭小阜。趁未發且嘗村酒。醉探枵囊毛錐在，問鄰翁要寫牛經否？翁不應，但搖手！

又如沁園春云：

結算平生，風流債負，請一筆勾。蓋攻性之兵，花園錦陣；毒身之鴆，笑齒歌喉。豈識吾儒，道中樂地，絕勝珠簾十里迷樓。因底嘆，晴乾不去，待雨淋頭。休休，著甚來由！硬鐵漢，從來氣食牛。但只有千篇好詩好曲，都無半點閒悶閒愁。自古嬌波溺人多矣，試問還能溺我否？高抬眼，看牽絲傀儡，誰弄誰收？（次強雲卿詠）

至毛晉所指之招落梅魂詞，乃捷所題爲效稼軒體之水龍吟也。其詞如下：

醉公瓊瀣浮觴些，招兮遣巫陽些。君毋去此，颶風將起，天微黃些。野馬塵埃，汚君楚楚，白霓裳些。駕空兮雲浪，茫洋東下，流君往他方些。月滿兮西廂些，叫雲兮笛淒涼些。歸來兮爲我重倚蛟背，寒鱗蒼些。俯視春紅，浩然一笑，吐出香些。翠禽兮弄晚，招君未至，我心傷些。

此詞句中用「兮」，得自離騷與九歌，（再說古一點。我們可以說是胎息三百篇，但卻與此不類。）句尾用「些」，得自「招魂」，而且如「茫洋東下，流君往他方些」的擒辭遣意，也完全是在摸擬招魂了。

不過，因爲辛稼軒集中有水龍吟一首，完全是用「些」字收韻的；單就這一點說，蔣捷實也受其影響不少了。更有聲聲慢一闋，竟用八個聲字來收韻脚，這也是從稼軒水龍吟詞純用些字收韻的格例脫胎來的。

蔣捷效法稼軒的作品，都只得其形似，具其粗獷：如賀新郎云：「甚矣，君狂矣！想胸中些兒磊塊，酒澆不去！據我看來何所似：一似韓家五鬼，又一似楊家風子。怪鳥啾啾鳴未了，被天公捉在樊籠裏。這一錯，鐵難鑄。」（鄉士以狂得罪，賦此餞行。）又云：「浪湧孤亭起，是當年蓬萊頂上，海風飄墜。」（吳江）沁園春云：「老子平生，辛勤幾年。」（爲老人書南堂壁）女冠子云：「電旋飛舞，雙雙還又爭渡。」（競渡）凡此等詞，學之皆爲皮傳而止。

平心論之，比於規擬白石之作者，却要差遜一籌矣！

蔣捷，字勝欲，義興人，（或作宜興，或作陽羨。）本屬鉅族。「宋南渡後，有名璘，字宜卿者，善書，仕亦通顯，子孫俊秀。所居擅溪山之勝，故其貌不揚。長于樂府。」（湖濱散人題竹山詞）

蔣捷爲宋恭帝德祐進士，（按德祐僅止二年，西曆一二七五至一二七六年。）生當宋末；亡國之後，入元不仕。但遁跡山林而已。著有竹山詞一卷，世稱他爲竹山先生。（蔣捷生年不詳，據胡適之先生說，大約生于一二三五至一三〇〇之間。）以時間論，應該置之於篇末；以作風論，應該歸諸南派。但因劉過蔣捷，自來並及者多，所以把他附在此處備說了。

d. 楊炎

楊炎，號止濟翁，（此據歷代詩餘及毛晉之說；近人胡雲翼云，名炎正，字濟翁，未知何本？）廬陵人。老年登第，偃蹇仕進；居恆悒悒不得志焉，他曾寓居清海西樵山，故遂名其詞爲西樵語業。

楊炎是辛稼軒的朋友，他頗推重稼軒的，嘗作壽稼軒詞云：

壽酒如澠拚一醉，勸君休惜。君不記，濟河津畔，當年今夕。萬丈文章光焰裏，一星飛墮從南極。便御風乘輿入京華，班卿棘。君不是，長庚白；又不是，嚴陵客。只應是，明主夢中良弼。好把袖間經濟手，如今去補天西北。等瑤池侍宴夜歸時，騎箕翼。（滿江紅）

楊炎的詞，大概也是受着稼軒之影響的。「其語業一卷，俊逸可喜，不作妖艷情態。雖非詞家能品，其品之閒閒，可想見云。」（毛晉西樵語業跋）他的登多景樓詞，亦是慷慨磊落而有志氣之吐屬也。

寒眼亂空闊，客意不勝秋。強呼斗酒，發興特上最高樓。舒卷江山圖畫，應奩魚龍悲嘯，不敢顧詩愁。風露巧欺客，分冷入衣裘。忽醒然，成感慨，望神州。可憐報國無路，空白一分頭。都把平生意氣，只做如今顦顇，歲晚若爲謀。此意仗江月，分付與沙鷗。（水調歌頭）

楊炎是有志而不得逞的一個詞人，故說：「功名事，雲霄隔；英雄伴，東南折。對雞豚社酒，依然鄉國。」（滿江紅）雖然老年登第，亦復於身無補。故說：「英雄事，千古意，一凭闌。惜今老矣！無復健筆寫江山。」（水調歌頭）其詞如「一笛起城角，吹破小梅愁」（同上）之類，雖不能有稼軒之雄烈英發，然而排宕俊逸，亦是得其神髓者耳。

（C.）南渡後北派詞之迴光返照

因爲音樂的遷變，而後有詞調的創興：故它的初期之動機，原祇在於合樂就歌；而其內容，端在描摹情態而止。所謂纖細濃縟，纏綿旖旎，遂便成爲詞的正宗。由唐末五代以迄宋初，都是遵循這個作風，未有絲毫變革的。及至蘇東坡出，運用其天才，注力于創造；而詞之格調體製，爲之一變。所謂北派詞之豪放，遂於此時確立了。

文學的「內有函義」有三：一曰抒情，二曰說理，三曰敘事。南派的詞，祇長抒情；而且祇是纖豔之情；橫放傑出，激揚奮厲之類，固其所短。在詞調中，能兼此三事——敘事，抒情，說理。——而有之者，厥惟北派之詞惟能。內函既廣，其用亦備。故自北派之詞出，而「花間爲皂隸，耆卿爲輿臺」；其價值固應遠礫五季，近壓晏柳諸人矣！

然而所謂文學者，原乃時代底下之產物耳。蘇氏而後，北派詞之推進，更二百年，到了這時，國勢委頓，民氣不振。豪壯之氣，蕩焉不存。雖或舉首浩歌，寫其鬱結；然亦不過少數作家之時思奮厲，偶然述作而已。以之與「蘇黃」「辛陸」之世相較，則又遠遜特甚焉。

而且，北派詞自這期之後，由衰微以至於熄滅，沒有恢復再興之可能；且如這時的詞，也不過祇當得「迴光返照」的稱譽能了。

a. 晚宋稱霸之劉後村

劉克莊，字潛夫，號後村，福建莆田人，生于宋孝宗淳熙十四年，（西曆一一八七年）曾以蔭補潮州倅，遷建陽令，師事眞德秀，又移仙都。

淳祐元年，（西曆一二四一年）辛丑八月，宋理宗御批云：「劉克莊文名久著，史學尤精，可特賜同進士出身。」由是遂負一代文學之盛名。他的官運，後來直做到

「中書舍人兼史館」，「工部尚書兼侍讀」。但他不安久居朝內，力求去位：理宗景定三年，（西曆一二六二年）除寶章閣學士，知建寧府；翌年，以煥章閣學士致仕。宋度宗咸淳五年（西曆一二六九年）正月二十九日，劉克莊卒，卒時雙目皆瞎，（左眼瞎於一二六四年，右眼瞎於一二六七年。）諡曰文定，享年八十有三歲。

劉克莊在文學方面的成績，葉水心說他當「建大將旗鼓」，胡適之說他「巍然爲當時一大宗匠。」如行狀所說：「言詩者宗焉，言文者宗焉。言四六者宗焉。」故其文事亦如理宗御書所說：「賦典麗而詩清新，記腴贍而序簡古」了。

克莊的詞，不特胎息辛陸，亦且上溯東坡。他在哨遍詞的自序下說：「昔坡公以盤谷序配歸來詞；然，陶詞既檃括入律，韓序則未也。暇日遊方氏龍山別墅，試效顰爲之，俾主人刻之崖云。」彼之此言。亦可爲其遠追東坡之實證矣！至如胎息辛陸之詞者：如水調歌頭云：「老子頗更事，打透利名關。」滿江紅云：「老子年來，頗自許，心腸鐵石。尚一點，消磨未盡，愛花成癖。」又云：「老夫自計甚審，忙定不如閒。」如此等詞，所作至多，眞是難以遍舉了。

不過，克莊雖是佩服辛陸，然而同時也還駡他「掉書袋」。其實「掉書袋」的技藝，皆文人之所不能免，更何況乎詞人？才氣大的人，融冶鍛鍊，不露棱角；縱掉書袋，自不覺得。否則才稍遜色，處處便都礙眼了。辛陸固掉書袋，妙在自不覺得；後村罵人家掉書袋，而他自己也就是個掉書袋的大手筆。如念奴嬌云：「嘗試詮次羣芳，梅花差可伯仲之間耳。佛說諸天金色界，未必莊嚴如此？尚有靈均，定交元亮，結好天隨子。籬邊坡下，一杯聊泛霜蕊。」水調歌頭云：「客難揚雄拓落，友笑王良來往，而汗背芒寒。」……此類書袋，較之辛陸，正自不減；以其運用自如，終不覺得，是以可貴。後村寬於律己，而窄於律人，遂斥辛陸為掉書袋耳，謬哉！

劉後村詞，楊升菴說他「壯語足以立懦」，毛晉說他「雄力足以排奡」。所作後村別調一卷，可以說全是受着蘇黃辛陸的影響了。如滿江紅云：

金甲琱戈，記當日轅門初立。磨盾鼻、一揮千紙，龍蛇猶溼。鐵馬曉嘶營壁冷，樓船夜渡風濤急。有誰憐猨臂故將軍，無功級。「平戎策，從軍什；零落盡，慵收拾；把茶經香傳，時時溫習。生怕客談楡塞事，且教兒誦花間集。嘆臣之壯也不如人，今何及！」（夜雨涼甚，忽動從戎之興。）

文其夢方孚若之沁園春詞，直與稼軒無殊了：

何處相逢？登寶釵樓，訪銅雀台。喚廚人斫就東溟鯨膾，圉人呈罷西極龍媒。天下英雄，使君與操；餘子誰堪共酒杯？車千輛，載燕南趙北，劍客奇才。

飲酣鼻鼓如雷，誰信被晨雞催喚回！歎年光過盡，功名未立；書生老去，機會方來！使李將軍遇高皇帝，萬戶侯何足道哉？披衣起。但凄涼感舊，慷慨生哀。

張炎嘗評此調，謂其「直致近俗，乃效稼軒而不及者」，夫豈確當之論耶？又送陳子華赴眞州之賀新郎詞，則其激越忠憤之氣，固亦形諸言表矣！

北望神州路：試平章，這場公事，怎生分付？記得太行兵百萬，曾入宗爺駕馭。今把作握蛇騎虎。君去，東京豪桀喜，想投戈下拜「眞吾父」！談笑裏，定齊魯。兩淮蕭索惟狐兎！有人來否？多少新亭揮客淚，誰夢中原塊土？這事業須由人做！問當年祖生去後，堪笑書生心膽怯；向車中閉置如新婦。空目送，塞鴻去。

「國脈微如縷，問長纓何時入手？縛將戎主。未必人間無好漢，誰與寬些尺度。」——（賀新郎）宋室垂亡，志士憤激。在後村的詞調中，往往都有這種的表示的：

吾少多奇節：頗揶揄；玉關定遠，壺頭新息。一劍防身行萬里，選甚南溟北極。看寒雁銜來秋色；不但槊杜夸妙手，管城君亦自無勍敵。終買鞍，恐難些。酒腸詩膽新來窄；向西流，登高望遠，亂山斜日。安得良弓幷快馬，

聊與諸公角力。漫醉把闌干頓拍；莫恨寒蟬離海晚。待與君秉燭遊今夕。歡易買，佳難得！（賀新郎）

年年躍馬長安市，客裏似家家似寄。青錢喚酒日無何，紅燭呼盧宵不寐。易挑錦婦機中字，難得玉人心下事。男兒西北有神州，莫滴水西橋畔淚。（玉樓春）

古今詞話評後村詞云：「貪與蕭郎眉語，不知舞錯伊州；」妙語也。「除是無身方了，有身常有閒愁；」（清平樂）悟語也。後村雖是辛陸一派，然亦自能別創一格，幷不專向前輩乞憐也。

蘇辛詞的長處是「在於有情感，有話說；能謀篇，能造句；篇章皆有層次條理，造語必求新鮮有力」。（胡適之的話）鍛鍊而歸于自然，大方而沒有粉飾。後村黨附蘇辛，嘗能不失其自己的人格；故在當時能夠自樹一家，號召詞壇；是故「偶有題跋，後人輒以爲定衡」（毛晉語）也。

b. 日落西山之餘勢

這時國脈將斬，中原大半皆已淪爲異域：蒙古金元，看着侵逼；當時之士，撫膺高呼。其時詞的作者，蓬生蜂出，大多類似蘇辛一派。蓋因北派詞的格調，便於抒寫激憤悲壯之用故也。其時，李全的兒子李壇，曾有水龍吟詞云：

腰刀首帕從軍戍。樓獨倚，閒凝眺；中原氣象，狐居兔穴，暮烟殘照。投筆書懷，枕戈待旦，隴西年少。歎光陰掣電，易生髀肉，不如易腔改調。世變滄海成田，奈羣生幾番驚擾。干戈爛漫，無時休息，憑誰驅掃。眼底山河，胸中事業，一聲長嘯。太平時相將也，穩穩百年燕趙。

語雖麤豪，亦自伉爽。全雖叛逆跋扈，壇乃盡力於宋，忠國之思，已經微露于詞矣！——再如中興野人題吳江橋壁上之和東坡詞，亦即可以見到其時平民哀響之一般。詞云：

炎精中否？歎人才委靡，都無英物，戎馬長驅三犯闕，誰作長城堅壁？萬里奔騰，兩宮幽隔，此恨何時雪？草廬三顧，豈無高臥賢傑！天心眷我中興，吾皇神武，踵曾孫周發。海嶽封疆俱效順，狂虜會須灰滅！翠羽南巡，叩閽無路，徒有衝冠髮。孤中耿耿，劍芒冷浸秋月！（大江東去）

這首無名氏詞的呼喊，便是當時真正民意底呼喊的代表。這種激越的氣象，實惟蘇辛一派底詞調之所擅長，張晏周吳之所不能到者。所以我們可以這樣說：宋末國勢之顛危，雖然在武力與政權上算是失敗；但於北派詞的遂發，它卻是一個很大的原因哩！

本來，這時北派作者，首先便要數到蔣捷；但因前面已經將它付在劉過之後敘說過了，所以此處不贅：

（1）劉儗。名仙倫，（一作字叔儗）廬陵人，自號招山翁；有招山集。他是一個忠于爲國的志士，故其所作樂章，尤爲時人所膾炙。（黃昇的話）他目覩當時臣工的措施，並沒有爲國家謀畫長治久安之策的志意；當夫社稷危如壘卵的時候，猶復鼓舞昇平，不事修兵，實屬自取滅亡之道。故痛快的喊道：「勿謂時平無事也！便以言兵爲諱。眼底山河，樓頭鼓角，都是英雄淚！功名機會，須要閑暇先備！」（念奴嬌，送張明之赴京西幕。）其忠憤雄傑之豪情，已是躍然紙上矣！至於「感懷呈洪守」之作，尤屬活畫當日怯懦之情勢者：

吳山青處；恨長安路斷，黃塵如霧。荊楚西來行漸遠，北過淮壖嚴扈。九塞貔貅，三關虎豹，空作陪京固。天高難叫，若爲得訴忠語。　追念江左英雄，中興事業，枉被姦臣誤！不見翠華移蹕處，枉負吾皇神武。擊楫憑誰問，禁無計。何日寬憂？顧倚節長嘆，滿懷清淚如雨。（念奴嬌）

天高難叫，可見忠言不聽．南宋帝業，就在這樣的情勢之下送葬了。

（2）王子文與曹西士：南宋晚年的國事不振，到底祇有空叫底武器來關懷國家的文人呼號而已。王子文（名埜，號潛齋。）的西河詞說：

天下事！問天怎忍如此？（闕誰把獻君王？結愁未已。少豪氣概總成塵，空餘白骨黃葦。千古恨，吾老矣！東遊曾吊淮水。繡春台上一迴登，一迴揾淚。醉歸撫劍倚；西風江濤，猶壯人意。只今袖手野色裏：望長淮，猶二千里；縱有雄心誰寄。近新來，又報胡塵起。絕域張騫歸來未？

曹西士（名豳，號東畎。）的原韻和詞云：

今日事，何人弄得如此？漫漫白骨蔽川原。恨何日已？關河萬里寂無煙，月明空照蘆葦。謾哀痛，無及矣！無情莫問江水！西風落日慘新亭，幾日墮淚。戰和何者是？良籌扶危，但看天意。只今寂寞藪澤裏；豈無人，高臥閭里？定相將有詔催公起。須信前書言猶未。

就在這樣的詞句之中，我們可以知道那時的君臣之束手無策。惟一的妙法，只有「但看天意」如何了！

（3）吳毅甫。自從北方蒙古金元相繼倔強起來之後，南宋的君臣，簡直就沒有辦法。那沒有志向的人，只好束手待擒，預備亡國；及使有志向的，也不過登高遐眺，述說興衰。於是那在齊山上的綉春台，也便成了這批愛時愛國的文人們的發洩地帶了。王子文才在綉春台上揾了一回淚，而吳毅甫又要去那上面述懷吊古了。他的滿江紅說：

十二年前，曾上到綉春台頂。雙脚健，不須筇杖，透岩穿嶺。老去漸消狂氣習，重來依舊佳風景。想牧之千載尚神遊，空山冷。　山之下，江水流；江之外，淮山暝。望中原何處，虎狼猶梗。句蠡規模非淺近，石符事業真俄頃。古今宇宙竟如何？無人省！（齊山綉春臺）

其賀新郎前闋云：「說着成淒楚！正塵飛峨嵋灩澦，兔嗥狐舞。頗牧禁中留不住，彈壓征西幕府。使一舸月汀煙渚。四塞三關天樣險，問何人自闢蠶叢路？成敗事，幾今古。」（送吳叔永侍郎）這樣的君臣，這樣的時會，這樣的國家，真是令人不堪提及了。

吳毅甫，名潛，號履齋，寧宗嘉定丁丑（西曆一二一七年）狀元，所著有履齋詩餘行世。

（4）王邁，字實之，號臞菴，仙遊人，嘉定十年，以第四名及第，與吳毅甫同榜，官至教授。爲鄭清之所知，因論事鐫秩，歷判外州。清之再相，召入爲右司郎，卒贈司農少卿。

實之嘗與劉後村友善，環境既同，生性亦合，故其詞調風格，亦頗類似。如念奴嬌之熙春台宴同官詞云：

廚臺雲外；閱古今，多少興衰成敗。老木千章，若個是南國甘棠遺愛。翠纈號風，繁陰蔽日，有此清涼界。賓朋在座，朗然心目明快。更向會景亭前，登高吊古，此景何人會？歲歲春來春又去，獨有靈臺春在。早稻炊香，晚禾搖穗，管取三登泰。釀成春酒，把杯行樂須再。

實之文詞人品，均爲劉後村所賞識。及第之後，「後村嘗贈以詞云：「天壤王郎，數人物方今第一。談笑裏，風霆驚座，雲煙生筆。落落元龍湖海氣，琅琅董相天人策。」其重之如此。（按以上說文詞，此下論人品。）又嘗見翰苑新書，載後村與實之四六啓云：「聲名早著，不數黃香之無雙；科目小低，猶壓牧之之第五。元化孕此五百年之間氣，同瞻立於九萬里之下風。」又云：「朱雲折檻，諸公慚請劍之言；陽子哭廷，千載壯裂麻之語。一葉身輕，何去之勇？六丁力盡，而挽不回。有謫仙人騎馬名娩之風，無杜少陵冶炙殘杯之態。麗人歌陶秀實郵亭之曲，好事繪韓熙載夜宴之圖。擁通德而著書，命便了以沽酒。」觀此，知實之蓋進則忠鯁，退則豪俠；元龍太白一流人也。—（詞品）

（5）戴復古，字式之，號石屏，爲天台詩人。他嘗遊于陸放翁之門，詩詞均頗受其影響。

「蝸角爭多少；是英雄割據乾坤，到頭休了。一片泥塗荒草地，盡是魚龍故道。新堤上，風濤難保。滄海桑田何時變？怕桑田未變人先老。休爲此生煩惱！」（賀新郎。弟兄爭塗田而訟，歌此詞，主和議。）這便是他借題寄意，發揮其胸中底感慨的述作。他的作詞，常是有爲而發，絕不無病呻吟；換句話說，他的作詞不僅是他自己的呼聲，而且是代表當時民間的呼聲的。故其自述詞說：

> 一曲狂歌，有百餘言，說盡平生。費十年燈火，讀書讀史；四方奔走，求利求名。蹭蹬歸來，閉門獨坐，贏得窮吟詩句清。夫詩者，皆吾儕平日愁歎之聲！空餘豪氣崢嶸，安得良田二頃耕？向臨邛滌器，可憐司馬，成都賣卜，誰識君平？分則宜然，吾何敢怨，螻蟻逍遙戴粒行。開懷抱，有靑梅薦酒，綠樹啼鶯。（沁園春）

「分則宜然，吾何敢怨，」「夫詩者，皆吾儕平日愁歎之聲。」這便是他那吊古感時的歌詞的出發點。如滿江紅詞，

> 赤壁磯頭；一番過，一番懷古。想當時，周郎年少，氣吞區宇。萬騎臨江貔

虎嘯，千艘烈炬魚龍怒。卷長波一鼓困曹瞞，今如許！江上渡，江邊路。形勝地，興亡處。覽遺蹤，勝讀史書言語。幾度東風吹世換，千年往事隨潮去。問道傍楊柳爲誰春？搖金縷。

則便是弔古的。感時一類的詞甚多，略舉賀新郎二闋以示例：

百尺連雲起；試登臨，江山人物，一時俱偉。旁挹金陵龍虎勢，京峴諸峯對峙。隱隱接揚州歌吹。雪浪舞從三峽下。乍逢迎，海若談秋水；形勝地，有如此。使君一世經綸志，把風斤月斧，來此等閑遊戲。見說樓成無多日，大手一何容易？笑天下紛紛血指；醖釀春風與和氣。舉長江變作香醪，美人共樂醉桃李。（豐眞州建江淮偉觀樓）

憶把金罍酒；歎別來，光陰荏苒，江湖宿留。世事不堪頻著眼；贏得兩眉長皺。但東望，故人翹首。木落山空天遠大，送飛鴻，北去傷懷久。天下事，公知否？錢塘風月西湖柳。渡江來，百年機會，從前未有。喚起東山丘壑夢，莫惜風霜老手！要整頓封疆如舊。早晚樞庭開幕府；是英雄，盡爲公奔走。看金印，大如斗。（寄豐宅之）

戴式之詞，有辛稼軒之激厲與其秀，無蔣勝欲之劍拔而弩張，要不失爲晚宋北派之大手筆焉。

（6）張輯，字宗端，鄱陽人，自號東澤。所作詞有東澤綺語債二卷，朱湛盧為序，說他「得詩法於姜堯章，世所傳欸乃集，皆以為采石月下，謫仙復作，不知其又能詞也。」

張輯的詞，「皆以篇末之語而立新名。」（黃昇）凡有述作，也和式之一樣；初無措意，但不過興會一到，便爾秉筆直書而已。他在東仙詞裏嘗說：「東澤先生，誰說能詩？興到偶然。但平生心事，落花啼鳥；多年盟好，白石清泉。……（寓沁園春）他既被環境的淘洗 也就不能叫他忘卻國事。詞以國事為題材，當然多有慷慨淒涼之音了。其月上瓜洲云：

江頭又見新秋，幾多愁？塞草連天，何處是神州？ 英雄恨，古今淚，水東流，唯有漁竿，明月上瓜洲。（寓相見歡。南徐多景樓作。）

張輯對他自己底詞的評價，頗自不凡；他要壓倒秦淮海，而且還要自作新詞新譜，並不蹈襲前人的。故說：

……羞殺秦郎淮海，詠千古。要看自作新詞，雙鸞飛舞。趁月底重修簫譜。

……（月底修簫譜，寓祝英臺近。乙未之秋，高郵朱史君，錢塘、關舟中作。」

（7）宋謙父，名自遜，別號壺山，南昌人。文雄高絕當代，一時名流皆敬愛之，所作有漁樵笛譜。詞調多學東坡。如送戴石屏之沁園春詞，首三句完全用陶淵明歸去來辭語檃括入調，卽是其證。至如題雪堂詞之賀新郎，簡直不減蘇辛風度了。詞云：

喚起東坡老，問雪堂幾番興廢，斜陽衰草？一月有錢三十塊，何苦抽身不早！又底用北門摛藻，儋耳蠻煙添老。色和陶詩，翻被淵明惱。到底是，忘言好。

周郎英發人間少。謾依然，烏鵲南飛，山高月小。歲月堂堂留不住，此世何時是了？算不滿英雄一笑。我在豐淮千斗酒，把新愁舊恨都傾倒。三弄笛，楚天曉。

（8）劉鎮，字叔安，別號隨如。以文名於時，曾與劉潛夫唱和。所作詞有隨如百詠，刊於三山。劉克莊評之云：「叔安劉君，落筆妙天下。間爲樂府；麗不至褻，新不犯陳。借花卉以發騷人墨客之豪，託閨怨以寓放臣逐子之感；周柳辛陸之能事，庶乎其兼之矣，然詞家有長腔，有短闋。坡公戚氏等作，以長而工也。唐人憶秦娥之詞曰：『西風殘照，漢家陵闕。』清平樂之詞曰：『夜夜常留半被，待君魂夢歸來。』以短而工也！余見叔安之似坡公者矣；未見其似唐人者！叔安當爲盡余發秘藏，以若李衛公兵法，妙處不以教人也！」（跋劉叔安感秋八詞）是則劉鎮的作風的是東坡一派，且能具有周柳詞之價值，與夫辛陸二人之長處者！

思君夢裏說邯鄲；未成歡，以炊殘。斷送春歸，風雨霎時間。空有生前醫國手，醫不到，子孫寒。欲登詩境吊方干！倩誰看，北邙山。落落晨星，不見暮雲還。莫在人間寄食客，尋見後，匹如閑。（小重山，吊方檢詳）

（D）宋亡以後的呼聲

晚宋時期的詞人，雖是成天價的在那裏吶喊着國破家亡，然而大家都還存着「或可補救於前一」的夢想。到了這時，簡直國是亡定了，沒有一線恢復的可能了！那種創痛，實爲前此所未曾有過的。

尤其是汪元量與文天祥，他們那種沉痛的呼號，雖千百世下，讀其詞者，不禁爲之慘慽也！當此日本侵佔我國東三省的時候，撫讀其詞，應宜振聾發聵，奮起圖之矣！事在國人自爲之。（當余著書至此，適爲日本開兵艦五十艇到下關，准備破轟南京，中央預備遷都鎮江，——誰知後來却是遷都洛陽——以及日本兵艦六艘開到重慶，迫令劉湘簽定王家沱租界的消息轉入耳鼓之時，故不覺其持論之出乎範圍也。大中華民國二十年十二月二十日。)

(1)劉辰翁，字會孟，廬陵人，曾舉進士。遭值世亂，隱居不仕。作風豪邁，格調自然；勁拔雋逸，尤多新意。所作須溪集，大都感時傷事，頗致「禾黍離離」之痛焉。如云：「父老猶記宣和事，抱銅仙淸淚如水。還轉沙河多麗，晃漾明光連邸。………」(寶鼎現)其關懷家國之念深矣！

燒燈節，朝京道上風和雪。風和雪，江山如舊，朝京人絕！　百年短短興亡別，與君猶對當時月。當時月，照人燭淚，照人梅髮。(憶秦娥)

(2)汪元量：字大有，號水雲，錢塘人。以善琴，供奉內庭爲琴師。德祐二年(西曆一二七六年)隨宋恭帝赴北留燕，久之，黃冠南歸，往來匡廬彭蠡間。所作水雲詞，心懷故土，悲悼極矣！亡國之慘，可勝道哉！

鼓鞞驚破霓裳，海棠亭北多風雨。歌闌酒罷，玉啼金泣，此行良苦。駝背模糊，馬頭匼匝，朝朝暮暮。自都門燕別，龍艘錦纜，空載得春歸去。　目斷東南半壁，悵長淮已非吾土。受降城下，草如霜白，淒涼酸楚。粉陣紅圍，夜深人靜，誰賓誰主？對漁燈一點，羈愁一搦，譜琵琶中語。(水龍吟。淮河舟中，夜聞宮人琴聲。)

金陵故都最好！有朱樓迢遞。嗟倦客又此憑高，檻外已少佳致。更落梨花，飛盡楊花，春也成憔悴。問青山：三國英雄，六朝奇偉？　麥甸葵丘，荒臺敗壘，鹿豕銜枯薺。正潮打孤城，寂寞斜陽影裏。聽樓頭哀笳怨角，未把酒愁心先醉。漸夜深月滿秦淮，烟籠寒水。　悽悽慘慘，冷冷清清，燈火渡頭市，慨商女不知興廢，隔江猶唱庭花，餘音亹亹。傷心千古，淚痕如洗。烏衣巷口青蕪路，認依稀王謝舊鄰里，臨春結綺。可憐紅粉成灰，蕭索白楊風起。　因思疇昔，鐵索千尋，謾沉江底。揮羽扇，障西塵，便好角巾私第。清談到底成何事？回首新亭，風景今如此！楚囚對泣何時已！歎人間今古眞兒戲。東風歲歲還來，吹入鍾山，幾重蒼翠。（鶯啼序，重過金陵。）

（3）鄧剡，字光薦，廬陵人。或謂名光薦，字中甫。官至禮部侍郎，作文天祥幕府；嘗從衛王於海上，事敗投水，不得死，至爲元兵所得。張弘範異器其行，待以賓禮，終不屈節。詞有中齋集。發亡國以後的創痛，異常沉摯，非故作危詞之聲可比也。其南樓令云：

雨過水明霞，潮回岸帶沙。葉聲寒，飛透窗紗。懊恨西風催世換，更隨我，落天涯！　寂寞古豪華，烏衣日又斜。說興亡，燕入誰家？只有西來無數雁，和明月，宿蘆花。（或以此詞爲文信國作者誤。）

（4）汪夢斗，字以南。宋度宗咸淳初年，官爲史館編修。其時，賈似道封魏國公，多行不法；以南劾之，遂遭能黜。隱居不出十餘年。他歷驗喪亡，多所憤慨。宋亡之後，元世祖入主中國，想啓用他；仍使進京，終不屈節，遂成北遊詞一卷。如

西北有神州，曾倚斜陽樓上頭。目斷淮南山一抹，何由？載淚東風灑汴流。

何事却狂遊？直駕驢車度白溝。自古幽燕爲絕塞；休愁！未是窮荒天盡頭。

（南鄉子）

一類的詞，眞是『孤臣危涕，孽子墜心』；悲歌當哭，不堪回首的了。（夢斗後亦被釋南歸）

（5）文天祥，初名雲孫。宋理宗寶祐三年乙卯，（西曆一二五五年）以字貢於鄉，遂改字宋瑞，又字履善，吉水人。登寶祐四進士第一，歷官右丞相，兼樞密使，加少保，封信國公。宋亡，爲元兵所執，留燕三年，以不屈節遇害。時元世祖至元十九年也。（西曆一二八二年）他生於宋理宗端平三年，（西曆一二三六年）共活五十七歲。

文天祥身受的痛苦，亡宋諸人皆不能及。他的人格，他的憤慨，都可以任正氣歌

中看到的。他雖身在縲絏，死在旦暮，尤不亡情於恢復宋室，立志雪恥。末世澆漓，節氣湮滅。對其人，讀其詞者，仰能知所警惕否？

水天空闊，恨東風不惜世間英物。蜀鳥吳花殘照裏，忍見荒城頹壁。銅雀春情，金人秋淚，此恨憑誰雪！堂堂劍氣，斗牛空認奇傑。那信江海餘生，南行萬里，送扁舟齊發。正爲鷗鷺留醉眼，細看濤生雲滅。睨柱吞嬴，回旗走懿，千古衝冠髮。伴人無寐，秦淮應是孤月！（大江東去。驛中言別友人。）

「蜀鳥吳花殘照裏，忍見荒城頹壁，」是何等的感慨？「銅雀春情，金人秋淚，」是何等的情致？「堂堂劍氣，」「此恨憑誰雪，」是何等的志向與氣慨？「睨柱吞嬴，」「回旗走懿，」是何等的信心與毅力？當其北去時，作沁園春一闋留題張許廟云：

爲子死孝，爲臣死忠，死亦何妨？自光嶽氣分，士無全節，君臣義缺。誰自剛腸？罵賊睢陽，愛君許遠，留得聲名萬古香！後來者，無二公之操，百鍊之鋼！嗟哉人生，翕欻云亡；好轟轟烈烈做一場！使當時賣國，甘心降虜；受人唾罵，安得流芳！古廟幽沉，遺容儼雅，枯木寒鴉幾夕陽！郵亭下，有奸雄過此，仔細思量！

詞旨壯烈，昭然自與日月爭光矣！他已決心要學張巡許遠之以忠孝而殉國家，他已決心要轟轟烈烈的暴其剛操而流芳萬古；然而自從「光嶽氣分！士無全節，君臣義缺」；「當時賣國，甘心降虜。」大廈將傾，一木難扶；俄而宋室既已亡矣！蹐天跼地，豈有及哉！

草舍離宮轉夕暉，孤雲飄泊欲何依？山河風景元無異，城郭人民半已非！滿地蘆花和我老，舊家燕子傍誰飛？從今別却江南日，化作啼鵑帶血歸！

—文天祥，過金陵作—

（6）王清惠與馮熙之：宋恭帝德祐二年，（西曆一二六七年）正月十八日，元兵入杭，宋謝全兩后皆赴北。有王昭儀，名清惠者，題滿江紅於驛壁云：

太液芙蓉，渾不是舊時顏色！曾記得，承恩雨露，玉樓金闕。名播蘭馨妃后裏，暈潮蓮臉君王側。忽一朝鼙鼓揭天來，繁華歇。龍虎散，風雲滅；千古恨，憑誰說。對山河百二，淚沾襟血。驛館夜驚塵土夢，宮車曉碾關山月。願嫦娥相顧肯從容，隨圓缺！

不料后宮妃妾，乃有七尺鬚眉氣度；志存宗社，關切家國：設令假之以黃鉞白旄，使其得專征伐；則趙宋之天下，將未見其卽歸淪亡也。文天祥讀詞至句末；作而歎曰：

「惜哉夫人，於此少商量矣！」遂更爲她增作二首，藉申其志；感人之切，有如是者。

回憶當夫宋室垂亡之時，雖然有很多的人在不絕的喊着救國；然而其勢已盡，也就莫可如何。那種呼號的結果，也不過僅是「徒然」而止。當時識者如馮熙之，每於悲痛之餘，作出訕笑的諷刺。如大歲日作之西江月，即是其例：

老子齊頭六十，新年第一今朝。放開懷抱不須焦，萬事付之一笑。　煙柳效顰翠斂，露桃獻笑紅妖。已拚行樂到元宵，尚可追隨年少。

這種冷笑的眼淚，比之號淘大哭的眼淚更又真切了。看到宋室的國破家亡，便是佐證。

馮熙之，名取洽，號雙溪翁，福建延平人。

南宋類此的作家至多，難以盡舉，這裏不過僅是擇舉幾個較爲重要的。像這一類作家，完全是時勢所壓榨出來的。受環境的影響者多。受蘇辛的關係者少。——不過，因爲蘇辛一派的詞調長於訴說這類的感情，（這也就是北派詞的價值之一）所以他們也便走上了這個道路上去。

第三節　宋南派詞之婉約及其流衍

引論 南派婉約詞之評價

在前第二節的「引論」裏，我們可以看到千年以來的國人，對於宋詞南北兩派的評價了。千年以來的學者，都「衆口同聲」，毫無異辭的，齊以南派爲正宗；而於北派，重則詆之以「大雅罪人」，「終乖本色」；輕則斥之爲「別格」，爲「變體」。故王炎曰：詞之價值，厥以「婉約宛轉嫵媚爲善，豪壯語何貴焉」？這種僻見，一至到了今天，我們才用現代的文學眼光來重新估量它的價值，更替東坡稼軒等人申冤！

晚唐五代，在政治上是黑暗時期，在文學上是醞釀時期。五十年間，凡有五次革命的事實；則社會的不安定，政治不就軌道，今日猶可推知。當此擾攘亂離底局勢之下，君人乃有撇開政治不管，而專工哀怨愁苦之辭的。身爲君主，不恤國政；社稷蒼生，視若蔑有。獨能管領文壇，創述詞體；臣民嚮化，宛若草之從風。此蓋側艷詞調際此倡盛之所由來也。

——如南唐後主李煜等，彼于詞壇之勳績，豈必小於其「治國家」哉？然而宋太祖且嘗譏之曰：「李煜若以作詞工夫治國家，豈爲吾所俘也！」就普通評價論，則文學遠不逮乎政治，其來固已久矣！然其絕對之眞價值，政治僅限於一時，文學却爲永久的，其言當否，固無足辨。

五季情勢如此，所以其時作者工爲「婉約蘊藉」，「悽切哀怨之詞」。蘇軾當宋盛世，氣象恢宏：故能脫去拘束，翦滌豔靡。後人作詞，務爲豔體，多存綺羅香澤之態；故至推尊婉約的南派爲正宗，而目北派爲變體。

夫「詞以艷麗爲宗」，不應流於穢褻。是故宗元鼎（梅岑）曰：「詞以艷麗爲工；但艷麗中須近自然本色；若流爲淺薄一路，則鄙俚不堪入調矣！」宗氏此論，最爲持平。蓋「詞者，其緣情造端，興于微言，以相感動。極命風謠里巷，男女哀樂，以道幽約怨悱不能自言之情；低徊縹渺，以喻其致。」（詞選序）「側隱盱愉，感物而發；觸類條鬯，各有所歸。非苟爲雕琢曼辭而已。」（張惠言）以故詞的自身，與詩無殊。「賦情獨深，逐境必寤；醞釀日久，冥發於中。雖鋪叙平淡，摹繪身近；而萬感橫集，五中無主。讀其篇者：臨淵窺魚，意爲魴鯉；中宵驚電，罔識東西。赤子隨母啼笑，鄉人緣劇喜怒，可謂能出矣！」（周濟）它在這一方面，（功用的方面）實即與戲曲無殊！然而常人論詞，以爲無非嘲風弄月，感時傷世；其所詠歌，僅止限於一人之言，一人之感，無益世用，豈不悖哉！

我於詞的評價，既已如上所述。而考其所以分派之由，則實因緣於對象之差異。

（1）拋開了兒女情柔，纏綿旖旎的情緒；而別闢生面的去抒寫其經天緯地的懷抱，悲壯激烈的感情，淋漓縱橫的氣慨者，是爲北派。（２）專事描摸婦人女子與兩性間之情態，狹邪伉儷或同於五倫的離懷別索，而用「複雜纏綿」「濃密細緻」的筆調以表達之者，是爲南派。

南派之詞，在前僅不過是小令。到了這個時候，篇幅也加長了，（由小令而曼詞）用途也加廣了，格調也增多了，民間的性分也更普遍了。它的價值雖然不啻北派之大，然而較諸五季，確是已經更爲進步的了。

一 北派時期

北宋南派詞之蓬勃代作

（小引）初期承漸之概略——錢維演等

宋初之詞，未脫花間舊蹊，完全承其餘緒；此亦宛如唐初之詩，猶然胎息六朝艷體也。當時作者，如錢維演，王禹偁，潘閬，……等輩，所爲詞調，簡直和五代的風格沒有什麼區別。

潘閬，字逍遙。有酒泉子十首，皆詠西湖景色之作。淺淡而不沉厚，沒有甚麼獨特的價值。

王禹偁，字元之，鉅野人，太平興國八年進士，官至蘄州倅。寫情也不沉厚，夠不上當這個時期的代表。

錢維演（字希聖）是吳越王錢俶的兒子，（降宋之後，官至同中書門下平章事，坐擅議宗廟及與后家通婚之罪落職，後以崇信軍節度使致仕。）他的小詞，可說全和五代風尚相同：假如要說得過火一點，也可以說他是從五代到兩宋的橋梁。他是五代詞壇的媵臣；宋詞之得承繼，全由他的給與。其晚年所作之玉樓春詞，悱惻悽惋，堪稱逸唱。彼于謫貶漢東日，酒闌歌之，必爲泣下。乃爲詞曰：

城上風光鶯語亂；城下煙波春拍岸。綠楊芳草幾時休？淚眼愁腸先已斷！

情懷漸變成衰晚；鸞鏡朱顏驚暗換。昔年多病厭芳樽，今日芳樽惟恐淺！

（木蘭花）

後來晏氏父子，旣曉音律，尤善言情；振起風尚，光大五代之詞壇。其成績之造就，遠非唐五代人所可企及。繼而興起之作家，如歐陽修張先柳永秦觀之輩，風起雲湧，流布社會；上至帝王，下至閭里小民，莫不競習於此矣！

而於體式方面，則到了這時，更有慢詞的開拓；努力創新詞壇之局面，並不株守前此之成規了。

（A）晏氏父子之繼往開來

五代之詞，南唐最盛。趙匡胤統一中國，更號曰宋；其時詞人之足名家者，便是晏殊。殊子幾道，亦能克紹鴻緒，先後稱美。然若論其詞品，要皆以二主一馮爲歸耳。——不過，晏氏的詞雖是師法南唐，然亦頗能不爲所囿，自創新格，時有獨到之處也。

詞到北宋，自從慢詞興起之後，大都以鋪敍見長，不以小詞著稱。惟有晏殊，他是北宋詞人的先輩，秉承五代，最爲近質；故能獨以小令擅長，異乎柳永一流的作家。自他以外，若歐陽修與其幼子幾道等，在小詞一方面，也皆有很好的產品，極高的成績。

（1）晏殊，字同叔，江西臨川人，生於宋太祖淳化二年。（西曆九九一年）七歲卽能屬文，張知白安撫江南，以神童薦；眞宗景祐二年召見，命與進士千餘人並試廷中，神氣不懾，援筆力成。眞宗嘉異，特賜同進士出身，累官翰林學士左庶子，使之盡讀秘書閣書。每取諸訪，率用方寸小紙，細書問之。繼事仁宗，尤加信愛；仕至同中書門下平章事，兼樞密使。嘗因疾病請歸，仁宗不許，留侍經筵。至和二年（西曆一〇五五年）卒，仁宗臨奠，輟以不得親視其疾爲恨，特爲罷朝二日，以誌哀慕，謚曰元獻。

同叔平居好賢，當世知名之士，如范仲淹孔道輔歐陽修輩，皆出其門；富弼楊察，皆爲其婿。及其爲相，益務進賢材；而仲淹與韓琦富弼，皆以進用；於時大治。又慨自五代以來，學校荒廢，教育不振；乃請范仲淹教授生徒，獎掖後進，爲當時倡。這些舉措，都是對於國家的「政治」「文化」很有關係的事業，算他一生最偉大的成績了。

同叔賦性剛簡，遇人以誠。他雖少年顯達，頗受人主特遇；花團錦簇，亦復爲時宗仰。然其持身律己，却能自奉如寒士。宋史說他奉養清儉，則他依然保持着書生的面目，而不失其原來之本色也。至其下筆，則「爲文瞻麗，應用不窮；尤工風雅，閒作小詞」。每有所作，類皆閑雅而有情思。如玉樓春云：

池塘水綠風微暖，記得玉眞初見面；重頭歌韻響錚琮，「入破」舞腰紅亂旋。玉鉤闌下香階畔，醉後不知斜日晚；當時我共賞花人，點檢如今無一半。

〔註〕「入破」是大曲中的一部分。王靜安先生云：「入破，則曲之繁聲處也。」

殊赴杭，道出維揚，憩大明寺。瞑目徐行，使吏誦壁間詩，戒其勿言姓名，終篇者無幾。又誦一詩云：「水調隋宮曲，當年亦九成；哀音已亡國，廢沼尚留名。儀鳳終陳迹，鳴蛙只廢聲，淒涼不可問，落日背蕪城！」徐問之，乃江都王琪所作。（王琪，字君玉，華陽人，舉進士，官至樞密直學士，禮部侍郎，所製詞有謫仙長短句。）召至同飲，又同遊池上。其時春晚，已有落花；「每得句，或彌年未嘗強對；且如「無可奈何花落去」，至今未有偶。」琪應聲曰：「似曾相識燕歸來，如何？」殊大喜，遂辟置館職。（苕溪漁隱叢話）詞曰：

一曲新詞酒一杯，去年天氣舊亭臺；夕陽西下幾時迴？　無可奈何花落去，似曾相識燕歸來；小園香徑獨徘徊！

劉攽中山詩話以為「同叔酷喜陽春集，跡其所作，亦自不減馮延己之樂府也。若玉樓春詞，「重頭歌韻響琤琮，入破舞腰紅亂旋」一聯，皆管絃家語也。然而花落一聯，實其得意之作，故詩與詞兩出之。入詞之妙，尤勝於入詩，可與馮氏相競矣！」與梅云：「滿目山河空念遠，落花風雨更傷春」二語，較「無可奈何」勝過十倍，而人未之知，可云陋矣！詞云：

一向年光有限身，等閒離別易消魂；酒筵歌席莫辭頻！　滿目山河空念遠，落花風雨更傷春；不如憐取眼前人（浣溪沙）

此詞雖然情致纏綿，而胸襟磊落，雄壯豪邁；較之寄意落花，宛轉聲容者，固自大相逕庭矣！

葉夢得避暑錄話云：「晏元獻公雖早富貴，而奉養極約；惟喜賓客，未嘗一日不燕飲。……每有嘉客必留，……亦必以歌樂自佐，談笑雜出。……夜稍闌，即罷遣歌樂，曰：『汝曹呈藝已遍，吾當呈藝。』乃具筆扎，相與賦詩，率以為常。」大抵這類樂詞，珠玉集中要佔多數。如：

淡淡梳粧薄薄衣，天仙模樣好容儀；舊歡前事入顰眉。　閒役夢魂孤燭暗，恨無消息畫簾垂；且留雙淚說相思。（浣溪沙）

露蓮雙臉遠山眉，偏與淡粧宜；小庭簾幙春晚，閒共柳絲垂。　人別後，月圓時，信遲遲。心心，說盡無憑，只是相思。（訴衷情）

淡薄梳粧輕結束，天付與臉紅眉綠。斷環書素傳情久，許雙飛同宿。　一餉無端分比目；誰知道，風前月底，相看未足？此心中，擬覓鸞絃重續。（紅窗聽）

柳條花纇惱青春，更那堪飛絮紛紛。一曲細絲，清脆倚朱唇。斟綠酒，掩紅巾。　追往事，惜芳辰，暫時間留住行雲。端的自家心下眼中人，到處覺尖新。（鳳銜盃）

晏同叔詞的題材，因爲受着生活的影響，故其所表現的，全都屬於享樂。至其格調，雖也工巧穠艷，胎息延己；然却能於「閑雅富麗」之中帶着一種「凄婉」的意味，所以他有很高的風格。無如這類小詞，前人都是深自隱晦，彷彿若有貶損其人格之意者。昔者，伊子幾道嘗謂蒲傳正曰：「先君平日小詞雖多，未嘗作婦人語也。」（按見苕溪漁隱叢話與詩眼，詩眼更有數句。）實則同叔但不作猥褻語耳，并非不作穠情艷語也。叔原此說，雖欲爲乃翁諱，其言固可以爲信乎？古今詞話說得好：

賢如寇準晏殊范仲淹，勳名重臣，不少艷詞；卽丁謂賈昌朝夏竦，亦有綺語流傳。嘗不以人廢言也！

然則晏殊縱作婦人語，又有何害呢？

宋代詞人，到了晚年，總是傷感的多，惟有同叔始終如一。因爲他的爵祿能夠相伴他的年齒以終老；雖有感歎，亦終自得。且如漁家傲詞，便是其例：

畫鼓聲中昏又曉，時光只解催人老，求得殘歡風日好。齊唱道，神仙一曲漁家傲。綠水悠悠天杳杳，浮生只得長年少。莫惜醉來開口笑：須信道，人間萬事何時了！（漁家傲）

這就是晏同叔的人生觀：他以人生本是游戲，本是大夢；故他主張飲酒享樂。只要能實現他的享樂，使也於願斯足了。

但他也有類似北派詞的壯麗之作者。王靜安說：「詩蒹葭一篇，最得風人深致。晏同叔之蝶戀花，意頗近之。但一灑落、一悲壯耳。」詞云：

檻菊愁煙蘭泣露；羅幕輕寒，燕子雙飛去。明月不諳離別苦，斜光到曉穿朱戶。昨夜西風凋碧樹，獨上高樓，望盡天涯路。欲寄彩箋無尺素，山河水闊知何處？

同叔的詞調，但注意聲調的自然，辭句的活潑；只要表現的流動諧暢，清新婉約，也就夠了。若要擊刻板式的音律來繩度牠，則亦「句讀不葺之詩耳」。這樣，不特冤枉了晏同叔，且亦懂不得詞，抹煞牠的價值了！馮煦宋六十一家詞選敘言，評之最當。他說：

詞至南唐二主作於上，正中和於下；詣微造極，得未曾有。宋初諸家，靡不祖述二主，憲章正中。譬之歐虞褚薛之書，皆出逸少。晏同叔去五代未遠，馨烈所扇，得之最先；故左宮右徵，和婉而明麗，為北宋倚聲家初祖。

同叔的詞，和婉而明麗，他是北宋倚聲家的初祖，這是無論何人都不能夠否認的。

（2）晏幾道，字叔原，號小山。他是同叔之第七子。宦途偃蹇，嘗監潁昌許田鎮，不如乃父之顯赫，可知有幸與不幸焉。至如詞境，方有凌駕乃翁之概。而孫洙之詞，亦多爲其所奪，（藝林學山）是可以知其價格矣！他有小山詞二卷，黃庭堅曾爲之序。文中述其個性至詳；大抵他之仕宦路薄者，都是由於他的怪癖所促成的。不然，以同叔之權勢，豈有不能致其幼子乘雲遊霧者？黃序說：

晏叔原，臨淄公之莫子也。磊隗權奇，疏於顧忌！文章翰墨，自立規模。常欲軒輊人，而不受世之輕重。諸公雖愛之，而又以小謹望之；遂陸沉於下位。平生潛心六藝，玩思百家；持論甚高，未嘗以沾世。……余嘗論，叔原固人英也，其癡亦自絕人……………仕宦之連蹇，而不能一傍貴人之門，是一癡也。論文自有體，不肯一作新進士語，此又一癡也。費資千百萬，家人寒飢，而有孺子之色，此又一癡也。人百負之而不恨，己信人，終不疑其欺己，此又一癡也。

不能依傍貴人之門，當然沒有官給他做；論文自有體，並不以當世功令之文（新進士語）爲是，當然要啓時人的貶謫。他對於時人所加的毀譽則不受，而他品題時人的持論則便毫無顧忌。其餘姑置勿論，單就這兩件事說，已是頗夠陸沉不振的了！更何況他「磊隗權奇」，「持論甚高」？則雖千年之後，我亦不禁拍案長喊道：「叔原固人英也，其人格與識見，亦自超絕人！」

有他這種「異乎人」的性格，獨特的見解，所以他的樂府，常「寓以詩人句法；淸壯頓挫，搖動人心。士大夫傳之，以爲有臨淄之風爾，罕能味其言也」。文自有體，故「其樂府可謂狹邪之大雅，豪士之鼓吹。其合者，高唐洛神之流；其下者，豈減桃葉團扇哉」？單就小詞而論，亦不至自甘於承繼五季詞人已也。

雕鞍好爲鶯花住，占取東城南北路。儘教春思亂如雲，莫管世情輕似絮。

古來都被虛名誤，寧負虛名身莫負？勸君頻入醉鄉來，此是無愁無恨處。

（玉樓春）

花信來時，恨無人似花依舊。又成春瘦，折斷門前柳。　天與多情，不與長相守。分飛後，淚痕和酒，占了雙羅袖。（點唇絳）

休休莫莫，離多還是因緣惡。有情無奈思量著：月夜佳期，近寫香箋約。心心口口長恨昨，分飛容易當時錯。後期休似前歡薄！醉買靑樓，莫放春閒却！（醉落魄）

小山的詞，完全是表現他那自然的浪漫，並非迷戀於肉欲；但其不能深刻沉厚，是其一弊。然而或者不察，每每以辭害意，自誤誤人；是故黃庭堅說：「若乃妙年美士，近知酒色之娛；苦節臞儒，晚悟裙裾之樂；鼓之舞之，使宴安酖毒而不悔，是則叔原

之罪也哉！」（豫章文集）

叔原嘗以鷓鴣天詞爲宋仁宗所賞識，由是身價更高，風靡一世。古今詞話記之云：「慶曆中，開封府與棘寺同日獄空，仁宗宮中宴集，宣晏幾道作鷓鴣天以歌之；得旨受賞。大意先賦昇平之盛，又見祥瑞之徵；而末句略近之，極爲得體。所傳「朝來又奏圜扉靜，十樣宮眉捧壽觴」句是也；亦以誌一時之治化云。」今爲備錄如次，以便稽考：

碧藕花開水殿涼，萬年枝外轉紅陽；昇平歌管隨天仗，祥瑞封章滿御床。

金掌露，玉爐香，歲華方共聖恩長。皇洲又奏圜扉靜，十樣宮眉捧壽觴。

（「皇洲」詞話作「朝來」，想係筆誤。）

程伊川嘗問晏叔原以「夢魂慣得無拘檢。又踏楊花過謝橋」之句，笑曰，「鬼語也！」其意亦甚賞之。按此叔原之鷓鴣天詞也：

小令尊前見玉簫，銀燈一曲太妖嬈。歌中醉倒誰能恨？唱罷歸來酒未消！

春悄悄，夜迢迢；碧雲天共楚宮遙。夢魂慣得無拘檢，又踏楊花過謝橋。

晁无咎云：「叔原不蹈襲前人語，而風調閑雅。如『舞低楊柳樓心月；歌罷桃花扇底風』。知此人不住三家村也。」（按此詞自來均誤以爲元獻作，然而按之詞例，則實殆指叔原言之也。）叔原之鷓鴣天詞云：

彩袖慇懃捧玉鍾，當年拚却醉筵紅。舞低楊柳樓心月，歌盡桃花扇影風。

從別後，憶相逢；幾回魂夢與君同。今宵賸把銀釭照，猶恐相逢是夢中！

其最末二句，自來亦爲文人所稱賞，則知此詞是亦名作也已。然我尤喜其「帶易成雙人恨成雙晚」一詞，言淺意深，非妙手不能辦：

黃菊開時傷聚散，曾記花前共說深深願。重見金英人未見，相思一夜天涯遠。羅袖同心閒結徧，帶易成雙，人恨成雙晚。欲寫彩箋書別怨，淚痕早已先書滿。（鷓鴣天）

所以陳質齋詳論其詞說：「叔原在諸名勝集中，獨可追逼花間，高處或過之。」像如此一類的小詞，非但較勝花間，即是迺父同叔，亦决非其匹敵也。故周介存云：「晏氏父子，仍步溫韋；小晏精力尤勝。」這在他們的師法方面的認定，雖與前面所引偶氏之論不同；然於子勝其父之說，却與鄙見吻合的。

不過，所謂二主一馮，所謂溫韋，在大體上却無若何的差別。就個性說，自然彼此各不相侔；「詞至李後主而始大，」這一點，則是溫韋之輩所以不及的。是故晏氏父子之詞績，非但溫韋所不及，且可追配李氏父子矣！故毛晉說：

諸名名勝詞集，刪選相半，獨小山集直逼花間，字字娉娉嫋嫋，如攬嬙施之袂；恨不能起蓮鴻蘋雲，按紅牙板唱和一過；晏氏父子，具足追配李氏父子云。

所謂蓮鴻蘋雲，蓋歌者也。叔原嘗爲蘋雲作詞贈之云：

夢後樓臺高鎖，酒醒簾幕低垂。去年春恨却來時；落花人獨立，微雨燕雙飛。記得小蘋初見，兩重心字羅衣。琵琶絃上說相思；當時明月在，曾照彩雲歸。（臨江仙）

叔原小山詞一卷，原稱補亡，皆係樂歌；亦且抒其聞見與懷抱，顧非濫作也。無名氏小山詞跋曰：「補亡一編，補樂府之亡也。叔原往昔，浮沉酒中；病世之歌詞不足以折酲解慍，試續南部諸賢餘緒，作五七字語，期以自娛。不獨敘其所懷，兼寫一時杯酒間聞見，所同遊者意中事。嘗思感物之情，古今不易。竊以謂篇中之意，昔人所不遺，第于今無傳爾。故今所製，通以補亡名之。始時，沈十二廉叔，陳十君龍，家有蓮鴻蘋雲，品清謳娛客；每得一解，卽以草授諸兒。吾三人持酒聽之，爲一笑樂。已而君龍疾，廢臥家，廉叔下世；昔之狂篇醉句，遂與兩家歌兒酒使俱流傳于人間。自爾郵傳滋多，積有竄易。七月己巳，爲高平公綴緝成編。追維往昔過從飲酒之人！或隴木已長，或病不偶。考其篇中所記，悲歡離合之事；如幻如電，如昨如夢；前塵但能，掩卷憮然。感光陰之易遷，嘆境緣之無實也。」（按此文胡適之以爲小山自跋，把玩其辭，殊不大類；今從劉毓盤說。）

就時次說，叔原似應置諸秦觀柳永之後；爲因敘述上之便利起見，不好叫他與同叔隔開，所以也便提前論列了。

（B）歐陽修之雅麗

晏殊門下以文學見稱的只有歐陽修一人；而在詞的一方面，晏殊之後，求能繼嗣其緒者，亦只有歐陽修一人。但若就其價值說，則歐陽修的詞，實要遠勝晏殊之上的。

歐陽修，廬陵人，字永叔；其在滁州時，自號醉翁，晚年又號六一居士。何謂六一？樂府紀聞說：永叔中歲居潁，蓋嘗集古一千卷，（歐陽修嘗集三代以來金石一千卷，爲集古錄。）藏書一萬卷，有琴一張，有棊一局，有酒一壺，而公以一翁，老於五物之間，目以爲娛，故號六一耳。他曾兩試國子監，一試禮部，皆第一；擢進士甲科，補京留守推官。景祐初，召試，遷館閣校勘。歷官至禮部侍郎，兼翰林侍讀學士，進樞密副使，參知進士。宋神宗熙寧四年，（西曆一〇七二年）以觀文殿學士太子少師致仕；翌年卒，諡文忠。他生于宋眞宗景德四年，（西曆一〇〇七年）共活六十六誠。

他的事蹟至多，此處不暇詳述。其在人格方面，則風義節氣，爲時宗仰；至於著述：古文與韓愈并齊；新詞則獨多創獲。因之名望甚重，成功了文學史上極其重要的人物了。

大家讀到歐陽修的文章，見其肩擔統道，香色古樸，一定認他爲呆板死鈍的人物；誰還料到他是一位感情最熱烈，體物最深到，享受最豐富的一位純粹文藝的創作家呢？羅泌六一詞序說：「公賦性至剛，與物有情；蓋常致意於詩，爲之本義。溫柔敦厚，所得深矣！吟詠之餘，溢爲歌詞；有平山堂集，盛傳於世，曾怪樂府雅詞，不盡收也。公嘗自云，所作多在三上間，三上者，枕上馬上廁上也。」這一段話，可謂說透他的品格和其詞之產生的來源了。

所以，歐陽修詞，是他生活力之流瀉：他餘外的觀察很精密，而自然界給予他的印象也深緻；用此物我間所排擠出來的感情，而更加之以想像，調之以人格。故能婉麗妙於東坡，（尤展成語）品格無愧唐人（羅大經語）也！王靜安云：「馮正中玉樓春詞，「芳菲次第長相續，自是多情無處足；尊前百計得春歸，莫爲傷春眉黛促」—永叔一生專學此種。」他的傑作，如庭院深深一闋，鑄就了八百年來的名句：

庭院深深深幾許？楊柳堆烟，簾幕無重數。玉勒雕鞍游冶處，樓高不見章臺路。　雨橫風狂三月暮；門掩黃昏，無計留春住。淚眼問花花不語，亂紅飛過秋韆去。（蝶戀花）

此詞造語蘊藉，意境高邁，詞家實難與匹。迺古今詞人，獨惟欣賞其首句，不識何故。李易安酷愛之甚，竟用其語擬作「庭院深深」數闋；用以相較，去之遠矣！楊升庵云：「一句中連三字者，如『夜夜夜深聞子規』，又『日日日斜空醉歸』，又『更更更漏月明中』，又『樹樹樹梢啼曉鶯』，皆善用疊字也。」余謂楊例雖亦為三字連疊，比之歐作，實有難易之分：因為凡屬句首或句末之疊字易為力，而句中之疊字不易工；此歐詞之所以獨貴也！王靜安先生云：「永叔詞只如無意，而沈著在和平中見；」其評最為的當。

侯鯖錄甚推歐公「綠陽樓外出鞦韆」之句，他說：「此翁語甚妙絕，只一「出」字，是後人著意道不到處。」（晁補之）王靜安謂此句完全本於馮正中之「柳外秋千出畫牆」（上行杯）一語，不過歐語尤工耳。詞云：

堤上遊人逐畫船，拍堤春水四垂天，綠陽樓外出鞦韆。　白髮戴花君莫笑？六么催拍盞頻傳，人生何處似尊前！（浣溪沙）

又有詠荔子詞云：

五嶺麥秋殘，荔子初丹：絳紗囊裹水晶丸。可惜天教生遠處，不近長安！往事過開元，妃子偏憐；一從魂散馬嵬關。只有紅塵無驛使，滿眼驪山！（浪淘沙）

林賓王荔子雜志曰：「詩餘荔子之詠，作者既少，遂無擅長；獨歐陽公浪淘沙一首稍存感慨悲涼耳。」

陸務觀獨賞永叔之平山堂詞，他在老學菴筆記中說：「『水流天外地，山色有無中』，王維詩也。權德輿晚渡揚子江詩云：『遠岫有無中，片帆煙水上。』已是用維語。歐陽公長短句云：『平山闌檻倚晴空，山色有無中；』詩人至是，蓋三用矣！然公但以此句施於平山堂爲宜，初不自謂工也；東坡先生乃云：『記得醉翁語，山色有無中。』則似謂歐陽公創爲此句，何哉？」詞云：

平山闌檻倚晴空，山色有無中。手種堂前楊柳，別來幾度春風？ 文章太守，揮毫萬字，一飲千鍾。行樂直須年少，尊前看取衰翁！（朝中措，詠平山堂。）

墨莊漫錄云：「楊州蜀岡上大明寺平山堂前，歐陽文忠公手植楊柳一株，謂之歐公柳；公詞所謂『手植堂前楊柳，別來幾度春風者』。薛嗣昌作守，相對亦種一株自榜曰薛公柳，人莫不嗤之。嗣昌既去，爲人伐之；不度德有如此者！」然，『山色有無中，』此語終不可解。詞苑云：「或謂平山堂望江南諸山甚近，公短視故耳。東坡爲公解嘲，乃賦快哉亭詞云：『記得平山堂上，欹枕江南煙雨，杳杳孤鴻。記得醉翁語，山色有無中。』蓋山色有無，非煙雨不能也。然公詞起句是『平山闌檻倚晴空』，安得煙雨？恐東坡終不能爲公解矣！」東坡之於其人品及詞，蓋亦深致慕念之甚焉：嘗作西江月詞詠之道：

三過平山堂下，半生彈指聲中；十年不見老仙翁，壁上龍蛇飛動。　欲弔文章太守，仍歌楊柳春風；休言萬事轉頭空，未轉頭時先夢！

再如永叔咏春草的少年遊詞：

闌干十二獨凭，春晴碧遠連雲。千里萬里，二月三月，行色苦愁人！謝家池上，江淹浦畔，吟魄與離魂。那堪疎雨滴黃昏：更特地，憶王孫！

不惟君復聖俞二詞不及，求諸唐人溫李集中，亦殆與之爲一矣！（吳虎臣語）羅大經曰：「歐陽公雖遊戲小詞，亦無愧唐人花間集，」有旨哉！

歐陽修的人生態度，與晏殊有些相同；不過他更要來得雄厚，來得灑落罷了。以他自身的天才，驅使其高越的藝術手腕以抒寫其豐富的情緒，自是不同凡響的作品了！以上所舉的詞，雖然情致豐厚，但卻并非香艷。要之，歐陽修雖是宋代第一文宗，他卻不屑於矯情做作，以故頗有這類的小詞。如：

鳳髻金泥帶：龍紋玉掌梳；走來窗下笑相扶，愛道「畫眉深淺入時無」。弄筆偎人久，描花試手初；等閒妨了繡工夫，笑問雙鴛鴦字怎生書？（南歌子）

又如玉樓春詞。能於豪放之中，顯露沈著之致，所以較諸前作尤高：

尊前擬把歸期說，未語春容先慘咽。人生自是有癡情，此恨不關風與月。離歌且莫翻新闋，一曲能教腸寸結。直須看盡洛陽花，始共春風容易別。（玉樓春）

今日北地游，漾漾輕舟；波光瀲灩柳條柔。如此春來春又去，白了人頭！好妓好歌喉，不醉難休。勸君滿滿酌金甌：縱使花時常病酒，也是風流！（浪淘沙）

宋世道學大倡之後，世人遂以凡涉情態之詞皆爲淫靡；甚謂永叔仔肩道統，似不應有此等香豔之作；因而多方迴護，曲爲解說者。曾慥樂府雅詞序云：『歐公一代儒宗，風流自命；詞章幼眇，此所矜式。當時小人，或作艷曲，謬爲公詞，今悉刪除。』蔡絛西清詩話謂『歐詞之淺近者，皆是劉煇僞作。』又云，元豐中，崔公度跋馮延巳陽春詞云：其間有人六一詞者，今柳三變亦有雜入平山堂集者，則知浮艷者皆非公作也。』（見古今詩話引）湘山野錄云：『公不幸。晚爲憸人搆艷詞數曲射之，以成其毀。嗟哉，不能爲之力辯。』至名臣錄，則云：修知貢舉，爲下第舉人劉煇等所忌，因以醉蓬萊望江南譏之。王銍默記載有歐陽公之望江南雙調云：

江南柳，葉小未成陰。人爲絲輕那忍折，鶯憐枝嫩不勝吟；留取待春深。

十四五，閒抱琵琶尋。堂上簸錢堂下走，恁時相見已留心，何況到如今？

初，奸黨誣公盜甥，公上表自白云：『喪厥夫而無托，攜孤女以來歸；』張氏此時年方十歲。錢穆父素恨公，笑曰：『此正學簸錢時也。』按歐公此詞出錢氏私志，蓋錢氏昭因公五代史中多毀吳越，故醜詆之。其詞之猥褻，必非公作，不足信也。

詞苑說：『歐公小詞，間見諸詞集。陳氏書錄一卷，其間多有與陽春花間相混者，亦有鄙褻之語一二廁其中者，當是仇人無名子所爲。近有醉翁琴趣外篇，凡六卷，二百餘首；所謂鄙褻之語，往往而是，不止一二也。前題東坡序八九語，云散落尊酒間，甚爲人所愛；詞雖小技，其工有取焉者。詞氣卑陋，不類坡作，益可以證詞之僞。」毛晉于此不能決，而曰『集中更有浮艷傷雅，不似公筆者；先輩云，疑以傳疑可也。』我以爲東坡的序跋，容或依託；至於歐詞鄙褻，無庸別辯。文學的價值，原不必要合乎道德的條件；誠不可以舉此概彼也！

永叔詞集留存現在的，計有三種。一爲六一詞，毛氏六十名家詞詞集本，甚通行。二爲醉翁琴趣外篇，三爲近體樂府；皆吳氏雙照樓叢書本，稍難得。且如詞苑所說：『鄙褻之語，往往而是。』歐陽修好飲酒，所以他叫醉翁；歐陽修好放蕩不羈的享樂，所以他便纏綿悱惻。所當注意者，因爲他所抒寫的是『純愛的欣慕』和『高潔的同情』，故其所表現的『情素』是『宛轉流動』，『自然眞摯』。站在文學的觀點上說，歐詞匪但不鄙褻，而且是他描寫他『充實的生命』與乎『自然的享樂』之成功。遺類的詞例，在醉翁琴趣外篇中却自不少啊！

把酒花前欲問君，世間何計可留春，縱使青春留得住，虛語無情花對有餘人！依是好花須落去，自古紅顏能得幾時新？暗想浮生何好事，惟有清歌一曲倒金尊！（定風波）

極得醉中眠，迤邐翻成病。莫是前生負你來？今世裏，教孤冷！　言約全無

定，是誰先薄倖？不惜孤眠慣成雙，奈奴子心腸硬！（卜算子）

樓前亂草，是離人方寸。倚遍闌干意無盡。羅巾掩，宿粉殘，眉香未減，人與天涯共遠！香閨人知否？長是懨懨，擬寫相思寄歸信。未寫了，淚成行；早滿香牋，相思字，一時滴損！便直饒伊家總無情；他拚了一生，爲伊成病！（洞仙歌令）

還有醉蓬萊一首，較之此詞，更爲親切：

見羞容斂翠，嫩臉勻紅，素腰裊娜；紅藥闌邊，惱不教伊過。半掩嬌羞，語低聲顫；問道，「有人知麼？」強整羅裙，偸回波眼，佯行佯坐。更問：「假如事還成後，亂了雲鬟，被娘猜破；我且歸家，你而今休呵！」更爲娘行，有些針線，誚未收囉。却待更闌，庭花影下，重來則個！（醉蓬萊）

一個努力於「文以載道」的古文家，能爲這種眞實的「男女之情」的抒寫，很是出乎意料以外的事罷？其實不然！無論甚麼道學家，這種情致總是絕滅不了的；不過因爲他們戴上假面具，不肯袒白示人耳。歐陽修雖也講究道統，但却性情逼眞，不肯做假；處事接物，無往而不赤裸裸地。跡其行事，亦可參證：

侯鯖錄云：歐陽公閒居汝陰時，有二妓甚穎，凡修歌詞盡記之。修於筵上戲與之約，言他年當來作守。去後數年，修果自維揚移汝陰，二妓已不復見矣！視事之明日，飲同官于湖上，種黃楊樹子；修因作詩留于擷芳亭云：「柳絮已將春色去，海棠應恨我來遲。」後三十年，東坡作守，見詩而笑曰：「是豈杜牧之落葉成陰之句耶？」修之放達率眞，皆此類也！

歐陽修謫滁州時，一同年將赴閬。倅因往訪，卽嘗爲一曲歌以送之。飄逸淸遠，李白之品流也！都下盛傳，歌詠不綴。詞云：

記得金鑾同唱第，春風上國繁華。而今薄宦老天涯；十年歧路，孤負曲江花！聞說閬山通閬苑，樓高不見君家！孤城寒日等閒斜；離愁無盡，紅樹遠連霞！（見湘山野錄）

他在河南任推官時，親暱一妓。其時，錢文僖（惟演）爲西京留守，而梅聖俞尹師魯皆同在幕下。一日，後園宴飲，座客皆集，而歐與妓均不至；俟經多時方來。錢責妓云：「未至，何也？」妓云：「因中暑，往涼堂睡覺，失金釵，猶未見。」錢曰：「若得歐推官一詞，當爲償汝。」歐乃卽席賦臨江仙詞云：（此見堯山堂外紀和野客叢談。一說，謂歐公爲郡幕日，因郡宴，與官妓往苒，郡守得知，令妓求歐詞以免過，公遂賦此詞。）

池外輕雷池上雨，雨聲滴碎荷聲。小樓西角斷虹明：闌干私倚處，遙見月華生！　燕子飛來窺畫棟，玉鈎垂下簾旌。涼波不動簟紋平；水晶雙枕畔，猶有墮釵橫！（臨江仙，妓席。）

一座擊節，膾炙人口。錢卽令妓滿斟酒進修，而命公庫償鈫。野客叢談以爲此詞正祖李商隱之偶題詩，他說：李詩云：「小亭閒眠微醉消，石榴梅柏枝相交；水紋簟上琥珀枕，旁有墮釵雙翠翹。」此詩使是修詞之所自出耳。至「池外輕雷池上雨」，用李商隱「芙蓉塘外有輕雷」之語也；「好風微動簾旌，」用唐花間集中語也。命意造語均有出處，兼能清新幽越，所以稱高。王世貞詞評云。歐陽永叔一生雖不能常作麗語，然如「當路遊絲牽醉客，隔花啼鳥喚行人」；與東坡之「彩索身輕常趁燕，紅窗睡重不聞鶯。」勝八百倍，終難企及也。

且如以上所說，單就歐陽修的文學本事來評量他！雖然他也頗從事於「古文」方面的努力，但如核其功價，終亦不能超出他的詞績之上耳。

【附一】司馬光

司馬光只是一個史學家，本來不以詞名；但以如此骨鯁之臣而有如此情致蘊藉的表現，也可知道宋代這種——詞的——文學之勢力了。

侯鯖錄云：司馬文正公言行俱高，然亦每有謔語；嘗作西江月詞，風味極不淺也：

寶髻鬆鬆挽就，鉛華淡淡粧成；紅煙翠霧罩輕盈，飛絮遊絲無定。　相見爭如不見，有情還似無情；笙歌散後酒微醒，深院月明人靜。

東皋雜錄說：世傳司馬温公有西江月一詞今復得錦堂春云：

紅日遲遲，虛廊轉影，槐陰迤邐西斜；彩筆工夫，難狀晚景煙霞。蝶尚不知春去，漫遶幽砌尋花。奈猛風過后，縱有殘紅，飛向誰家？　始知青鬢無價，歎飄零官路，荏苒年華；今日笙歌叢裏，特地咨嗟。席上青衫濕透，算感舊何止琵琶？怎不教人易老；多少離愁，散在天涯！（苕溪漁隱叢話引）

又去今詞話亦載錄其阮郎歸之本意小詞曰：

漁舟容易入深山，仙家日月閒；倚窗紗幌映朱顏，相逢醉夢間。　松露冷，海霞殷，悤悤整棹還。落花寂，水潺潺，重尋此路難。（青箱雜記亦有此詞）

諸其詞調風格，實亦永叔之流亞；蓋緣二人者，行止節慨，多有相類之處故也。

光字君實，夏縣人。宋仁宗寶元初，登進士甲科，累官至龍圖閣直學士。英宗熙寧初，遷翰林學士御史中丞，進樞密副使　不拜。因與王安石不合，出知永興軍。哲宗立，更起爲相，拜門下侍郎，進尙書左僕射。尋卒，（元祐元年，西曆一〇八六年）贈太師溫國公，諡曰文正。瞻其狀貌，面長而鬚眉疏朗，尤足起人敬思，頗似不類其詞格者！

【附二】　僧仲殊——張揮

揮字仲殊，姓張氏，安州人。嘗舉進士，其妻以藥毒之，遂棄家爲僧。居杭州吳山寶月寺，（亦云居承天寺）工於長短句。東坡先生與之往來甚厚：因他常常食蜜以解其藥，東坡遂以蜜殊呼之。所作詞有寶月集七卷行世。

仲殊愛作艷詞，或有作詩箴之者，置不顧也。嘗造郡中，接坐之間，見庭下有一婦人投牒，立於雨中；守命仲殊詠之。因即口就一詞云：

濃潤浸衣，暗香飄砌，雨中花色添憔悴。鳳鞋濕透立多時，不言不語厭厭地。　眉上新愁，手中文字，因何不倩鱗鴻寄？想伊只訴薄情人，官中誰管閒公事！

崇寧中之某一夕，仲殊忽上堂辭衆，歸閉方丈門，旋即縊死於枇杷樹下；輕薄子爲更其詞曰：「枇杷樹下立多時，不言不語厭厭地。」（中吳紀聞）亦可謂善謔也矣！——後來火化之時，則見舍利五色，不可勝計。鄒忠公爲之作詩云：「逆行天莫測，雉作瀆中經；漏滅風前質。蓮開火後形。鉢盂殘蜜白，鑪家冷煙輕；空有誰家曲、人間得細聽。」（老學菴筆記）

東坡志林云：「蘇州仲殊師利和尙，能文，尙詩及歌詞；皆操筆立成，不點竄一字。」元豐末，張詵樞言龍圖之守杭也，一日，宴客湖上，劉涇巨濟，偕仲殊在焉。樞言命即席賦詩曲。巨濟先唱云：「憑誰妙筆，橫掃素縑三百尺。天下應無，此是錢塘湖上圖。」仲殊遽云：「一般奇絕，雲淡天高秋夜月；費盡丹青，只這些兒畫不成！」樞言又出梅花，邀二人同賦。仲殊即作前章曰：「江南二月，猶有枝頭千點雪；邀上芳樽，却占東君一半春！」巨濟不能繼也。——後陳襲善云：「我爲續之。」曰：「尋前眼底，南國風光都在此；移過江來，從此江南不復開！」（復齋漫錄）就在這些地方，亦可見其急智。

花菴詞選錄仲殊訴衷情詞共五首，今舉二首以示例：

湧金門外小瀛洲，寒食更風流。紅船滿湖歌吹，花外有高樓。　晴日暖，淡煙浮，恣嬉遊。三千粉黛，十二闌干，一片雲頭。（寒食）

清晨簾幕捲輕霜，呵手拭梅妝。都緣自有離恨，故畫作，遠山長。　思往事，惜流光，易成傷。未歌先斂，欲笑不顰，最斷人腸！（眉意）

黃叔暘云：「仲殊之詞多矣！佳者固不少，而小令爲最。小令之中，訴衷情一闋，又其最。蓋篇篇奇麗，字字清婉，高處不減唐人風致也。」余則以爲仲殊之詞，專尚婉約纖艷，自是南派餘緒；以其缺乏沉重氣度之故，終下唐人數等耳。黃昇之言，未免推重太過了罷。

【附三】韓琦

歐陽修於並世文人，無所推許，惟獨服膺韓琦。且嘗因事歎曰：「累百歐陽修，何敢望韓公？」（語林）豈亦未必推許其文詞，而獨服膺其事功歟？

韓琦，字稚圭，安陽人，宋仁宗天聖五年（西曆八八五年）進士第二人。嘉祐初，歷官同中書門下平章事，集賢殿大學士，進右僕射；再進司空，兼侍中。封儀國公，進封衛國公，再進封魏國公。神宗熙寧八年（西曆一〇七五年）卒，贈尚書令，諡忠獻；徽宗追論定策功，贈魏郡王，有安陽集。

仁宗皇祐初年，他鎮揚州時，嘗用望江南調撰維揚好四章，所謂「二十四橋千步柳。春風十里上珠簾者」是也。後能相，出鎮安陽，復援前例作安陽好詞十章。可見他雖勞心國事，不得在詞壇上專心致力。顧其性格亦頗好之矣！所作點絳唇詞，最爲人所快炙的：

病起懨懨，庭前花影添憔悴。亂紅飄砌，滴盡真珠淚。　惆悵前春，誰向花前醉？愁無際，武陵凝睇，人遠波空翠。

楊升庵說：「范文正公，韓魏公。一時勳德重望；而范有御街行詞，韓有點絳唇詞，皆極情致。予友朱良規嘗云：『天之風月，地之花柳，與人之歌舞，無此不成三才。』雖戲語，亦有理也。」

【附四】梅聖俞

梅聖俞是歐陽修的好友，他們對於文學的嗜好亦大抵相同。能改齋漫錄說：王君玉有燕詞云：「江南燕，輕颺繡簾風。二月池塘新社過，六朝宮殿舊巢空；頡頏恣西東。王謝宅，曾人綺堂中。煙徑掠花飛遠遠，曉窗驚夢語忽忽；偏占杏梁紅。」歐陽修酷愛其次疊之「煙徑掠花」一聯；梅聖俞則以爲不若李堯夫燕詩之「花前語澀春猶冷，江上飛高雨乍晴」二句也。其實，兩詞的風格完全相類，僅不過是價值上之差別而已。從認識上來判斷他們的嗜好，可以說是完全相同的。

聖俞最享盛名的詞調是蘇幕遮詠草；他的價值，非但與六一的少年遊同妙，且已早開秦七詞調之先聲：

露堤平，煙墅杳；亂碧萋萋，雨後江天曉。獨有庾郎年最少；窣地青（春）袍，嫩色宜相照。接長亭，迷遠道；堪恨王孫，不計歸期早。落盡梨花春又了；滿地殘陽，翠色和煙老。（蘇幕遮，詠草。）

聖俞之在當世，雖祇以詩顯名，然於詞的表現，固亦未嘗沒有獨到處；所謂少游一生專學此等，（劉融齋語）似亦幾乎立了宗派的。——又有禽言四章，不拘拘於詞調的規律。只是任情抒寫，大胆創造的。詞云：

泥滑滑，苦竹岡；雨瀟瀟，馬上郎。馬蹄凌兢雨又急，此鳥為君應斷腸。

婆餅焦，兒不食。爾父向何之？爾母山頭化為石；山頭化石可奈何，遂作微禽啼不息。

提壺盧，沽美酒；風為賓，樹為友。山花撩亂目前開，勸爾今朝千萬壽。

不如歸去，春山云暮。萬木兮參天，蜀道兮何處？人言有翼可高飛，安用空啼向春樹。

陶宗儀云：「此詞與文與可題竹十字令俱長短句；金元人皆有和詞，而不可以被之管絃者也。」（輟耕錄）

溫叟詩話云：呂士隆知宣州，好笞妓；適杭妓到，喜之。一日，欲笞宣妓，妓曰；「不敢辭，但恐杭妓不安耳。」士隆宥之。梅聖俞記之以詞，殊不成調；若云謝秋娘，則又尙差一句也。詞曰：

莫打鴨，打鴨驚鴛鴦，鴛鴦新向池中浴，不比孤洲老禿鶬！

讀此二例，我們可以知道聖俞卻是想要盡力改革詞調的人；不過力量輕微，所志未成罷了！

梅聖俞，名堯臣，宣城人。生於宋眞宗咸平五年，（西曆一〇〇二年）以從父詢蔭爲河南主簿，歷鎭安判官。仁宗召試，賜進士出身，爲國子監直講。遷尙書屯田都官員外郎。嘉祐六年（西曆一〇六一年）卒，所著有宛陵集行世。

（C）張先詞之承啓

北宋的詞：在張先以前，是小令的世界；在張先以後，是慢詞（長調）的世界。張先介乎其中，旣已紹繼晏氏與歐陽修之餘緒，又爲開示柳永與秦觀之新業者。（慢詞至柳永而盛，固非自永創始也。）「繼往開來」之謚號，先實當之無愧焉。

張先，字子野，歐陽修稱爲「桃李嫁東風郎中」，宋景文稱爲「雲破月來花弄影郎中」，浙江吳興人。宋仁宗天聖八年（西曆一〇三〇年）進士，由通判歷吳江縣，至都官郎中致仕。嘗居錢塘，創花月亭以終老。他生於宋太宗淳化元年，（西曆九九〇年）死於宋神宗元豐元年，（西曆一〇七八年）共活八十九歲。

張先的生平，蓋因宋史無傳可考，其詳不可確知也。蘇東坡云，吾昔自杭移高密，與楊元素同舟；而陳令舉張子野，皆從余過李公擇於湖，（公擇時守吳興）遂與劉孝叔俱至松江，會于吳興。夜半月出，置酒垂虹亭上。子野年八十五，以歌詞聞於天下，時作六客詞。其章卒云：「見說賢人聚吳分，試問也應傍有老人星。」（定風波令）座客歡甚，有醉倒者，此樂未嘗忘也。今七年爾，子野孝叔令舉，皆為異物；而淞江橋亭，今歲七月九日，海風駕潮，平地丈餘蕩盡，無復孑遺矣！追思曩昔，眞一夢耳。俟後十五年，再過吳興，而五人皆已亡矣！時張仲謀與曾子方劉景文蘇伯固張秉道為座客，仲謀請作後六客詞云：「月滿苕溪照野堂，五星一老鬥光芒；十五年間眞夢裏，何事長庚對月獨淒涼？綠鬢蒼顏同一醉，還是六人吟笑水雲鄉。賓主談鋒誰得似？看去曹劉今對兩蘇張。」（見苕溪漁隱叢話）此其遺事也矣！

宋天聖間，同時有兩張先，皆字子野，俱進士，其能詩壽考悉同。王明清玉照新志辨之云：「一則樞密副使遜之孫，與歐陽文忠同在洛陽幕府，其後文忠為作墓誌銘，稱其志守端方，臨事敢決者。一與東坡先生游，東坡推為前輩；詩中所謂「詩人老去鶯鶯在，公子歸來燕燕忙」，能爲樂府，號張三影者。」而胡應麟筆叢竊不謂然，他以「三影」之稱，蓋指博山張先名之，而「吳興近杭，子野至，多爲官妓作詞。嘗與東坡作六客詞，而年最耄，載在癸辛雜識；不聞有兩人同號張三影者也」。總之，此處所說，要是湖州之張先耳。」

樂府記聞曰：「客謂張子野曰，「人咸目公爲張三中，謂公詞有「心中事」，「眼中淚」，「意中人」也。子野曰：「何不謂之張三影？」客不喻，子野曰：「雲破月來花弄影」；「嬌柔懶起，簾壓捲花影」；「柳徑無人，墮絮輕無影。」此生平得者也。」（或又曰：子野云：「浮萍過處見山影，」又云：「雲破月來花弄影，」又云：「隔牆送過鞦韆影，」並膾炙人口。）始，「宋景文嘗奇張子野才，先往見之，走謁其家，遣將命者謂之曰：「尚書欲見雲破月來花弄影郎中！」子野屏後呼曰：「得非紅杏枝頭春意鬧尚書耶？」遂出置酒，盡歡。蓋二人所舉，皆其警策也。」（古今詞話，漁隱叢話。）詞統云：「張先以三影名者，因其詞中有三「影」字，故自譽也。然以「雲破月來花弄影」爲最，餘二「影」字不及。」此詞蓋係天仙子調耳，詞云：

> 水調數聲持酒聽，午醉醒來愁未醒。送春春去幾時回？臨晚鏡，傷流景，往事後期空記省。　沙上並禽池上暝，雲破月來花弄影。重重簾幕密遮燈；風

不定，人初靜，明日落紅應滿徑。（送春）

獨王介甫以爲『雲破月來花弄影』，不若李冠之（齊人，嘗爲六州歌頭，道劉項事，慷慨雄偉。）『朦朧淡月雲來去』也。李冠詞云：『遙夜亭臯閑信步；才過清明，漸覺傷春暮，數點雨聲風約住，朦朧淡月雲來去。　桃杏依稀香暗度，誰在鞦韆笑裏輕輕語？一寸相思千萬緒，人間沒個安排處。』（蝶戀花）

過庭錄說：張子野一叢花詞，一時盛傳，歐陽永叔恨未識其人耳。後來子野因事至都謁見永叔，閽者以通，永叔倒屣迎之曰：『此乃桃李杏嫁東風郎中』也。

懷高望遠幾時窮，無物似情濃。離魂正引千絲亂，更南陌香絮濛濛。嘶騎漸遙，征塵不斷，何處認郎蹤？　雙鴛池沼水橈通：梯橫畫閣，黃昏後，又還是斜月朦朧。沉思細恨，不如桃李杏，猶解嫁東風。

賀黃公曰：『唐李益詩云：「嫁得瞿塘賈，朝朝誤妾期；早知潮有信，嫁與弄潮兒。」子野一叢花末句云：「不如桃杏，猶解嫁東風。」此皆無理而妙！』

張子野詞，『才不足而情有餘，』（李端叔）以言氣度，宛似美成。（吳梅）意濃韻遠，凄惋蘊藉；以爲小令，特是其長。而靑門引一詞，尤爲極盡希微窅渺之神致者：

乍暖還輕冷，風雨晚來方定。庭軒寂寞近清明。殘花中酒，又是去年病。樓頭畫角風吹醒，入夜重門靜，那堪更被明月，隔牆送過鞦韆影。

子野對於詞調，故好創作，不以恪守成規爲已足也。嘗製新詞以贈名妓李師師，因即名之師師令焉。詞曰：

香鈿寶珥，拂菱花如水；學妝皆道稱時宜，粉色有天然春意。蜀彩衣裳勝未起，縱亂霞垂地。都城池苑誇桃李，問東風何似？不須回扇，障清歌唇一點小於朱蘂。正値殘英和月墜，寄此情千里。

因爲文學是感情的；而子野於詞的抒寫，表情十分誠摯，所以具有動人的奇效。道山清話說。晏元獻尹京日，辟張先爲通判。其時，晏新納侍兒，甚爲屬意。張先能爲詞，晏雅重之；每値先至，輒令侍兒出侑觴。侍兒至，亦輒往往歌唱子野所爲詞。其後晏妻王夫人漸不相容，侍兒因遭逐出。一日，子野至，晏與之飲，子野乃作碧牡丹詞曰：

步障搖紅綺，曉月墮煙砌。緩板香檀，唱徹伊家新製。怨入眉頭，歛黛峯橫翠：芭蕉寒，雨聲碎。鏡花翳，閑照孤鸞戲。思量去時容易，鈿合瑤釵，至今冷落輕棄。望極藍橋，但暮雲千里；幾重山，幾重水？

當筵命營妓歌之；至末句，公憮然曰：『人生行樂耳，何自苦如此？』亟命於宅庫支錢若干，復取以前所出侍兒。既來，夫人亦不復誰何也！文學的力量，不特回復晏元獻的情愛，亦且銷滅王夫人的嫉惡矣！

子野雖善小令，然亦間作慢詞；慢詞雖說倡自柳永，然而子野爲之，實得風氣之先焉。即此一點，便是他和並世詞人如晏殊歐陽修……等人不相同的了。

子野慢詞，亦頗著名。古今詞話說：『子野嘗於玉仙觀道中逢謝媚卿，因作謝池春慢，一時傳唱幾遍云云』：

> 繚牆重院，閒有流鶯到。繡被掩餘寒，畫閣明新曉。朱檻連空闊，飛絮無多少。徑莎平，池水渺；日長風靜，花影閒相照。　塵香拂馬，逢謝女城南道。秀艷過施粉，多媚生輕笑；鬥色鮮衣薄，碾玉雙蟬小。歡難偶，春過了；琵琶流怨，都入相思調。

其稍次於謝池春慢者，則有山亭宴詞：

> 宴堂永晝喧簫鼓；倚青空，畫闌紅柱。玉輦紫微人；藹和氣，春融日煦。故宮池館更樓臺；約風月，今宵何處？湖水動鮮衣；競拾翠，湖邊路。　落花蕩漾怨空樹；曉山靜，數聲杜宇。天意返芳菲；正黯淡，疏煙短雨。新歡甯

似舊歡長；此會散，幾時還聚？試爲挹飛雲，問解寄相思否？（有美堂贈彥猷主人）

因爲子野善爲慢詞之故，所以至與耆卿齊名。蔡伯世云：『子野詞勝乎情，耆卿情勝乎詞，』似乎他們二人各有獨到之處矣！而時論有以子野爲不及耆卿者！然子野韻高，是耆卿所乏之處！』（晁補之語）吳梅云：『余謂子野若做耆卿，則隨筆可成珠玉；耆卿若效子野，則出語終難安雅。不獨涇渭之分，抑且有雅鄭之別。世有識者，當不河漢！』吳氏此評，可謂允矣！

石林詩話說：『張先郎中能爲詩及樂府，至老不衰。子瞻嘗贈以詩云：「詩人老去鶯鶯在，公子歸來燕燕忙。」先和之云：「愁似鰥魚知夜永，嬾同蝴蝶爲春忙。」爲子瞻所賞。然世俗多喜傳先樂府，遂掩其詩聲，識者皆以爲恨。』故東坡云：『子野詩筆老妙，歌詞乃其餘技耳。其實，「詩」到這個時候，已經成了死的文學；晁蘇二氏的評騭，殊乃『無的放矢』之論耳。

故如就張先之詩與詞論，則其價值實以詞爲最著。就格調論，則他上紹晏殊歐陽修等小令之局，下啓柳永秦觀等慢詞之先。在北宋一代的詞壇中，實爲居間之樞鈕云。

子野著述，傳記謂其有文集百卷，然已散佚。今所傳詞，有張子野詞一卷。有安陸集一卷，附錄一卷。又有名家詞本二卷，補遺二卷。以安陸集論，則僅有詞六十八首耳。

【附】林逋

林逋，字君復，錢塘人。少孤，力學，不事進取；放遊江淮間。久之，乃歸杭州，結廬西湖之孤山，足不及城市者二十年。逋蓋由失戀之後，乃始立志而抱獨身主義者；後但寄情於梅，續嗣於鶴而已。故世有「梅妻鶴子」之譽焉。

林逋「嘗養兩鶴；縱之，則飛入雲霄；盤旋久之，復入籠中。」亦或客至，則便放鶴以送之。（夢溪筆談）性喜愛梅，以故所居多植梅樹。好作詩，咏梅獨多，且亦最好；至有「暗香疏影」之絕唱焉。詩云：

衆芳搖落獨暄妍，占盡風情向小園。疏影橫斜水清淺，暗香浮動月黃昏。霜禽欲下先偷眼，粉蝶無知合斷魂。幸有微吟可相狎，不須檀板共金樽！

（山園小梅）

林逋就是這樣「以梅鶴為伴」終其身，遂以完成其所守之獨生主義焉。然其詠梅花詩有曰：「人憐紅艷多應俗，天與清香似有私；」似又絕非無情者。若再讀其長相思詞，更可了然于其裏素矣！

吳山青，越山青，兩岸青山相送迎；誰知離別情。　君淚盈，妾淚盈，羅帶同心結未成？江頭潮已平。（長相思）

所云「羅帶同心結未成者，」豈不也是經過失戀的打擊嗎？

林逋居孤山，宋眞宗聞其名，賜以帛粟，并詔有司歲時勞問。逋高逸倨傲，無所不能。嘗謂人曰：「逋世間事皆能之，惟不能擔糞與着棋」耳。其臨終時有詩曰：「茂陵他日求遺稿，猶喜曾無封禪書。」時人高其志識；仁宗賜謚和靖先生。有集傳世，後附以詞，梅堯臣爲之叙。

林和靖詩，「平澹邃美，詠之令人忘百事。」「時人貴重，甚於寶玉。」（皆梅堯臣語）他雖是個詩人，而其作詞，亦殊名貴。詩話總論曰：「林和靖不特工於詩，且工於詞。如咏草一首，終篇不露一草字；與邕範咏梅一首，終篇不露一梅字，同一雅潔。」其詞云：

金谷年年，亂生春色誰爲主？餘花落處，滿地和煙雨。　又是離歌，一闋長亭暮。王孫去，萋萋無數；南北東西路。（點絳唇）

王靜安謂和靖點絳唇，舜俞蘇幕遮，永叔少年遊等三闋，爲咏春草絕調；與馮正中

「細雨濕流光」（南鄉子）五字，皆能攝春草之魂者齊譽，其價值可想知矣！

其次於點絳唇者，則以詠梅之霜天曉角一詞爲最：

冰清雪潔，昨夜梅花發。甚處玉龍三弄？聲搖動，枝頭月。　夢絕，金獸熱，曉寒蘭燼滅。要捲簾珠清賞，且莫掃堦前雪！

和靖詩詞，皆不存稿。嘗曰：「吾不欲取名於時，況後世乎！」以故現在傳本甚少。林和靖集，有四部叢刊本。

（D）慢詞大倡之柳永

殘月曉風仙掌露

何人爲吊柳屯田？

——王阮亭——

柳耆卿是一個純粹底詞人，是一個光棍詞人，是一個平民詞人；他是以詞爲其畢生事業的。而且，他於慢詞的功績，不特前無古人，直是後無來者矣！（慢詞雖不創始於柳永，但他却可稱得慢詞的總帥。）就價值論，則唐代之有白居易，宋代之有柳屯田，確是無獨有偶的作者！

柳永，字耆卿，初名三變，（葉夢得云，初名永，後改三變。）福建崇安人。他晚歲登第，中宋仁宗景祐元年（西曆一〇三四年）進士，旋爲睦州椽官，官終屯田員外郎，故世以柳屯田稱之。柳永死時，蓋任旅殯，其時，潤州寺僧王和甫爲守，遍求其後而不得，乃爲出資營葬之；文人下場，至于如此，甚可哀矣！柳永生卒年月不可考，所作詞有樂章集傳世。

柳三變『爲舉子時，多遊狹邪，善爲歌詞；教坊樂工，每得新腔，必求永爲詞，始行於世。於是聲傳一時』。（葉夢得避暑錄話）初永嘗爲上元詞云：『樂府兩籍神仙，梨園四部管絃。』（傾盃樂）詞傳禁中，名猶是顯。

能改齋漫錄云：初，進士柳三變，好爲淫冶曲調。傳播四方。嘗作鶴沖天詞云：

黃金榜上，偶失龍頭望。明代暫遺賢，如何向？未遂風雲，便爭教不忍狂蕩。何須論得喪？才子詞人，自是白衣卿相。　煙花巷陌，依約丹青屏障。幸有意中人，堪尋訪。且恁偎紅翠，風流事，平生暢。青春都一晌；忍把浮名，換了淺斟低唱！

是時，仁宗留意儒雅，務本理道，深斥浮艷虛薄之文。及讀三變是詞，曰：『此人風前月下，好去淺斟低唱，何要浮名？且填詞去！』臨軒放榜，特命落之。三變在功名方面雖然遭此意外打擊，但益堅其作詞之意矣！因此，他便自稱奉旨填詞，造述更甚

●直到景祐初年始登第。

三變嘗遊東都南北二巷、作新樂府，骫骳從俗，天下詠之，遂傳禁中。仁宗頗好其詞，每對，必使侍從歌之再三。景祐中，太史奏老人星見，會秋霽，張樂宴禁中，仁宗命左右詞臣爲樂章，內侍屬柳應制。其時，三變方以登第冀進用，因作醉蓬萊詞獻之云：

> 漸亭皐葉下，隴首雲飛，素秋新霽。華闕中天，鎖葱葱佳氣。嫩菊黃深，拒霜紅淺近，寶堦香砌。玉宇無塵，金風有露，碧天如水。正值昇平，萬幾多暇：夜色澄鮮，漏聲迢遞。南極光中，有老人呈瑞。此際，宸遊鳳輦何處？度管絃聲脆。太液波翻，披香簾捲，月明風細。

三變因內官以達後宮，且求其助。仁宗初見首句有「漸」字，色若不懌。讀至「宸遊鳳輦何處」？乃與御製眞宗挽詞暗合，因遂慘然。及讀至「太液波翻」，曰：「何不言太液波澄？」即投之于地，自此遂不復擢用。三變獻詞既不稱旨，而仁宗又疑他暗地置有臂助也；因置弗問，且竟不歌其詞矣！（見花庵選詞，後山詩話，避暑錄話，太平樂府。）

三變雖嘗以詞顯名，固亦善爲他文也。自經此數翻打擊之後，始悔詞之爲其名累；會得稍至京官，然以浪漫遊冶之故，終以無行見黜。後乃更名為永，得遷屯田員外郎；然而仕宦前途，莫可紋也。

宋代詞人：以能詞而位至顯宦者，莫如晏殊；以能詞而流落不偶者，莫如柳永。然而幾道嘗謂晏殊平生不曾作婦人語，此話雖不盡實，當時風尚，蓋可知矣！柳七之落拓，或者乃至目為淫艷之報，不亦信乎？畫墁錄曰：「柳三變既以詞忤仁宗，吏部不放改官；三變不堪，乃詣政府晤晏公。公曰：『賢俊作曲子麼？』三變曰：『祇如相公，亦作曲子。』公曰：『殊雖作曲子，不曾道「彩線慵拈伴伊坐。」』永遂默然而退。」其憤憤之情，宛然如見；永之遭遇，非無故矣！

柳三變雨淋鈴詞，因袁綯之評，而最享盛名；所謂『可使十七八歲女郎執紅牙拍歌楊柳岸曉風殘月』之調是也。詞云：

寒蟬凄切：對長亭晚，驟雨初歇。都門悵飲無緒，留戀處，蘭舟催發。執手相看淚眼，竟無語凝咽。念去去千里煙波，暮靄沉沉楚天闊。　多情自古傷離別；更那堪冷落清秋節！今宵酒醒何處？楊柳岸，曉風殘月。此去經年，應是良辰好景虛設。便縱有千種風情，更與何人說？（秋別）

誠如柳永自己所說，『且恁偎紅翠，』『淺斟低唱；』（鶴沖天）讀柳永詞，固應宜作如是觀也。

柳耆卿的生活是流浪的，詩詞是活躍的；他沉醉於歌娛的場所，迷戀於妓女之坊曲。因此，所以他寫詞的動機大半都是爲的歌妓舞女，他寫詞的題材大半都是離情別緒。他的長處，祇是柔情旖旎，穠豔清逸；雖然婬冶，却不猥褻。如：

洞房記得初相遇，便只合長聚。何期小會幽歡，變作離情別緒。況值闌珊春色暮，對滿目亂花狂絮。直恐好春光，盡隨伊歸去？　一場寂寞憑誰訴？算前言，總輕負！早知恁地難拚，悔不當初留住。其奈風流端正外，更別有繫人心處。一日不思量，也攢眉千度。（晝夜樂，憶別。）

當初聚散，便喚作無由再逢伊面。近日來，不期而會重歡宴：向尊前閑暇裏，斂着眉兒長歎；惹起舊愁無限。　盈盈淚眼，漫向我耳邊作萬般幽怨！奈你自家心下事難見，待信眞個恁別無縈絆。不免收心，共伊長遠。（秋夜月）

昨宵裏恁和伊睡？今宵裏又恁和伊睡？小飲歸來初更過，醺醺醉。中夜後，何事還驚起？霜天冷風細細疏觸窗，閃閃燈搖曳。　空牀展轉，重追想，雲雨夢，任攲枕難繼。寸心萬緒，咫尺千里！好景良天，彼此空有相憐意；未

有相憐計。（婆羅門令）

閒窗獨暗，孤幃夜永，欹枕難成寐。細屈指尋思，舊事前歡都來，未盡平生深意。到得如今，萬般追悔，空只添憔悴。對好景良辰，皺着眉兒，成甚滋味？紅茵翠被；當時事，一一堪垂淚！怎生得依前似恁偎香倚暖，抱着日高猶睡！算得伊家，也應隨分煩惱；心兒裏又爭似從前，淡淡相看，免恁牽繫！（慢卷紬）

閒窗漏永，月冷霜墮。悄悄下簾幕，殘燈火。再三往事，離魂亂，愁腸鎖，無語沉吟坐。好天好景，未省展眉則個！從前早是多成破，何況歲月相拋嚲！假便重相見，還得似當初麼？悔恨無計，那迢迢長夜，自家只恁摧挫！（鶴冲天）

慢詞至柳永而始大，「鋪叙展衍，備足無餘。」（此意在第一節裏已很說得明白，吳梅則謂慢詞創自柳永。）雖「較花間所集，韻終不勝」；（李之儀語）然而他於慢詞的成績，實爲前此詞人所不及辦，固不僅是蓋亞花開已也。舉其長處，約有數端：

一。 以鋪叙見長者：周介存云：「耆卿鋪叙委婉，言近意遠，森秀幽淡之趣在骨。」又云：「柳詞以平叙見長。或發端，或換頭，以一二語句勒提，掇有千鈞之力。」

吳癯安曰：「每首中事實必清，點景必工，而又有一二警策語爲全詞生色，其工處在此也。」

二．形容曲盡，音律諧宛者：陳質齋云：「柳詞格不高而音律諧婉，詞意妥帖；承平氣象，形容曲盡。尤工於羈旅行役。」馮夢華云：「柳詞曲處能直，密處能疏，奡處能平；狀難狀之景，達難達之情，而出之以自然，自是北宋巨手。」

三．以寫實著稱者：吳瞿安云：「柳詞皆是直寫，無比興，亦無寄託；見眼中色，卽說意中人物。」項平齋云：「詩當學杜詩，詞當學柳詞；杜詩柳詞，皆無表德，只是實說。」四庫提要伸之曰：「蓋詞本管絃冶蕩之音；而永所作，旖旎近情，使人易入；雖頗以俗爲病，然好之者終不絕也。」

然而這種法度，究從何處學來呢？古今詞話：「宋無名氏眉峯碧詞云：『蹙損眉峯碧，纖手還重執；鎭日相看未足時，忍便使鴛鴦隻！薄暮投村驛，風雨愁通夕；窗外芭蕉窗裏人，分明葉上心頭滴。』眞州柳永，少讀書時，遂以此詞題壁；後悟作詞章法。一妓向人道之，永曰：『某於此亦頗變化多方也。』然遂成屯田蹊徑。」這段敍事，雖然不可盡信，但如縱跡柳永生平所作，確有類似這種詩境之表現的。故張叔夏云：「柳詞亦自批風抹月中來」也！

柳永雖以慢詞著稱，而小令亦復不減此種風度；如蝶戀花云：

佇立危樓風細細；望極春愁，黯黯生天際。草色烟光殘照裏，無言誰會凭闌意。 擬把疏狂圖一醉；對酒當歌，強樂還無味。衣帶漸寬終不悔，爲伊消得人憔悴。

不過，柳永於此以外，更求接近歌妓舞女，更求接近一般平民；劉潛夫指柳詞爲「有教坊丁大使意」者，爲此。葉夢得說：「嘗見一西夏歸朝官云：世間有井水處，即能歌柳詞。」（避暑錄話）這種普遍的現象，完全由其通俗之故之所致。

柳詞好爲俳體，通篇自然，此其調格；然其特點，即是普遍，即是通俗。論者不察，乃以鄙俚輕之！如孫敦立說：「耆卿詞雖極工，然多雜以鄙語。」黃叔暘說：「耆卿長於纖豔之詞，然多近俚俗。」吳瞿安亦說，「柳詞時有俚俗語，率筆無咀嚼，實不可學。」當時的詞人，競以深澀的字面與雅深的辭句造辭；而耆卿詞調，祇是實寫，都不雕砌；舉世齊以鄙俚斥之，而不知「鄙俚」正其特色也。蘇東坡曰：「世人皆言柳耆卿詞俗；然如『霜風凄緊，關河冷落，殘照當樓』；唐人佳處，不過如此！」

對瀟瀟暮雨灑江天，一番洗淸秋。漸霜風凄緊，關河冷落，殘照當樓。是處紅衰綠減，冉冉物華休。惟有長江水，無語東流。 不忍登高臨遠，望故鄉渺渺，歸思難收。歎年來蹤跡，何事苦淹留？想佳人妝樓長望，誤幾回天際識歸舟。爭知我倚闌干處，正恁凝愁。（八聲甘州）

可見柳詞於纖豔鄙俗之外，也還更能清健典雅的。詞苑叢談云：「耆卿與孫相何為布衣交；孫知杭，門禁甚嚴；耆卿欲見之，不得。乃作望海潮詞，往詣名妓楚楚曰：「欲見孫，恨無門路；若因府會，願借朱唇歌之。若問誰為此詞，但說柳七。中秋夜作。」楚楚宛轉歌之，孫即席迎耆卿入座。」詞曰：

東南形勝，三吳都會，錢塘自古繁華。煙柳畫橋，風簾翠幕，參差十萬人家。雲樹繞堤沙，怒濤捲霜雪，天塹無涯。市列珠璣，盈羅綺競豪奢。 重湖疊巘清佳：有三秋桂子，十里荷花；羌管弄晴，菱歌泛夜，嬉嬉釣叟蓮娃。千騎擁高牙，乘醉聽簫鼓。吟賞煙霞。異日圖將好景，歸去鳳池誇！

（望海潮）

羅大經云：「耆卿此詞，流播甚廣；金主亮聞歌，欣然有慕於「三秋桂子，十里荷花」；遂起投鞭渡江之志。近時謝處厚詩云：「誰把杭州曲子謳？荷花十里桂三秋；那知卉木無情物，牽動長江萬里愁。」余謂此詞雖牽動長江之愁，然卒為金主送死之媒，未足恨也！至于荷艷桂香，妝點湖山之清麗，使士大夫流連於歌舞嬉遊之樂，遂忘中原，是則深可恨耳。因和其詩云：「殺胡快劍是清謳，牛渚依然一片秋，却恨荷花留玉輦，竟忘煙柳汴宮愁。」（鶴林玉露）不謂詞之感化，其力固有如是者！而宋翔鳳之推尊柳詞，則又過于東坡焉。他說：

柳詞曲折委婉，而中具渾淪之氣。雖多俚語，而高處足冠橫流：倚聲家當尸而祝之。如竹垞所錄，皆金精碎玉；以屯田一生之精力在是，不似東坡輩，以餘事爲之也！

柳耆卿詞，與張子野齊名。或謂子野韻高，耆卿不逮；但永却以情懷制勝子野也。耆卿又與張九成齊名，故李淸照說；「露華倩影柳三變，桂殿（亦作子飄香張九成。」（九成，字子韶，開封人。）又與秦少游齊名，故蘇東坡說：「山抹微雲秦學士，露花倒影柳屯田。」（破陣子）東坡在玉堂日，特問幕士以己與耆卿之優劣 可以想見當日蘇柳爭雄之概況了！東坡不平，故與此問；耆卿詞價，因是益顯。范蜀公嘗致歎曰：「仁宗四十年太平，鎭在翰苑十餘載，不能出一語歌詠，乃於耆卿見之。」（輿地紀勝）若柳永者，則固足以迴邁時流矣！

世傳耆卿墓有二：一在眞州，一在棗陽之花山。其在棗陽者，獨醒志云：「每歲清明，詞人集其下，爲吊柳會。」（曾達臣）趙甌北詩道：

一邱兩地各爭高，只爲塡詞絕世豪。
澳上有墳人吊柳，漳南多塚客疑曹！
金莖名竟移沙渚，鐵板聲休唱浪淘。
我趁曉風殘月到，縱無魂在亦蕭騷！

【附】自謂「冠柳」之王觀

王觀，字通叟，如臯人，（厲鶚宋詩紀事以觀爲高郵人）試開封府第一。宋哲宗元祐二年（西歷一〇八六年）進士第，官翰林學士。嘗應制撰淸平樂詞云：「黃金殿裏，燭影雙龍戲。勸得官家眞個醉，酌酒獨呼萬歲。　折旋舞徹伊州，君恩與整搔頭；一夜御前宣喚，六宮多少人愁。」宣仁高太后以爲詞乃媟瀆神宗，翌日遂罷其職。（或說他嘗官大理寺丞，知江都縣事。）通叟既被謫，遂自號逐客，名其詞集曰冠柳。蓋若謂其身世之遭遇有類柳永，而所作詞又可駕柳永而上之耳。

「王通叟少年遊宦長安，負不羈之才，頗饒逸韻；輦下欣慕者衆。後數年復至，舊遊多有存者，仍寓意焉，遂作感皇恩一曲。有「長安重到，人面依然似花好」之句。」（古今詞話）又嘗作夏詞，不用穿瓜沈李等事，而天然塵外涼思，其造語非觸熟者知所之也。（漫叟詩話）詞云：

騎馬踏紅塵，長安重到，人面依然似花好。舊歡纔展，又被新愁分了。未成雲雨夢，巫山曉。千里斷魂，關山古道；回首高城似天杳。滿懷離恨，付與落花啼鳥，故人何處也？青春老。（感皇恩，憶舊。）

百尺清泉聲斷續，映瀟灑碧梧翠竹。面千步迴廊，重重簾幙；小枕欹寒玉。試展鮫綃看畫軸，見一片瀟湘凝綠。待玉漏穿花，銀河垂地，月上闌干曲。（送將歸。夏詞。）

至如冬景一詞：則一處所，一物色，無一不是嚴冬蕭索之境；仔細詳味之，却又略無半點酸寒憔悴之意，蓋亦善於造語者矣！（本黄魯直語。古今詞話說：「冠柳集一春詞，一冬詞，雖柳七爲之，不能及也。」）詞曰：

霜瓦鴛鴦，珠簾翡翠，今年又是寒早。矮釘明窗，窄開朱戶，切莫亂呼人到！重陰不解，雲共雪，商量未了。青帳垂氈要密，錦縫放幃宜小。 呵梅弄妝試巧，繡羅襦瑞雲芝草。共我語時同語，笑時同笑，已被金尊勸倒。更唱個新詞故惱，儘道窮冬元來恁好！（天香詞。冬景。）

又有卜算子詞，或入東坡集中；然復齋漫錄與花庵詞選均以爲是王逐客送鮑浩然到湘東之作也！詞云：

水是眼波橫，山是眉峯聚；欲問行人去那邊？眉眼盈盈處。　才是送春歸，又送君歸去：若到江南趕上春，千萬和春住。（別意）

按黃山谷清平樂詞云：「春歸何處？寂寞無行路。若有人知春去處，喚取者來同住。」逐客之詞，蓋從山谷語意變化得來耳。「冠柳」詞價，黃叔暘以爲耆卿不及，名正相符。他說：「通叟詞自名冠柳，至踏青一詞，風流楚楚，又不獨冠柳詞之上也。」其詞云：

調雨爲酥，催冰做水，東風分付春還。何人便將輕暖，點破殘寒。結伴踏青去好，平頭鞋子小雙鸞。煙柳外，望中秀色，如有無間。　晴則個，陰則個，餖飣得天氣，有許多般。須教撩花撥柳，爭要先看。不道吳綾繡襪，香泥斜沁幾行斑。東風巧，盡收翠綠，吹上眉山。（慶望朝慢，踏青。）

陳質齋曰：「逐客詞，風格不高；以冠柳自名，則可見矣！」因爲質齋不同情於柳永，所以便連通叟也就抹殺了！

予以爲通叟詞雖然受有柳永的感染，但因多事輕佻而少沉厚之致，相去柳永實覺遠甚；惟其纖細清麗，似差近之耳。

——蓋因毛觀自號爲逕柳，故特把他附于耆卿之後；究竟能否名符其實，還有待于鑑賞者之品第也。

（E）步伍柳七之秦觀

少游善爲樂府，
語工而入律，
知樂者謂之『作家歌』。
——避暑錄話——

『子野詞勝乎情，耆卿情勝乎詞；情詞相稱者，少游一人而已。』（蔡伯世）秦觀的詞學，實自不弱；陳師道乃至謂其與黃庭堅同是當代的『詞手』，此其價格可以想見。雖然東坡嘗言，少游作詞，蓋學柳七。（少游自己不承認他是學柳七的）吳梅謂秦高柳低，柳詞不足相比。然則觀雖蘇門詞人，蓋亦逃儒歸墨，原非北派宗支矣！故曰『步伍柳七之秦觀』。

秦觀，字少游，初字太虛；（他的詞集名淮海，故世又爲秦淮海稱之。）揚州高郵人，生於宋仁宗皇祐元年。（西曆一〇四九年）彼其少時，『豪雋慷慨，溢於文詞；』又復『強志盛氣，好大而見奇』。此則人格個性，頗有不同於常人之處了。登第之後，因得蘇軾之諫，所以王安石也很賞識他。哲宗元祐初年，遂爲賢良方正；又除太學博士，遷秘書省正字，兼國史院編修官。紹聖元年，章惇爲相，排斥元祐黨人；柳永遂以坐黨籍罪遠徙郴州，更歷橫州雷州處州；元符三年，乃將北歸。行至藤州，醉臥光華亭上。既覺，忽索水飲。起以玉盃汲泉，（或云家人以玉盃注水進）笑視而死。時蓋哲宗元符三年也。（西曆一一〇〇年）少游在處州時，嘗於夢中作好事近詞云：『山路雨添花，花動一山春色。行到小橋深處，有黃鸝千百。飛雲當面化龍蛇，夭矯轉空碧。醉臥古藤陰下，了不知南北！』及至是卒，時人咸以爲讖。（七修類稿主此說）故范成大詩曰：『…………古藤陰下醉中休，誰與低眉唱此愁？團扇他年書好句，平生知己識儋州！』（石湖集）劉菊花詩云：『名並蘇黃學史優，一詞遺墨至今留；無人喚醒藤州夢，淮水淮山總是愁。』其推許少游，不禁感慨繫之矣！

少游作詞，天性不耐聚稿。間有淫章醉句，輒皆散落青帘紅袖間；故雖流播舌眼，而詞從無的本。後經毛晉訂訛搜逸，才存八十七調耳。

劉融齋以爲少游之詞，專學聖俞。他說：「梅聖俞蘇幕遮詞：『落盡梨花春事了；滿地斜陽，翠色和烟老。』少游一生似專學此種。」融齋此說，未免皮傳；蘇東坡說：『山抹微雲秦學士，露花倒影柳屯田；』少游蓋法柳永者。高齋詞話云：「少游自會稽入都見東坡，東坡曰：「不意別後公却學柳七詞！」少游答曰：「某雖無識，亦不至是。」東坡曰：「消魂當此際，非柳詞句法乎？」秦乃慚服。然已流傳追逼，不復可改矣！」（亦見花庵詞選）

不過，少游的詞，也有東坡氣味；冷齋夜話載一故事，甚爲有趣，聊並錄之：「東坡初未識少游，少游聞其將過維揚，作坡筆語題壁於一山寺中，東坡果不能辨；大驚！及見孫莘老出少游詩詞數十篇讀之，乃歎曰：『向書壁者，定此郎也。』」我們看了這段故事，知道少游的北派氣象，乃其自賦，并非出自東坡的薰沐了。

晁補之云：「近來作者，皆不及少游！如『斜陽外，寒鴉數點，流水遶孤村』；雖不識字人亦知，是天生好言語也！」東坡嘗謂少游曰：「久別，當作文甚勝，都下盛唱公「山抹微雲之詞」」：

山抹微雲，天粘衰草，畫角聲斷譙門。暫停征棹，聊共飲離尊。多少蓬萊舊事，空回首煙靄紛紛。斜陽外，寒鴉數點，流水遶孤村。　消魂：當此際，香囊暗解，羅帶輕分；謾贏得青樓，薄倖名存。此去何時見也？襟袖上，空染啼痕。傷情處、高城望斷，燈火已黃昏。（滿庭芳）

他不惟能將身世之感，一并人打人艷情；且其後半，水到渠成，不假雕飾，尤非他人所可摹寫者。鐵圍山叢談記言少游女壻范溫，常預貴人家；會貴人有侍兒，喜歌秦少游詞，坐間略不顧溫。酒酣歡洽，始問此郎何人？溫遽起叉手對曰：『某乃山抹微雲女壻也！』聞者絕倒。（樂府紀聞云：『范元實，爲人凝重，嘗在歌舞之席。終日不一言。一妓問公亦解詞曲否？范笑曰：吾乃山抹微雲女壻也。』與此小別。草堂詩餘亦有范元實詞。）時人之傾慕如此，則其詞價可以想見矣！

又其詞句，亦有來歷。藝苑詞黃云：『寒鴉萬點，流水繞孤村；』人皆以爲少游自造此語，殊不知亦有所本。予在臨安，見平江梅知錄云，隋煬帝詩云：『「寒鴉千萬點，流水繞孤村。」少游蓋用此語也。』錢起湘靈鼓瑟詩云：『曲中人不見：江上數峯青。』少游取其語以作臨江仙詞道：

千里瀟湘接藍浦，蘭橈昔日曾經。月高風定露華清：微波澄不動，冷浸一天星。　獨倚危樓情悄悄，遙聞妃瑟泠泠。新聲含盡古今情：曲終人不見，江山數峯青。（蘇東坡亦嘗用錢起此句塡詞矣）

李義山嘗效徐陵體作贈更衣詩云：『輕寒衣省夜，金斗熨沉香。』少游詞云：『玉腕金斗，時熨沉香袖。』又云：『睡起熨沉香，玉腕不勝金斗。』語句皆自李出；此類之詞，復不知其幾許了！

東坡曾問少游別作何詞？少游立舉「小樓連苑橫空，下窺繡轂雕鞍驟」以對。東坡曰：「費十三個字，只得說得一個人騎馬樓前過。」少游此詞，組織雖工，達意却笨。單就修辭方面說，這種修詞也還是有價值的。他既自家視爲名作，也就應該把它舉示出來才好！

小樓連苑橫空，下窺繡轂雕鞍驟。疎簾半捲，單衣初試，清明時候。破煖輕風，弄晴微雨，欲無還有。賣花聲過，盡斜陽院，落紅成陣飛鴛甃。　玉佩丁東別後，悵佳期，參差難又。名韁利鎖，天還知道，和天也瘦，花下重門，柳邊深巷，不堪回首！念多情，但有當時皓月，照人依舊。（水龍吟，贈妓婁東玉。）

這是他謫貶在蔡州的時候作的。高齋詞話說他在蔡州時，和營妓婁東玉（名婉）相交甚密，特作是詞以贈。所云「小樓連苑橫空」，「玉佩丁東別後」，皆係暗射其名；然能不露痕跡，所以爲妙。秦少游詞，每多影射；如贈陶心兒詞云：「天外一鉤殘月帶三星，」（星蓋寓心）皆此類也。詞云：

玉漏迢迢盡，銀河沒沒橫。夢回宿酒未全醒，已被鄰鷄催起怕天明！　臂上妝猶在，襟間淚尚橫。水邊燈火漸入行，天外一鉤殘月帶三星。（南歌子。）

東坡於四學士中，最善少游；少游他文亦善，不特樂府也。（本避暑錄話）其在括蒼監征時所作之千秋歲詞，（能改齋漫錄以爲係在衡陽時作，此本范成大石湖集。）則時論許爲至工，而山谷尤歎爲難者！其詞云：

柳邊沙外，城郭輕寒退。花影亂，鶯聲碎。飄零疏酒盞，離別寬衣帶。人不見，碧雲暮合空相對。　憶昔西池會。鵷鷺同飛蓋。攜手處，今誰在？日邊清夢斷，鏡裏朱顏改。春去也，落紅萬點愁如海！（謫處州思京中友人作。亦云，至衡陽呈孔毅甫使君。）

山谷嘗歎其句意之善，每欲和之，而以「海」字難押，因循未果。陳無己言此詞蓋用李後主「問君能有幾多愁，恰似一江春水向東流」；但以江爲海耳。但以用語至高，然卒莫就。山谷守當塗日，郭功甫嘗寓焉。一日，過山谷論文，山谷誦少游千秋歲詞，而甚歎海字之難押。功甫連舉數海字，若孔北海之類。山谷頗厭，而未有以卻之。次日，又過山谷問焉。山谷答曰：「蓋殺人也爺娘海！」自是。功甫不復論文於山谷矣！（本苕溪漁隱叢話及能改齋漫錄。）釋覺範說：「少游小詞奇麗，詠歌之下，想見其神情在絳闕道山之間。」此則千秋歲詞，頗有此境！

徽宗崇寧三年，（西曆一一〇四年）山谷貶竄宜州，道過衡陽，覽觀遺墨，也就終於把它和起了！由是後來接踵之士，如洪覺範晁无咎之類，皆各有和，斯亦文人競「奇」之故耳。或者乃以觀詞載入无咎集中，那就未免驢頭不對馬嘴了：少游詞云：「憶昔西池會，鵷鷺同飛。」此語蓋謂昔在京師時，嘗與毅甫同在外署共爲金明池之游耳。（或云越州楚州皆有西池，詞當指此。——能改齋漫錄反對此說）其爲少游所作，事至明甚。古今詞話曰：「古人好詞，世所共知者，易甲爲乙。稱其所作，仍隨其詞牽合爲說。殊其根蒂，皆不足信也！」

馮夢華說：「淮海，古之傷心人也！其淡語皆有味，淺語皆有致。」（宋六十名家詞選序例）他在郴州旅舍所作之踏莎行詞，尤其是能夠表現這種境界的。詞云：

霧失樓台，月迷津渡；桃源望斷無尋處。可堪孤館閉春寒，杜鵑聲裏斜陽暮。驛寄梅花，魚傳尺素；砌成此恨無重數。郴江幸自繞郴山，爲誰流下瀟湘去？

清波雜志說，少游發郴州，反顧有所屬，因作踏莎行；其詞語意，極似劉夢得楚蜀間語。東坡絕愛其尾兩句，嘗自書於扇曰：「少游已矣！雖萬人何贖？」王靜安曰：「少游詞境最淒婉，至『可堪孤館閉春寒、杜鵑聲裏斜陽暮』；則變而淒厲矣！東坡

獨賞其後二語，猶爲皮相。」（人間詞話）

黃山谷曰：「此詞絕高，但斜陽暮爲重出；欲改斜陽爲簾櫳」。范元實曰：「只看孤館閉春寒，似無簾櫳。」山谷曰：「亭傳雖未有簾櫳，有亦無礙。」范曰：「詞本摹寫牢落之狀，若曰簾櫳，恐損初意。」胡仔卻說：「斜陽日，暮陽時，不爲累，何必改也？東坡「回首斜陽暮」，美成「雁背斜陽紅欲暮」，可法也。」而郴州志竟改「斜陽暮」爲「斜陽度」，豈不大可怪哉？（說本苕溪漁隱叢話）

張叔夏曰：「秦少游詞，體製淡雅，氣骨不衰；清麗中不斷意脈。咀嚼無滓，久而知味。」少游用這個方法所寫出來的艷麗小詞，亦是纏綿悱惻，玩索不盡哩！

腳上鞵兒四寸羅，唇邊朱粉一櫻多，見人無語但回波。　料得有心憐宋玉，只因無奈楚襄何？今生有分共伊麼？（浣溪沙）

纖雲弄巧，飛星傳恨，銀漢迢迢暗度。金風玉露一相逢，便勝却人間無數。柔情似水，佳期如夢，忍顧鵲橋歸路？兩情若是久長時，又豈在朝朝暮暮？（鵲橋仙）

恨眉醉眼，甚輕輕，覷着神魂迷亂。常記那回，小曲闌干西畔。鬢雲鬆，羅襪剗，丁香笑吐嬌無限。語軟聲低，道我何曾慣？雲雨未諧，早被東風吹散。瘦煞人，天不管！（河傳，贈妓。）

胡適之先生以爲秦觀如「瘦煞人，天不管！」一類的詞，在現在人的眼裏，頗覺得太淫褻了！但我們不要忘掉了時代的區別：秦觀的時代，道學還不曾成立，社會還不曾受道學的影響；故這一類的文學並不算是「得罪名教」。秦觀在當日還有人保舉他做「賢良方正」呢？

秦少游詞，在神宗元豐之間，盛行淮楚一帶；而士大夫家，尤喜歌他的河傳。黃山谷尤愛其末二句，因以「好」字易「瘦」字，特爲和作一曲。是亦可以測其普及之勢矣。又如

玉樓深鎖多情種，清夜悠悠誰共？羞見衾枕鴛鳳，悶則和衣擁。無端畫角嚴城動，驚破一番新夢。窗外月華霜重，聽徹梅花弄。（桃源憶故人，冬景。）

亂花飛絮，又望空門，合離人愁苦！那更夜來，一霎薄情風雨？暗掩將春色去。籬枯壁盡因誰做？若說相思，佛也眉兒聚！莫怪爲伊，抵死縈腸惹肚；爲莫叫人恨處。（河傳）

然而此類小詞，猶是雙疊。若憶仙姿（如夢令）一類的單調小令，他人每常多費氣力

著；而少游寫來，往往恢恢乎有餘裕矣！

　　鶯嘴啄花紅溜，燕尾點波綠皺。指冷玉笙寒，吹徹小梅春透。依舊依舊，人與綠楊俱瘦！（此爲淮海詞七首之七，或題春景。）

又有憶王孫一首，花庵詞選以爲是李重元詞，所以毛刻淮海詞集裏並沒有收。今爲撮錄於下以示：

　　萋萋芳草憶王孫，柳外樓高空斷魂，杜宇聲聲不忍聞。欲黃昏，雨打梨花深閉門。（春閨）

　　當時的一般大詞人都好用方言俗言來寫詞，（不是大詞人不敢如此做）秦觀自然也不能夠例外。不過他用方言俚語來做的詞沒有像黃山谷……等人之分量那樣的多罷了！

　　　少游謫藤州，一時方醉野人家，醒而作詞曰：

　　喚起一聲，人悄衾冷，夢殘窗曉。瘴雨過，海棠開，春色又添多少？社甕釀成微笑，半缺椰瓢共舀。覺傾倒，急投牀，醉鄉廣大人間小！（此詞不知調名，本集不載，見於地志。毛晉云：『或不識舀字，妄改，可笑！』）

　　幸自得，一分索強，教人難喫。好好地，惡了十來日！恰而今，較些不？

須管啜持微笑，又也何須腔織？衙倚賴臉兒得人惜。放軟頑，道不得！（品令）

掉又臞，天然個品格，於中壓一。簾兒下，時把鞋兒踢。語低低，笑咭咭。每每秦樓相見，見了無限憐惜！人前強不欲相沾識。把不定，臉兒赤！（品令）

詞語既然是用方言，所以也就有很多不可解的字句，「如幸自得」「腔織」，「衙倚賴」，（胡適之先生謂「衙」字的意義和現在「純」字的意義相近，西廂有「團衙是嬌」可證。）「掉又臞」之類；當着我們還沒有把宋代方言研究出來的時候，恐怕永遠是不會有人能夠索解的哩？

宋詞「婉約」「豪放」之二派，其「目的」，「對象」，截然不同；宋人如陳后山之輩，硬要免強拉來相比，眞是活天寃枉了。后山說：「今代詞手，惟秦七黃九耳；唐諸人不逮也。」或謂詞尙綺麗，山谷特瘦健，似非秦比。朝溪子謂少游歌詞，當在坡上。（毛晉說）張綖云：「少游多婉約，子瞻多豪放；當以婉約爲主。」婉約本是自有詞以來就有的，他們各人既然戴了傳統的眼鏡，則蘇辛一流的新派詞調當然減色！四庫提要承其衣鉢，故道：「觀詞情韻兼勝，在蘇黃之上；流傳雖少，要爲倚聲家一作手。」請問，秦與蘇黃的風格都不相同，怎樣能彀以上下比等呢？惟是風格雖不同，而聲譽却相同；故七修類稿謂爲「秦觀與蘇黃齊名」耳。

吳梅云：「諸家論斷大抵與子瞻并論，余謂二家不能相合也。子瞻胸襟大，故隨筆所之；如怒瀾飛空，不可狎視；少游格律細，故運思所及，如幽花媚春，自成馨逸。其被放後作，戀戀故國，不勝熱衷；雖用心不逮東坡之忠厚，而寄情之遠，措語之工，則各有千古。大抵少游思路沉着，極刻畫之工，非如蘇詞之縱筆直書也。」他這公正的批判，要於秦詞的價格，最能表現其特殊的性質了。

李易安對於少游的詞，頗多不滿。他說：「秦詞專主情致，而少故實。譬如貧家美女，雖極妍麗丰逸，而終乏富貴態！」易安手腕俱高，故作是論。所謂有易安之志則可，無易安之志則叛，胡元任師襲其說，遂言少游詞雖婉美，然其力失之弱；固亦僨矣！

避暑錄曰：「少游善爲樂府，語工而入律，知樂者謂之作家歌。」然則少游所作，固是樂歌；而伯世此言，蓋亦知樂者也！

秦校理詞：落盡畦畛，天心月脅；

逸格超絕，妙中之妙。

議者謂爲前無倫而後無繼。

——蘇 籀——

【附】（1）周紫芝 （2）陳師道 （3）毛 滂

（1）周紫芝，字少隱，世居宣城之陵陽山南。兩以鄉貢試禮部，皆不第。家貧，併日而炊。人或嗤之，不以介意，而嗜學益苦。年六十一，始以廷對第三，同學究出身。歷樞密院編修官，右司員外郎。先是，秦檜頗愛紫芝詩；每一篇出，擊節不已。至如「秋聲歸草木，寒色到衣裘」之句，尤所服膺焉。其後紫芝有和御製詩云：「已通瀛玉親祠事，更有何人敢告猷！」秦檜怒其諷己，遂使出知興國軍。紫芝到任，崇致簡靜，終日焚香課詩，而事不廢。嘗曰：「上之遇合有時，吾豈以彼易此？」及秩滿，奉祠居廬山，高宗紹興二十五年卒，（西曆一一五五年，與秦檜之死同年。）所著有竹坡詞集傳世。

紫芝少從父訓甚篤，文思多育于是時。其父名覺，嘗曰：「是子相法當貴；然，宦達而好吟，其中窮乎？」初慕張右史而師之，及長，嘗從李之儀呂本中遊，頗有美譽。高宗建炎中，呂好問知宣州；每有讌集，紫芝必與。詞名由是乃大著。時人除李之儀呂本中外，如翟公巽，汪彥章，元不伐等，莫不深相推重的。

紫芝作詞，少時酷喜小晏；故其所作，時有類似幾道體製者。惟其晚年歌之，殊覺不甚慊意耳（見其鷓鴣天詞自序）：

樓上緗桃一萼紅，別來開謝幾東風。武陵春盡無人處，猶有劉郎去後蹤。香閣小，翠簾重，今宵何事偶相逢？行雲又被風吹散，見了依前是夢中。（鷓鴣天）

故其晚年作詞，「清麗宛曲，」「嘗近自然。」即如鷓鴣天云：

荷氣吹涼到枕邊，薄紗如霧亦如烟。清泉浴後花垂雨，白酒傾時玉滿船。釵欲溜，髻微偏；却尋香粉撲香綿。冰肌近著渾無暑，小扇頻搖最可憐！

以較少年時作，則又更饒自然風趣矣！

情似遊絲，人如飛絮，淚珠閣定空相覷。一溪烟柳萬絲垂，無因繫得蘭舟住。雁過斜陽，草迷烟渚，如今已是愁無數。明朝且做莫思量，如何過得今宵去？（踏莎行）

無限江山無限愁；兩岸斜陽，人上扁舟。闌干吹浪不多時，酒在離尊，情滿滄洲。早是霜華兩鬢秋：目送飛鴻，那更難留！問君尺素幾時來？莫道長江，不解西流！（一梅剪）

紫芝常評王次卿的詩說：「如江平風霽，微波不興；而洶湧之勢，澎湃之聲，固已隱然在其中。」初不覺得自己之詞，實卽與此全相彷彿耳。

宋孝宗乾道二年（西曆一一六五年）正月，高郵孫兢爲作竹坡詞序，曰：「昔蔡伯世評近世之詞：謂蘇東坡（當係張子野之誤）辭勝乎情；柳耆卿情勝乎辭；辭情兼稱者，唯秦少游而已。說者謂爲善評。雖然，耆卿不足道也；使伯世見此詞，當必有以處之矣！」

（2）陳師道，字履常，一字无已，號后山，彭城人。他生於宋仁宗皇祐五年，（西曆一〇五三年）年六十，嘗謁曾鞏，鞏大器之。神宗元豐初，曾鞏典五朝史事，以白衣薦師道爲史館屬官；章惇屢招之，卒不一往。哲宗元祐初，蘇軾薦爲徐州教授；未幾，除太學博士，旋坐黨籍免官。元符間，除祕書省正字。卒于徽宗建中靖國元年，（西曆一一〇一年，與蘇軾同年卒。）著有後山詞傳世。

師道本來是一個匠心詩人，撰辭造語，都頗愼重，葉少蘊石林詩話說：「世言陳無已每登臨得句，卽急歸臥一榻，以被蒙之，謂之吟榻。家人知之，卽貓犬皆逐去，嬰兒稚子，亦皆抱持寄鄰家。」大抵他的創作，常是由於靜中沉思而得，每不見有怎樣自然！故黃山谷嘗戲調他說：「閉門覓句陳无已，對客揮毫秦少游。」其實，這現象祇是一種天性習慣的養成，簡直說不上好壞；比之于賈島孟郊等的苦吟，更不相同。所根貶損者，就是師道的詩，也未見有特殊的表現耳。

不過，師道自己知道宋代的詩雖然舉世皆目為工，然而確實已經成為過去的文學了，故他嘗說：「他文未能及人，獨詞不減秦七黃九。」（苕溪漁隱叢話）這幷不是他的矜誇；他的詞要比詩自然，到也還是事實。如：

故國山河在，新堂冰雪生。萬家氣象賀初成，人在笙歌笑裏暗生春。今代無雙士，當年第一人。盃行到手莫辭頻！明日鳳池歸路隔清塵。（南柯子。賀彭舍人黃堂成。）

湖平木落搖空闊，葉底流泉鳴復咽。酒邊清滿往時同，花裏朱絃纖手抹。風光過手春冰滑，十事違人常七八。不將白髮幷黃花，擬下清流攬明月。（木蘭花。汝陰湖上，同東坡用六一居士韻。）

娉娉嫋嫋，芍藥枝頭紅玉小。舞袖遲遲，心到郎邊客已知。當筵舉酒，勸我尊前松柏壽。莫莫休休，白髮簪花我自羞！（減字木蘭花，贈晁无咎舞鬟。）

藏藏模模，好事爭如莫。背後尋思渾是錯，猛與將來放着。　吹花倦絮無蹤，晚粧知為誰紅？夢斷陽臺雲雨，世間不要春風。（清平樂）

晴野卜田收，照影寒江落雁洲。禪榻茶爐深閉閣，颼飀；橫雨旁風不到頭！登覽却輕酬，剩作新詩報答秋。人意自闌花自好，休休；今日看時蝶也愁。（南鄉子。九日用東坡韻。）

哀箏一弄湘江曲，聲聲寫盡湘波綠。纖指十三絃，細將幽恨傳。當筵秋水慢，玉柱斜飛雁。彈到斷腸時，春山眉黛低。（菩薩蠻，詠箏。）

詩是違反時代的文體，詞是適合潮流的創作；后山工於作詞而不長於爲詩，實即接受時代管理之故。「剩作新詩（即是指詞言之）報答秋；」（用東坡韻）不過后山雖是蘇門詞人，曾不能繼其統系，而流於南詞一派，爲可異耳。嘗怪古今評者，獨論其詩而不欣賞其詞，惜哉！

（3）毛滂，字澤民，衢州江山人；以宋英宗治平初年生，徽宗政和末年死。嘗知武康縣，又知秀州，官至禮部員外郎。其少時，「喜筆硯淺事，徒能誦古人紙上語，未嘗與天下史師游。」（慕山溪自序）東坡守杭時，毛滂爲法曹椽；東坡以眾人遇之，而澤民嘗與一妓名瓊芳者友善；及秩滿當辭去，當連惜別，贈以惜分飛詞云：

淚濕闌干花著露。愁到眉峯碧聚。此恨平分取，更無言語空相覷。斷雨殘

　　雲無意緒，寂寞朝朝暮暮。今夜山深處，斷魂分付潮回去。

明日，東坡宴客，瓊芳即歌此詞以侑酒。東坡問是誰作？瓊芳愀然以毛法曹對。東坡語坐客曰：『郡寮有詞人而不及知。某之罪也。』翌日，折柬追回，款洽數日；爲之延譽。而滂遂以此得名。（見西湖遊覽志及樂府紀聞。）清波雜志以爲毛滂惜分飛詞與秦觀郴州踏莎行詞酷似：『語盡而意不盡，意盡而情不盡。』陳質齋云：『滂他詞雖工，未有能及此詞者；』是見東坡品題之功，爲不少也！

　　顧東坡不獨賞識毛滂的詞，也還贊許他的詩。所謂『韶護之音，追配騷文』；正可從此證明毛滂文事之不弱矣！四庫提要云：『滂詞情韻特勝，』這是他底詞的可取處：

　　桃夭杏好，似個人人好。淡抹胭脂眉不掃，笑裏知春占了。　此情沒個人知，燈前仔細看伊。恰似雲屏半醉，不言不語多時。（清平樂）

　　恰則心頭托托地，放下了日多縈係。別恨還容易，袖痕猶有年時淚。　滿滿頻斟乞求醉，且要時間忘記。明日劉郎起，馬蹄去便三千里。（惜分飛）

　　玉人爲我殷勤醉；向醉裏，添姿媚。偏著冠兒釵欲墜，桃花氣暖，露濃煙重，不自禁春意。綠楡陰下東行水；漸漸近，淒涼地。明月侵床愁不睡，眉兒吃皺爲誰？無語闌住陽關淚！（靑玉案。戲贈醉妓。）

端端正正人如月；孜孜媚媚花如頰；花月不如人。眉眉眼眼奇。　沉香添小灶，共提薰爐語。香解著人衣，君心蝴蝶飛。（菩薩蠻，次韻送別。）

鬢底青春留不住，功名薄似風前絮。何似甕頭春沒數？都占取，秖消一紙長門賦。　寒日半窗桑柘暮，倚闌目送繁雲去。却欲載書尋舊路：煙深處，杏花塢巢排春雨。（漁家傲）

當蔡京柄政時，毛滂頗有時名，上獻十詞，辭甚偉麗，驟得進用。（蔡絛鐵圍山叢談）故四庫提要說：毛滂依附蘇軾以顯名，贅緣蔡京以得官；徒擅才華，本非端士。澤民好以文藝來諂諛權貴，故其詞格卑下，終於缺乏高越之價値耳。

雖然，毛滂文事固亦多術矣！他嘗集其所爲詩詞書簡等作，總名東堂集，刊行于世。所謂東堂云者，武康縣署有盡心堂，澤民知武康時，改易盡心爲東堂，遂以名其文集云。

（F）　抗衡秦觀之賀鑄

北宋詞家，以織密之思，得遒鍊之致者，惟方回與少遊耳。然而方回之詞，沉鬱生動，筆墨飛舞；若其氣韻，又在少游之上，識者自能辨之的。其別東山詞云：「雙擒纖手別烟蘿，紅粉淸泉相照。」可謂自道詞品也。（本吳梅語意）

賀鑄，字方回，衞州人；自言係唐諫議大夫賀知章之後，故或謂其爲孝惠后之族孫也。曾以尙氣使酒，故終不得美官。初嘗爲武弁，元祐中，通判泗州，又倅太平州。悒悒不得志，食宮祠祿，退居吳下；浮沉俗間，稍遠世務；築室於橫塘，自號鑑湖遺老，（亦作慶湖遺老）故亦無復軒輊如平日。葉夢得云：方回盡自裒其生平所謂歌詞，名東山樂府，程致道（名俱）爲之序。他生于宋仁宗嘉祐八年，（西曆一〇六三年）死於宋徽宗宣和二年，（西曆一一二〇年）共活五十八歲。

方回賦性耿介，秋毫不以丐人。家甚貧，以貸子錢自給；然有負者。常且折券與之焉。恆喜劇談天下事，可否不略少假借。雖貴要權傾一時，小不中意，極口詆無遺詞，故人以爲近俠。其時諸公貴人，多客致之；方回有從與不從；其所不欲見，終不貶也。于時江淮間有米市元章者，以魁岸奇譎知名；而方回以氣俠雄爽，著稱一世。二人每相遇，瞋目抵掌，論辨峯起，終日各不能屈；談者乃爭傳爲口實。家常藏書萬餘卷，手自校讎，以此杜門遂老。

彼其於學，博聞強記。工語言；深婉麗密，如此組繡。尤其長於度曲；掇拾人所遺棄；少加隱括，皆爲新奇。嘗言：「吾筆端驅使李商隱，溫庭筠，當奔命不暇。」所爲詞章既多，往往傳播在人口。建中靖國（宋徽宗即位之元年）間，黄魯直自黔中還，得其「江南梅子」之句，以爲似謝玄暉也：

凌波不過橫塘路，但目送芳塵去。錦色年華誰與度？月臺花榭，綺窗朱戶，惟有春知處。碧雲冉冉衡皋暮；彩筆新題斷腸句。試問閑愁都幾許？一川煙草，滿城風絮，梅子黃時雨。（青玉案）

方回有小築在姑蘇盤門之南十餘里，地名橫塘；蓋嘗往來於其間也，故爲作詞以道其慨耳。而七修類藁乃以此詞爲悼秦觀好事近詞之作，寧不附會？周介存云：「方回鎔景入詞，以故穠麗。」這詞却有那種品格！

先是，方回本是山陰人，後徙姑蘇之醋坊橋；嘗遊定力寺訪僧不遇，因題一絕云：

「破冰泉脈漱籬根，壞衲猶疑桂樹猨；蠟屐舊痕渾不見，東風先爲我開門。」王荆公極賞愛之，自此，聲價愈重。（中吳紀聞）李清臣奏薦之詞曰：稱見西頭供奉官賀某，老於文學，泛觀古今詞章，議論迥出流輩，遂爲仁宗所激賞。暨是詞出，山谷見之，繫以詞曰：「少遊醉臥古藤下，誰與愁眉唱一杯？解道江南斷腸句，祇今惟有賀方回！」則是不獨比之玄暉，又更况之以秦觀了！（七修類藁推原纖語，太妄！）

至于這詞的文藝價值，當世評者乃竟以之爲絕唱。然其所謂「梅子黃時雨」，蓋用寇萊公語耳。「杜鵑啼處血成花，梅子黃時雨如霧。」（潘子眞詩話）方回造語，恰如美成之「偷古句」：端在其能「微妙玄通」，以故卒享盛名也。（周少隱云：人以方回詞有梅子黃時雨之句，故號之曰「賀梅子」！方回寡髮，郭公父嘗指其髻曰，「此眞賀梅子也！」陸務觀曰：「方回狀貌奇醜，色青黑而有英氣，俗謂之賀鬼頭。」）是詞描寫之工，讀者尤賞後疊；鶴林玉露品騭最當。嘗曰：「詩家有以山喻愁者，杜少陵云：「憂端如山來，澒洞不可掇！」趙嘏云：「夕陽樓上山重疊，未抵春愁一倍多」是也，有以水喻愁者，李欣云：「請量東海水，看取淺深愁。」李後主云：「問君能有幾多愁？恰似一江春水向東流。」秦少游云：「落紅萬點愁如海」是也。而賀方回則云：「試問閑愁知幾許？一川煙草，滿城風絮。梅子黃時雨。」蓋舉三者比愁之多，尤爲新奇。興中有比，意味深長；在詞壇中，誠不易得！」方回作詞之偷古句，其實不亞美成；蓋亦美成之先倡矣！詞苑叢談云：「賀方回晚景詞云：

驚外江綃一縷霞，淡黃楊柳帶棲鴉；玉人和月折梅花。　笑撚粉香歸繡戶
更垂簾幕護窗紗；東風寒似夜來些。（浣溪沙）

其起句本王子安滕王閣賦、按王賦云：「落霞與孤鶩齊飛，秋水共長天一色。」）

此子可云善盜。」

方回此詞，頗亦多爲時人所嘆賞。苕溪漁隱叢話曰：「詞句欲全篇皆好，極爲難得。如賀方回「淡黃楊柳帶棲鴉」之句，寫景可謂造微入妙。若其全篇，皆不逮矣！」又有小梅花詞三闋，形同集句，完全檃括唐人詩歌辭句而作成；然其間語意聯屬，飄然有豪縱高舉之氣。酒酣耳熱，浩歌數過，亦一快也。（陽春白雪）其詞如下：

城下路，淒風露；今人犂田古人墓。岸頭沙，帶蒹葭；漫漫昔時流水今人家。黃埃赤日長安道，倦客無漿馬無草。開函關，掩函關；千古如何不見一人閒！六國擾，三秦掃；初謂三山遺四老。馳單車，攻緘書；裂荷焚芰，接武曳長裾。高流端得酒中趣，渾入醉鄉安穩處。生忘形，死忘名；誰論二豪初不數劉伶！（將進酒）

吳瞿庵說：「騷情雅意，哀怨無端。」賀方回行路難一首，蓋得力於風雅，而出之以變化。故能具綺羅之麗，而復得山水之清。其詞調既頗似玉川長短句詩，又與江南春七古體相類；此爲方回所獨有，其境不可一蹴即幾也。諸家選本，概未之及；世人徒知「梅子黃時雨」佳，非能眞知方回者也。詞云：

縛虎手，懸河口！車如雞栖馬如狗。白巾綸，撲黃塵；不知我輩，可是蓬蒿人！衰蘭送客咸陽道，天若有情天亦老。作雷顛，不論錢：誰問旗亭美酒斗十千。酌大斗，更爲壽；靑髮常靑古無有！笑嫣然，舞翩然；當壚秦女，十五語如絃。遺音能記秋風曲，事去千年猶恨促。攬流光，繫扶桑；爭奈愁來一日卻爲長（行路難）

思前別，記時節；美人顏色如花發。美人歸，天一涯；娟娟姮娥，三五滿還虧。翠眉蟬鬢生離訣，遙望靑樓心欲絕。夢中尋，臥巫雲；覺來珠淚，滿向湘水深。愁無已，奏綠綺；歷歷高山與流水，妙難通，絕知音；不知暮雨朝雲何山岑。相思無計堪相比，珠箔雕闌幾千里。漏將分，月窗明；一竄梅花，忽開疑是君。

昔在隋世，薛道衡奉命聘陳，嘗作人日詩曰：「入春纔七日，離家已二年。」有人嗤之！及云「人歸落雁後，思發在花前」！乃曰：「名士固無虛下。」（劉餗隋話）

黃山谷守當塗日，方回過焉；人日席上，因即用其詩語以臨江仙詞譜之。山谷以方回用薛道衡詩，乃更易其名曰雁後歸，蓋以示其所自出耳。詞云：

巧剪合歡羅勝子，釵頭春意翩翩，艷歌淺拜笑嫣然；願郎宜此酒，行樂駐年華。　未是文園多病客，幽襟淒斷堪憐。舊游夢掛碧雲邊；人歸落雁後，思發在花前！

以上是說方回作詞融鑄前人詩語之技術的成績；這種技術之於美成，實即不啻一先後之同調也。

方回的香艷詞調，當時頗享盛名，至乃廣爲神話。例如康伯可，因爲聞歌而用其聲律仿賦風流子一闋；（賀方回嘗有風流子詞以道都城舊遊之事，康伯可謫居嶺海時，醉中聞有歌之者，因乃用其聲律，更賦一闋。）李黃門因爲夢曲而采其詞句再成謁金門一曲。（陽春白雪：李黃門嘗夢得賀方回謁金門一曲，前遍二十言，後遍二十二言，而無其聲，余采其前遍，潤一橫字，已續二十五字寫之。）舉凡此等故事的傳播，全是由於時人對於他的仰慕的印象之所造成，是亦可以覘其價值矣！

賀方回嘗眷一姝，別之既久，姝因寄以詩云：「獨倚危欄淚滿襟，小園春色嬾追尋；深恩縱似丁香結，難展芭蕉一寸心！」鑄因所寄詩，遂成柳色黃詞云：

薄雨催（收）寒，斜照弄晴，春意空闊。長亭柳色纔（蓓才）黃，遠客一枝（倚馬何人）先折？烟橫水漫（際），映帶幾點歸鴉（鴻），東風（平沙）消盡龍沙（荒）雪。還記出門時（猶記出關來），恰而（如）今時節！將發！畫樓芳酒，紅淚清歌，頓（便）成輕別！已是（回首）經年，杳杳音塵都絕。欲知方寸，共有幾許清（新）愁，芭蕉不展丁香結。憔悴一（枉望斷）

大涯，兩厭厭風月！（石州引）

至其言情的代表作，可舉薄倖一曲以當之：

豔眞（淡妝）多態；更的的，頻迴盼睞。便認得，琴心相許，與寫宜男（欲綰合歡）雙帶！記畫堂，風（斜）月朦朧，輕顰淺（微）笑嬌無奈。便翡翠屏開，芙蓉帳掩，與把香羅偷解！（向睡鴨爐邊，翔鴛屏裏，羞把香羅暗解。） 自過了，收（燒）燈後，都不見，踏青挑菜（菜）。幾回憑雙燕，丁甯深意，往來翻（卻）恨重簾礙。約何時再？正春濃，酒暖（困）人間，晝永無聊賴！厭厭睡起，猶有花梢日在。（春情，一作憶故人。）

因爲方回好用成語，好爲側豔，所以李清照說他苦少典重。其實，還不特非方回之病累，而且還是他的長處呢。張文潛云：「方回之詞，是所謂滿心而發，肆口而成；雖欲已焉而不得者！若其粉澤之工，則其才之所至，亦不自知也。夫其盛麗如游金張之堂，而妖冶如攬嬙施之袪；幽潔如屈宋，悲壯如蘇李；覽之者目知，蓋有不可勝言者矣！」（張文潛序）

「文章之於人；有滿心而發，肆口而成；不待思慮而工，不待雕琢而麗者。皆天理之自然，而性情之至道也。世之言雄暴虓武者，莫如劉季項籍；此兩人者，豈有兒女之情哉？至其過故鄉而慷慨，別美人而涕泣；情發於言，流爲歌詞；含思悽惋，聞者動心。爲此兩人者，豈其費心而得之哉？眞寄意耳。」（張文潛東山詞序）是故方回之詞，不獨類皆悽惋，亦且感慨雄豪：六州歌頭，殆其是矣：

少年俠氣，交結五都雄。肝胆洞，毛髮聳；立談中，死生同；一諾千金重。推翹勇，矜豪縱；輕蓋擁，聯飛鞚；斗城東。轟飲酒壚，春色浮寒甕；吸海垂虹。閑呼鷹嗾犬，白羽摘雕弓。狡穴俄空，樂匆匆。　似黃粱夢，辭丹鳳；明月共，漾孤篷。官冗從，懷倥偬；落塵籠，薄書叢。鶡弁如雲衆；供粗用，忽奇功。笳鼓動，漁陽弄，思悲翁。不請長纓繫取，天驕種。劍吼西風！恨登山臨水，手寄七絃桐；目送歸鴻。

方回詞調，動合音律，固自可歌。張文潛說：「余友賀方回，博學業文，而樂府之詞，高絕一世。……大抵倚聲而爲之詞，皆可歌也！」陸務觀曰：「方回喜校書，朱黃未嘗去手，詩文皆高，不獨工長短句也。」（老學庵筆記）潘邠老亦嘗贈之以詩曰：「詩束牛腰藏就稿，書訛馬尾辨新讎。」然則方回所能者，其方面固亦正多也。

方回所著詞集，名爲東山寓聲樂府。所謂「寓聲」云者，蓋他惟用舊調譜詞，而便摘取詞中語意更以新名之謂也。（如易大江東去爲如此江山，易武陵春爲花想容之類，指不勝屈。）此等章法，與東澤綺語債相同，固亦不是他的獨創哩！

【附】（1）謝　逸（2）黃公度

（1）謝逸，字無逸，自號溪堂，臨川人。嘗第進士，無意功名；朱世英爲撫州，舉八行不就。他雖是文人，然而不喜對書生；平居惟從釋子遊，秉性自有異人處。漫叟嘗說他：「學古高傑，文辭煆煉，篇篇有古意；而尤工於詩詞。黃山谷嘗讀其詩云：『晁（補之）張（文潛）流也，恨未識面耳。』其詩曰：『山寒石髮瘦，水落溪毛彫。』又曰：『老鳳垂頭噤不語，枯木槎牙噪春鳥。』其詞曰：『黛淺眉痕沁，紅添酒面潮。』又曰：『魚躍冰池飛玉尺，雲橫石嶺拂鮫綃。』皆鍊乃出冶者：晁張將又避一舍！」（題溪堂詞）大凡无逸作品之梗概，亦可於此覘見一般。

毛晉以爲無逸小令，輕倩可人。以故不脫花間衣鉢，元是婉約之的派：

豆蔻梢頭春色淺；新試紗衣，拂袖東風軟。紅日三竿簾幙捲，畫樓影裏飛雙燕。　櫳鬢步搖青玉碾，缺樣花枝，葉葉蜂兒顫。獨倚闌干凝望遠，一川煙草平如剪。（蝶戀花）

又若柳梢青詞，生動自然；辭調佳妙，不事雕砌，遠非花間作家所能幷詣者。詞云：

香肩輕拍，尊前忍聽一聲將息。昨夜濃歡！今朝別酒，明日行客。　後回來則須來，使去也如何去得？無恨離情，無窮江水，無邊山色！

至于卜算子詞，標致雋永，全無蘼澤；徐電發云，可稱逸調。其詞如下：

煙雨暮橫塘，紺色橫清淺。誰把幷州快剪刀，剪取吳江半？ 隱几案，烏巾細葛含風軟。不見柴桑避俗翁，心共孤雲遠。

無逸嘗於黃州關山杏花村館驛題江神子詞一首，至與賀方回的青玉案詞一樣有名；過客讀之，不能遽舍，每每索筆于館卒，盡識以去；館卒頗以爲苦，因以泥塗之而能：其爲詩人愛好若此。詞云：

杏花村館酒旗風；水溶溶，颺殘紅。野渡舟橫，楊柳綠陰濃。望斷江南山色遠；人不見，草連空。 夕陽樓外晚煙籠；粉香融，淡眉峯。記得年時，相見畫屏中。只有關山今夜月，千里外，素光同。

又有花心動詞一闋，毛晉疑是贋筆；鄭振鐸說這詞確是詞調創格，其作風殊爲可異。今錄如下：

風裏楊花輕薄性，銀燭高燒心熱。香餌懸鉤，魚不輕吞，辜負釣兒虛設。桑蠶到老絲長絆，鍼刺眼淚流成血。思量起粘枝花朵，果兒難結。 海棠情深忍撇，似夢裏相逢，不勝歡悅。出水雙蓮，摘取一枝，可惜並頭分折。猛期滿會姮娥，誰知是初生新月？折翼鳥，甚日于飛時節？

沈天羽云：「此詞句句比方，用小雅鶴鳴篇體也。」（詞綜注引）我以爲這詞雖是創調，但借究非溪堂詞集中的佳作；以視千秋歲詞，尙且遠遜，遑論代表作品哉？

楝花飄砌，蔌蔌清香細，梅雨過，蘋風起；情隨湘水遠，夢繞吳山翠。琴書倦，鷓鴣喚起南窗睡。密意無人寄，幽恨憑誰洗？修竹畔，疏簾裏；歌餘塵拂扇，舞罷風掀袂。人散後，一鈎新月天如水。（千秋歲。夏景。）

四庫提要批評謝逸的詞說，「語意清麗，良非虛美；」溪堂詞價，原來如是。詞苑叢談云：臨川謝無逸，嘗作咏蝶詩三百首，其警句云：「飛隨柳絮有時見，舞入梨花何處尋？」人盛稱之，因叫他爲謝蝴蝶。

（2）黃公度，字師憲，號知稼翁，福建莆田人。他是唐代御史黃滔之後故多聞人也。公度懷才不售，晚年始第。高宗紹興八年，（西曆一一三一年）八歲，始以文章魁天下；與張九成劉章王佐趙逵等同榜。公度在同龍中，最故他先被高宗召對便殿。因其言中時病，而除上書考功員外郎。即以是年病

其始也，公嘗以詩名于時，洪邁嘗誦其悲秋之句曰：「迢迢別浦雙帆去，蕪天四垂；雨意欲晴山鳥樂，寒聲初到井梧知。」「吾不知謫仙少陵以還，大

子，尚能窺其籓籬否？」贊揚之情，可謂極矣！

曾丰以爲公度的詞，發乎情而止乎禮義；且其「所立，不在文學。審於樂章窺之：文字之中，所立寓焉；泉幙之解，非所欲去，而寓意於「鄰鷄不管離情」之句；秘館之除，非所欲就，而寓意於「殘春已負歸約」之句。（二詞引見下）凡感發而輸寫，大抵清而不激，和而不流；要其情性則適，揆之禮義而安，非能爲詞也；道德之美，腴於根而盎於華，不能不爲詞也。天於其年，苟奪之晚；俾便涵養，充而大之，竊意可與文忠相後先。……」（知稼翁詞序）他舉師憲方諸歐公，亦可譬其風度了。

鄰雞不管離懷苦，又還是催人去。回首高城音信阻；霜橋月館，水村烟市，總是思君處。　裛殘別袖燕支雨，謾留得愁千縷。欲倩歸鴻分付與；鴻不住；倚欄無語，獨立長天暮。（青玉案）

「鄰鷄不管離懷苦」，黃沃（公度長子）解之云：「君命不敢俟駕，故寓意于此詞。道過分水嶺，復題詩云：「誰知不作多時別？」又題崇安驛詩云：「睡美生憎曉色催。」皆此意也。旣而能歸臨安，有詞云：「湖上送殘春，已負別時歸約。」則公之去就，蓋蚤定矣！」

湖上送殘春，已負別時歸約；好在故園桃李，爲誰開誰落？　還家應是荔枝

大，浮蟻要人酌。莫把舞裙歌扇，便等閑拋却！（好事近）

知稼翁詞，小令清雋艷麗，自是別具風範者；擬摘數闋于次，以見一般：

嫩綠嬌紅，砌成別恨千千斗。短亭回首，不是緣春瘦。　一曲陽關，杯送纖纖手。還知否？鳳池歸後，無路陪尊酒！（點絳唇）

高樓目斷南來翼，玉人依舊無消息。愁絡促眉端，不隨衣帶寬。　萋萋天外草，何處春歸早？無語凭闌干，竹聲生暮寒。（菩薩蠻）

寒透小窗紗，漏斷人初醒。翡翠屏間拾落釵，背立殘紅影。　欲去更踟躕，離恨終難整。隴首流泉不忍聞，月落雙溪冷。（卜算子）

眉間早識愁滋味。嬌羞未解論心事。試問憶人不？無言但點頭。　嗔人歸不早，故把金杯惱。醉看舞腰時，還如舊日嬌。（菩薩蠻）

薄宦各西東，往事隨風雨。先自離歌不忍聞，又何況春將暮？　愁共落花多，人逐征鴻去，君向瀟湘我向秦，後會知何處？（卜算子）

一枝雪裏冷光浮，空自許清流。如今憔悴，蠻煙瘴雨，誰肯尋搜！　昔年曾共孤光醉，爭插玉釵頭。天涯幸有，惜花人在，杯酒相酬。（眼兒媚）

風送清香過短牆，煙籠晚色近修篁，夕陽樓外角聲長。　欲去還留無限思，

輕勻淡抹不成粧，一般相對月生涼。（浣溪沙）

至如朝中措一闋，簡直是在吐露他自己的人格了：

幽香冷艷綴疎枝，橫影臥霜溪。清楚渾如南郭，孤高勝似東籬。 歲寒風味黃花，盡處衝雪飛時。不比三春桃李，芳菲急在人知。

若夫他的長調，較此未免減色了！

在昔洪邁，嘗許公度的詞說：「宛轉清麗，讀者咀嚼于齒頰間而不能自已。」我們今日讀他這一些詞，確是頗有這種況味哩！

（G）提舉大晟樂府之周美成

詞至清真，實是聖手；
後人竭力摹效，且不能形似也。
——吳梅——

周邦彥，字美成，錢塘人，生於宋仁宗嘉祐二年。（西曆一〇五七年）爲人疏雋少檢，不爲州里推重，但惟博涉百家之書而已。神宗元豐初年，往遊京師，遂入太學，獻汴都賦萬餘言，頗得神宗之嘉異，命爲正居（即太學正）；五歲不遷，乃益致力於辭章之事焉。後來哲宗召對，叫他更誦前賦，遂得由秘書省正字歷升，以直龍圖閣知河中府。

先是，神宗時，嘗命邦彥以衛尉宗正少卿兼議禮檢討；及徽宗立，欲使畢禮書，因復留任；於此遷徙出入者數次：後來徽宗頒大晟樂府，乃進邦彥爲徽猷閣待制，提舉大晟樂府。後又出知順昌府，又徙處州。死於徽宗宣和二年（西曆一一二一年），享年六十六歲，追贈宣奉大夫。所作詞有清眞詞集傳於世。後來陳元龍爲之詳註，始更題爲片玉集。劉肅之敍云：「猶獲崑山之片珍，琢其質而彰其文也，因命之曰片玉集」云。

「邦彥好音樂，自能曲度；製樂府長短句，詞韻清蔚，傳於世。」（宋史文苑傳）

南宋時，陳郁藏一話腴云：「美成二百年來，以樂府獨步，「貴人」「學士」「市儈」「妓女」，皆知其詞爲可愛。」故強煥序其詞集說：「公詞撫寫物態，曲盡其妙。……暇日從容，式燕嘉賓，歌者在上，果以公之詞爲首唱；夫然後知邑人愛其詞，乃所以不忘其政也。」好之者既衆，詞的價格勢必因之增高了。所以周介存曰：「美成思力，獨絕千古，如顏平原書：雖未臻兩晉，而唐初之法至此大備；後有作者，莫能出其範圍矣！」（介存齋論詞雜著）

美成之詞，有同於晏歐秦柳者一，出自獨撰者二：其寫男女私情，沁人肌骨，是所同也。至於「律度嚴整」，「融化古句」；兩種特長，皆是前此詞壇不曾有過的新面目。

精切些說，則詞至北宋，大約須得分劃它爲三個階段；晏歐是一個階段，秦柳是一個階段，美成自是一個階段。秦柳之於歐晏，僅是詞調長短增減的問題；至如美成，則直把詞調整飭起來，不能讓人隨便了。所謂「塡詞」，到了美成手裏，算是一個很大的關鍵呢。

關於描寫兒女之情的，美成的方法也與歐晏秦柳等人很不相同。美成祇是自然地如實活畫，喁喁私語，宛如目覩那付情態。于淺淡中顯出深密纖細的戀情，這是他那筆尖惟一的妙處；然而惑者乃方以其「深遠之致不及秦歐」，殊屬非是。例如：

千紅萬翠，簇定清明天氣。爲憐他種種清香，好難爲不醉。 我愛深如你：我心在個人心裏。便相看老却春風，莫無些歡意！（萬里春）

人人花艶明春柳。憶筵上，偷攜手；趁歌停舞歇來相就。醒醒個，無此酒。 比自香囊新刺繡，連隔座一時薰透。爲甚月中歸？長是他隨車後。（迎春樂）

幾日來，眞個醉！不知道窻外亂紅已深半指，花影被風搖碎。 擁春醒乍

起。有個人人生得濟楚，來向耳邊問道：「今朝醒未？」情性兒慢騰騰地，
惱得人又醉！（紅窗迥）

但他還有比此更為艷麗的小詞呢。草窗浩然齋雅談云：宣和中，李師師以善歌稱，其時，周邦彥常往遊其家，聞道君至，遂匿牀下。道君自攜新橙一顆，云是江南初進；遂與師師讌語。邦彥悉聞之，櫽括成少年遊詞云：

并刀如水，吳鹽勝雪。纖指破新橙。錦幄初溫，獸香不斷，相對坐調笙。低聲問，向誰行宿？城上已三更！馬滑霜濃，不得休去，直是少人行？

俟後師師時歌此詞；道君問是誰作，師師以直對。道君大怒，因將邦彥遣謫，押出國門。越一二日，道君復至師師家，不遇。至更初，師師歸，愁眉淚眼，憔悴可掬。道君問故：師師奏言「邦彥得罪去國，略致一杯相別，不知得官家來」！道君問，「曾有詞否？」李云，「有蘭陵王詞。」道君云，「唱一遍看！」李因奉酒歌云：

柳陰直，煙裏絲絲弄碧。隋堤上，曾見幾番，拂水飄綿送行色。登臨望故國；誰識京華倦客？長亭路，年去歲來，應折柔條過千尺。閒尋舊蹤跡。又酒趁哀絃，燈照離席。梨花榆火催寒食；愁一箭風快，半篙波暖，回頭迢遞便數驛。望人在天北。悽惻！恨堆積。漸別浦縈迴，津堠岑寂。斜陽冉冉

春無極。念月榭攜手，路橋聞笛。沉思前事，似夢裏，淚暗滴！

歌竟，道君大喜，復召邦彥爲大晟樂正。——看了這段故事，我們知道邦彥不但能寫歡愉，并且能寫悽惻；詞的力量，竟能將遠謫異國的大罪取締而恢復原官，不可謂非其文事之成功了。（這故事雖被林大椿認爲小說家之附會，然亦可以於此覘其文學之勢力云。）

又夸鰲志記美成在姑蘇時，嘗與營妓岳楚雲相戀，及後美成自京師過吳，則楚雲早經從人，不可復見矣！後于太守蔡繼席上見之，乃賦點絳唇詞以寄意。楚雲得詞，感泣累日。詞云：

遼鶴歸來，故人多少傷心事。短書不寄，魚浪空千里！　憑仗桃根，說與相思意。愁無際：舊時衣袂，猶有東風淚！

邦彥這一類的好詞太多，再錄三首，償此未盡之興：

佳約人未知，背地伊先變。惡會稱停事，看深淺！如今信我，委的論長遠。好彩無可怨，洎合教伊，因些事後分散？　密意都休！待說先腸斷。此恨除非是，天相念。堅心更守，未死終相見。多少閑磨難，到得其時，知他做甚頭眼！（歸去難）

簾牙縹緲小倡樓；涼月捧銀鈎。聒席笙歌，透簾燈火，風景似揚州。當時面色欺春雪，曾伴美人遊。今日重來，更無人問，獨自倚欄愁。（少年遊）

歌席上，無奈是橫波。寶髻玲瓏欹玉燕，繡巾柔膩染香羅；人好自宜多。無個事，因甚斂雙蛾，淺淡梳妝疑見畫，惺忪言語勝聞歌；何況會婆娑！（望江南）

像這種詞，何等親切！彭羨門曰：「美成詞如十三女子，玉艷珠鮮，未可以其軟媚而少之。」賀黃公亦曰：「周清真詞有柳欹花嚲之致，沁人肌骨，視淮海不徒娣姒而已！」胡適之說：「周邦彥多寫兒女之情，故後人往往把他和柳永并論。張炎詞中屢用「周情柳思」四字來代艷情。其實周詞的風格高，遠非柳詞所能比。」這已顯然是在推重周詞了！近惟王靜安說頗與之反：他說：「詞之雅正，在神不在貌。少游雖作艷語，終有品格；方之美成，便有淑女與娼妓之別。」其實，周柳之詞固未有變，而其毀譽則適相反，此皆由於認識各別之所致耳。試問：情到深處，娼妓淑女何殊？若其淺也，豈亦各有所貴耶？

然而，這種抒情之事，却亦大難：工如美成，猶未盡善。張叔夏云：「詞欲雅而正，志之所之，一爲情所役，則失其雅正之音，耆卿伯可不必論；雖美成亦有所不兒。如「爲伊落淚」，如「最苦夢魂今宵不到伊行」，如「天便教人霎時得見何妨」，如「又恐伊尋消問息，瘦損容光」，如「許多煩惱，只爲當時一餉留情」；所謂淳厚日變成澆風也！」然而「作詞者每多效其體製，失之軟媚而無所取。此惟美成爲然，不能學也！所可倣效之詞，是一美成而已」。

劉潛夫說「美成頗偸古句」；遣「偸古句」的創造確是美成文藝的特別處。他那方法，便是「多用唐人詩語隱括入律，混然天成」。（陳質齋語）古今評者，嘗以爲多。故林大椿云：「要之，詞原於比興，體貴清空，奚取典博？美成詞切情附物，風力奇高。玉田謂其取字皆從唐之溫李及李長吉詩中來一語，思過半矣！」

且如西河金陵懷古詞之「傷心東望淮水」與「王謝鄰里」數語，實有隱括劉夢得金陵五題詠石頭城之詩句；而「艇子曾繫」之句，又自樂府詩中來也。其詞云：

佳麗地；南朝盛事誰記？山圍故國遶清江，髻鬟對起。怒濤寂寞打孤城，風檣遙度天際。斷崖樹猶倒倚；莫愁艇子曾繫？空遺舊迹鬱蒼蒼，霧沉半壘。夜深月過女牆來，傷心東望淮水。酒旗戲鼓甚處市；想依稀，王謝鄰里—燕子不知何世？入尋常巷陌人家相對；如說興亡斜陽裏。（按「傷心」草堂詩餘作「賞心」，大誤！）

按劉禹錫金陵詩云：「山圍故國周遭在，潮打孤城寂寞回；淮水東邊舊時月，夜深還過女牆來。」又烏衣巷詩云：「朱雀橋邊野草花，烏衣巷口夕陽斜，舊時王謝堂前燕，飛入尋常百姓家。」樂府詩云：「莫愁在何處？住在石城西；艇子折兩槳，催送莫愁來！」凡此數詩，要皆美成西河之所本也。

又龐元英（宋人）談藪云：「本朝詞人，用御溝紅葉故事者，惟清眞樂府六醜詠落花見之」。所謂「恐斷紅上有相思字」者是矣！詞云：

正單衣試酒；恨客裏，光陰虛擲。願春暫留，春歸如過翼；一去無迹。爲問花何在？夜來風雨，葬楚宮傾國。釵鈿墮處遺香澤；亂點桃蹊，輕翻柳陌，多情爲誰追惜？但蜂媒蝶使，時叩窗槅。東園岑寂：漸蒙籠暗碧。靜遶珍叢底，成歎息。長條故惹行客；似牽衣待話，別情無極。殘英小，強簪巾幘。終不似，一朶釵頭顫裊，向人欹側。漂流處，莫趁潮汐！恐斷紅上有相思字，何由見得！（按「紅上」多作「鴻尙」，誤矣！）

美成曼詞，往往用事，初不覺其鋪叙之冗，且反覺其因事生色之妙。野客叢書云：「大抵詞人用事圓轉，不用深泥出處，其紐合之工，出於自然之趣。」這種手腕，美成有爲。

胡適之云：周邦彥讀書甚博，詞中常用唐人詩句，而融化渾成，竟同自己鑄詞一樣。如夜遊宮詞，上半用「東關酸風射眸子」，下半用「腸斷蕭娘一紙書」，皆是唐人詩句；但這兩句成語，放在他自己刻意寫實的詞句裏，只覺得新鮮而真實，不像舊句了。南宋晚年的詞人只知偷竊李商隱溫庭筠的字面，便是入下流一路。夜遊宮詞如下：

葉下斜陽照水，捲輕浪沉沉千里。橋上酸風射眸子；立多時，看黃昏，燈火市。古屋寒窗底，聽幾片井桐飛墜，不戀單衾再三起。有誰知，爲蕭娘，書一紙！（唐楊巨源崔娘詩云「風流才子多春思，腸斷蕭娘一紙書。」此爲其所自出。）

若此類詞，正張叔夏所謂「渾厚和雅，善於融化詩句」。而非世俗「低能」文人，專事蹈襲之輩可比矣！

讀美成詞，只當看其渾成處，於軟媚中有氣魄；採唐詩融化，如自己出者，乃其所長。惜乎意趣却不高遠；所以出奇之語，以白石騷雅句法色潤之，眞天機雲錦也！（詞原）美成雖然慣偷古句，——尤其是唐人的詩句——因爲他能滅去跡印，概能融化；所以更能深美地表達情意，自在地爲成創作。（欲知邦彥用前人詩句入詞的詳細，可參看陳元龍集注的片玉集）詞品云：『塡詞於文爲末，而非自選詩樂府來，不能入妙；』由是言之，則知美成詞品固甚高也！

至於說到美成詞調音律的諸美；一則余生也晚，一則深恨那時沒有留聲機器的發明；今日直是沒福享受，沒法說明的了。茲下所敍者，僅只稽考之功而已。

四庫提要說：『邦彥妙解聲律，爲詞家之冠；所製諸調，不獨音之平仄宜遵，即仄字中上去入三音，亦不容相混。所謂分刌節度，深契微芒；故千里和詞，字字奉爲標準。』然則美成不僅止是一個詞人，而且還是一個音樂家呢？浩然齋雅談云：宣和中，朝廷賜酺，師師因歌大酺六醜二解；上顧教坊使袁綯問，綯曰：『此起居舍人新知潞州周邦彥作也。』問六醜之義，莫能對。召邦彥問之，對曰：『此犯六調，皆聲之美者；然絕難歌！』他運用他那充分的音樂智識來創造新的詞調，以之教導當世名妓與樂人；所以常是曲高和寡；每有陽春白雪之概焉。爲其如此，所以他的詞在當時便很爲人所稱道，遂乃至爲徽宗所知，命他總領當時的樂府。

崇甯四年（西曆一一〇五年）九月，宋徽宗頒大晟樂，專置大晟府掌之，即命邦彥提舉其事，使與諸人『討論古首，審定古調；淪落之後，少得存者；由此八十四調之聲稍傳。而美成諸人，又復增演慢曲引進，或移宮換羽，爲三犯四犯之曲；按月律爲之，其曲逐繁。美成負一代詞名，所作之詞，……而於音譜且間有未諧，可見其難矣！強煥至謂文章政事，初非兩途。美成且以弦歌爲政，嘗於撥煩治劇之中，詠歌舒嘯。一觴一咏，句中有眼。摹寫物態，曲盡其妙。在其所治後圃之中，有亭曰姑射，有堂曰蕭閑，（歷代詩餘引作「題其所居曰顧曲堂」不知何本。）皆取神仙中事，揭而名之；此其胸襟懷抱，固自不凡！

古今詞話云：王都尉嘗有憶故人詞云：「燭影搖紅向夜闌；乍酒醒，心情懶，尊前誰爲唱陽關。離恨天涯遠！無奈雲沉雨散，凭闌干，東風淚眼。海棠開後，燕子來時，黄花庭院。」徽宗喜其詞，意猶以爲不盡宛轉，遂令大晟樂府別撰腔。周美成增損其詞，而以首句爲名，謂之燭影搖紅云：

芳臉勻紅，黛眉巧畫宮妝淺。風流天付與，精神全在嬌波眼。早是縈心，可慣向尊前，頻頻顧盼。幾回相見，見了還休，爭如不見！燭影搖紅，夜闌飲散春宵短，當時誰會唱陽關？離恨天涯遠！爭奈雲收雨散，凭闌干東風淚滿。海棠開後，燕子來時，黄昏庭院。

可惜美成樂譜，後世無傳；今其詞集；題下咸皆注有宮調，是亦可以想見彼時製譜塡詞之一般焉。沈伯時說：「作詞當以清眞集爲主。蓋美成最爲知音；故下字用韻，皆

有法度。」（樂府指迷）

復次，且說慢詞：

慢詞自仁宗朝後，氣燄高張，數量積增：到了美成的時候，朝廷賞重，甚於往昔；大晟所製，慢詞爲多。（林大椿云，其六醜犯六調之曲，嘗在美成提擧大晟時所製。）其餘長調，尤善鋪敍；「富麗精工，詞人之甲乙也。」這類名作，除開前面之西河六醜等調而外，如瑞龍吟，風流子等詞，也可作爲他的代表。

章台路，還是褪粉梅梢，試華桃樹。愔愔坊陌人家，定巢燕子，歸來舊處。黯凝竚：因念個人癡小，乍窺門戶。侵晨淺約宮黄，障風映袖，盈盈笑語。 前度劉郎重到，訪鄰尋里，同時歌舞。惟有舊家秋娘，聲價如故。吟牋賦筆，猶記燕臺句。知誰伴，名園露飲，東城閒步。事與孤鴻去；探春盡是傷離意緒。宮柳低金縷。歸騎晚，纖纖池塘飛雨。斷腸院落，一簾風絮。

（瑞龍吟）

美成爲溧水令時，主簿之姬，有色而慧，每出侑酒，于是遂作風流子以導之：

新綠小池塘。風簾動，碎影舞斜陽。羡金屋去來，舊時巢燕，土花繚繞，前度莓牆。繡閣裏，鳳幃深幾許，聽得理絲簧。欲說又休，慮乖芳信，未歌先咽，愁近清觴。遙知新粧了，開朱戶，應自待月西廂。最苦，夢魂今宵，不到伊行！問甚時說與，佳音密耗，寄將秦管，偷換韓香。天便教人，霎時廝見何妨？（見揮塵錄。新綠待月，皆主簿廳之軒名也。）

美成之梅花詞，紆徐反覆，道盡二年間事。黃昇云：「其詞尤圓美流轉如彈丸」也。

粉牆低，梅花照眼，依然舊風味。露痕輕綴，擬淨洗鉛華，無限清麗。去年勝賞曾孤倚。冰盤共宴喜。更可惜雪中高士，香篝熏素被。

今年對花太匆匆，相逢似有恨，依依愁悴。凝望久，青苔上旋香飛墜。相將見脆圓薦酒；人正在空江煙浪裏，但夢想，一枝瀟灑，黃昏斜照水！（花犯）

美成寫情雖然寫得深密細膩，但却爲其音律謹嚴之故，往往近於雕刻。如其用詩來比，我們可以說他類似延之的技術。然而自來詞人，「鈎勒之妙，無如清眞。他人一鈎一勒便薄，清眞愈鈎勒愈渾厚。」（周介存語）故在筆調上，他却能夠善於運用其天才也。

「詩人對宇宙人生，須入乎其內，又須出乎其外。入乎其內，故能寫之；出乎其外，故能觀之。入乎其內，故有生氣。出乎其外，故有高致。美成能入而不能出；白石以降，于此二事皆未夢見。」「如美成蘇幕遮詞云：「葉上初陽乾宿雨，水面清圓，一一風荷舉。」此眞能得荷之神理者。覺白石念奴嬌惜紅衣二詞，猶有隔霧看花之恨。」（人間詞話）此眞描摹物態之長處矣！

如其用畫來比，則美成的詞是工筆畫的詞，而不是寫意畫的詞。他精心的推敲字句，着意的渲染色彩；毫不吝惜工夫地一筆一筆的去鈎勒；其結果，則便創作成功了他那神情凝聚的「惟美主義」的工筆詞的文藝。所以周美成詞的永久生命和其價值，實卽因爲他全是一件純粹藝術品之故。（此段文意采諸葉紹鈞）凡此皆讀美成詞調時所當留心的。

王靜安言「美成深遠之致不及秦歐；惟言情體物，窮極工巧，故不失爲一流之作者。但恨創志之才多，創意之才少耳。」

美成詞績之影響後來，有得有失：若姜白石之精於音律，便算步法他的後塵；若周密和吳文英的呆板死笨，沒有上進，成了詞匠，便算受了他的餘毒。劉毓盤說：「蘇說盛而柳說微，鐵板銅琶，曉風殘月，纖穠修短，劃若鴻溝。周邦彥出，乃調停於兩派之間。」評騭雖過，要其著績不可沒也。

嗚呼！「詞至美成，乃有大宗。前收蘇秦之終，後開姜史之始。自有詞人以來，爲萬世不祧之宗祖。』（吳梅語）若就音律方面論；則美成上集唐以來詞學之大成，下開南宋一代詞學之體系，可謂盛矣！

【附一】和清眞詞

a. 方千里與楊澤民

周邦彥得官徽廟，提舉大晟樂府的時候，每製一詞，率多創調；其時名流，輒相依律賡和，遂致成了風尚。東楚方千里，樂安楊澤民全和之，各有和清眞全詞一卷行世，而好事者每又以之更與清眞集同刻，合爲三英集以行世，蓋欲取附驥尾之意云耳。

方千里，宋三衢人；楊澤民，宋樂安人。其所作詞，悉以清眞爲準則，從不敢軼出于其繩墨之外，故名曰『和』焉。毛晉云：『花庵詞客止選千里過秦樓風流子訴衷情三闋，而澤民不載，豈楊劣於方耶？』今各錄其風流子詞於下，並以考見二人之優劣焉：（或謂方作爲和清眞集，楊作爲續和清眞集。）

河梁攜手別：臨歧路，共約踏靑歸。自雙燕再來，斷無音信，海棠開了，還又參差。料此際，笑隨花便面，醉騁錦鄣泥。不憶故園；粉愁香怨；忍孤華屋，綠慘紅悲。舊家歌舞地，生疎久，塵暗鳳縷羅衣，何限可憐心事，難訴歡期。但兩點愁蛾，纔開重斂；幾行淸淚，欲制還垂。爭表爲郎憔悴，相

見方知！（方千里的風流子）

佳麗古錢塘；帝居麗，金屋對昭陽。有風月九衢，鳳皇雙闕；萬年芳樹，千雉宮牆。戶十萬；家家堆錦繡；處處鼓笙簧。三竺勝遊，兩峯奇觀；金湧仙舸，豐樂霞觴。　芙蓉城何似？樓臺簇，中禁捲簾東廂。盈望虎貔分列，鵞鷺成行。向玉宇夜深，時聞天樂；絳霄風軟，吹下爐香。惟恨小臣資淺，朝覲猶妨！（楊澤民的風流子）

b. 陳允平

宋句章陳允平，字君衡，所作日湖餘唱雖在方楊二家之後，然亦悉以清眞爲準則；大抵宋人之和全詞者，除方楊陳三家之外，不多覯耳。（陳三聘又有和石湖詞）

寸心誰託？望瀟湘暮碧，水遙雲邈。自織帶同翦合歡，奈鴛枕夢單，鳳幃寒薄。澹月梨花；別後伴，情懷蕭索。念傷春漸嬾，病猶未炊，兩愁無樂。魂銷翠蘭紫若。任釵沈鬢影，香沁眉角。悵晝閣，塵滿妝臺，但玉佩依然，寶箏閒卻。舊約無憑，誤共賞，西園桃萼。正天涯數聲杜宇，斷腸院落。

（解連環）

三家和詞，正自相若，不合以優劣論也。至其分量：則方千里九十三闋，（六十家詞本）楊澤民九十二闋，（江標未刻本）而陳氏所作凡百二十八闋，率較方楊爲多焉。林大椿曰：『美成深精律呂，其所作皆具有法度；惜乎音譜失傳！後世讀其遺篇，徒驚歎其文字之工妙，末由窺見古人辨音審韻之苦衷。今佐以三家所賡和，則細繹美成之佳製，句櫛字比，其或庶幾焉。』三子皆爲南宋時人，相去未遠；詞調律度，固或不無類似之處矣。

【附二】大晟府內的詞人

（1）万俟雅言，自號詞隱，（古今詞話）曾遊上庠不遂。精於音律，嘗依月用律製詞，故多應制。（黄昇）崇寧中，充大晟樂府制撰，與晁次膺按月律進詞。古今詞話云：其清明應制一首，視諸詞尤佳：

見梨花初帶夜月，海棠半含朝雨。內苑春不禁過，青門御溝漲，潛通南浦。東風靜細柳垂金縷，望鳳闕飛煙飛霧，好時代朝夕多歡，偏九陌太平蕭鼓。乍鶯兒百囀斷續，燕子飛來飛去。近淥水臺榭，映秋千鬭草，聚雙雙遊女。餳香更酒冷，踏青路會暗識夭桃朱戶。向晚驟寶馬雕鞍，醉襟惹亂花飛絮。正輕寒輕暖漏永，半陰半晴春暮。禁火天已是試新妝，歲華到三分佳處，清明看漢宮轉蠟炬，散翠煙飛入槐府。斂兵衛閶闔門開，住轉宣又還休

務。」三台

其木蘭花慢一首，情致灑落，音調清麗；較此又更過之矣！

恨鶯花漸老，但芳草綠河洲。縱岫壁千尋，榆錢萬疊，難買春留。梅花暫來始別，又匆匆結子滿枝頭。門外垂楊，岸側畫橋，誰繫蘭舟？悠悠，歲月如流！歎水覆，杳難收。凭畫闌，往往擡頭；舉眼都是春愁。東風晚來更惡，飛江拍絮入書樓，雙燕歸來，問我怎生不上簾鈎！

蓋『雅言之詞，詞之聖者也。發妙音於律呂之中，運巧思於斧鑿之外。平而工，和而雅，比諸刻琢句意而求精麗者遠矣！』所作詞曰大聲集，周美成爲之序，山谷且稱之爲『一代詞人』焉。雖亦不無推重太過之語，然亦可以覘其價值云。

（2）晁端禮，字次膺，熙寧六年進士，兩爲縣令。政和二年，因蔡京之薦得赴闕；進詞稱旨，除大晟府協律郎，有閒適集一卷。如水龍吟詞：

倦游京洛風塵，夜來病酒無人問；九衢年少，千門月淡，元宵燈近。香散梅梢，冲消地面，一番春信。記南樓醉裏，西城宴闕，都不管人春困。屈指流年未幾，早驚入潘郎雙鬢。當時體態，而今情緒，多應瘦損！馬上牆頭，縱教瞥見，也難相認。凭闌干，但有盈盈淚眼，把羅襟揾！

次膺之寫情濃摯，寫景含蓄，用事靈活，聲調響越，固自不在雅言之下焉。

（H）其他的南派詞人

在這時期裏：南派詞人，風起雲湧；而其作物，車載斗量。無論在質的方面或量的方面，實都遠超北派而上之；風尙所趨，有爲吾人意想不及之盛者。——以故除却前方所論之各大作家不計外，也還更有若干詞人，理應敍述，不可遺漏的：

（1）呂聖求，名濱老，（或云渭老）秀州嘉興人。徽宗宣和末，嘗以詩名諷詠，頗著聲譽。趙師岃云：其詩率寓愛君憂君之意，不但弄筆清新俊逸而已。聖求憂國詩云：『憂國憂身到白頭，此身風雨一沙鷗。』又云：『尙喜山河歸帝子，可憐麋鹿入王宮。』于時縉紳巨賢，多錄稿家藏，視同拱璧，其被時人珍視若此。至東風第一枝詠梅詞，先輩以之與坡仙西江月並稱矣。詞云：

老樹渾苔，橫枝未葉，奇春肯誤芳約。背陰未返冰魂，陽稍已含紅萼。佳人寒怯，誰驚起曉來梳掠。是月斜窗外，棲禽霜冷，竹間幽鶴。雲淡淡，粉痕漸薄。風細細，陳香又落。叩門喜伴金樽，倚闌怕聽畫角。依稀夢裏，半面淺窺珠箔。甚時重寫鸞牋，去訪舊遊東閣。

楊升庵云：聖求在宋不甚著名，而詞極工，其佳處不減少游。趙師岃云：聖求詞婉媚深窈，視美成耆卿，伯仲耳。平心而論，聖求的作品雖然沒有他們那樣的名貴，究其風骨，要爲柳周一派，小令尤有佳構：

江上何人一笛橫，倚樓吹得月華生；寒風墮指傾三弄，小市收燈欲二更。持蟹股，破霜橙，玉人水調品纂箏。細看桃李春時面，共盡玻璃酒一斟。
（思佳客）

一日抵三秋，半月如千歲；自夏經秋到雪飛，一向都無計。續續說相思，不盡無窮意。若寫幽懷一段愁，應用天爲紙。（卜算子）

長記十年前，彼此玉顏雲髮。尊酒幾番相對，樂春花秋月。而今各自飄零，憔悴幾年別；說着太家煩惱，且大家休說！（好事近）

聖求又善製作新譜，其惜分釵詞，即其例也：

春將半，鶯聲亂，柳絲拂馬花迎面。小堂風，暮樓鐘：草色連雲，暝色連空，重重。秋千畔，何人見，寶釵斜照春粧淺。酒霞紅，與誰同？試問別來，近日情悰？忡忡。

此詞前疊末句用『重重』，後疊末句用『忡忡』；連用兩疊字，以較陸放翁釵頭鳳尾句的『錯錯錯』，『莫莫莫』，似又更有別韻矣！（本毛晉說）聖求固是長於造語的詞人：如「明牌似水，妙語如絃，不覺曉霜雞喚」（選冠子）之類，非獨其詞調之新倩諧婉，卽思致之精密，情意之體會，均有獨詣之處也。

（2）李之儀，字端叔，本趙郡人；歷樞密院編修官，至原州通判。徽宗初年，提舉河東常平，又辟爲中山幕府。因代范忠宣公作遺表，得罪朝廷；編置當塗，遂以爲家；自號姑溪居士，有姑溪集。毛晉云：集中頗多次韻小令，而更長於「淡語」「景語」「情語」。如「鴛衾半擁空牀月」；又何「步懶恰尋床，臥看遊絲到地長」；又如「時時浸手心頭熨，受盡無人知處涼」。卽置之片玉集（周美成詞）漱玉集（李清照詞）中，莫能伯仲矣！毛晉所指出的三調是：

柔腸寸折，解袂留清血；藍橋動是經年別。掩門春絮亂，欹枕秋蛩咽。檀篆滅，鴛衾半擁空牀月。妝鏡分來缺，塵污菱花潔。嘶騎遠，鳴機歇。密封書錦字，巧綰香囊結，芳信拙，東風半落梅梢雪。（千秋歲）

睡起繞回塘，不見銜泥燕子忙。前圃花梢都綠遍，西牆；猶有輕風遞暗香。步懶恰尋床，臥看游絲到地長。自恨無聊常病酒，凄涼；豈有才情似沈陽？（南鄉子）

避暑佳人不著妝，水晶冠子薄羅裳；摩綿撲粉飛瓊雪，濾蜜調冰結絳霜。

隨定我，小蘭堂；金盆盛水遶牙牀。時時浸手心頭熨，受盡無人知處涼。（鷓鴣天）

其實，這些調子祇像美成，完全不類清照；因爲像美成，所以未脫花間氣息；那種艷麗的表情，也却來得十分濃厚的：

念念欲歸未得，迢迢此去何求？都緣一點在心頭，忘了霜朝雪後。　要見有時有夢，相思無處無愁。小窗若得在綢繆，應記如今時候。（西江月）

今宵莫惜醉顏紅；十分中，且從容。須信歡情，回首似旋風。流落天涯頭白也；難得是，再相逢。　十年南北感征鴻；恨應同，苦重重。休把愁懷，容易倒書空！只有琴樽堪寄老；除此外，盡蒿蓬。（江城子）

爲愛梅花如粉面；天與工夫，不似人間見。幾度拈來親比看，工夫却是花枝賤。　見得歸來臨几硯；盡日相看，默默無情限。更不嗅時須百徧，分明銷得人腸斷。（蝶戀花）

蟠叔這類作品，集中占去泰半。南派詞的婉約，他却要算是一個健將了。玉媚卜算子詞，一往深情；雖子夜懊儂諸曲，亦不是過。而毛晉乃謂直是古樂府俊語，夫豈造辭之妙哉？

我住長江頭，君住長江尾；日日思君不見君，共飲長江水。　此水幾時休，
此恨何時已？只願君心似我心，定不負相思意。（卜算子）

（3）孫洙，字巨源。廣陵人，嘗舉進士。神宗元豐中，官翰林學士，與孫覺同在三館：覺肥而長，洙短而小；然皆多髯。劉攽戲呼覺為大胡孫，洙為小胡孫云。（見東軒筆錄）

孫洙的詞，有秦柳的內容，有周密的形式，固非凡間作品也。其在翰苑時，與李端愿太尉往來尤數。會李新納妾，妾能琵琶，其夕，洙飲李家，酒酣之際，而宣召者至。洙本不欲去，但以迫於宣命，無可如何。比至入院，已二鼓矣！草三制畢，更作菩薩蠻詞以記恨。遲明，遣使示李云：

樓頭尚有三通鼓，何須抵死催人去？上馬苦匆匆，琵琶曲未終。　回頭凝望處，那更廉纖雨。謾道玉為堂，玉堂今夜長。

又有河滿子詞云：

悵望浮生急景，凄涼寶瑟餘音；楚客多情偏怨別，碧山遠水登臨。目送連天衰草，夜闌幾處疏砧。　黃葉無風自落，秋雲不雨常陰。天若有情天亦老，搖搖幽恨難禁。惆悵舊歡如夢，覺來無處追尋。

如此等詞，典雅沉着，美成的佳什，亦不過僅止如是耳。

（4）王詵，字晉卿，太原人，徙開封。尙英宗女魏國大長公主，官至駙馬都尉，贈昭化軍節度使。死謚榮安。晉卿當周美成時，頗長樂府；「清麗幽遠，工在江南諸賢李孟之間。」（黃山谷語）嘗有憶故人詞云：

燭影搖紅向夜闌；乍酒醒，心情懶。尊前誰爲唱陽關？離恨天涯遠。　無奈雲沉雨散；凭闌干，東風淚眼。海棠開後，燕子來時，黃昏庭院。

徽宗喜其詞，猶以不豐容宛轉爲慽，遂令大晟府別選腔；周美成增益其詞，而以首句爲名，謂之燭影搖紅。評者比之斷鶴續鳧，畫蛇添足，固有弄巧反拙之誚也。（改詞見前周美成節中）

晉卿嘗因得罪外謫，其後房歌姬名囀春鶯者，爲密縣馬氏所得；及晉卿還朝，行至汝陰道中，倏聞歌聲，曰：「此囀春鶯也。」因往探訪，爲賦一聯曰：「佳人已屬沙吒利，義士曾無古押衙。」有客爲足成之云：「回首音塵兩沉絕，春鶯休囀杏園花。」晉卿悽然爲賦蝶戀花詞云：

鐘送黃昏雞報曉；昏晚相催，世事何時了？萬恨千愁人自老，春來依舊生芳草。　忙處人多閑處少；閑處光陰，幾個人知道？獨上高樓雲杳杳，天涯一點青山小。

後來，這已失的姬人，亦復物歸原主了。

（5）魏夫人，襄陽人，他是道輔之姊，曾布丞相之妻，曾紆之母，封爲魯國夫人。其作品在同時至與李易安齊名。朱文公云：「本朝婦人能文章者，惟魏夫人及李易安二人而已。」夫人所作詞，曾慥選錄十闋入其樂府雅詞中，如菩薩蠻，定風波等，要算是最好的了。

紅樓斜倚連溪曲，樓前溪水凝寒玉。蕩颺木蘭船，船中人少年 。荷花嬌欲語，笑入鴛鴦浦。波上暝烟低，菱歌月下歸。（菩薩蠻）

不是無心惜落花，落花無意戀春華。昨日盈盈枝上笑，誰道？今朝吹去落誰家。把酒臨風千種恨，難問，夢回雲散見無涯。妙舞清歌誰是主？回顧，高城不見夕陽斜。（定風波）

「魏夫人在當時亦是名家，如江城子捲珠簾諸曲，亦嘗膾炙人口矣。其尤雅正者，則菩薩蠻等調，評者謂爲深得國風卷耳之遺。」（見詞林紀事所引的雅編）在此情形之下，我們也可以猜到這位女作家的特殊風範了。

關於北宋時代的南派詞人，可謂至夥；若是按照點名的辦法敘述下去，還儘有數十作家必須在此陳列的。然而，如章楶（浦城人），王安國，王安禮，（皆安石之弟），蘇過（東坡少子），秦覯（少游子弟），王雱（安石子），米芾（襄陽人）等的詞調，雖稱佳善，究於當時僅沒有多大影響，所以也就祇好不講了。

又是錢塘的沈括，本是一個博學多能的文人；然其詞的價值，又遠不若其夢溪筆談之足珍貴了。遂寧王灼的詞，理想雖高，手總笨劣；他的詞名，已早就被他自所寫著之碧雞漫志遮掩了。類如這等詞人，所以都不敘述。

安定郡王趙德麟（名令時），很能詩詞，要算南派詞壇中之一個健將。然其最著名的商調蝶戀花，便不應該放在詞裏來敘列；因為它是王實甫西廂記的二世祖，所以就便把它打在本書第九章中討論去了。

二　南宋中期

引論　論到趙崇嶓向鎬

我們簡直可以這樣說：南宋的花間派的南派詞，是違反時代潮流的，是離開環境生活的；並且它是一種不自然的，非需要的一種產物。

南派詞的宛約丰度，當着北宋的太平盛世；贊揚美滿的人生，歌誦極端的享樂：

以言內容，要皆趨于平民；以言辭句，要皆適于淺近。以故那時自天子以至於庶人，大都心領神會，與之俱化，不啻若自其口出矣！——所以那時的詞，是時代的，是從環境生活裏面奔騰出來的，是普遍的，是民衆的。其時作家，如柳永秦觀，姑不具論；卽晏同叔，歐陽修，張子野，周美成……輩，又何莫不是秉賦着這項使命的呢？

到了南宋，恰使與此情勢剛剛相反了。在前的周美成，他的詞雖也脫離不了民間化的色彩，然而究竟是在趨向雕琢一途的。自此以降，姜白石承之，高觀國史達祖又承之，至吳文英而造其極。於是作家的詞，一天一天的趨向典雅，求如柳永秦觀黃魯直朱敦儒……等人那樣的習用成語方言鄉土音韻以入詞的，眞如「擊建鼓而求亡子」，已是渺乎不可再得了。于是，這時的詞，內容是王公貴胄的生活，形式是高文典雅的詞句；因此，遂使漸漸地與民衆隔離，浸假而至于和民衆絕緣，成了帝王與文人等的專有品，鑄就了貴族文學的型範。這便是他違反時代潮流，離開環境生活的一個絕大的原因。

自從徽欽二帝被擄，半個江山陷入于金人之後；高宗南渡，支持半壁之殘局；此其情勢之顛沛，究爲如何？當時臣工，無論在朝在野，理宜痛心疾首，湔雪恥辱，恢復山河；更何「低斟淺酌」「惜香憐玉」之足云？在十二世紀左右七八十年之間，雖然比較太平，然而這種享樂，那能談得上呢？然而趙鼎（字元鎮，聞喜人，徽宗崇寧初進士。）却優逸的唱道：「強理雲鬟臨照，暗彈粉淚沾裳；自憐容艷惜流光，無限思量。」（畫堂春）又道：「雅歌妍態，常娥見了，應羨風流。芳樽美酒，年年歲歲，月滿高樓。」（人月圓）他祇是極端的享樂；一點也沒有感傷時世的樣子！如：

惜別傷離，此生此念無重數。故人何處？還送春歸去。美酒一杯，誰解歌金縷。無情緒，淡煙疎雨，花落空庭暮。（點絳脣）

艷艷春嬌入眼波，勸人金盞緩聲歌，不禁粉淚揾香羅。暮雨朝雲相見少，落花流水別離多，寸腸爭奈此情何？（浣溪沙，美人。）

趙鼎是中興宋室大大的一個功臣，我所以不找別人而獨舉趙鼎的原因者為此。夫以中興名臣而置國破家亡之事於不顧，乃去儘量的享樂，彷彿一點也莫有經受變故一樣：則其作品假如不是造作的東西，則亦祇好說他是違反時代潮流，離開環境生活的產物了。

輔弼之臣既然如此，文人學士之輩自不用說。且如向鎬，直寫相思。好事近云：「玉肌羸瘦恰如伊，此際轉相憶。」南鄉子云：「受盡孤悽，極目風煙說語誰？直是爲他憔悴損，尋思；怎得心腸一似伊（虞美人云：「此時縱有千金笑，情味如伊少；帶圍寬盡莫教知，嫌怕爲儂成病似前時。」全把他的生活安在那女人情懷裏，竟將國事抛諸腦後。至其如夢令兩闋，更覺纏綿悱惻，悲切悽厲了。

野店幾杯空酒；醉裏兩眉長皺。自己不成眠，那更酒醒時候！知否，知否？直是爲他消瘦。

誰伴明窗獨坐？我和影兒兩個。燈燼欲眠時，影也把人抛躲。無那，無那！好個悽惶的我。

遙想當日一部分的臣民，必與國家相隔太遠，故實對於他的淪喪無大關切，只好提倡優遊，終身享樂了。

——向鎬，（亦作向犒）字豐之，河內人；他的時代，正當南宋北宋之交，頗可作爲這時文人的代表。在樂齋詞集中，（宋元名家詞，思賢講舍本。）也還很有許多方言詞，于以想見那時歌唱的普遍。

後來國變日亟，元人渡江；而南派詞人，照舊按拍弄歌，無與國事。像這宗作品，又怎樣能夠維持其詞壇的統紀與地位呢？

因爲南派的作者不能變革他們的內容；所以作品不合時用，漸漸至與時勢隔絕。

雖說它在北宋時期的氣勢如許蓬勃；到了這時，因爲於國無補，也就祇得逐漸衰微了。倘若舉南派詞壇發展的情形以與北派詞壇較，便可得到一個剛剛相反的趨勢：北派前衰後盛，南派始大終微。而其作品的產出，則又不若北宋時期多多矣！

（A）功蓋清眞之姜夔——南宋詞壇之宗匠

道人野性如天馬，
欲擺青絲出帝閑。
——姜白石絕句——

『世人言詞，必稱北宋；然，詞至南宋始極其工，至宋季而始極其變；姜堯章氏，最爲傑出。』（詞綜）黃叔暘云：『姜白石詞極精妙，不減清眞樂府；其間高處，有美成所不能及。』（中興以來絕妙詞選）姜夔的精通音律，不亞美成；故其造爲詞調，往往步趨美成；改辭就音，且又過之。因爲要求聲調暢適，而遂至于抹煞了內容，所以夔詞雖然『清勁知音，亦未免有生硬處』。（沈伯時詞旨）這地方却要算他一個絕大的毛病。

所以，周美成作了詞匠之倫人，姜白石樹就詞匠之宗祖；故曰「功蓋清眞之姜夔」。

「南宋詞人，白石有格而無情。………近人祖南宋而祧北宋；以南宋之詞可學，北宋不可學也。學南宋者，不祖白石，則祖夢窗。」（人間詞話）「白石得淵明之性情，夢窗有康樂之標軌；皆苦心孤造，是以被絃管而格幽明。」然而，「白石擬稼軒之豪快，而結體於虛；夢窗變美成之面貌，而棘響于實。南宋以來，雙峯並峙，如盛唐之有李杜矣！」（以上皆陳銳褒碧齋詞話）

雖然，王靜安有云：白石之詞：不失爲狷。若夢窗梅溪玉田草窗中麓輩，面目不同，同歸於鄉愿而已。朱彝尊曰：「詞莫善于姜夔，梅溪玉田碧山諸家，皆具夔之一體；自後得其門者寡矣！」爲此，所以我說他是南宋詞壇之宗匠。

宋翔鳳曰：「詞家之有姜石帚，猶詩家之有杜少陵；繼往開來，文中關鍵。」將他處于北宋南宋之際會裏，確實有如許之重要的。

姜夔，字堯章，饒州鄱陽人。其父噩，高宗紹興二十年（西曆一一五〇年）進士第，以新淦知漢陽縣。夔常從父宦遊，流落古沔；恬淡寡欲，不樂仕趨。氣貌若不勝衣，而筆足以扛百斛之鼎。工書法，著續書譜以繼孫過庭，頗造翰墨閫域。初時學詩于蕭千巖；格律高秀。流寓吳興時，嘗於暇日遊金閶，袁回弔古，賦柳枝詞，有「行人悵望蘇臺柳，曾爲吳王拂落花」之句，楊誠齋極寫誦之。蕭東父（名夔，即千巖也。）

尤愛其詞，以其兄之子妻之。既家武康，與白石洞天爲鄰，因即自號白石道人，又號石帚。早孤不振，少日奔走。居嘗往來西湖，館于水磨方氏之水磨頭，後以疾卒，葬之西馬塍。故蘇石（或作洞）挽之云：「幸是小紅方嫁了，不然啼損馬塍花？」他的生卒不可詳考，據胡適之先生說，大概生於高宗紹興二十五年，（西曆一一五五年）死於宋理宗端平二年，（西曆一二三五年）享壽計約八十歲。

姜白石是一個多才多藝的文人，并世名公，皆嘗與之交友。雖說「家無立錐，而一飯未嘗無食客。圖史翰墨之藏，汗牛充棟；襟懷灑落，如晉宋間人」。（陳藏一）以故時賢，或愛其詩，或愛其文，或愛其字，至若爲詞，則「意到語工，不期於高遠而自高遠」。（陳藏一）嘗自述曰：內翰梁公，謂其長短句妙天下；稼軒辛公，亦深服其長短句。張叔夏云：「白石詞如野雲孤飛，去留無跡。……如疏影暗香揚州慢一萼紅琵琶仙探春慢澹黃柳等曲，不惟清虛，且又騷雅，讀之令人神觀飛越」：

苔枝綴玉，有翠禽小小，枝上同宿，客裏相逢，籬角黃昏，無言自倚修竹。昭君不慣胡沙遠，但暗憶江南江北。想佩環月夜歸來，化作此花幽獨。猶記深宮舊事，那人正睡裏，飛近蛾綠。莫是春風不管，盈盈早與安排金屋。還教一片隨波去，又卻怨玉龍哀曲。等恁時再覓幽香，已入小窗橫幅。（疏

影）

詞源云：「詞中用事最難；要緊著題，融化不澀。……白石疏影云：「猶記深宮舊事，那人正睡裏，飛近蛾綠。」用壽陽事。又云：「昭君不慣胡沙遠，但暗憶江南江北。想珮環月夜歸來，化作此花幽獨。」用少陵事。此皆用事不爲所使。」

舊時月色，算幾番照我，梅邊吹笛。喚起玉人，不管輕寒與攀折。何遜而今漸老，都忘却春風詞筆。但怪得竹外疏花，香冷入瑤席。江國，正寂寞；歎寄與路遙，夜雪初積。翠樽易泣，紅萼無言耿相憶。長憶曾攜手處，千樹壓西湖寒碧。又片片吹盡也，幾時見得？（暗香）

范石湖有青衣曰小紅，有殊色，善歌詞。堯章一日載雪詣石湖。石湖授簡索句，且徵新聲；因爲製此兩曲。石湖使妓習之，音節諧婉。堯章旣歸吳興，石湖乃以小紅贈之。堯章每喜自度曲，小紅輒歌而和之；堯章過垂虹，其夕大雪，因賦詩曰：「自琢新詞韻最嬌，小紅低唱我吹簫；曲終過盡松陵路，回首煙波十四橋。」暗香疏影，「此皆清空中有意趣，無筆力未易到。」白石此詞。自來惟有叔夏推服甚重耳。又說：「詞之賦梅，惟有白石暗香疏影二曲；前無古人，後無來者。自立新意，眞爲絕唱。太白云：「眼前有景道不得，崔顥題詩在上頭。」誠哉是言也。」其實，道等詞調，儘祇音節的美妙；至如描摹情致，終嫌太隔。故王靜安說：「白石暗香疏影，格調雖高，然無一語道着。視古人「江邊一樹垂垂發」（杜甫和裴迪詩）等句何如耶？」白石翠樓吟云：「此地宜有仙詞，擁素雲黃鶴，與君遊戲。玉梯凝望久，嘆芳草萋萋千里。」便是不隔。至「酒祓清愁，花消英氣」；則隔矣！他如念奴嬌云：「翠葉吹涼，玉容消酒。更灑菰蒲雨。嫣然搖動，冷香飛上詩句。日暮青蓋亭亭，情人不見，爭忍凌波去。只恐舞衣寒易落，愁入西風南浦。」惜紅衣云：「高樹晚蟬，說西風消息。虹梁水陌，魚浪吹香，紅衣半狼藉。維舟試望，故國渺天北。可惜柳邊沙外，不共美人遊歷。問甚時，同賦三十六陂秋色？」等詞，造句雖工，也還頗有霧裏看花之遺恨。至其寫景之作，如揚州慢，如點絳唇，格韻雖高絕，斯亦王氏所謂霧裏看花，終隔一層者。今舉一首如下：

> 淮左名都，竹西佳處，解鞍少駐初程。過春風十里，盡薺麥青青。自胡馬窺江去後，廢池喬木，猶厭言兵。漸黃昏清角，吹寒都在空城。杜郎俊賞，算而今重到須驚。縱荳蔻詞工，青樓夢好，難賦深情。二十四橋仍在，波心蕩，冷月無聲。（張炎云：此十三字平易中有句法。）念橋邊紅藥，年年知爲誰生？（揚州慢）

因爲揚州慢詞很有幾許關懷家國，觸物興感的氣分；所以自來評詞者便說他是出諸稼軒。周止庵云：「白石脫胎稼軒，變雄健爲淸剛，變馳驟爲疏宕；蓋二公皆極熱中，故氣味吻合。辛寬姜窄；寬故容藏，窄故鬬硬。」（宋四家詞序論）假如單就體系說，則姜之與辛，詞派斯別，非可強同較量也。又有齊天樂一闋，張炎評是「全篇精萃，所詠瞭然在目，且不留滯於物」者。詞云：

庾郎先自吟愁賦，淒淒更聞私語。露濕銅鋪，苔侵石井，都是曾聽伊處，哀音似訴，正思婦無眠，起尋機杼。曲曲屏山，夜涼獨自甚情緒？ 西窗又吹暗雨，爲誰頻斷續相和砧杵？候館迎秋，離宮吊月，別有傷心無數。豳詩漫與，笑籬落呼燈，世間兒女；寫入琴絲，一聲聲更苦！

詞云：「曲曲屏山，夜涼獨自甚情緒。」於過片則云：「西窗又吹暗雨。」此則曲之意脈不斷矣！（詞源）竊按白石此詞，原來是與張鎡（字功甫，號約齋，西秦人。）同賦的。他說：「丙辰歲，與張功父會飲張達可之堂，聞屋壁間蟋蟀有聲；功父約予同賦，以授歌者。功父先成，辭甚美，予徘徊茉莉花間，仰見秋月，頓起幽思，尋亦得此。」（齊天樂序）張詞滿庭芳云：「月洗高梧，露溥幽草，寶釵樓外秋深。土花沿翠，螢火墜牆陰。靜聽寒聲斷續，微韻轉，淒咽悲沈，爭求侶殷勤。勸織促，破曉機心。兒時曾記得，呼燈灌穴，斂步隨音。任滿身花影，猶自追尋。攜向畫堂戲鬭，亭臺小籠巧妝金。今休說，從渠牀下，涼夜伴孤吟。」

賀黃公對於姜詞，頗多推重，他說：「姜白石咏蟋蟀，蟋蟀無可言，而言聽蟋蟀者，正姚鉉所謂賦水不當僅言水，當言水之前後左右。（賓于按，此爲文藝創作訣竅，常人未之寤也。）又如張功甫月洗高梧一闋，不惟曼聲勝；其高調形容處，亦心細如髮，皆姜詞之所未發。」（古今詞論）而陳銳對他，則多貶詞；其言曰：「姜堯章齊天樂詠蟋蟀，最爲有名。然庾郎愁賦，有何出典？邠詩四字，太覺呆詮；至銅鋪石井，候館離宮，亦嫌重複。其揚州慢，縱荳蔻詞上三句，語意亦不貫。」（褒碧齋詩話）白石詞價，終爲字面掩蓋了。

王靜安云：「古今詞人，格調之高，無如白石：惜不於意境上用力，故覺無言外之味，絃外之響，終不能與於第一流之作者也。」（人間詞話）其實，姜夔何嘗不於意境上用力哩？不過，因爲他要改詞就音，往往便把那言外之味，絃外之響，犧牲到了詞的小序上面去了。所以，如果我們單是從那「意境」方面說，則白石的詞，實在遠不如其小序之妙哩！如角招的小序云：

甲寅春，予與俞商卿燕遊西湖。觀梅於孤山之西邨。玉雪照映。吹香薄人。

已而商卿歸吳興，予獨來，則山橫春煙，新柳被水；遊人容與飛花中；悵然有懷，作此寄之。

又如淒涼犯的小序云：

合肥巷陌皆種柳，秋風夕起騷騷然。予客居闔戶，時聞馬嘶；出城四顧：則荒煙野草，不勝淒黯；乃著此解。

再如湘月之小序云：

……丙午，七月既望，聲伯約予與趙景魯……，大舟浮湘，放乎中流；山水空寒，煙月交映，淒然其爲秋也。

諸如此類之寫景，要皆爲其詞之所不及。至如揚州慢的小序，則要算是更能滿充詩意的文字了。

淳熙丙申至日，余過維揚。夜雪初霽，薺麥彌望。入其城，則四顧蕭條，寒水自碧。暮色漸起，戍角悲吟。予懷愴然，感慨今昔。

聊聊數十字，能令我們想像當日揚州荒蕪淒涼的景象；這種長處，便爲他的詞黼所不能辦的。然而時有重複處，也便是他的短處了。周止庵說：「白石小序甚可觀，苦與詞複，若序其緣起，不犯詞境，斯爲兩美矣！」（宋四家詞序論）周介存云：「白石好爲小序。序卽是詞，詞仍有序；反覆再觀，如同嚼蠟矣」詞序序作詞緣起，以此意詞中未備也。今人論院本，尚知曲白相生，不許複沓；而獨斤斤于白石詞序，亦何可笑？』

白石琵琶仙序說：『吳都賦云：「戶藏煙浦，家具畫船；」惟吳興爲然。春遊之盛，西湖未能過也。予與蕭時父載酒南郭，感遇成歌：』

雙槳來時，有人似舊曲桃根桃葉。歌扇輕約花飛，蛾眉正奇絕。春漸遠，汀洲自綠，更添了幾聲啼鴂。十里揚州，三生杜牧，前事休說。　又還是宮燭分煙，奈愁裏匆匆換時節。都把一襟芳思，與空階榆莢。千萬縷藏鴉細柳，為玉尊起舞迴雪。想見西出陽關，故人初別。（琵琶仙）

如這一類例，便是論者所推。謝枚如說：「離情當如此作，全在情景交鍊，得言外意。」有如「勸君更進一杯酒，西出陽關無故人」；（王維詩）、詞綜、吳衡照云：「言情之詞，必藉景色映托，酒具深宛流美之致。白石「問後約空指薔薇，嘆如此溪山，甚時重至」？（解連環）又，「想文君望久，倚竹愁生步羅襪，歸來後，翠尊雙飲，下了珠簾，玲瓏閒看月。」（八歸）似此造境，覺秦七黃九，尚有未到，何論餘子？』推許之言，可謂至極。

姜夔長於音律，嘗患樂典久墜，欲正頌台樂律。宋寧宗慶元五年，（西曆一一九九年）上書論雅樂，并進大樂議一卷，琴瑟考古圖一卷；詔付有司收掌，令太常寺與議大樂。時嫉其能，不獲盡其所議；但以用工頗精，留書以備採擇而已。（白石小傳，吳興掌故，慶元會要。）

——先是，孝宗廟用大倫之樂，光宗廟用大和之樂，以肅祀事。當時，中興六七十載之間，士人多歎樂典之久墜；類欲蒐講古制，以補遺逸，於是姜夔乃進大樂議於朝。（宋史樂志）議既不用，人大惋惜。

他於音律既長，故亦頗喜自製曲。善吹簫，初時但率意爲長短句，既成，然後按以律呂，無不協者。以故前後闋詞多不同！如長亭怨慢，卽是其例：

漸吹盡枝頭香絮。是處人家，綠深門戶，遠浦縈回，暮帆零亂向何許？閱人多矣！誰得似，長亭樹？樹若有情時，不會得青青如此！　日暮望高城不見，只見亂山無數。韋郎去也，怎忘得玉環分村？第一是早早歸來，怕紅萼無人爲主。算只有并刀，難剪離愁千縷！

又以舊詞滿江紅仄韻不協律，欲用平韻改之，久不能成；後因泛遊巢湖，偶聞遠岸簫鼓，問之舟師，云是土人爲此湖神姥壽，遂以成曲，便作土人送迎神姥之用云：

仙姥來時，正一望千頃翠瀾，旌旗共亂雲俱下，依約前山。命駕羣龍金作軛，相從諸娣玉爲冠。向夜深，風定悄無人，聞佩環？神奇處，君試看。奠淮右，阻江南，遣六丁雷電，別守東關。卻笑英雄無好手，一篙春水走曹瞞。又怎知人在小紅樓，簾影間。

因此，所以白石作詞，並非把筆立成，必是「過旬塗稿乃定」。（漢宮春序）此皆拘牽音律之故也。

宋代詞人精於音律者，北宋如周美成，南宋如吳夢窗輩，其腔雖多自度；然於詞調，類皆注明管色，不錄樂譜；所以宋代詞譜，今不可見，惟白石之自度腔十七支，宮調樂譜，並兩載之。故能使我們今日得以窺見宋人歌詞之法於一線，這便是他特殊的價值了。嗟夫！「白石以沉憂善歌之士，意在復古；進大樂議，卒爲伶倫所阨；其志可悲，其學自足千古」矣！（鄭文焯鶴道人論詞書）

「至若但論其詞，則他雖號宗工，然亦有俗濫處，（揚州慢，「淮左名都，竹西佳處。」）寒酸處，（法曲獻仙音，「象筆鸞箋，甚而今不道秃句。」）補湊處，（齊天樂，「邠詩漫與，笑籬落呼鐙，世間兒女。」）敷衍處，（凄涼犯追念西湖上半闋）支處，（湘月「舊家樂事誰省」。）複處，（一尊紅，「翠藤共閒穿徑竹，記曾共西樓雅集。」）不可不知！」（周止庵宋四家詞序論）雖然，劉熙載云：「白石詞幽韻冷香，令人挹之無盡。擬諸形容，在樂則琴，在花則梅也。」馮煦云：「石帚所作，超脫蹊徑：天籟人力，兩臻絕頂；筆之所至，神韻俱到。陸鍾輝云：姜堯章「以布衣擅能詩聲，所爲樂章，更妙絕」一世；「昔范石湖評其詩有「裁雲縫月之妙手，敲金戛玉之奇聲」，吾于其詞亦云。」（毛晉）這個作家，也就不無他的長處了。

尤蕭范陸四詩翁，
此後誰當第一功？
新拜南湖爲上將，
近差白石作先鋒！

——楊誠齋詩——

（B）規模周姜之高史

宋詞自周美成提舉大晟樂府以來，因爲要謀歸於「雅正」之故，於是遂不得不句斟字酌，嵌字就音了。那「嵌字就音」的結果，便只是聲調諧婉，徒講字面而乏生動的氣象：到後來，姜白石效之，高觀國史達祖又效之，也就只好走向古典主義之一途了！

王世貞云：「詞以少游易安爲宗，固也；然，竹屋梅溪白石，諸公極妍盡致處，反有秦李所未到。陳造（字唐卿）云：「高竹屋與史梅溪，皆周秦之詞，所作要是不經人道語；其妙處，少游美成，亦未及也。」（竹屋癡語序）所幸高史衹是走向「古典主義之途」，而却不曾闖入「古典古義的墳墓」；他們規模白石的衹是辭句，却不曾葬送了他的「人格」。

因此，所以高史的作品能夠爲少游易安之所未到，能夠爲美成之所不能及：極其所善，「要是不經人道語」也。

四庫提要說：「詞自鄱陽姜夔，句琢字鍊，始歸醇雅；而達祖觀國，爲之羽翼。」本了以上的諸種意見。吾故題曰「規模周姜之高史」也。

（1）高觀國，字賓王，號竹屋，山陰人。他的生卒已不可考，其集中有懷史梅溪詞；以此測之，知與達祖爲同時矣。所作樂章一卷，名曰竹屋癡語；高郵陳造爲之序，謂其出自美成和白石，而與達祖爲同調。

古今詞話云：「高觀國精於詠物，竹屋癡語中最佳者，有御街行：詠轎，咏簾。賀新郎詠梅，解連環詠柳，祝英臺近詠荷，少年游詠草。皆工而入逸，婉而多風。」其御街行詠轎云：

藤筠巧織花紋細，稱穩步，如流水。踏青陌上雨初晴，嫌怕溼文鴛雙履。要人送上，逢花須住；纔過處，香風起。裙兒掛在簾兒底，更不把窗兒閉。紅紅白白簇花枝，恰稱得尋春芳意。歸來時晚，紗籠引道，扶下人微醉。

賓王詠梅之作，詞極雅妙；雖如白石的暗香疏影。也是趕及不上的。詞云：

月冷霜袍擁；見一枝年華又晚，粉愁香凍。雲隔溪橋人不度，的皪春心未縱。清影怕寒波搖動；更沒纖毫塵俗態，倚高情，預得春風寵。沉凍蝶，挂么鳳。 一盃正要吳姬捧；想見那柔酥弄白，暗香偷送。回首羅浮今在否？寂寞煙迷翠壠。入爭奈桓伊三弄；開遍西湖春意爛，算羣花正作江山夢。吟思怯，莫雲重。（賀新郎）

他除詠物而外，言情亦工；其代人所作之江城子詞云：

綠叢籬菊點嬌黃：過重陽，轉愁傷。風急天高，歸雁不成行，此去郎邊知近遠？秋水闊，碧天長。 郎心如妾妾如郎；兩離腸，一思量。春到春愁，秋聲亦淒涼。近得新詞知□怨；妾無訴，泣蘭房。

至其中秋夜懷史梅溪之齊天樂詞，則是姜白石稱之爲徘徊宛轉，交情如見者：

晚雲知有關山念，澄霄捲開新霽。素影中分，冰盤正溢，何啻嬋娟千里。危欄靜倚，正玉管吹涼，翠觴留醉。記得清吟，錦袍初喚醉魂起。 孤光天地共影，浩歌誰與舞？淒涼風味。古驛烟寒，幽垣夢冷，應念秦樓十二。歸對此：想斗插天南，雁橫遼水；試問姮娥，有愁誰與寄？

（2）史達祖，字邦卿，號梅溪，原籍汴人。南宋名士，不得進士出身。其生年不可詳知，大約當在高宗紹興末世。（胡適之以為史氏生當西曆一一五五上下；則是紹興二十五年，恰當秦檜卒年左右也。）而其卒年，應是寧宗嘉定十三年也。（西曆一二二〇年）

據四朝聞見錄及浩然齋雅談，韓侂胄當國為平章時，達祖為其專倚省吏：奉行文字，頗擅權威：擬帖擬旨，俱出其手；侍從柬扎，至用申呈。且曾陪使至金，作水龍吟詞以記其事。及侂胄失敗之後，達祖被貶，身罹「黥」刑。人品以此不高，千古無不引以為惜也。

達祖的詞，「形容盡矣！」（黃叔暘語）「奇秀清逸，有李長吉之韻；蓋能融情景於一家，會句意於兩得」者。（姜白石語）他的換巢鸞鳳詠春情詞，可謂形容曲盡矣！

人若梅嬌，正愁橫斷隖，夢遶溪橋。倚風融漢粉，坐月怨秦簫。相思因甚到纖腰？定知我今無魂可銷。佳期晚，謾幾度淚痕相照。　人悄悄，天渺渺；

花外語香，時透郎懷抱。暗握荑苗，乍嘗櫻顆，猶恨侵堦芳草。天念王昌忒多情，換巢鸞鳳敎偕老。溫柔鄉，醉芙蓉，一帳春曉。

這時作詞詠物，大約已經成了風氣。高觀國工於詠物，史達祖亦工於詠物。祇是文字的技巧上，較之觀國更爲雕琢了。如東風第一枝詠春雪云：

巧翦蘭心，偷黏草甲，東風欲障新暖。謾疑碧瓦難留，信知暮寒較淺。行天入鏡，做弄出輕鬆纖軟。料故園不捲重簾，誤了乍來雙燕。青未了，柳回白眼；紅欲斷，杏開素面。舊遊憶着山陰，後盟遂妨上苑。熏爐重熨，便放慢春衫針線。恐鳳鞾挑菜歸來，萬一灞橋相見。

又綺羅香詠春雨云：

做冷欺花，將煙困柳，千里偷催春暮。盡日冥迷，愁裏欲飛還住。驚粉蝶重入西園，喜泥潤燕歸南浦。最妨他佳約風流，鈿車不到杜陵路。沈沈江上望極，還被春潮晚急，難尋官渡。隱約遙峯，和淚謝娘眉嫵。臨斷岸新綠生時，是落紅帶愁流處。記當日門掩梨花，翦燈深夜雨。

其春雪詞結句和春雨詞末段，（自「臨斷岸」以下諸句）尤爲白石所稱讚。至雙飛燕詞之「柳昏花暝」一句，白石尤極嘉賞。詞云：

過春社了，度簾幙中間，去年塵冷。差池欲住，試入舊巢相并，還相雕梁藻井。又軟語，商量不定。飄然快拂花梢，翠尾分開紅影。芳徑，芹泥雨潤。愛貼地爭飛，競誇輕俊。紅樓歸晚，看足柳昏花暝；應自棲香正穩，便忘了天涯芳信。愁損翠黛雙蛾，日日畫欄獨凭。（詠燕）

「嘗觀姜論史詞，不稱其軟語商量」，而賞其「柳昏花暝」，固知不免項羽學兵法之恨。「史邦卿詠燕，幾於形神俱似」矣！（賀黄公語）張叔夏曰：「詩難於詠物，詞爲尤難。體認稍眞，則拘而不暢；摸寫差遠，則晦而不明。要須收縱聯密，用意合題。一段意思，全在結局，斯爲絕妙。如史邦卿東風第一枝詠春雪，綺羅香詠春雨，雙飛燕詠燕，此皆全章精粹，所詠瞭然在目，且不留滯於物者」也。（詞源）堯章以爲邦卿之詞，奇秀清逸，有李長吉之韻，蓋能融情景於一家，會句意於兩得者。其「做冷欺花，將煙困柳」一闋，將春雨神色拈出，飄然快拂花梢。「翠尾分開紅影」，又將春燕形神畫出矣！姜亦當時名手，而推服之如此。（詞品）也可以判定其價值了。

邦卿小調，如杏花天，解佩令，臨江仙諸闋，皆能隣於自然而不雕琢，要算最高。

軟波拖碧蒲芽短；畫樓外，花晴柳暖。今年自是清明晚，便覺芳情較嬾。春衫瘦，東風翦翦；過花塢，香吹醉面。歸來立馬斜陽岸，隔岸歌聲一片。（杏花天詠清明）

人行花塢，衣沾香霧；有新詞逢春分付。屢欲傳情，奈燕子不曾飛去。——倚珠簾，咏郎秀句。相思一度，濃愁一度，最難忘，遮燈私語。淡月梨花，借夢來花邊廊廡。——惜春衫淚曾濺處。（解佩令）

戈順卿云：周清眞善運化唐人詩句，最爲詞中之妙境：而梅溪亦擅其長，筆意更爲相近。若仿張爲詩人主客圖之法而作「詞家主客圖」，則周當爲主而史即爲客。吳瞿安說：「白石梅溪，皆主清眞。白石化矣，梅溪或稍遜耳。至其高者，亦未嘗不化，如湘江靜云：「三年夢冷孤吟意，短屢煙鐘，津鼓屐齒。厭登臨，移橙後，幾番涼雨。」又臨江仙結句云：「枉教裝將舊時多，向來簫鼓地，曾見柳婆娑。」慷慨生哀，極悲極鬱；居然美成復生。較「臨斷岸新綠生時，是落紅愁流處」，尤爲沈着。此種境地，却是梅溪獨到處。」

總之，邦卿「滿襟風月，鸞噞鳳嘯。其鏘洋乎口吻之際者，皆自漱滌書傳中來」。故其凡有所作，辭情俱到；論其才華，方將緄馭白石矣。張功甫（名鎡）謂其詞若

「織綃泉底，去塵眼中；妥帖輕圓，特其餘事。至於奪苕艷于春景，起悲音於商素。有瑰奇警邁清新閒婉之長，而無詖蕩汙淫之失；端有分鑣清眞，平睨方回；而紛紛三變，行輩幾不足比數」。（梅溪詞序）

高史詞價雖然齊名，然其作風自有高下：邦卿擅爲超逸，觀國偏能精實（史亦精實），故無力以出乎邦彥之上。周介存云：「梅溪詞中喜用偸字，足以定其品格之不高；」「特因深惡其人品，故爲是言以貶之耳。王靜安云：「劉融齋謂「周（邦彥）旨蕩而史意貪」，此二與令人解頤。」（人間詞話）史周詞價，原來如此！

（C）詞的厄運

詞自周姜而後，一部分的詞人所以傾心努力者，畢竟只有兩條路：第一是要詞意「隱晦」「閉塞」；第二便是「拘於聲律」，「推敲字面」。他們從這兩條路徑走去的結果，便祇好「影射」「堆砌」；把「用典故」當作了「正經事業」。

至于詞中所詠的對象，更不顧到他的意趣和情態；不特弄成死腔死調，而且還鑄就了「死的辭句」和「字面」。即此一點，周姜之後的作者，竟然一個高似一個；就是這樣的下去，他們也就公然把詞斷送了！

（1）吳文英，字君特，號夢窗，四明人。常從吳履齋等遊，所作詞有甲乙丙丁四稿。他的生卒不可詳考，大約當以宋寧宗慶元前後生，（慶元元年卽西曆一一九五年）宋理宗景定元年卒，（西曆紀元一二六〇年）約活六十餘歲云。

吳文英是一個善於「修飾潤色」「裝點門面」的「詞匠」。所以讀他的詞，假如不管其中意義，止於一覽了事；則見輝煌燦爛，御翠鈿珠，煞是工緻。故張叔夏說：「吳夢窗詞，如七寶樓台，眩人眼目；碎折下來，不成片段。」（此語胡適之亦贊同，吳癯安則反對。）這一類的詞，在他那甲乙丙丁四稿中，也還竟要占去百分之九十九哩？茲舉其甲稿中之鎖寒窗詠玉蘭花一闋以示例：

紺縷堆雲，清顋潤玉，記人初見。蠻腥未洗，海谷一懷悽惋。渺征槎去乘閬風，古香上國幽心展。遺芳掩色，眞姿凝淡，返魂騷畹。一盼千金換，又笑伴鴟夷，共歸吳苑。離煙恨水，夢渺南天秋晚。比來時更肌消瘦，冷薰心背悲鄉遠。最傷情，送客咸陽，佩結西風怨。

本來是在詠玉蘭花，但却要說「魂返騷畹」，「送客咸陽」。這便是他用典故來影射事物的裝飾了！這種陳腔濫套，比較用得稍爲恰當，還不見得十分隱晦的詞也有。如補遺集中的憶舊遊，那要算是賦有幾許生氣的。

送人猶未苦，苦送春，隨人去天涯。片紅都飛盡，陰陰潤綠，暗裏啼鴉。賦情頓雪雙鬢，飛夢逐塵沙。嘆病渴淒涼，分香瘦減，兩地看花。西湖斷橋路，想垂楊繫馬，依舊欹斜。葵麥迷煙處，問離巢孤燕，飛過誰家？故人為寫深怨，空壁掃秋蛇，但醉上吳台，殘陽草色歸思賒。（憶舊遊，別黃澹翁。）

夢窗這種詞格，究是怎樣養成的？仔細想來，大約不外兩種：（1）鄒程村云：「梅溪，白石，竹山，夢窗，諸家，麗情密藻，盡態極妍。要其追琢處，無不有蛇灰蚓線之妙。」這便是說他的詞完全是對於前人的模擬。（2）沈義父云：「夢窗深得清眞之妙；其失在用事下語太晦處，人不可曉。」這便是說他的詞除了摹擬之外，還要運用他那種費力而不討好的技術

胡適之說：「大概周邦彥與吳文英，都是音樂家。從音調方面看去，這兩人可以相提並論；但從文學方面看去，吳文英就遠不及周邦彥了。周是詩人而兼音樂家，吳能製曲調聲而不是詩人。」他因拘束於字面的諧適之故，而遂汩沒了情緒和意境，這便是他才氣縮下的暴露。尹惟曉（煥）詞序云：「求詞於吾宋，前有清眞，後有夢窗；此非煥之言，天下之公言也。」這種推尊，未免近乎溢美了罷？

其實，夢窗的佳品，原不是得這類推砌故實的古典詞，反而是那有話即說，詞調

流暢；能夠描摹情態，表現意境的小詞。可惜他的這類作品，自來便是爲人所不曾重視之耳：

何處合成愁，離人心上秋；縱芭蕉不雨也颼颼。都道晚涼天氣好；有明月，怕登樓。年事夢中休，花空煙水流。燕辭歸客尙淹留。垂柳不縈裙帶住；漫長是，繫行舟。（唐多令）

這詞疎快流動，集中竟無能出其右者；然而張炎猶以爲不質實，于此可見求全之難。

又，武林舊事云：都城自舊歲冬孟駕回，則已有乘肩小女鼓吹舞綰者數十隊，以供貴邸豪家幕吹之翫。而天街茶肆，漸已羅列燈球等求售，謂之燈市。自此以後，每夕皆然。三橋等處客邸最盛，舞者往來最多。每夕樓燈初上，則簫鼓已紛然自獻於下。酒邊一笑，所費殊不多。往往至四鼓乃還。自此日盛一日。吳夢窗玉樓春詞，便是摸寫此種情態的：

茸茸狸帽遮梅額，金蟬羅翦胡衫窄。乘肩爭看小腰身，倦態強隨閒鼓笛。問稱家住城東陌，欲買千金應不惜。歸來困頓殢春眠，猶夢婆娑斜趁拍。（京市舞女）

吳文英詞，前人評論雖多，率皆未當，要以四庫提要之言爲最允；牠說：「文英天分不及周邦彥，而研鍊之功則過之。詞家之有吳文英，亦如詩家之有李商隱也。」李商隱之于詩，吳文英之於詞，眞可稱爲無獨有偶的一對！因爲，詩到了李商隱而壽終，詞亦到了吳文英而壽終；後來的人，大家都染受了吳文英的流毒；盡日埋頭尋典故，爭向故紙堆中去討生活，那是何等的可憐啊！

王靜安說：「夢窗之詞，余得取其詞中一語以評之曰：「映夢窗凌亂碧。」（秋思耗）介存謂「夢窗詞之佳者乃水光雲影，搖蕩綠波；撫玩無極，追尋已遠」。余覽甲乙丙丁稿中，實無足以當此者！有之，其「隔江人在雨聲中，晚風菰葉生秋怨」（踏莎行）二語乎？」（人間詞話）王氏此評，人謂高出常人一等地矣！

夢窗立意高，取逕遠；
皆非餘子所及。
惟過事餖飣，
以此被議。
——周濟——

（2）周密，字公謹；自號草窗，又號弁陽嘯翁，又號蕭齋，又號四水潛夫。本濟南人，後來流寓吳興，嘗居弁陽。其生卒年月不可考，理宗淳祐中，嘗爲義烏令。

草窗詞的造詣與夢窗相同，故人或以二窗並稱；實則草窗介乎夢窗碧山之間，三家氣味皆吻合，固非僅同夢窗也。

吳耀庵以爲草窗交遊甚廣，深得切劘之益。時人楊守齋，審彈琴，明於宮調詞法：其作詞五要，於「塡詞按譜」「隨律押韻」二條，言之尤詳；守律甚細，一字不苟。草窗與之交，故其對于詞律，亦極謹嚴。至於「盡洗靡曼，獨標清麗；有夢窗之色，綿邈之思」。此等地方，簡直承受夢窗的衣缽了。

周止庵說：「草窗最近夢窗；但夢窗思沉力厚，草窗是貌合耳；」此其不同。「若夫鏤新雕冶，固自絕倫；」是則刻畫之工，草窗亦正有獨到處也。他的花犯詠水仙花詞，簡直和夢窗鎖寒窗詠玉蘭花不相上下哩！詞云：

楚江湄，湘娥乍見，無言灑清淚。淡然春意；空獨倚東風，芳思誰記？凌波路冷秋無際；香雲隨步起。漫記漢宮仙掌，亭亭明月底。冰絃寫怨更多情，騷人恨，枉賦芳蘭幽芷。春思遠，誰賞國香氣味。相將共歲寒伴侶。小窗靜，沈煙熏翠袂。幽夢覺，涓涓淸露，一枝鐙影裏。

吳梅以爲草窗集中，當以登蓬萊有感之一萼紅詞壓卷；蒼茫感慨，情見乎詞。雖使美成白石爲之，亦無以過。其實，一萼紅之寄託，匪特忘不掉堆砌裝點的故態；

而於表達意情，尤非所長。故周止庵說：「草窗長於賦物，然惟此闋及瑤華詠瓊花二闋，一意盤旋，毫無渣滓；他作縱極工切，不免就題尋典，就典趁韻，就韻成句，墮落苦海矣！特拈出之，以爲南宋諸公鍼砭。」南宋諸公，可謂皆墮落入苦海，即草窗此詞，亦可謂之墮入苦海。他和夢窗一樣，較有生動氣息的，還是要算他的小詞：

簾鎖寶篆捲香羅：蜂蝶撲飛梭。一樣春風，燕梁鶯戶，那處得春多。　曉妝日日隨春鬢，多在牡丹坡。花深深處，柳陰陰處，一片笙歌。（少年遊，宮詞。）

然而傳統的文人者流，對於公謹之詞，類多稱贊；遂致頌其「敲金戛玉，嘲雪盥花，新妙無與爲匹」。檢覽全集，何嘗有此氣度哩？

（3）王沂孫，字聖與，號碧山，又號中仙，浙江會稽人。其生平事蹟，不可詳考；宋亡以後，亦不得志；嘗在元世祖至正中年（至正元年是西曆一二七七年）作過慶元路學正。據胡適之說，他的死年約當西曆一二九〇年；其所作詞名花外集，又叫碧山樂府。

古今詞話說，晚宋的詞，有酸餡味，有敎督氣；不錯，這種風氣，至吳文英而大盛，到王沂孫而集中。他們說吳文英，周公謹，王沂孫……等人的詞都是關懷君國，志在恢復宋室江山的。其實，作者評者，都是在那裏「瞎打啞謎」；大家不負責任的亂說，又何嘗有「故宮禾黍」之感哩？

張皋文說：「碧山詠物諸篇，并有君國之憂；」其眉嫵詠新月詞，「蓋喜君有恢復之志，而惜無賢臣也。其於高陽台詠梅花，則曰：「此傷君臣晏安，不思國恥，天下將亡也。」周止庵於碧山之南浦詠春水詞亦說：「碧山故國之思甚深；托意高，故能自尊其體。」麥孺博於其高陽台曰：「此言半壁江山，猶可整頓也；睠懷君國，盼望中興，何減少陵？吳瞿庵承之；以爲碧山之詞，皆發於忠愛之忱；其詠物諸篇，固是君國之憂。他那一片熱腸，無窮哀感；小雅怨誹不亂之旨，碧山有焉。其詠物諸詞，以視白石之暗香疏影，亦有過之無不及；詞至此，蔑以加矣！

若謂別人愛國忠君，猶可說也！碧山入元，方且爲官不暇，又何關懷故國之有？所以胡適之評斥他們說：世人好用濁儒說三百篇的方法，去看宋人的詠物詞，刻意要求微言大義；這眞是信口開河，白日見鬼！王沂孫又不是什麼遺民遺老，更從那裏去找「君國之憂」「黍離之感」，更從那裏去求什麼微言大義哩？

大家都說他的詠物之詞作得好，我且舉出一闋來作個例罷：

古嬋娟，蒼鬟素髻；盈盈瞰流水，斷魂十里。歎紺縷飄零，難繫離思。故山嚴晚誰堪寄？琅玕聊自倚，漫記我，綠簑衝雪，孤舟寒浪裏。　三花兩蕊破蒙茸，依依似有恨，明珠輕委。雲臥穩，藍衣正護春憔悴。羅浮夢，半蟾挂曉；么鳳冷，山中人乍起。又喚取玉奴歸去；餘香空翠被。（花犯，苔梅。）

周介存說，「碧山饜心切理，言近指遠；風容調度，一一可尋。」至其賦物諸詞，能將人景情思，一齊融入，最是碧山長處。由其心細筆慮，取徑曲，布勢遠故也。

漸新痕懸柳，淡彩穿花，依約破初暝。便有團圓意，深深拜，相逢誰在香徑？畫眉未穩；料素娥，猶帶離恨。最堪愛，一曲銀鈎小，寶奩掛秋冷。千古盈虧休問？歎謾磨玉斧，難補金鏡。太液池猶在，淒涼處，何人重賦清景？故山夜永；試待他，窺戶端正。看雲外山河；還老盡，挂花影。（眉嫵，新月。）

周濟嘗謂：「碧山胸次恬淡，故黍離麥秀之感，只以唱歎出之，無劍拔弩張習氣。」惟其無劍拔弩張習氣，故惟以婉約出之耳。律以詩派：大曆諸家，去開寶未遠，玉田正是勁敵；但論士氣，則碧山勝矣！（譚復堂語）吳瞿庵云：碧山時時寄託，字字貼切，卻無一筆犯複。無刻意爭奇之意，而人自莫及。論詞品之高，南宋諸公，當以花外爲巨擘焉。其推服之私，正無有加于此者矣！

周濟論詞，嘗言詠物最爭托意，隸事處以意貫串，渾化無痕，碧山勝場也。實則碧山的詞，除開『用典』『堆砌』『隱晦』『射覆』…………諸種積弊的長處而外，那裏還能『托意』呦？

若將他比諸白石；則於峭拔之中顯粗略，此其所以獨爲碧山之清剛也；至如白石詞的好處，則便全無半點粗氣矣！

（D）詞運衰息以後突起之宗師——張炎

詞之有姜（白石）張（炎），
由詩之有李杜也。
——江藩——

張炎的詞，畢竟祇是注意兩方面：一是『音律』，二是『雅正』。

無論如何，張炎的詞，總是紹繼周美成姜白石吳夢窗…………等人的遺業，受有他們底影響的；然而，他於美成，首先就表示不敬：（1）在『音律』方面，他說『美成負一代詞名，所作之詞，渾厚和雅，善於融化詩句；而於音譜，且間有未諧』。（2）在『雅正』方面，他說『耆卿伯可不必論，雖美成亦有所不免』。他的意思，要能鈎采取秦少游高竹屋姜白石史邦卿吳夢窗諸人之所長，剔去諸人之所短；「精加玩味，象而為之，」夫然乃可以稱之為全璧。

張炎對於詞的音律之講求，可以說是由於三方面所促成的：

第一，關於前代詞人的促成：這已經是由史實證明了的，不用說了。

第二，受着他的前輩的餘緒：他自己嘗說：「余疎陋謭才！昔在先人侍側，聞楊守齋，毛敏仲，徐南溪諸公；商榷律音，嘗知緒餘，故生平好的詞章。」又說：「近代楊守齋，神於琴，故深知音律。……守齋持律甚嚴，一字不苟作，遂有作詞五要。（按作詞五要，今附于張氏詞源之後。）觀此，則詞欲協音，未易言也。」

第三，是他自家承受其祖先的遺傳：叔夏曾祖張鎡（見前「功蓋清真之姜夔」一節中）既能為詞；祖合父樞，均工文學。樞字斗南，別號寄閒老人。叔夏詞源嘗述之道：「先人曉暢音律，有寄閒集，旁綴音譜，刊行於世。（此書現在已經失傳）每作一詞，（有詞在周草窗絕妙好詞中）必使歌者按之；稍有不協，隨即改正。曾賦瑞鶴仙一詞云：『捲簾人睡起；放燕子歸來，商量春事。芳菲又無幾；減風光，都在賣花聲裏。吟邊眼底，被嫩綠移紅換紫。甚等閒：半委東風，半委小橋流水。還是苔痕淌雨；竹影留雲，做晴猶未，繁華迤邐。西湖上多少歌吹；粉蝶兒撲定花心不去。

開了荼香兩翅；那知人一點新愁，寸心萬里！」此詞按之詞譜。聲字皆協：惟「撲」字稍不協，遂改爲『守』字，迺協；始知雅詞協音，雖一字亦不放過：信乎，協音之不易也。又作惜花春起早云：『鎖窗深。』深字意不協：改爲幽字，又不協；改爲明字，歌之始協。此三字皆平聲，胡爲如是？蓋五音有脣齒喉舌鼻，所以有輕清重濁之分，故平字可爲上入者，此也。」厲樊榭論詞絕句第七首自註云：「玉田詞本其父寄閒翁。」伍崇曜云：「玉田詞實有跨竈之興：前無古人，後無來者；惟白石老仙足與抗衡耳。研究聲律，尤得神解；」『用功逾四十年，』（張炎自謂）所著之書，足爲詞家圭臬。至其持論，皆是猶他自己參悟出來者。他說：詞以協音爲先；音者何？譜是也；蓋一曲有一曲之譜。古人按律製譜，以詞定聲；此正「聲依永，律和聲」之遺意。又說：故詞之有作，必須合律。然律非易學，得之指授方可。若詞人方始作詞，必欲合律，恐無是理。所謂千里之程，起於足下，當漸而進可也。

故凡爲雅詞，必當協音。「詞章先宜精思，音律所當參究。俟語句妥溜，然後正之音譜；二者得兼，則可以造極元之域。」「辛稼軒，劉改之作豪氣詞，非雅詞也。」他的意思，以爲所謂雅詞者，必得聲字淸圓，其音甚正，方可以爲盡善盡美也。故曰：「詞欲雅而正；志之所之，一爲情所役，則失其雅正之音矣！」

因是之故，所以叔夏論詞，最重「音譜」「拍眼」「句法」「字面」「清空」「意趣」……等等的規律。他用這許多梗律，來完成他在詞的方面所提示的雅正；而這雅正，也就是詞壇的窮途末運了。

張炎，字叔夏，號玉田；他是南宋功臣循王張俊的六世孫。本西秦人，家於臨安，又號樂笑翁。大約生於宋理宗淳祐元年，(西曆一二四八年)南宋亡時，他纔二十九歲。(四庫提要說他當宋邦淪覆，年已三十有三，那是錯的。)

因為他是功臣之後，所以他也稟具節慨：南宋既亡，潛跡不仕。淳祐景定間，王邸侯館，歌舞昇平；居生處樂，不知老之將至。梨園白髮，漢宮蛾眉；餘情哀思，聽者淚落。叔夏因是喪財棄家，客遊無方：往來南北，四十餘年。王昶嘗作叔夏年譜云：「不屑屈志新朝，僅而後免。」戴表元亦說他曾經「以藝北遊」。可知叔夏之所以不仕者，并非絕對的痛恨元朝。乃在乎擇位以處耳。舒岳詳說他曾北遊燕薊，上公車登承明有日矣！一日，思江南菰米蓴絲，慨然襆被而歸。彼其出處之間，任情去留，叔夏的個性，亦至強哉？

叔夏家財既罄，仕途莫達；偃蹇窮困，至難為狀。于是縱遊西浙，藉以終老。據袁桷的話，我們知道他嘗在寧波，設卜肆賣卦以度活；其遭際之不良，乃至于此也。

叔夏就是這樣的死去了！他的死時，大約當在元仁宗延祐七年，（西曆一三二〇年）享壽七十三歲。

叔夏所作山中白雲詞：意度超元，律呂協洽；有姜白石之深婉，周清眞之雅麗。至其功績，則在結束唐宋以來詞壇六百年間之終局。詞至叔夏，實已不能再向前進了！

詞自吳文英以降，作者大都以詠物爲時髦；張炎生當宋末元初，自然多于這一方面致力了。因爲他肯致力的結果，故也確有一些很工的。鄧牧伯牙琴云：「叔夏春水一詞，絕唱古今，人以張春水目之。」詞云：

波煖綠粼粼，燕飛來，好似蘇堤纔曉。魚沒浪痕圓，流紅去，翻喚東風難掃。荒橋斷浦，柳陰撑出扁舟小。回首池塘青欲編，絕似夢中芳草。和雲流，出空山，甚年年淨洗，花香不了。新綠乍生時，孤村路，猶憶那回曾到。餘情渺渺，茂陵觴詠如今悄。前度劉郎從去後，溪上碧梅多少。（南浦，詠春水。）

至正直記說他嘗賦孤雁一詞，中有「寫不成書，只寄得想思一點」之句，人都以張春水稱之。則知必非南浦矣！詞云：

楚江空晚，悵離羣萬里，恍然驚散，自顧影欲下寒塘，正沙淨草枯，水平天滋。寫不成書，只寄得相思一點。歎因循誤了，殘氈擁雪，故人心眼。誰憐旅愁荏苒；謾長門夜悄，錦箏彈怨。想伴侶猶宿蘆花，也曾念春前，去程應轉。暮雨相呼，怕驀地玉關重見。未羞他雙燕歸來，畫簾半卷。（解連環，詠孤雁）

詠物如畫家寫意，要得生動之趣，方爲逸品。叔夏詠物諸詞，要皆流動有致，故能傑出。草窗詞選云：『樂笑翁張炎詞，如「荒橋斷浦，柳陰撐出漁舟小」，賦春水入畫。其咏孤雁云：「自顧影欲下寒塘，正沙淨草枯，水平天遠。寫不成書，只寄得相思一點。」如此等語，雖丹青難摹矣！』則其刻狀物態，極深研幾，故能無出右也。張炎嘗說：『詩難於詠物，詞爲尤難。體認稍眞，則拘而不暢；摸寫差遠，則晦而不明。要須放縱聯密，用事合題。一段意思，全在結句，斯爲絕妙。』以上兩詞，便是他依據這種法則創造出來的。

張炎作詞，因爲他喜歡『鏤金錯采』的原故，所以頗愛注意虛字的呼喚，字面的煅煉，句法的襯搭。於此之外，他更講求清空，留心意趣。他說：『詞要清空，不要實質；清空則古雅峭拔，質實則凝澀晦昧。』又說：『詞以意趣爲主，不要蹈襲前人語意。』這一類詞，可于其寫景抒情諸作中覽賞之：

記玉關踏雪事清遊，寒氣脆貂裘。傍枯林古道，長河飲馬，此意悠悠。短夢依然江表，老淚灑西州。一字無題處，落葉都愁。 載取白雲歸去，問誰留楚佩，弄影中州。折蘆花贈遠，零落一身秋。向尋常，野橋流水；待招來，不是舊沙鷗。空懷感，有斜陽處，最怕登樓。（甘州，餞沈秋江。）

山空天入海；倚樓望極，風急暮潮初。一簾鳩外雨，幾處閑田，隔水動春鋤。新煙禁柳，想如今綠到西湖。猶記得當年深隱，門掩兩三株。 愁余！荒洲古溆，斷梗疏萍，更漂流何處？空自覺圍羞帶減，影怯燈孤。常疑即見桃花面，甚近來，翻致無書？書縱遠，如何夢也都無？（渡江雲，久客山陰憶西湖作。）

接葉巢鶯，平波捲絮，斷橋斜日歸船。能幾番遊，看花又是明年！東風且伴薔薇住，到薔薇春已堪憐。更凄然，萬綠西泠，一抹荒煙！當年燕子知何處？但苔深韋曲，草暗斜川；見說新愁，如今也到鷗邊！無心再續笙歌夢，掩重門淺醉閑眠。莫開簾！怕見花飛，怕聽啼鵑！（高陽臺，西湖春感。）

「詞之難于令曲，如詩之難於絕句。不過十數句，一句一字閒不得。末句最當留意有餘不盡之意始佳。」（詞源）他有了這樣的認識和方法，所以他的小令，也都寫得渾不着力；流動圓轉，異常可愛。如：

采芳人杳，頓覺游情少。客裏看春多草草，總被詩愁分了。去年燕子天涯，今年燕子誰家？三月休聽夜雨，如今不是催花。（清平樂）

清明時節雨聲譁，潮擁渡頭沙。翻被梨花冷看，人生苦戀天涯。燕簾鶯戶，雲窗霧閣，酒醒啼鴉。折得一枝楊柳，歸來插向誰家？（朝中措）

伍崇曜說：玉田詞三百首，幾於無一不工，則其所長之調，原不止于春水與孤雁也。驗之數詞，其言益信。

張炎以為離情是哀怨必至的，必須調感愴于融會中始得。但是，他的創作，務要力求合於雅正，不可鄰乎鄭衛。所以他雖然知道陶寫性情，詞婉於詩；但他主張「稍近乎情」即可。張炎的詞，就因為他止於「稍近乎情」，所以沒有厚重的情感的表現，這便是他一個極大的病。在他自己，方且以為必得如此，而後可以免去輕佻嬈冶，始能做到雅正的條件；這還不是他的矯枉過正了嗎？

「玉田所以不及前人處；只在字句上著功夫，不肯換意；若其用意佳者，即字字珠輝玉映，不可指摘。」周介存說：「玉田近人所最尊奉，才情詣力，亦不後人；覺積穀作米，把纜放船，無開闊手段。然其清絕處，自不易到：」此評最為得之。張炎嘗悼碧山云：「自中仙去後，詞箋賦筆，便無清致。」（鎖窗寒詞）其序語至謂碧山之詩清峭，其詞閒雅，「有姜白石意趣，今絕響矣！」又嘗效擬吳夢窗西子妝自度曲並自題云：「余愛其聲調嫻雅，久欲效而未能。甲午春，寓羅江，與陳文卿閒行江上。景況離離，斜日孤村；鵑聲滿里，因賦此闋。惜舊譜零落，不能倚聲而歌也。」據此推證，可知叔夏于詞，也頗受着他們的影響不少了。（周濟云：「中仙最近叔夏一派，然玉田自遜其深遠。」）至于「推五音之數，演六律之譜；按月紀節，賦情咏物，」陸文圭詞源跋）則又鎔會衆家，別具神解。「以之接武姜夔，居然後勁；宋元之間，亦可謂江東獨秀矣！」（四庫提要）

鄭賓于曰：詞到張叔夏，已經將牠本身歷來的賬目作了一個總結束；從後的詞人，雖也爭向詞源裏去討生活，但都不過得其皮傅而止耳。王靜安云：玉田之詞，余得取其詞中之一語以評之曰，「玉老田荒！」（踏莎行）則其詞格，爲如何乎？

「附註」張炎詞源一書，最稱精審。彭甘亭云：究律呂之微，窮分寸之要，大晟樂府遺規可稽，則白石道人歌曲，海叔碧雞漫志而外，惟詞源一書爲之總統。以他這樣講究音律的人，而於用韻，往往以「真」「文」「青」「庚」「侵」「尋」同用，「寒」「删」間雜「覃」「鹽」；可知宋人作詞，自係活韻，固不必依準已成之方格韻本爲法則也。

（E）其他的詞人

南渡之後，工爲婉艷之詞者，尙有多人。這般人的作品，在詞壇上的位置，雖然沒有像姜張等輩的重要；足以中樞詞壇，自成家派。然若以言作風，則皆自具氣骨，並非食人牙穢者可比也。因復補苴遺落，聯綴敍之于後，俾得見其梗概焉。

（1）朱淑眞，浙江海寧人，世居姚村，自號幽棲居士；或說他是朱熹的姪女。幼而警慧，善諸書，工詩詞，風流蘊藉。彼其早年，父母無識；嫁與市井小民。常以四偶非倫，居恆鬱結；因或見諸詩詞，抒其憤懣。其生查子詞有云：

去年元夜時，花市燈如舊；月上柳梢頭，人約黃昏後。今年元夜時，月與燈依舊；不見去年人，淚濕青衫袖。

自從升庵詞品直截淑眞此詞之後；毛晉跋語，遂並斥之爲白璧微瑕，女子不應有此作品。四庫提要力爲辨白，遂謂此首故爲歐陽修詞；其曰朱淑眞者，蓋爲升庵所誣也。他們以爲不如此，不足以擁護淑眞的盛名也：不知文人創作，自可獨闢天地；王靜安先生所謂『有有我之境，有無我之境』者，此類是也。自來評論的人，大多昧於此理；舉凡文人所述；既是『全眞』，又是『全假』。大凡文學藝術之類的作品，使謂實如其事。不知凡有文藝作品，都是『複合的超越』，舉皆不可以用純科學化的歷史的眼光去賞鑒他的：如其必要用科學的眼光去賞鑒文學，那就簡直是把文學戕殺了！懂得了這個道理，則生查子詞之於朱淑眞，更有甚麼損害咧？

至如清平樂，菩薩蠻，減字木蘭花等，詞意皆和生查子相彷彿，應該是他生活之奔流之表現哩！

　　惱烟撩露，留我須臾住。攜手藕花湖上路，一霎黃梅細雨。嬌癡不怕人猜，隨羣暫遣愁懷。最是分攜時候，歸來懶傍妝臺。（清平樂）

吳衡照云：『易安「眼波纔動被人猜」，矜持得妙：淑眞「嬌癡不怕人猜」，放誕得妙。均善於言情。』

　　山亭水榭秋方半，鳳幃寂寞無人伴。愁悶一番新，雙蛾只舊顰。起來臨繡戶，時有疎螢度。多謝月相憐，今宵不忍圓！（菩薩蠻）

　　獨行獨坐，獨倡獨酬還獨臥。佇立傷神，無奈輕寒著摸人。此情誰見？淚洗殘妝無一半。愁病相仍，剔盡寒燈夢不成。（減字木蘭花）

他嘗和人攜手湖上，不怕別人的猜疑；到處但只一人，不甚願意孤寂。這種吐屬，較之生查子詞，並未見得兩樣；不過在成分上面，略有淺深之異罷了！

淑真既不得志，奄奄以沒。宛陵魏端禮（仲恭）輯其詩詞，賜名斷腸集。計凡有詞三十一首，大皆譜婉可誦；他是南宋的第一個女詞人。就兩宋論，易安之外，惟有淑真一人而已。在昔朱文公稱揚李魏而不及淑真者，得毋識見之有未及乎？

（2）盧祖皋，字申之，一云，本邛州人，又字次夔，號蒲江，浙江永嘉人。他是樓攻瑰（名鑰，字大防。）的外甥，宋寧宗慶元五年進士，（西曆一一八九年）官至軍器少監，權直學士院，所著有蒲江詞行世。

在祖皋當時，永嘉詩人，爭學晚唐體裁。嘗與徐照（道暉），徐璣（文淵），翁卷（靈舒），趙師秀（紫芝）等「四靈」詩友相倡和，亦復不相伯仲，惜其詩集不傳耳。黃叔暘云：「申之，樂章甚工，字字可入律呂，浙人皆唱之。」所選中興以來絕妙詞，幾全采入，可謂甚矣！

段段寒沙淺水，蕭蕭暮雨孤篷。香羅不共征衫遠，斷枕客愁中。　別恨慵看楊柳，歸期暗數芙蓉。碧梧聲到紗窗曉，昨夜幾秋風。（烏夜啼，秋別。）

纖指輕拈小砕紅，自調宮羽按歌童，寒餘芍藥欄邊雨，香落荼蘼架底風。閑意態；小房櫳，丁寧須滿玉西東。一春醉得鶯花老，不似年時愁玉容。（鷓鴣天，春懷。）

盧祖皋詞，或病其偶句太多，未足驚目。毛子晉云：「『柳色津頭泫綠，桃花渡口啼紅。』（烏夜啼離恨）較之秦七『鶯嘴啄花紅溜，燕尾點波綠皺』，不更鮮秀耶？又『玉簫吹徹，窻梅花月。無語只低眉，閑拈雙荔枝』。（菩薩蠻春思）直可步趨南唐『孤枕夢回雞塞遠，小樓吹徹玉笙寒』矣！至如『江涵雁影梅花瘦』，（賀新郎，賦釣雪亭。）『花片無聲簾外雨』。（謁金門，春思。）蓋古樂府佳句也」。蒲江詞凡二十五闋，論其詞境，如水龍吟淮西重午之詠，可與玉田草窗並美矣！（此係吳梅語）然而卒不得爲大家者，周介存云：「蒲江小令，時有佳趣；長篇則枯寂無謂；蓋才少也。」此其所以終爲名家歟？

（3）韓玉，字溫甫，家于燕之東浦焉。少時讀書，即尚氣節；官至鳳翔府判，被人誣陷死獄中。韓玉生與辛稼軒康與之並時，嘗相酬唱。毛晉詆之，謂其『研媸相去，非寶苧蘿無鹽也』。然如『梅花照雪，渾似人情絕』，（清平樂贈棊者）『荒山連水水連天，』（太常引）『三年尊酒半生話，千里雲山一寸心。』『柔腸欲問愁多少，未比湘江烟水深。』（鷓鴣天）此等造詣。雖耆卿子野，亦未能讓；毛氏之論，可謂攻毀失實矣！茲錄一首以示例：

愛日烘晴旬日間，薇激閉帶爲躋攀；無窮望眼無窮恨，不盡長江不盡山。

星點點，月團團，倒流河漢入杯盤。飽吟風月三千首，寄與吳姬忍淚看。

（鷓鴣天）

不過，韓玉的長詞，實不得見佳妙；至于壽詞，尤爲猥下。毛晉謂讀其水調歌頭，爲之掩鼻者，恰是爲此。韓玉之且坐令自度曲，毛晉謂其『押韻顛倒；但冤家何處貪歡樂，引得我心兒惡』等語，未免俳笑。斯言非可據爲典則也。

閑院落，誤了清明約。杏花雨過胭脂綽，緊緊千秋索。鬪草人歸，朱門悄掩，梨花寂寞。書萬紙，恨憑誰托？剛匆匆封了，（一作『纔封了』）又揉却。冤家何處貪歡樂？引得我心兒惡。怎生全不思量着？那人人情薄！

（且坐令）

（4）魏了翁，字華父。又號鶴山先生，臨邛人；他生於宋孝宗淳熙五年。（西曆一一七八年）宋寧宗慶元五年，（西曆一一九九年）了翁年方二十二歲，即中黃甲第三名進士，理宗時，官至資政殿學士，福州安撫使。理宗嘉熙元年卒。（西曆一二三七年）謚曰文端。

了翁晚歲，又與眞西山齊名；及其爲詞，非壽詞不作。黃叔暘云：鶴山長短句皆壽詞之得體者。實則詞之所以死亡，了翁輩亦促之最力者。今舉一例於次：

誰把璿璣運化工，參旗又挂玉梅東。三三律琯聲餘亥，九九壺經挂起中。新歲月，舊遊從。一觴還似去年多。人間事會無終極，分付翹關老令公。（鷓鴣天，賀范靖州生日。）

（5）黃昇，字叔暘，號玉林，別號花庵詞客，福建人。早年屏棄科舉，雅意讀書，專惟吟咏以自適。嘗輯花庵絕妙詞選兩集，各爲十卷；詞人佳什，類以得存。所作散花庵詞，附於詞選後者四十首；自謂「其間體製不同，無非英妙傑特之作」。叔暘于其作品之賞鑒如此：

秋色滿層霄：剪剪寒颸，一襟殘照兩無聊。數盡歸鴉人不見，落木蕭蕭。往事欲魂銷，夢想風標。春江綠漲水平橋。側帽停鞭沽酒處，柳軟鶯嬌。（賣花聲，憶舊。）

問春春不語，簇新綠滿芳洲。記歷歷前遊，看花南陌，命酒西樓。東風翠紅圍繞，把功名一笑付糟丘。醉裏了忘身世，吟邊自負風流。風流莫莫復休休，白髮漸盈頭。悵十載重來。略無歡意，惟有閑愁。多情向人似舊，但小桃婀娜柳纖柔。望斷殘霞落日，水天拍拍飛鷗。（木蘭花慢，懷舊。）

叔暘的詞境，描摹自然，閑澹清逸；我們可以說他是反吳文英和王沂孫等人的作風的。毛晉云：「昔滸受齋稱其詩爲晴空冰柱，樓秋房喜其與魏菊莊友善，以泉石清士目之。余於其詞亦云。」叔暘在詞壇上的造詣，雖說未能獨樹家派，然不依阿時人，亦是略能自振者。

此外擅詞之士至多：如以程史享名之岳珂，以碧雞漫志獲名之王灼；文及翁趙以夫之輩，類皆時有佳什，曾非元以降詞人所可望其項背者，雖然，就當世論，彼輩終無若何之影響，故以此篇皆捨棄不錄。

詞以艷麗爲工，
但艷麗中須近自然本色；
若流爲淺薄一路，
則鄙俚不堪入調矣！

——宗元鼎——

第四節　論宋詞之所以亡

天底下的事物，只有變的才得存在；那固定而沒有更革的，便祇好消滅了！文學亦復如是。

文學作品的產生，是根源於時代的；這卽因爲每一個文學作家都不能夠離開時代環境，而格外生活之故。文學作者因爲要將這時代環境所給與他自己的感受儘量地聽示出來；于是秉執着筆，緣着他自己的要求，儘量的抒發下去。寫的時候，不必一定是將自己的經驗照樣寫出，——無論是自己的，或別人的，或羣衆的；精神裏面有些什麼東西，便發揮什麼東西。祇要能夠「深入深出」地表現它底意義上的眞實，這便成爲文學了。

文學產生的原理雖則相同，然而究竟因爲時代的關係，不能不產生出各色各樣的形式。所謂各時代有各時代的文學者，便是指此而言。

文學，是用以組織文體（形式）的，而文體，却是文學思想的表現者。但凡一種文體的產出，全皆因緣於時會；「用之則行，舍之則藏。」所謂「舍」「用」，完全要視乎作家之如何努力以爲斷：從「變」的方面去創造，他便祇好存在；「率由舊章」的摹做，它便惟有滅亡了。

在詩的方面，我們看到三百篇後有楚辭，楚辭之後有漢魏古體，六朝新體，四唐律絕：它的存在，完全是在變中進展，時時創造：而其所以亡，則便由于尊講格律，盡事摹做。二千年來的詩歌，就是這樣壽終正寢了的。

詞的產出，原是詩的替身：自唐以降，四百餘年；由小令以至長調，由豪放以迄婉約……………。皆常於變中求存，在創造之途上，努力不輟；沒有一個時代是停止其工作的。汪晉賢（名森）云：「西蜀南唐而後，作者日盛；宣和君臣，轉相矜尚：曲調愈多，流派因之亦別；長短互見。言情者或失之俚，使事者或失之伉。」（詞綜序）到了南渡末年，這種風尚日漸委靡了：一般古典文人之私意；常好炫其淵博，彰其古高；一唱百和，于是他們遂舉此四百年來之成業（詞）齊皆投向墳墓中去，至於死而不知悟。潛察其原，厥有六端：

一　由于「壽詞」之流行

在前，我們知道唐詩致亡之一因，是由于當時作者嘗好用它干謁祿位：則宋詞又何獨不然呢！詩銳總論云：「輓詩始盛于唐，然非無從而涕者；壽詩始盛於宋，漸施于官長故舊之間，亦莫有未同而言者也。近時士大夫子孫之于父母者弗論：至于婣戚鄉黨，轉相徵乞，動成卷帙；其辭亦互爲蹈襲，陳俗可厭。無復太異矣！」且如南宋曾覿張掄輩，志在鋪張，率多應制之作，于是離詞旨愈遠了。

且夫詞之爲用，原非諂事權貴的工具；而宋季風尚，迺竟舍乎壽詞不作，自然走入絕路上去，也確可以說他自身底命運之險厄了！吳衡照云：「生日獻詞，盛於宋時。以諛佞之筆，攔入風雅；不幸而傳，豈不倒却文章架子？」朱彝尊詞綜說：「宣政而後，士大夫爭爲獻壽之詞，聯篇累牘，殊無意味。至魏華父，則非此不作矣！」孔毅夫野史云：文潞公守太原，辟司馬溫公爲通判；夫人生日，溫公獻小詞，爲都曾唐子方峻責。此事固未可信；然至如魏華父，則非此不作；不可解已。

從製作上說，則壽詞格局，亦極難工。故張叔夏云：「難莫難於壽詞：倘盡言富貴，則塵俗；盡言功名，則諛佞；盡言神仙，則迂闊虛誕。當總此三者而爲之。無俗忌之辭，不失其壽可也。松椿龜鶴，在所不免，却要融化字面，語意新奇。」于時宋詞作者，概都不能打破這等關節；所以愈趨愈下，莫可收拾耳。王靜安云：「人能于詩詞中不爲美刺投贈之篇，不使隸事之句，不用粉飾之字，則于此道已過半矣！」南渡之後，文人競好用詞來諛媚阿諂，藉以干祿；固已違棄其目的，喪失其效能矣！斯所以亡。

二　由于歌法之失傳

在中國的有韻文學之中，除開古詩之流的「賦」一類的文學而外，它的生命，都和音樂常有互相底關係的：詞之由誕生而發展，自然也是由於音樂的關係之推動。及其漸由衰替而淪亡，當然也是由於音樂之失傳了！

嘗考宋樂之失傳，並非頓絶，乃是由於流入異國之所致：現今日本與朝鮮，保存宋代之樂，尤其不少；

例如「尺八」（尺八是一種管樂，其形如簫，其長一尺八寸，故以為名。）的樂器，它在中國，早已絕跡；而日本，現在還正演奏，即是其例。至如朝鮮，則自宋徽宗頒賜新樂始：（高麗睿宗九年）其時所頒新樂，詞曲則有瑞鷓鴣水龍吟之類：（星湖僿說類選）而樂器之外，並且及其所用之冠服等物。（高麗史樂志）要為十分完備的了。

朴蘭溪（名堧：著有蘭溪遺稿：世宗時，曾任藝文館大提學，嘗為制樂曲者。）嘗言：『朝鮮之唐樂，（朴氏嘗云：世人所稱之唐樂，蓋指由唐以來之樂——如宋樂是——而言，非必即指唐代也。）凡屬中國俗部之音者，共計百有餘篇。而朝鮮樂工所能解者，僅止三十餘聲耳。其間又有祇知彈法，而不知歌詞者；有譜法俱存，而不解急慢之節者；更有僅舉曲名，而不知歌詞者。總而言之，其可傳者，僅祇三十餘聲乃至四十餘聲之彈法與歌詞之唱聲而已。』根據高麗樂史，則其所記由唐迄宋之詞曲，亦祇四十餘種之多，於此可見。（讀者可參看小說月報二十二卷第九號日人內藤虎次郎所著之宋樂與朝鮮樂之關係一文）然此朝鮮能奏之四十餘調之詞曲，中國方面皆已不能搬演了。

「詞之歌調既已失傳，而後人製調創名者，亦復不乏。如用修之落燈風，款殘紅；元美之小諾臯，怨朱絃；緯眞之小慢聲，裂石青；江仲茅之美人歸；仲醇之闌干拍；以及支機集之琅天樂，天台宴等類：不識比之大聲諸集。輒叶律與否？」（俞少卿）詞之淪亡，一原於此。

三　由於音律之牽拘

詞既然和音樂有相互的關係，則更不能不使之協律，此爲盡人皆知者。夫「詞之作，固難於詩：蓋音律欲其協；不協，則成長短句之詩。下字欲其雅；不雅，則近乎纏令之體。用字不可太露；露，則直突而無深長之味。發意不可太高；高，則狂怪而失柔婉之意。思此，則知所以爲難」。（樂府指迷）然而「聲律之學，在南宋時，知之者已尠。故仇山村曰：『腐儒村叟，酒邊豪興，引紙揮筆，動以東坡稼軒龍洲自况：極其至四字沁園春，五字水調，七字鷓鴣天，步蟾宮：拊几擊缶，同聲附和：如梵唄，如步虛，不知宮調爲何物？令「老伶」「俊倡」面稱好而背竊笑，是豈足與言詞哉？』近日大江南北，盲詞啞曲，塞破世界：人人以姜張自命者，幸無老伶俊倡竊笑之耳」。（江藩詞源後跋）是則詞之致亡，基于音律之不理也。

四　由于詞調之「有題」

『詩之三百篇，十九首；詞之五代，北宋：皆無題也。非無題也，詩詞其意，不能以題盡之也。自花庵草堂，毎調之意，並古人無題之詞亦爲作題。如觀一幅佳山水，而卽曰此某山某水，可乎？詩有題而詩亡，詞有題而詞亡！然中材之士，鮮能知此而自振拔矣！』（王靜安人間詞話）

五　由于鑄就了型範之弊

詩至李商隱，詞至吳文英，儘要算是無獨有偶的大厄：因爲他們同是古典主義者。而還古典主義的大行，便爲詞之所以淪喪的重大原因之一。

詞調之興，本來是民間的；後來，一天一天裏漸至成爲文人士大夫們的獨享品了。到了最後，詞的語句日漸高雅了，詞的格調日漸艱顯了，詞的情緒日漸隱晦了；只有腔韻和架格。簡直沒有意義，成爲無病呻吟的東西了。於是，詞體益尊且貴，鑄了型范；而其壽命也便日亟淪於是汨沒了。

促進詞之型範者，大約有二：一是好講字面，二是好用典故。所謂『專恃磨礱雕琢，裝頭作脚，毫無脈絡』者也。（此周濟評張炎語）

汪晉賢（名森）詞綜序云：『鄱陽姜堯章出，句琢字鍊，歸于醇雅：于是史達祖，高觀國羽翼之。張輯，吳文英師事之于前；趙以夫，蔣捷，周密，陳允衡，王沂孫，張炎，張翥，效之于後。譬之于樂，舞箭至于九變，而詞之能事畢矣！」然則詞調因爲規律過嚴而亡，已經成爲不可掩蓋的事實了！

（1）好講字面：這裏所謂字面，是廣義的。更如「句法」「虛字」之類皆是。自賀方回好在字面上用工夫始，而吳文英的善於煅煉字面，更爲能臻其極至。樂笑二翁輩，則以奇對警句，相與標目。大抵南渡以後的詞人，耑在字面上去雕琢，雖亦嫵媚動人，整潔合律；然而究竟違背了文學的原理，失却了文學的力量！

（2）好用典故：典故這東西，本是用來作爲隱晦蔽澀的一種技藝；大凡沒有意思，而又欲言之娓娓者，都要用它來跌宕文勢的。故若一有了它，雖寫千言萬語，亦不得其要領也。在散文裏，因爲沒有字數的拘定，任意堆砌，可無大礙；至若詞曲，則調有定格，句有定字，韻有定聲。在此十餘字或數十字或百餘字的調子中，便要將那意思全數表出；若更參以典故，豈不更是隱晦蔽澀？寫至終篇，旨意莫由顯示了麼？

胡適之說：「詞到了宋末，已成末運。吳文英王沂孫一派的「詠物詞」「古典詞」成了正宗；詞家所講究的，只是如何能刻畫事物，如何能使用古典，如何能調協音律。這一類的詞，和後世的試帖詩同一路數；於是詞的生氣就完了，詞要受當時新起

的「曲子」的淘汰了。」（詞選）

王靜安謂美成言情體物，窮極工巧；然猶恨其創調之才多，而創意之才少。又況餘子不及美成，徒爲模調而不事創意，則詞又安得不亡乎？

六　由於曲調之代興

詞的晚年既然已與民衆絕緣，離開了應用而成爲一種古董：於是它便失其歌館與目的。在文學的自身，也就不得不改弦更張了；所謂金元的曲子，便是直接打從詞的裏面產生出來的。吳子律云：

金元工於小令套數而詞亡；論詞於明，並不逮金元，遑言兩宋哉？蓋明詞無專門名家：一二才人，如楊用修，王元美，湯義仍輩，皆以「傳奇」手爲之，宜乎詞之不振也。其患在好盡，而字面往往混入曲子。昔張玉田論兩宋字面多從李賀溫歧詩來；若近俗近巧，「詩餘」之品何在焉？又好爲之盡，去兩宋蘊藉之旨遠矣！（蓮子居詞話）

王世貞云：

元明有曲而無詞！如虞趙諸公輩，不免以才情屬曲，而以氣概屬詞，詞所以亡也。（詞評）

「詞興而樂府亡矣！曲興而詞亡矣！非樂府與詞之亡，其調亡也。」（詞評）「故自宋之亡而正聲絕，元之末而規矩隳。」（張惠言詞選序）是故曲子之興，實為詞之大封；金元以降，詞之儻亡，夫復何疑？

王靜安云：「四言敝而有楚辭，楚辭敝而有五言，五言敝而有七言；古詩敝而有律絕，律絕敝而有詞。蓋文體通行既久，染指遂多，自成習套。豪傑之士，亦難於其中自出新意；故遁而作他體，以自解脫。一切文體，所以始盛中衰者，皆由於此。故謂文學後不如前，余未敢言。但就一體論，則此說固無以易也。」（人間詞話）然則詞之興盛與衰絕，固是全被時代管鑰的。

宋人詞調，確自樂府中來：
時代既異，聲調遂殊；
然源流未始不同。
亦各就其情之所近，取法之耳！
——詞苑叢談引梨莊語——

中國文學流變史前兩册之「正誤」

（本書前兩册排錯的地方很多，茲特舉其大者，校正如次。全部的改正，請俟異日。）

第一册七頁第十二行第二句，「增」誤爲「介」。

第一册十四頁第八行後衍「（十二）荀子引逸詩一條。其文云：「墨以爲明，狐狸而蒼。」（解蔽篇引）」

第一册一九頁第八行第三句，「鄭」誤爲「殷」。

第一册四〇頁第二行第二句，衍「以」字。

第一册五三頁第十行，「鄭風子衿」詩目衍。

第一册五三頁第十二行後脫「鄭風野有蔓草」一詩目。

第一册五四頁第一行，衍「鄭風野有蔓草」一詩目。

第一册一五八頁第十行後，脫「少司命」一目。

第一册二二七頁第五行第二句原文爲「柱枅欂櫨相枝持」，脫「櫨」字。

第一册二三一頁第八行「陸放翁」三字是「王應麟」之誤。

第一册二七二頁第八行第三句末奪「婦」字。

第一册三〇〇頁第十行第一句第三字，「漢」爲「樂」之誤。

* * * * *

第二册一七頁倒第四行末句，「散」爲「箭」之誤。

第二册四九頁第五行後奪「附盧諶」一目。

第二册一四〇頁第五行第一句，「何」爲「向」之誤。

第二册一九八頁第八行「陸卬」誤爲「陸印」。

第二册三〇〇頁末行「臧」誤爲「帶」。

第二册三三〇頁第十行「宋祁曰」誤爲「宋祁田」。

第二册三九二頁第八行第二句，原文爲：「至其生活，在柳柳州先生自己的愚溪對及其本傳裏也表現得很明白。」全句脱誤。

第二册四五八頁末行「宦室」誤爲「宦寶」。

第二册四八〇頁第九行「六」誤爲「五」。

第二册四八〇頁第十行後奪「一證」。其文云：「木蘭詩中有「可汗大點兵」，「可汗問所欲」之句。朱子語類云「木蘭詩只似唐人作，其間可汗；可汗前此未有」。

（一四〇卷）。」

附註：本書于十八年夏天付稿之後，旋即離滬詣粵，付排之時，未得校正；裝訂校勘，全賴書局董其成；因此錯誤滋多，讀者諒之。作者住地因爲離滬太遠之故，即本書出版以後之見面，亦在許多讀者之後也。至於未校之錯誤，尤盼讀者指正焉。謹識于此，以表歉忱。二十一年五月十一日，作者在成都。

鄭賓於《長短句》

鄭賓於(1898–1986),字孝觀,四川酉阳(現重慶)人。畢業於成都高師,又在北京大學研究所國學門就讀。1959 年入四川省文史研究館。曾任中俄大學、福州協和大學、成都師大、四川大學、成都大學等校教授。著有《長短句》《中國文學流變史》等。

《長短句》專題敘述長短句淵源和歷朝的變遷演變史,是其《中國文學流變史》的一篇。由於正值保定育德中學校『海音書社』成立,向鄭氏索稿付印;又因為《中國文學流變史》工程浩大,出版必在數年以後,覺得出世太遲,朋輩目睹此篇之情甚切,於是 1926 年由北京海音書局出版。書前有潘梓年序。本書據北京海音書局版本影印。

長短句

鄭賓于著

長短句

海音叢書之一

中華民國十五年六月付印
中華民國十五年八月出版

實價大洋三角半

著作者　鄭賓于
發行者　海音書局
代售處　各大書局
總發行所　北京沙灘三十二號　海音書局

長短句序

序

賓于這長短句，確是我們文學史上一個很重要的新發現。這裏不宜忽視的，我覺得止少有下面這兩点。第一，我們的文學，在純文學一方面統系很是不明，現在拈出這長短句來，就見得文學進展的形跡顯然，自古至今都是一線到底。第二，這裏供給了許多『得未曾有』的好材料。

長短句序

作者自福州來信，要我做篇序文，當時因爲太高興了竟冒然答應了下來。現在一想，始知太魯莽了；自己素無研究，也有說話的分兒？但書已付印，書店老班來催過了幾次；無已，就把我對於長短句的一點兒意見附在這裏吧。

從長短句上，我們可以清楚地看出一個文學本質，卽『表出底自由』。文學原是「人情」受不起其他各種壓束因而爆發在，至少是流露

長短句序

在，筆尖上的一種東西，所以在文字上再也不能受什麼束縛，以致不得暢發。　文學上的一切形式，如格律聲調等，都只是這爆發，流露，的偶然結果，不是先定的條件。　自來大文豪，眞文學，都是不落恆蹊，獨創新格的。這不是有心立異，實在是無法強同。　自從出了一班心有餘而力不足的文學家以後，他們很想爆發出一點什麼却又爆發不出什麼，沒有法子，只可以虛張聲勢說，如此這般的叫做詩，

長短句序

如彼那般的叫做詞，把文學的形式定得無微不至。指定鞋樣長足跟，結果，文學裏平白添出許多『行尸走肉』。自來文學史上每一新體產生，止有首創此體的人的作品是生氣洋溢，『詩味』盎然，一經學舌，就少佳作，正是這個道理。這種拘住形式求文學的企謀，實在是違反文學的本質，爲大文豪，眞文學所不能忍受的。大家知道從詩變到詞，從詞變到曲是文學力求解放的那種趨勢的大表現。其實，

長短句序

這種趨勢無時不在求表現，長短句就是這個表現。什麼叫詩，詞，歌，曲，長短句？只是一種情形的自然流露罷了。如果沒有那種『刻舟求劍』的文學家，從文學的大流裏捉住一個偶成的形式，說這是詩，這是詞，我們要做詩就這樣做吧」等等，那就所謂詩詞，不過是長短句中的一種形式而已。這樣，我們與其把長短句看做各種文學形式之一，毋寧看做不慣束縛的那種文學本質的奔放。這樣，這一路

長短句序

的文學只有長短句而已，所謂詩，詞，歌，曲，不過是笨人從中人爲地劃出的幾部分。

資于這部長短句在文學史上的貢獻，讀者讀完了本書後自然會得領受，無須我來多嘴；我這裏，只說一說自己的私見罷了。

一五，五，二一，潘梓年於北京銀閘大樓。

長短句序

刊印單篇長短句自序

「長短句」是拙著中國文學流變史的一篇，並不是單獨的述作；所以在我那全書未產出以前，驟看此篇，於文學底流變上不能得到整個的概念而只覺其片面。關於這一點，是要請讀者原諒的。

「長短句」在文學史上特別提出來講說的，前此無人，實自我始；因為他們都從沒有注意

長短句序

到這一點。

在我的初意，原沒有打算把牠先期出版；而且牠也沒有先與世人見面之必要。然而有許多朋友讀了此篇，都極端地慫勇我先期刊印單行本，使社會上多生了一點東西，出版界增添一種出版物。這個主張，要算我去年在保定育德中學校時的同事謝采江沈子韶兩先生和我的學生李錫璋爲最早了。在我的文學流變史中，我看出有兩個時期是文學演進最重要的時期，

長短句序

而爲從來研究「中國文學史」的人們所未曾知道的；這兩個時期，一便是南北朝，二便是五季（其理由詳拙著中國文學流變史）「長短句」即是得力於南北朝人們最大的一種產物。

「詩」變而爲「詞」，「詞」變而爲「曲」，這是任何人所不能反對的。可是「詩」變爲「詞」究竟沒有像「詞」變爲「曲」那樣直接，而且竟是間接的。嚴格地說起來，便應當是「詩」變爲「長短句」，「長短句」變爲「詞」，「詞」變爲「曲」了。

長短句序

「長短句」並不是在「詩」和「詞」的中間顯然作了個間格，乃是與「詩」並行的一種革新創造。有「長短句」而又有「詩」，也正和有「詞」而「詩」不廢，有「曲」而「詞」亦未完全滅迹一樣，不過「長短句」所佔有的勢力不能如「詞」和「曲」那樣大，所以材料也就很少！

「長短句」之所以能夠產生的原因，是全靠着南北朝的男女們不甘於束守那有規律格式底「詩」而擅自趨新的創作。論功行賞，要以簡文

長短句序

帝沈休文陳後主隋煬帝侯夫人及「隋宮人」的功勞爲最大（沈休文這個人很怪蛋，他一方面在那裏造「平頭」「鶴膝」「蜂腰」……和「四聲」「八病」的詩律，一方面卻來作解放詩體的「長短句」。沈約的才具本自不凡，「長短句」正是所以發展他才具的東西，他必要造出很煩瑣底詩律者，其亦有意陷害天下文人歟！）不過他們所創造的成績到了唐朝，便被那一般復古的文人非薄了。所謂初唐四傑，因爲猶有南北朝人

长短句序

創作之風的原故，遂至撲滅殆盡；可幸「天道好還」，偏偏遇着唐明皇這個風流天子，楊玉環是個妖嬈皇后，而李長庚（名白，字太白，又名青蓮。）又是放蕩不羈的文人，後來又繼續着一個極端趨新的白居易。他們都能各自在那裏製作新詞艷曲，不與古侔；所以匪特是能夠承繼南北朝時「長短句」的工作而已，尤且更進一步而促使這「長短句」的成功！

「長短句」的成功便是「詞」，這個功勞須得

長短句序

讓給李長庚和白居易，不過李長庚創作之功却居第一。

究竟「長短句」的變遷是如何？內容是如何？請讀者翻看原書好了，此處用不着來說許多費話！

本書因爲有上面所說的各種創見，大都爲前人所未發；所以獲得朋輩的許多推許與敦促，私意亦竊以所作爲不謬。適值育德中學校的同學甄永安張毓堃諸君的海音書社成立，索予

長短句序

此稿付印；又因為中國文學流變史的工程太浩大了，全書出版必在數年以後，覺得出世太遲，而朋儕希望日覩此篇之情甚切，以是不復自晦，而慨然地允予付印了。

現在書將付印了，序文尚未作：本來也實無話可說，因亦不想作那「負贅縣疣」之序以示無味了。思之再再，終以有序為愈！因為本書既是割取中國文學流變史中的一篇，而又無序以說明其原委；則其勢必將使讀者茫然迷惑，

長短句序

無以知其旨意云何也。

前者在京時久欲成一序文，因爲在國立北京中俄大學校授課忙碌之故而未果。今茲南下，留滯天津；旅次寂寥，覺得時間拋棄可惜了，乃始展紙拭筆寫成之。

中華民國十五年四月二十日，賓于在天津河北大馬路悅來旅館序。

序句短長

長短句

長短句

鄭賓于

——中國文學流變史稿之一——

(一)引子

甚麼是長短句？長短句是由「詩」到「詞」的中間的一種產物。

昔人謂長短句的起源，常上溯詩經，我以爲此說未免太早計太附會了。在詩經中，雖然如園有桃行露七月殷其雷東山……諸詩多有長短相間的句調，而趙甌北還說過「山有榛，隰

長短句

有答：云誰之思，西方美人；彼美人兮，西方之人兮，」一調爲最妙的長短句的話。但我以爲牠們都實在算不得是長短句。因爲牠是當時一種自然的語調，而却不是從有規律的詩中迸變出來的東西，這便是唯一的理由。至於詳細說明，我已在前篇古代的詩中說過了。

古代之詩辭歌謠中有長短相間者甚多，不特三百篇也。如帝王世紀所記堯時老人之擊壤歌，史記記箕子之麥秀歌，夷齊之采薇歌；大

長短句

戴禮記之盥盤銘杖銘……國語之商銘，淮南子記甯戚之飯牛歌之類，（此外尙多，不能一一備舉。）莫不有長短句子相間，然而不可謂爲長短句也。

最有趣的是東漢牟融所引的古諺，其調頗具有長短句之格，其辭如下：

少所見，多所怪；見橐駝言馬腫背。

用這種語調來入辭的，實爲前此之所未有。此外如漢書外戚傳記武帝李夫人歌，亦頗能

長短句

脫古人樊籠而自成一種新的調格。

是耶非耶！立而望之；翩，何姍姍其來遲？

漢書又載李延年欲進女弟而不得計，乃於武帝前起舞作歌；燕王旦欲謀廢昭帝而不果，因自作歌。大皆取致深遠，能別開蹊徑者。

李延年歌：

北方有佳人，絕世而獨立！一顧傾人城，再顧傾人國；寧不知傾城與傾國，佳

長短句

人難再得！

燕王旦歌：

歸空城兮！狗不吠，雞不鳴；橫術何廣廣兮，固知國中之無人！

此可以說為長短句乎？從表面上言之，則完全是長短句；從聲調上言之，則因為他那「詩」的臭架子太大，未能用力擺脫，所以也不能說牠即是長短句，只可說牠是長短的濫觴罷了。

長短句

然則我所說的長短句是怎樣的一個東西呢？請聽我慢慢道來。

須知道長短句之一名詞，在前此之所謂「詩」之前是沒有的；而與後起之所謂「詞」者推行之時，牠便湮沒了。雖然後來的彙刻中也有秦少游的淮海長短句和魏了翁的鶴山長短句，但都是依聲依譜而塡的詞，却不能說他是長短句。因爲詞不必定是長短句，而長短句也不就是詞。（關於這一層，在詩與詞的分別一篇中

長短句

另有說明。）如生查子清平調之類，整句爲詞的固正多多也。少游了翁之所以不名爲詞而名爲長短句的原因是從「詞」不成立的時候說的，（少游的淮海長短句三卷中也有詩）所以我們只能說這是他們的例外，與好奇！或許也是他們的不通！（陸務觀的老學庵筆記也說：「詩至晚唐五季，氣格卑陋，千人一律，而「長短句」獨精巧高麗，後世莫及，此事之不可曉者！」這是一種大傻話！）

長短句

所謂長短句也者，是循傍着有韻文學中詩歌樂府演變的路程，而發生出來一種新的辭調的結果；是起於有規律的「詩」之後，與夫有規律的「詞」之前底一種新格調的「韻語」。因爲自漢以來，那有規律的詩歌，已經經過很長久的時期了，牠那種腔調音韻，和牠那工架格局，都不合於時用。既然減去「時效」的力量了，所以不得不改弦更張。如詩經中三百五篇的詩，在時間上，佔有五六百年；四言詩五言詩也佔

長短句

據了四五百年……那種死板定律的詩辭，是不能隨時代進化的東西，當然有被廢止之一日；而當時的人們應該有創建新式詩辭的必要了。這一種新的詩詞，上之則脫離舊日的羈絆，下之又未能即到新的詞的圍牆以內。牠是在這『詩』與『詞』的中間討生活的東西；牠是從有規律的『詩』到有規律的『詞』的另一支流，牠是詩的破壞者，牠是詞的建設者。猶之於人之未成年也，牠便是詞的小兄弟。從另一方而說，牠便是詞的始祖或開國元勳。換一句話說：所謂長短句也者，是從詩體蛻變來的一種獨立的長短句。牠是詩的變體，牠是幼稚的「詞」，牠是未成熟的「詞」。但又絕不能說牠是「詞」。從前的人，往往有說牠是詞或說牠是詩的，這是因爲他根本上就不懂得的原故，絕對不可信從。

總括起來，我對於長短句的定例是：

牠在有韻文中，沒有一定的「格式」和「韻」「調」；而每句的平側與字數，每調

長短句

句子的錯綜與多寡，皆不受一定的限制而組織成一種非詩非詞的東西，便是長短句。換一句話說：則凡一調有定格，句有定字，字有定聲，一的作物是詞；其不拘拘於一調之格，一句字之字，一字之聲的東西便是長短句！

蓋自聲樂遞變，最初惟在於調之更易，東漢之末，與魏晉六朝之世，諸作家皆不復遵仿古制，往往更自造作，此長短句體之所由始也。

近來有人說，魏之左延年的秦女休行是雜言詩，是長短句之初起，我以爲類此者不獨秦女休行也，如東漢之季的西門行，東門行，烏生八九子，孤兒行，淮南王篇……等，尙在秦女休行之前，都是長句短句雜用而成的詩辭。但只能說牠是接近於詩體的雜言詩，或長短句；而不能說牠是接近於詞的長短句也。我們試把牠舉幾個例在下邊：

長短句

秦女休行

始出上西門，遙望秦氏廬：秦氏有好女，自名爲女休。休年十四五，爲宗行報讎：左執白楊刃，右據宛魯矛；讎家便東南，□僵秦女休。女休西上山，上山四五里，關吏呵問女休：女休前置辭，「平生爲燕王婦，於今爲治獄囚；平生衣參差，當今無領襦。明知殺生當死，「兄言『快快！』「弟言『無道憂』」。女休堅

長短句

辭，爲宗報讎死不疑。殺人都市中，徼我都巷西。丞卿羅，東向坐，女休悽悽曳梏前：兩徒夾我持刀——刀五尺餘。刀未下，朣朧擊鼓赦書下。

西門行

出西門，步念之：今日不作樂，當待何時？

夫爲樂，爲樂當及時，何能坐愁怫鬱，當復待來茲！

長短句

飲醇酒，炙肥牛：請呼心所歡，何用解愁憂！
人生不滿百，常懷千歲憂；晝短苦夜長，何不秉燭遊？
自非仙人王子喬，計會壽命難與期；自非仙人王子喬，計會壽命難與期。
人壽非金石，年命安可期；貪財愛惜費，但爲後世嗤。

東門行

長短句

出東門，不顧歸；來入門，悵欲悲！盎中無斗儲，還視桁上無懸衣。拔劍出門去，兒女牽衣啼。他家但願富貴，賤妾與君共餔糜：上用滄浪天，故下爲黃口小兒。今時清廉，難犯教言。君復自愛莫爲非；今時清廉，難犯教言。君復自愛莫爲非。行無去爲遲，平愼行，望君歸。

孤兒行

長短句

孤兒生！孤兒遇生。命當獨苦：父母在時，乘堅車，駕駟馬；父母已去，兄嫂令我行賈。——南到九江，東到齊與魯；臘月來歸，不敢自言苦。頭多蟣蝨，面目多塵；大兄言辦飯，大嫂言視馬。上高堂，行取殿下堂，孤兒淚下如雨。使我朝行汲，暮得水來歸。手爲錯，足下無菲！愴愴履霜，中多蒺藜；拔斷蒺藜，腸肉中，愴欲悲。淚下渫渫，清涕纍纍。冬無複襦，夏無單衣！居生不樂，不如早去，下從地下黃泉。春風動，草萌芽：三月蠶桑，六月收瓜；將是瓜車，來到還家。瓜車反覆，助我者少，啗瓜者多。願還我蒂，獨且急歸，兄與嫂嚴，當興較計。亂曰：里中一何譊譊！願欲寄尺書，將與地下父母，兄嫂難與久居！

我們看牠那長短句法兼用處，頗有幾分接

長短句

近眞正『長短句』的傾向，無奈模仿詩體的胎氣太重了，所以不値得去稱道牠。其最妙而又更左袒于『長短句』的，則以悲歌古歌匈奴歌三首爲獨絕。

悲歌

悲歌可以當泣，遠望可以當歸！思念故鄉，鬱鬱纍纍。欲歸家無人，欲渡河無船，心思不能言，腸中車輪轉。

古歌

秋風蕭蕭愁殺人！出亦愁，入亦愁。坐中何人，誰不懷憂，令我白頭！胡地多飈風，樹木何修修？離家日趨遠，衣帶日趨緩；心思不能言，腸中車輪轉。

匈奴歌

失我焉支山，令我婦女無顏色；失我祁連山，使我六畜不蕃息。

(二)魏晉

自是以下，魏晉之世，遞相推演。於是辭

長短句

調解衍，制作叢出。然而因爲當時反對派的力量太大了，動輒就拿政府的力量來壓制他們，甚而至於推翻他們的作品，所以破古之作，不特不能夠彰明較著的存在，反即因之而消滅了。關於這一層，我且引晉張華的上壽食舉歌詩表一文來做個證明。表云：

按魏上壽食舉詩及漢氏所施用。其文句長短不齊，未皆合古。蓋以依詠弦節，本有因循；而識樂知音，足以制聲度曲。法用率非凡近所能改！二代三京，襲而不變。雖詩章辭異，興廢隨時；至其韻逗曲折，皆繫於舊，有緣然也，是以一皆因就，不致有所改易。

這是要法古，要法二代三京而對於當時一般人文句長短不齊之作反抗的大表示。明太倉張溥曰：『太始五年，尚書奏使太僕傅元，中書監荀勖，黃門侍郎張華，各造正旦行禮，及王公上壽酒食舉樂歌詩，華上表勖。以魏氏歌

長短句

詩二，三，四，五言與古詩不類，以問司律中郎將陳頎。頎曰：「彼之金石，未必皆當。」故勖造晉歌，皆為三言，惟王公上壽酒一篇為三言五言，此則華勖所明異旨也。」從這點上我們很能夠看出長短句在此時應該莫有良好的結果了。雖然，在歷史的事實上却不能因此就至於絕滅。我現在尋到一個新的演變的途程，就是：從魏之初年迄於晉時太康元康之世，已經建設起長短句的新紀元了，你說變化的速度快不快呢？（按太始五年是西歷二六九年，休洗紅綿州巴歌——引見後——大概是西曆二九○年左右的作品——說詳本章末段——在太始五年的時候，荀勖三言五言的王公上酒一篇猶遭一個大打擊。不料從二六九到二九○其間不過二十年的時期，公然就有如許良好的作品，至足詫異！然亦不能不歸點功勞於荀勖也。）

其在魏之初年的，舉曹子建之來日當大難行同當牆欲高行二篇爲代表；晉時太康乃康之

長短句

世的，舉無名氏之休洗紅與綿州巴歌爲代表。（休洗紅與綿州巴歌都無作者姓氏的原故，是恐怕受帶動同樣的打擊而避免的罷！）都一併把牠錄在下面；

曹子建的來日當大難行

日苦短，樂有餘，乃置玉樽辦東廚。廣情故，心相於。闔門置酒，和樂欣欣。遊馬後來，轅車解輪。今日同堂，出門異鄉；別易會難，各盡悲觴。

長短句

曹子建的當牆欲高行

龍欲升天須浮雲，人之仕進在中人。衆口可以鑠金；讒言三至，慈母不親。憒憒俗間，不辨眞僞，願欲披心自說陳。君門以九重，道遠河無津。

無名氏的休洗紅

休洗紅，洗多紅色澹。不惜故縫衣，記得初按茜。人壽百年能幾何，後來新婦今爲婆。

長短句

休洗紅，洗多紅在水。新紅裁作衣，舊紅番作裏。迴黃轉綠無定期，無事反復君所知。

無名氏的綿州巴歌

豆子山，打瓦鼓；揚平山，散白雨。下白雨，取龍女；取龍女，織得絹二丈五：一半屬羅江，一半屬玄武。

(三)宋

晉朝到了武帝永初元年(西曆四二〇年)，

長　短　句

天下分爲南北，習慣都叫他做南北朝。南北朝的第一個就是宋，第二個便是齊。……現在我且先將宋世鮑明遠的擬行路難之三，四及梅花落舉出來作個代表。（爲便利上的敘述起見，與南朝以駭北朝。不復用北魏北齊北周的符號了。）

擬行路難二首

瀉水置平地，各自東西南北流。人生亦有命，安能行歎復坐愁。酌酒以自寬，舉杯

長短句

斷絕歌路難。心非木石豈無感，吞聲躑躅不敢言。(三)

對案不能食，拔劍擊柱長歎息。丈夫生世會幾時，安能蹀躞垂羽翼。棄置罷官去，還家自休息。朝出與親辭，暮還在親側。弄兒牀前戲，看婦機中織。自古聖賢盡貧賤，何況我輩孤且直。(四)

梅花落

中庭雜樹多，偏爲梅咨嗟。問君何獨然？

念其霜中能作花，霜中能作實，摇蕩春風媚春日。念爾零落逐寒風，徒有霜花無霜質。

（四）齊

齊世的長短句，則當以陸厥的臨江王節士歌爲代表，次則東昏候時的百姓歌了，幷舉於下：

陸厥的臨江王節士歌

木葉下，江波連，秋月照浦雲歇山。秋思

長短句

不可裁，復帶秋葉來。秋風來已寒，白露驚羅紈。節士慷慨髮衝冠；彎弓挂若木，長劍竦雲端。

東昏候時的百姓歌

閱武堂，種楊柳；至尊屠肉，潘妃沽酒。

金陵誌說：東昏候在臺城閱武堂內爲芳樂苑，又在苑中立了一個肆店，以潘妃爲市令，百姓因爲之歌。

我們綜看魏晉宋齊四個時期的長短句體，

長短句

頗有許多處傾向於新的詞的趨勢了。最妙的如綿州巴歌，休洗紅，瀉水置平地，梅花落，很能另創格調，成爲一種過渡時期中的作品。成爲一種眞正的長短句！

休洗紅二首，無作者姓氏，其聲調與描寫，迴黃轉綠，字極生新，都可以說是獨到，爲前此之所未有。馮舒詩紀匡謬以爲出於楊愼僞託，余不信也。鮑明遠的梅花落，以「花」承「嗟」韻，「實」起「日」韻，格法甚奇，亦是破壞

長短句

時期中的重要作物，此是我們應當注意的。試看梅花落一體自鮑明遠而後，仿作者頗有其人，如梁之吳均陳之後主徐陵，唐之盧照隣等等，但都不用明遠之格而獨用五言，於此可以見到鮑明遠實在是一個作俑的人了。

（五）梁

我以爲長短句之始起，而後世取以爲法則的當推綿州巴歌休洗紅與梅花落三調，所以本篇所論的長短句，卽以牠們爲始。然而世人都從不數及於此，而都以梁武帝之七首江南弄和沈約之四首六憶詩爲長短句之祖，此爲我所不甚贊同者也。（楊愼詞品說梁武帝江南弄辭絕妙，雖說塡辭起於唐，而六朝已濫觴矣。）——蓋武帝與沈約之作，正是長短句之造極耳。其江南弄七首，古今樂錄，說是天監十一年冬，武帝改西曲所製。現在并收二辭錄舉於下：

江南弄七首

衆花雜色滿上林，舒芳耀綠垂輕陰，連手

長短句

躞蹀舞春心。舞春心，臨歲腴；中人望，
獨踟蹰。
美人綿眇在雲堂，雕金鏤竹眠玉牀，婉愛
寥亮繞紅梁。繞紅梁，流月臺，駐狂風，
鬱徘徊。
遊戲五湖採蓮歸，發花田葉芳襲衣，為君
儂歌世所希，世所希。有如玉；江南弄，
採蓮曲。
綠耀尅碧彫琯笙，朱脣玉指學鳳鳴，流速

長短句

參差飛月停。飛且停，在鳳樓；弄嬌響，間清謳。

江南稚女珠腕繩，金翠搖首紅顏興，桂棹容與歌采菱。歌采菱，心未怡；翳羅袖，望所思。

氛氳蘭麝體芳滑，容色玉耀媚如月，珠佩婐婉戲金闕。戲金闕，遊紫庭；舞飛閣，歌長生。

張樂陽臺歌上謁，如寢如興芳晻曖，容光

長短句

既艷復還沒。復還沒，望不來；巫山高，
心徘徊。

六憶四首

憶來時；的的上階墀，勤勤敘離別，慊慊
道相思。相看常不足，相見乃忘饑，
憶坐時；點點羅帳前，或歌四五曲，或弄
兩三弦。笑時應無比，嗔時更相憐。
憶食時；臨盤動顏色，欲坐復羞坐，欲食
復羞食。含哺如不饑，擎甌似無力。

長短句

憶眠時；人眠獨未眠，解羅不待勸，就枕還須牽。復恐旁人見．嬌羞在燭前。

自梁武帝江南弄出後，諸家頗多倣做，如梁簡文帝昭明太子沈約輩，皆是規模武帝，循聲調，依字句而爲之詞，自成一格。其後唐之王勃李賀……之流，雖然亦曾倣爲，然或竟改爲七言，或竟增多其字，長短句法，亦併任意移置，不復遵用成法矣！沈休文是一個創造家，他一方面創造了新規則的詩，一方面又創造

長短句

了不規則的長短句，自從他作六憶之後，則有隋煬帝夜飲朝眠曲中的憶睡時憶起時二首繼作，且是謹守沈製的東西。

武帝除江南弄七曲外，又有上雲樂七曲，亦是改西曲而製的長短句。此曲與江南弄不同：江南弄是七調的句子多寡完全一致，上雲樂則每曲字句多少頗不相同。我姑舉兩個調在這裏算個例子：

鳳台上，兩悠悠，雲之際，神光朝。天際

長短句

華盖遙延州：羽衣昱耀，看吹去復留。桐柏眞，昇帝賓；戲伊谷，遊洛濱。參差列鳳管，容與起梁塵。望不至，徘徊謝時人。

觀於以上二氏之作，簡直逼近唐宋人之「詞」矣！雖然也曾有人按其句子依其語詞以製作，然而仍不可謂之爲詞也。你看七首的江南弄：前四首起三句都用平聲韻，而末二首則用入聲韻；四首的六憶，惟第二首用入聲韻；其餘都

長短句

用平聲韵。雖然後來塡詞的人，往往對於念奴嬌滿江紅憶秦娥柳梢靑等詞每用平入聲改叶，也不能作爲他可以被稱爲詞的唯一理由：因爲他們本身的平仄，都沒有一定，而且聲慢又還有許多免強。

更有可使人注意者，便是梁簡文帝的春情曲，曲共八句，前六句用七言，後二句用五言，其聲調體製，頗近唐宋詞調，堪稱繼武帝休文起而創造第一等作品。都穆南濠詩話說：「王無功亦有此體。」可惜我沒有見過。都穆又說簡文帝春情一曲爲唐律之祖，唐詞的瑞鷓鴣格韵與他相似。（按今所傳瑞鷓鴣有三體：一體五十六字，一體六十四字，一體八十八字，其五十六字者七字句八句，與七律正有相同處。當在詩與詞的分別一章中辨明之，於此不論了。）於此可以知道此曲創作之精到，與其影響之大，不在武帝休文隋煬侯夫人諸人之下！春情曲云：

長短句

蝶黃花紫燕相追，楊低柳合路塵飛。已見垂鈎掛綠樹，誠知淇水霑羅衣！兩童夾車問不已，五馬城南猶未歸。鶯啼春欲駛，無爲空掩扉！

六　陳

這一種新趨勢的作物到了陳世，雖說沒很多文人出來依樣提倡，然亦自有其翻新的創作，並且很可以繼承梁室那種精神，能打破從前許多年那種確守規律的詩，而創立一個新式的格調。我在這裏且先將陳後主的長相思和聽箏舉個例子出來。

長相思二首

長相思，久相憶；關山征戍何時極。望風雲，絕音息；上林書不歸，迴文徒自織！羞將別後面，還似初相識。

長相思，怨成悲；蝶縈草，樹連絲；庭花飄散飛入帷。帷中看隻影，對鏡歛雙眉；兩見同見月，兩別共春時。

長短句

聽箏

文窻玳瑁影嬋娟，香帷翡翠出神仙；促柱點脣鶯欲語，調弦繫爪雁相連。秦聲本自楊家解，吳歈那知謝傅憐；祇愁芳夜促，蘭膏無那煎。

我們看他聽箏一調，字句全與簡文帝的春情曲相同，聲調也極相近。至於他那兩首長相思，其創作的技能當然在簡文帝之上，足與梁武帝沈休文兩家媲美了。

長短句

何以見得他創作技能之高呢？你看他第一首與第二首的前五句便可以知道了。他於第二首中，却故意把第一首第三句的句法換來做了第五句，而提上四五兩句的句法去作三四兩句。憑他隨意挪移，聲調自然流利，格式自然脫俗，此調眞是前無古人矣！

自後主此調而後，東海徐孝穆亦有擬作二首。字數多寡同，句子多寡不同。其詞更是進步。而開後世長相思詞的體例，在長短句的進

長短句

化歷程中是一個重要做作，不能把牠鬆鬆放過的。其詞如下：

長思想，望歸難！傳聞奉詔戍皋蘭，龍城遠，雁門寒，愁來瘦轉劇；衣帶自然寬！念君今不見，誰爲抱腰看。

長相思，好春節；夢裏恒啼悲不洩！帳中起，窗前髻；柳絮飛還聚，遊絲斷復結。欲見洛陽花，如君隴頭雪。

按唐詞長相思是雙調每疊四句。前疊一二兩

句皆三字句，第三句七字，第四句五字。後疊與前疊同。徐詞前四句與唐之長相思調正同，余意唐人即取徐詞前四句而重疊之以成詞調耳，是則長相思一調當以徐調爲淵源也。

除此之外，我再舉四首如下：

一，胡太后的楊白花：梁書謂楊華少有勇力，容貌雄偉，魏太后逼與之私通，楊華懼禍，遂統率他的部曲降梁去了；胡太后思念之不置，因作此詞。

長短句

陽春二三月，楊柳齊作花：春風一夜入閨闥，楊花飄蕩落南家，含情出戶脚無力，拾得楊花淚沾臆。春去秋來雙燕子，願銜楊花入窠裏。

二，斛律金的敕勒歌：見北史，北齊神武使斛律金唱的。

敕勒川，陰山下：天似穹廬，籠盖田(四)野，天蒼蒼，野茫茫；風吹草低看牛羊。

三，時人的李波小妹歌：魏書云：廣平人李

波的宗族强盛，殘害百姓，當時的人就作此歌以識之。

李波小妹字雍容，褰裙逐馬如卷蓬，左射右射必疊雙。婦女尙如此，男子安可逢？

四，宮人的咸陽王歌：北史謂後魏咸陽王禧謀逆被誅，後宮之人爲之作此歌，後遂流於江表，北人之在南省，每每絃管奏之，莫不泣下。

可憐咸陽王，奈何作事誤。金牀玉几不能眠

長短句

！夜踏霜與露，洛水湛湛彌岸長，行人那得渡。

我們看第二首敕勒歌莽莽高古，第三首李波小妹歌諧屑譁脫，第四首咸陽王歌深情婉節，固能傾動讀者矣。但以其帶着古詩的色彩，或遺響太濃厚了，所以竟算不得新派。你看第一首的楊白花，音韻纏綿，聲調偕適；情脈脈，意悠悠。是何等的超脫，是何等的渾灑。在這個短短的時期中，只有牠才能夠當得起一個新的作品的譚號。

(七)隋

到了隋朝時候，長短句的新花樣更多了。據朱弁曲洧舊聞，則有隋煬帝的夜飲朝眠曲二首；（又題云：效劉孝綽憶詩，考劉作憶虞弟詩是五言律，與此絕不同。）據楊愼詞品，則有無名氏的回紇曲一首；（楊愼云：此詞長歌之哀，過於痛哭，必隋末唐初人所作也。）據韓偓迷樓記，則有侯夫人的一點春，看梅二首

長短句

○茲並把牠寫將出來：

夜飲朝眠曲（一題效劉孝綽憶詩）二首

憶睡時：待來剛不來，卸妝仍索伴，解佩更相催；博山思結夢，沈水未成灰。

憶起時：投簽初報曉，被煖香銷殘，枕隱金釵裊；笑動上林中，除却司晨鳥。

回紇曲

陰山瀚海信難通，幽閨少婦能裁縫；細想邊庭征戰苦，誰能對鏡冶愁容。久戍人將

長短句

老，須臾變作白頭翁！

一點春二首

砌雪無消日，捲簾時自潔；庭梅對我有憐意，先露枝頭一點春！

香淸寒艷好，誰惜是天眞；玉梅謝後陽和至，散與羣芳自在春。

有人說煬帝的夜飲朝眠曲，竟是隋朝的詞，但是詞譜未嘗載有此體，於此也可以知道牠是長短句，而不是詞了。但煬帝長短句，除此

長　短　句

做作外，據韓偓海山記，尚有湖上曲望江南八闋。而段安節樂府雜錄又說牠是假的。因爲在唐人的作品中此曲皆係單調，入宋乃加後疊成雙調。煬帝在唐之前，安有即能爲雙調之理！從牠的變遷程序上看來，似乎不應有那麼快！

今只錄出，俾見其眞：

湖上月：偏照列仙家！水浸寒光鋪枕簟；浪搖晴影走金蛇；偏稱泛靈槎。光景好：輕彩望中斜！淸露冷浸銀兎影；西風吹

長短句

落桂枝花；閒宴思無涯！
湖上柳：烟裏不勝摧！宿露洗開明媚眼；
東風搖弄好腰枝；烟雨更相宜。環曲岸
：陰覆畫橋低！線拂行人春晚後；絮飛晴
雪煖風時；幽意更依依。
湖上雪：風急墮還多！輕片有時敲竹戶；
素華無韻入塵波；望外玉相磨。湖水遠
：天地色相和。仰面莫思梁苑賦；朝來且
聽玉人歌；不醉擬如何？

長短句

湖上草：碧翠浪通津。倏帶不爲歌舞綬；濃鋪堪作醉人茵；無意襯香衾！晴霽後，顏色一般新！遊子不歸生滿地；佳人遠意寄青春；留詠卒難伸！

湖上花：天水浸靈芽。淺蕊水邊勻玉粉；濃苞天外剪明霞；只在列仙家。開爛漫，插鬢若相遮？水殿春寒幽冷豔；玉軒晴照煖添華；清賞思何賒！

湖上女：精選正輕盈。猶恨乍離金殿侶；

長短句

相將盡是采蓮人；清唱漫頻頻。軒內好·嬉戲下龍津，玉管朱絃聞盡夜；踏青豆草事青春；玉輦從羣真。

湖上酒：終日助清歡。檀板輕聲銀甲緩；醅浮香米玉蛆寒；醉眼暗相看。春殿晚，似豔奉杯盤。湖上風光眞可愛；醉鄉天地就中寬；帝王正清安。

湖上水：流繞禁園中，斜日煖搖青翠動；落花香煖衆紋紅；蘋末起清風。閒縱目

長短句

，魚躍小蓮東。泛泛輕搖蘭棹穩；沈沈寒影上仙宮；遠意更重重。

這完全是一種詞體的東西，隋煬帝似不應該有那樣作品，段安節說牠是假的當然無疑！

回紇曲也有人說牠是詞的，但是南唐的馮延已仿其體作了一個拋球樂，詞譜雖然收了馮詞，而從未嘗論及回紇曲也。萬氏詞律亦竟未收。我不承認牠是詞的唯一理由是：使回紇曲眞是詞，何以由牠到馮延已的時候，這三百餘年之間，竟沒有一個文人的回紇曲的作品呢？（黃甫松的回紇詞與此不同。）何以馮延已作拋球樂時，又不沿用舊名而必要另立新名呢？馮氏之詞，不過字句間偶然與回紇曲相同耳，其平仄固自不同也。茲舉馮詞拋球樂於下，以便作比較參考：

逐勝歸來雨未晴，樓前風重草烟輕，谷鶯語輭花邊過，水調聲長醉裏聽，款舉金觥勸，誰是當筵最有情。

長短句

唯獨侯夫人的一點春，則沒有人說牠是詞而且又竟是一首極好的長短句。據迷樓記所載，則她的同時迷樓宮人有一首同樣的極好的河南楊柳謝詞。該宮人雖說是她的弟弟在民間得此歌，而我以爲是仿效侯夫人之一點春而作的，惟平仄不同耳。其詞云：

河南楊柳謝，河北李花榮，楊花飛去落何處？李花結果自然成。

六朝的時候競尚麗詞，要以梁隋爲最。齊

則最下。梁之武帝簡文休文等雖頗有新著，然又遠不及隋也。蓋隋自煬帝卽位以後，便好流連聲伎，縱觀歌舞。他雖然不懂得音律，而頗好淫綺之辭，著了許多艷麗的作品；又令樂正白明達者，造了許多新聲，這一類的新聲艷辭，都叫牠爲曲。（這一類應該在曲中去講，所以此處不提了。）大抵皆以詩爲本，參以古調，乃成爲他那許多種類豔冶之辭。當時的士人多仿效，所以也竟成了一種風尚。

長短句

在這個地方應當鄭重聲明的是：我前邊多用宋齊梁陳……等代表的時代，不過是要表明長短句的變遷之迹是狠有道路可尋，並不是亂七八糟莫有條理的東西，所以那時代的作物，不管牠是南朝北朝，只要合於我們這一個研究路程的，而且真正算得一種醞釀時期的作品的，都把牠引來。南朝北朝是歷史上的名詞，講文學史的人到了此處沒有法子了，又不能夠另制新名，所以只好借用他們的名詞來用做說明的工具。從橫的空間上說，雖然有南北之分，而從縱的時間上說來，僅是同時。

（八）唐

初唐—這種趨勢到了唐朝，更是推波助浪不已。他們所作的新樂府用長短句來作的更是風行。他們這一種作品祗是美其名曰樂府而已，其實遠之不能比樂府，近之則又不能入詞，故易名之曰新樂府耳。如崔顥顧況畢耀李白杜甫元結元稹李益王建張籍白居易長孫無忌；……

長短句

……的新樂府，用長短句作者多矣！安可說牠是詞？又安能說牠是詩？

所以到了唐人的長短句，只好擎新樂府的作家來做代表了。白居易的新樂府序說：『……篇無定句，句無定字，繫於意，不繫於文…………詩三百之義也。其辭質而徑，欲見之者易諭也；其言直而切，欲聞之者深誡也；其事覈而實，使采之者傳信也；其體順而律，可以播於樂章歌曲也。』所謂『篇無定句，句無定字』這

長短句

不是長短句是什麼？

這一個時期的長短句太多了，我不能夠一一把牠引出來，不過擇其尤者敘錄於次，俾能知道這一個變遷的梗概罷了。現在我們且先看初唐的變化到底怎樣？

一，長孫無忌的新曲二首：

家住朝歌下，早得名。結伴來遊淇水上，舊長情。玉佩金鈿隨步動，雲羅霧，縠逐風輕。轉目機心懸自許，何須更待聽琴

長短句

聲！

迴雪凌波遊洛浦，遇陳王。婉約娉婷工語笑，侍蘭房。芙蓉綺帳還開掩，翡翠珠被爛齊光。長願今宵奉顏色，不愛吹簫逐鳳凰。

二，王勃的採蓮曲：

採蓮歸，綠水芙蓉衣，秋風起浪鳧雁飛。桂棹蘭橈下長浦，羅裙玉腕輕搖櫓。葉嶼花潭極望平，江謳越吹相思苦。想思苦

長短句

，佳期不可駐。塞外征夫猶未還，江南採蓮今已暮。今已暮，採蓮花，渠今那必盡娼家。官道城南把桑葉，何如江上採蓮花？蓮花復蓮花，花葉何稠疊？葉翠本羞眉，花紅強似頰。佳人不在茲，悵望別離時。牽花憐共蒂，折藕愛連絲。故情無處所，新物徒華滋。不惜西津交珮解，還羞北海雁書遲。採蓮歌有節，採蓮夜未歇。正逢浩蕩江上飆，又値徘徊江上月。徘徊蓮

長短句

浦夜相逢，吳姬越女何丰茸。共問寒光千里外。征客關山路幾重。

長孫無忌是太宗時的人，曾佐太宗平定天下，著有唐律疏義。王子安（勃）是初唐四傑—王楊盧駱—之一，他們的作品都是承接六朝之餘波而放膽的造作，（關於他們的詳細情形，當在唐人的詩一篇中去講。）所以我們對於他應該特別的注意。

長孫無忌的新曲同王子安的採蓮曲，從文學

的變遷程序上看，簡直可以說牠是矛盾！你看二首新曲的聲調格式，字句韻律，較之六朝是何等的進步，竟是一種建設的作品，而不是在一種過程上討生活的東西了。到了王子安的採蓮曲臨高台……則只能用那種不規則的字句聲韻來作篇長的長短句，附帶古香古色許多。雖然他的秋夜長等的篇幅較短，然而上視長孫氏之新曲，則竟是一種復古的東西。可是我們若用歷史上變遷無常的事情來看牠。却又

長短句

原不覺怪，而復有可通之理。蓋以那個時候的文字方面，鬧了一種很大的饑荒：一般士大夫的心目中以爲國基肇建，都要師古；惟六朝最不可法，因爲牠的年祚不永，當然一切都是壞的了。——六朝之君，大都愛好新腔豔詞，自我作古。一般順應潮流的士人，自然受其影響不少，所以才能有歷代的變更；所以初唐才有長孫氏的新曲。無如一般有頭巾習氣太重的士大夫們，又雅不愛倘，於是當時的文人無影無

長短句

形中受了極大的影響。王子安卽是其中之一人，所以他的探蓮曲反要比長孫氏的新曲古老百餘年者，卽是這個原故。但是他能用自然的調，無規則的字句，錯錯雜雜的聲韵來作成一篇不是詩，尤其不是復古的詩的東西，自然竟可算得在此時代的中流砥柱了。（當時的人們還罵他們—王楊盧駱—是不守古法的話可見他們也是開新派。）以後文字之所以能夠變化，實基於此。至於長孫無忌的新曲，眞是前無古人

長短句

不蹈時人車轍，眞正可以當得起「新曲」之號了。因爲他兩家在這時代能顯出兩種人作品不同的精神。所以我舉他們的作品爲初唐的代表。

盛唐——開元天寶的作品到底有無進步，我暫且不說，先舉出他們作的東西來一看，然後再加品釋：

一，李太白的長相思夜坐吟與雙燕離

長相思，在長安。絡緯秋啼金井闌，微霜凄凄簟色寒。孤燈不明思欲絕，卷帷望月

長短句

空長嘆！美人如花隔雲端。上有清冥之高天，下有綠水之波瀾。天長路遠魂飛苦，夢魂不到關山難。長相思，摧心肝。（長相思）

冬夜夜寒覺夜長，呻吟久坐坐北堂。冰合井泉月入閨，金釭青凝照悲啼。金釭滅，啼轉多；掩妾淚，聽君歌。歌有聲，妾有情，情聲合，兩無違。一語不入意，從君萬曲梁塵飛。（夜坐吟）

長短句

雙燕復雙燕，雙飛令人羨。玉樓珠閣不獨棲，金窗繡戶常相見。柏梁失火去，因入吳王宮；吳宮又焚落，雛盡巢亦空。憔悴一身在，孀雌憶故雄。雙飛能再得，傷我寸中心。（雙燕離）

二，崔顥的孟門行

黃雀銜黃（黃）花，翩翩傍簷隙。本擬報君恩，如何反彈射？金罍美酒滿座春，平原愛才多衆賓。滿堂盡是忠義士，何意得有

長短句

讒詖人！詖人翻覆那可道？能言君心不自保！北闌新栽桃李枝，根株未固何轉移？成陰結子君自取，若問傍人那得知？

三，畢耀的情人玉清歌

洛陽城中有一人，名玉清：可憐玉清如其名！善斜柯，能獨立。嬋娟花艷無人及。珠爲裙，玉爲纓，臨春風，吹玉笙。悠悠滿天星，萬金閣上晚妝成，雲和曲中爲慢聲。玉梯不得踏，搖袂兩盈盈。城頭之日

長　短　句

復何情？

這個時代的作品中要想得到一首如長孫氏的新曲的，已是十二萬分的不可能。在武則天做女皇帝之時，本來狠是獎進文學，而武后自己又頗有作品，如如意娘一曲，可稱佳製。無奈風氣所尙，咸趨於古。從前的人往往說他們能超越前世者，正可以見到他們反潮流的趨勢。中宗復作皇帝，對於典章制度毫無改革，而一仍其舊，所以終其世沒有堪稱爲傑出的東西

長短句

。到了開元天寶之時，李杜承其餘風，並沒有幾許大變動。

杜甫雖然也用不相等的句子來作樂府，叵耐大部是仿古之作。違反潮流性太利害了。把他的作品擺在這個順應時勢的當中，簡直是一道鐵閘牆！所以我對於他的東西一字也不提他。大抵當時之士要模仿杜甫的頭腦的，頗不乏人，像李太白學爛崔顥的人沒有幾個。

崔顥的孟門行還是六朝時代或六朝以上的體

長短句

氣，不過都還寫來自然，所以把他鈔在上面。

至於李太白的長相思，夜坐吟。雙燕離，華耀的情人玉清歌，眞是不可多得的東西。

爲什麼李太白的不像杜甫那樣紈袴而暴露他那文學上的頭巾氣習呢？因爲他的性情是放蕩不羈，遨遊山水，不務榮利，不以人之所好尙爲好尙，不能爲當時之種種物質的或精神的所束縛。所以他的作品自然淸遠，自然諧適。你看上面所舉的長相思與夜坐吟雙燕離，簡直是

長短句

一種極端趨新的作物，其格調直逼詞境不遠了。（此外如于闐採花王昭君……等，都是他用長短句作的，與前面所舉相差亦不甚遠。他如戰城南……等倣古之作，雖然他是有心摹倣漢人樂府，有心摹倣三百篇，也可以說他是變態的長短句。）他還有絕妙的長短句，眞如後世詞中之所謂「聲調」的作物，我們試看他的橫江詞和繫尋陽上崔相渙二詩便可以知道了。

人道橫江好，儂道橫江惡；一風三日吹倒

長短句

山，白浪高於瓦官閣！（橫江詞）
虛傳一片雨，枉作陽臺神；縱爲夢裏相隨去，不是襄王傾國人！（繫尋陽上崔相渙）
橫江詞共六首，此處錄的是第一首；繫尋陽上崔相渙共三首，此處錄的是第三首。看他二詩長短句調一樣，與他創造的詞和後世爲踵的詞，簡直不差一些隔膜。在這個詞學將始胚胎的時期中，要有他這種東西，然後才可以有詞體出現之一日，這是在歷史的程途上很可以看且的，要是沒有這種作品，而忽然說他能夠做詞，豈不甚是笑話！畢耀也就是極力想趨進這一流的人物，其音調格局自然與仙家不同，究竟能夠算得一個維新的作者了。

這種解放的作家，看他到中唐的時候，到底怎樣？

中唐——中唐之時，第一個要算韓翃。他的詩加贈別王侍御赴上都一詩，也能不拘前人之格而能任意寫出，此處且不用去說他。世傳其章

長短句

臺柳一詞，直可謂之長短句成功爲詞的第一作品。不獨能別開生面已也。據太平廣記與孟啟本事詩：韓翃，字君平，南陽人。有友人李某每將妙妓柳氏至其居，窺韓所與往還皆名人，必不久貧賤，李因以妓許配之。未幾，侯希逸鎭淄靑，辟韓去作從事。韓乃置柳都下。閱三歲而寄之以詞曰：

章臺柳！昔(往)日靑靑今在否？縱使長條似(依)舊垂，也(亦)應攀折他人手！

長短句

柳氏復書答詞曰：

楊柳枝，芳菲節：可恨年年贈離別！一夜(葉)隨風忽報秋，縱使君來豈堪折？

柳氏頗以色顯，獨居恐不自免，乃欲落髮爲尼，居佛寺。後竟爲番將沙吒利所刼取，希逸部下，有虞侯名許俊者以詐計取得之，詔以歸韓。

按韓翃章臺柳與柳氏答詞，世人多有謂之爲詞者，此實大謬！蓋猶於不知文學之變遷與詞

長短句

之所以爲詞之故也。萬紅友詞律雖亦收有此詞，乃是徇世人之說耳。故特於目次章臺柳下說明之曰：「按此本長短句詩，後人採入詞譜，卽以起句爲名。柳姬答詞，亦以起句名楊柳枝。句法相同，……」又於卷一章臺柳調下說：「君平贈句，本只是詩，後人採入詞譜，卽以起句爲名。其柳姬答詞，亦以起句爲名楊柳枝，句法與此相同……」萬氏不煩碎詞，再三聲說之者，正恐人之視此爲詞耳。——蓋自太白

長短句

放手造作以來，變更風尚甚多，宜乎韓柳有此佳作了。現在且說顧況的公子行長安道范山人畫山水歌。

輕薄兒，面(白)如玉，紫陌春風纏馬足。雙鐙懸，金縷鶻。飛長衫刺，雪生犀束。綠槐夾過陰初成，珊瑚幾節敵流星。紅肌拂拂洒光獰，當街背拉金吾行，朝遊鼕鼕鼓聲發，莫遊鼕鼕鼓聲絕。入門不肯自昇堂，美人扶踏金階月。(公子行)

長短句

長安道：人無衣，馬無草，何不歸來山中老？（長安道）

山崢嶸，水澄泓，漫漫汗汗一筆耕，一草一木棲神明。忽如空中有物，物中有聲；復如遠道鄉客，夢繞山川身不行！（范山人畫山水歌）

顧況的性情詼諧放蕩，好侮王公貴戚，所以他能承繼長孫無忌李太白韓愈那種作品，而成了一種自然的詞調；公子行的長短句是如何的錯綜有致，范山人畫山水歌的疊韻疊字用得如何的跌蕩無痕。至於「忽如……」「復如……」三句，似說理，非說理；似狀物，又寫情。即之不見，索之不得；自是水乳交融了，豈不可貴！再看李益的效古促促曲爲河上思婦作，也是聲調鏗然，長短錯出，堪與顧氏媲美了。

促促何促促？黃河九回曲。嫁與棹船郎，空船將影宿。不道君心不如石，那令妾貌長如玉。

長短句

以上把大曆，作家的大概說了，今請再進而說元和長慶的作家罷。

一，孟東野的嬋娟篇和湘弦怨：

花嬋娟，泛春泉；竹嬋娟，籠曉煙；妓嬋娟，不長妍；月嬋娟，眞可憐！夜半姮娥朝太乙，人間本自無靈匹，漢宮承寵不多時，飛燕婕妤相妒嫉！（嬋娟篇）

昧者理，芳草蕙蘭同一鋤！狂飈怒秋林，曲植同一枯。嘉禾忌深蠹，哲人悲巧誣。

靈均入迴流，靳尙爲良謨。我願分衆泉，
清濁各異渠；我願分衆巢，梟鸞相遠居！
此志諒難保，此情竟何如，湘絃少知意，
孤纍空踟躕！（湘絃怨）

嬋娟篇的好處是堆砌而不顯堆砌的痕跡，反覺悠揚有致。你看他前半用三言，後半用七言；要長句便一律長句，要短句便一律短句。一氣寫來，不費絲毫氣力。舉凡胸中所要說的話，都能在此短短一篇中，把牠盡量的流露出來

長短句

；一覽無餘，而含蓄無盡，眞是長短句中最妙之作。至其格式，亦是前此之所未有。嚴滄浪謂讀孟郊之詩，令人不歡，我不知他是從何說起！湘絃怨雖調格陳腐，而首二句亦甚出衆。韓昌黎有一篇雉朝飛操他說是「牧犢子七十無妻，見雉雙飛，感之而作。」雖然也是高古，但其句法頗參雜疏脫，也可以代表一般謂聖八之道者的作物，順便舉在下面，以備一格。

雉之飛，于朝日：羣雌孤雄，意氣橫出。

長短句

當東而西，當啄而飛，隨飛隨啄，羣飛粥粥。嗟我雖人，曾不如彼雉雞！生身七十年，無一妾與妻！

二，廬仝的樓上女兒行有所思；與張籍的節婦吟：

誰家女兒樓上頭？指揮婢子掛簾鈎。林花撩亂心之愁，卷却羅袖彈箜篌。箜篌歷亂三五絃，羅袖掩面啼向天！相思弦斷情不斷，落花紛紜心欲穿！心欲穿，憑欄干。

長短句

相憶柳條綠，相思錦帳寒！直緣感君恩愛一回顧，使我雙淚長珊珊？我有嬌面侍君笑，我有嬌娥侍君掃。鶯花爛熳君不來，及至君來花已老！心腸寸斷誰得知？玉階冪歷生青草。（樓上女兒行）

當時我醉美人家，美人顏色嬌如花。今日美人棄我去，青樓珠箔天之涯！娟娟姮娥月，三五盈又缺。翠眉蟬鬢生別離，一望不見心斷絕。心斷絕，幾千里，夢中醉臥

長短句

巫山雲，覺來淚滴湘江水。湘江兩岸花木深，美人不見愁人心，含愁更奏綠綺琴。調高絃絕無知音。美人兮美人，不知爲暮雨兮爲朝雲。相思一夜梅花發，忽到窗前疑是君！（有所思）

盧仝本來是一個道與先生，韓昌黎頗以厚禮待他，相傳是因爲看得起他的詩的原故。如我舉的兩個例子，恐怕韓昌黎未必器重吧！以一舉止不履正道的人，而能用不規則的方法寫一

長短句

種香艷的愛情詩；並且又用一種很流利的調子而沒有陳俗的臭味，實在難得！再看張籍的節婦吟，又更不同了。

君知妾有夫，贈妾雙明珠。感君纏綿意，繫在紅羅襦。妾家高樓連苑起，良人執戟明光裏。知君用心如日月，事夫誓擬同生死。還君明珠雙淚垂，何(恨)不相逢未嫁時。

這首節婦吟據他自己說是寄東平李司空師道

的。洪容齋隨筆亦云：「籍在他鎮任幕府，鄆帥李師道又以書幣聘之，籍却而不納，因作此寄之。」清徐倬曰：「按其詞意婉轉，恐非節婦意也，宜以本事爲題，則得風人之意矣。」他們都在那小枝小節上去講求，對於這篇詞的本身價值，則置之不論，此爲不知輕重者矣！

我要問甚麼是「節」？在唐時人的解答，當然是說：「不失身於人的便是節。」這只能限制人們的行爲，却不能夠管束人們屬於精神方面的

長短句

感情。明珠是極珍貴的東西，今竟有人送他的明珠，可見他們倆的情素之濃厚了，他感其意而繫在紅羅襦，是不忍割情也。但是淑女不事二夫，故曰：「知君用心如日月，事夫誓擬同生死。」這便是不失身於人便是貞節了。究竟明珠是受不得的。所以終于退還他，而更傷先時之不相值也。詞云：「還君明珠雙淚垂，何不相逢未嫁時。」這不是節婦是什麽：看他把情字寫得非常的深邃。把禮字寫得如此可怕，令後來士女之讀其詞者，莫不爲之頓足三嘆！從思想方面說，作者是反對禮教的，所以他句句表示不滿，這是狠顯明的。從形式上說，與孟東野的嬋娟篇狠相似。嬋娟篇是前三言，後七言；此篇是前五言，後七言，竟是兄妹了。至於用意之高妙，聲調之清逸，眞可算得「神化」，遠非嬋娟篇可及了。雖然長短只有十句，包涵情絲萬縷，欲言不得！

三　白居易的新樂府及元微之的田家行。

長短句

白居易元和微之的詩在當時是頗能自樹一格的，所以晚唐的杜牧李商隱……都狠反對他。白居易的新樂府五十篇，完全是用長短句作的，如新豐折臂翁賣炭翁杜陵叟……等，都是膾炙人口的傑作。至於他何以要如此創的原故，已在前方論唐人長短句的時候引他的新樂府序說過了，此處無須再廢筆墨。現在且舉出他的時世妝與醉歌來作爲一個例證，人人所嘆賞的折臂翁與賣炭翁……等，恕不提及了。

長短句

時世妝，時世妝！出自城中傳四方：時世流行無遠近。顋不施朱面無粉。烏膏注脣脣似泥，雙眉畫作八字低！妍蚩黑白失本態，妝成盡是含悲啼。圓鬟無鬢椎髻樣，斜紅不暈赭面狀。昔聞被髮伊川中。辛有見之知有戎。元和妝梳君記取，髻椎面赭非華風，（時世妝）

罷胡琴，掩秦瑟：玲瓏再拜歌初畢。誰道使君不解歌，聽唱黃雞與白日。黃雞催曉

長短句

丑時鳴，白日催年酉時沒，腰間紅綬繫未穩，鏡裏朱顏看已失。玲瓏玲瓏奈老何？使君歌了汝更歌。（醉歌）

照他自己說，時世妝是警將變的意思，醉歌是爲示妓人商玲瓏而作。前調用意在譏諷，後調用意在感嘆，兩調各有各的好處。白居易的創造方面是能不用從前的律格而任情寫出，腔調既然諧暢，又復毫不見其做作也。這猶是距詩太近的革新物，白居易也嘗作過詞，不過他的長短句終久古氣太重了，沒有擺脫得乾乾淨淨。至如他的眞娘墓詩一篇，要算是他長短句中最好的作品，比之前兩篇好得多了。其詞云：

眞娘墓，虎邱道：不識眞娘鏡中面，惟見眞娘墓頭草。霜摧桃李風折蓮，眞娘死時猶少年。脂膚荑手不牢固，世間尤物難留連。難留連。易消歇；塞北花，江南雪！

李紳眞娘墓詩序說：『眞娘者，歌舞名妓也

長短句

。死葬虎邱寺前，吳中少年從其志也。吳中多花草，以蔽其上，風雨之夕，多聞歌吹之音，』白氏詩意蓋卽指此也。你看前四句字數三易，末四句忽變中段七言爲四字句；又篇中凡二易韻：首四句用「道」「草」二字叶韻，中四句用「蓮」「作」「連」三字叶韻，末四句用「歇」「雪」二字叶韻。錯亂中有整飭，聲調諧暢。幾於句句變化，字字變化，令人捉摸不得，這便是他的長處。

長短句

白氏還有花非花一篇，要算是極端解放的傑作，遠在孟郊張籍盧仝諸人之上了，他的詞是：

花非花，霧非霧；夜半來，天明去。來如春夢不多時，去似朝雲無覓處！

若白居易沒有此詞，還能夠說他是當時的創造者麼？循其調格字韻平側，豈非張孟之作可及了。世人多有以此調爲詞，實猶不知長短句而致誤耳。萬紅友在詞律卷一花非花詞下註明

長短句

之曰：『此本長慶長短句詩，而後人名之爲詞者。』余謂世人之以花非花爲詞，與以章臺柳爲詞，同是一樣的錯誤。若此而可謂之詞。則凡有長短句者。如前所舉之節婦吟嬋娟篇夜坐吟長相思新曲……皆是詞了。如此論詞，有誰肯信：

自來都說元白本來是一體，大約因爲他們的性情與作品都狠相髣髴的原故罷。不過元微之的作物中要找如花非花同樣的長短句已不可能

長短句

，因爲白且能製詞，其解放的魄力較大，而元則稍遜一等也。茲且舉他的田家行來作個實例：

牛吒吒，田确确，旱塊敲牛蹄趵趵，種得官倉珠顆穀。六十年來兵簇簇，月月食糧車轆轆。一月官軍收海服，驅牛駕車食羊肉。歸來收得牛兩肉，重鑄耕犁作斤斸。姑春婦擔輸，官不足。歸賣屋！願官早勝讎早覆：農死有兒牛有犢，不遣官軍糧不

長短句

足。

你看他用的吒吒，确确，趵趵；簇簇，轆轆，等疊字形容得一些不差，讀其文宛若一田家在目前，一切聲態俱盡矣！中篇『重鑄樓梨作斤斷』七字句，下忽換『姑舂婦擔輸』四字句，下又緊接易以『官不足，歸賣屋，』兩三字句。造句之奇，雜厠之妙，真是變化莫測，不可端睨，非元微之不能作此。

晚唐——晚唐的作者，我止舉三個人來做

代表：第一個是長於古文，而詩宗老杜的李商隱；第二個是佻蕩不羈，好作狎辭艷曲的溫庭筠。他兩個雖然都是爲文好古，而爲時人並稱溫李；因爲他的性情相差太遠之故，作品也就自然有別。我以李商隱代表守舊深澀的一派，溫庭筠代表趨時明顯的一派，剛剛各佔一邊。至於第三個代表呢？我且叫一個和尚來作代表。這和尚本是姓姜，人們都稱他爲僧貫休。我何以要舉這個和尚呢？因爲他生當最後，而且

長短句

一直到了前蜀。

一，李商隱的海上謠與李夫人：

桂水寒於江，玉兔秋冷咽。海底覓仙人，香桃如瘦骨。紫鸞不肯舞，滿翅蓬山雪。借得龍堂寬，曉出揲雲髮。劉郎舊香炷，立見茂陵樹。雲縣帖帖臥秋烟，上元細字如蠶眠。（海上謠）

蠻絲繫條脫，妍眼和香雪。壽宮不惜鑄南人，柔腸被秋眸割。清澄有餘幽素香，鰥

魚渴鳳眞珠房。不知瘦骨類冰井，更許夜簾通曉霜。土花漠漠雲茫茫，黄河欲盡天蒼蒼。（李夫人）

在晚唐時而有李商隱這種作品，覺得非常討厭。不過須要知道他是要上處於任昉范雲徐陵庾信之間而下宗老杜的，他的作品雖然不見得高妙，然而古蕭氣象却是比較的減少多了。受了文藝思想趨勢的影響以後，也不得不有這種勉強的長短句的作品。

長短句

二，溫庭筠的春野行：

草淺淺，春如剪。花壓李娘愁，飢蠶欲成蠒。東城年少氣堂堂，金丸驚起雙鴛鴦。含羞更問衛公子，月到枕前春夢長。

人們都說溫庭筠詞藻豔麗，有才無行，而卒因其才太高之故而不得意，這是很可注意的一件事。因爲他的行爲與當時士大夫多不合，而才思又很少有人及得上，所以他便睥睨一切，目空一世。又屢遭貶斥，鬱鬱不得志。所以他便放膽的創作，遂能產生如右方春野行一類的作品。

溫庭筠最大的工作與最好的成績，是在詞的方面，其所以能够如此的原故是因爲他敢於拚命的作長短句。你看他的春野行三字句，五字句，七字句次序地用去，生動非常，何嘗有些詩律的氣息？其韻詠平側等皆能竭力向進步的方面——詞的方面造作。所以我說溫庭筠的詞是他能作長短句得來的結果。有了上邊的種種

長短句

關係，當然與李商隱懸絕了。

三，僧貫休的塞下曲：

日向平沙去，還向平沙沒。飛蓬落陣營，驚鴻出天末。帝鄉靑樓倚霄漢，歌吹掀天對花月。豈知塞上望鄉人，日日雙眸滴淸血。

貫休雖是和尚，頗能作詩，入蜀後尤奇。大約他是受了他以前或同時的人如李太白，白居易，溫庭筠……他們的詞的影響了，所以才能夠做出狠近於詞的一種長短句來。

本篇縱論長短句的淵源和他歷朝的變遷之迹，就此宣佈終止了。何以故呢？因爲到了這個時候，能製詞的一日比一日的多，遂相因相仍的認定一種軌律出來。於是乃有所謂按譜依聲塡詞之事，而『詞』之一名才正式宣佈成立，而佔有文學界上一把交椅。從今而後的作者要作長短句的都去塡詞去了。其有技能較高，魄力

長短句

較大的，他們便去製造一種新的詞調。那是詩非詩，是詞非詞的長短句就無影無形的消滅了。（雖然也有人做三百篇而作不古不今的詞，那簡直不成東西，可不論。）縱欲從事繼續再敘，也不可能。

有人問我道：盛唐之世的李太白就曾大膽的破詩格而製爲詞調了，爲甚麼本篇不在開元天寶之世就停止呢？我對於這個問題的答案是：雖然李太白曾破格製詞，但詞在當時究竟不見得盛行，而爲長短句的人又特別地多；他們那種長短句又是鞭策後來『詞』之成立的唯一利器，所以盛唐以後儘有繼續敘述之必要。此就是本篇必及於晚唐乃始終止的健全理由：

這一隻長短句的小舟，自從晉末的休洗紅綿州巴歌與宋鮑明遠的梅花落諸調造成以後，便在這時代性的潮流上划了六百二十餘年之久，（據清沈德潛說，休洗紅出世在晉惠帝以前。考惠帝卽位之年是西曆二九〇年。又僧貫休曾

長短句

入蜀依王健；考蜀帝王健建國之年在梁太祖開平二年，當西曆九〇八年，其時唐亡已二年矣。因爲休洗紅一篇實不知出自何時，姑依沈氏之說，最低限度，定牠爲二九〇年的東西；而僧貫休之塞下曲，暫定牠爲入蜀以後，——依郭茂倩說，則認牠爲唐詩作品——九一〇年的作品。從西曆二九〇年到九一〇年剛六二〇年也。）才達到牠『望洋向若而嘆』的地位，才把新的有韻藝術之文所謂『詞』者建立，可見創

長　短　句

造文藝成功之不易！

從理論上說來：休洗紅後有梅花落；梅花落後有江南弄六憶春情曲；又後有聽箏長相思，又後有夜飲朝眠曲回紇曲一點春；又後有新曲，………。似乎這隻小舟在江面上是『一船風送滕王閣』了，何以詞的立國竟是那樣的晚呢？殊不知這隻小船頻頻遭了許多波濤洶湧的打擊，還有許多人們要想把這隻小舟挽着溯流而上。所以長短句的舟在牠所經歷的過程中竟是

長　短　句

穩不作舵！這從本篇的叙列上看起來，是狠足以證明的。所以每時代雖然也有不少的創作，而所受的摧殘也實在不小，可也煞費苦心了。無奈候風吹來，舟得水力，又因風勢！守舊的人終於不能不順時代之趨勢而屈伏。歷時的作者如梁武帝簡文帝沈休文陳後主隋煬帝侯夫人長孫無忌李太白白居易韓君平柳姬張籍温庭筠……等等，又每每大膽努力地創作。他們不特是戰勝舊式之有規律的詩而已，且能在文學的藝術上開闢出一個新天地——的『詞』。於此又可見從事破壞之艱難！破壞之後，必須成之以建設。